ロシア近代文学の青春

反省と直接性のあいだで

高橋知之 著

東京大学出版会

The Formative Years of Modern Russian Literature:
Between Reflection and Immediacy

Tomoyuki TAKAHASHI

University of Tokyo Press, 2019
ISBN 978-4-13-086057-4

ロシア近代文学の青春／目次

凡例

一　下記のベリンスキー（Belinsky）、ゲルツェン（Herzen）、レールモントフ（Lermontov）、プーシキン（Pushkin）、サルトゥイコフ＝シチェドリン（Saltykov-Shchedrin）、トルストイ（Tolstoy）、トゥルゲーネフ（Turgenev）の全集・著作集からの引用は、作家の頭文字（または最初の二文字）、巻数（ローマ数字）、頁数（アラビア数字）の順に、引用文中に出典を示す。たとえば、ベリンスキー全集第四巻二五三頁からの引用は（B, IV, 253）というかたちで示す。

・ベリンスキー全集（*Белинский В.Г.* Полное собрание сочинений в 13 томах. М., 1954–1956.）
・ゲルツェン著作集（*Герцен А.И.* Собрание сочинений в 30 томах. М., 1954–1955.）
・レールモントフ全集（*Лермонтов М.Ю.* Полное собрание сочинений в 10 томах. М., 1999–2002.）
・プーシキン全集（*Пушкин А.С.* Полное собрание сочинений в 16 томах. М., 1937–50.）
・サルトゥイコフ＝シチェドリン著作集（*Салтыков-Щедрин М.Е.* Собрание сочинений в 20 томах. М., 1965–1977.）
・トルストイ著作集（*Толстой Л.Н.* Собрание сочинений в 22 томах. М., 1978–1985.）
・トゥルゲーネフ全集（*Тургенев И.С.* Полное собрание сочинений и писем в 28 томах. Сочинения в 15 томах. М.; Л., 1960–1968.）

二　プレシチェーエフ（Pleshcheev）のテクストについては、下記の詩集を底本とし、（Pl, 頁数）というかたちで出典を引用文中に示す。

Плещеев А.Н. Полное собрание стихотворений. М.; Л., 1964.

三　グリゴーリエフ（Grigor'ev）のテクストについては、下記の著作集を底本とする。

Григорьев А.А. Сочинения в 2 томах. М., 1990.（グリゴーリエフ『二巻本著作集』）
Григорьев А.А. Стихотворения. Поэмы. Драмы. СПб., 2001.（グリゴーリエフ『詩・物語詩・戯曲』）

　グリゴーリエフの全集はいまだ刊行されていない。スピリドーノフの編集による全集は第一巻（一九一八）のみで頓挫しており、サヴォードニクの編集による一四巻著作集（一九一五―一九一六）も一冊あたりの収録数が少ないため網羅的ではない。本書では、エゴーロフの編集による『二巻本著作集』および『詩・物語詩・戯曲』を底本とし、便宜上、後者を著作集の三巻目とみなす。引用に際しては、一と同じかたちで出典を引用文中に示す。たとえば、二巻本著作集第一巻三〇二頁からの引用は（G, I, 302）、『詩・物語詩・戯曲』三二九頁からの引用は（G, III, 329）というかたちで示す。

エゴーロフは、グリゴーリエフのテクスト校訂に大きな業績をあげている。企画していた六巻本の著作集の出版はかなわなかったものの、上記の作品集のほかにも『回想録』や書簡集や批評集を刊行している。

四　とくに断りがない限り、外国語引用文献の翻訳は、すべて筆者による。

五　前略、中略、後略は［…］というかたちで示す。

はじめに

私が本書で明らかにするのは、一八四〇年代のロシア文学史・思想史の、これまで描かれることのなかった諸相である。「驚くべき十年間」と称される一八四〇年代は、ロシア・インテリゲンツィヤの黎明期であり、ロシア近代文学の勃興期であり、いわば「ロシア近代文学の青春」と呼ぶべき時代であった。のちの巨匠たち——トゥルゲーネフ、ドストエフスキー、サルトゥイコフ＝シチェドリン、トルストイら——は、いまだ執筆をはじめたばかりの、あるいはこれから執筆をはじめようという青年たちであり、ドストエフスキーの鮮烈なデビューを後押しした文壇の主導者ベリンスキーも、ドストエフスキーより一〇歳年長でしかなかった。この時代の劇的な性格は、トム・ストッパードの長篇戯曲『ユートピアの岸へ』（二〇〇二）に活写されている[1]。思想家ゲルツェンと革命家バクーニンを主人公に、ベリンスキー、トゥルゲーネフらを脇に配し、彼らの革命的探求を描いたこの大作は、書くこと、考えること、語り合うことが、そのまま生きることであった時代の息吹をいきいきと伝えている。この戯曲が二〇〇九年に蜷川幸雄の演出によって日本で上演され、大きな関心を集めたことも、遠い記憶ではない。私が本書で意図していることも、主人公たちこそ異なれ、「驚くべき十年間」の青春群像を描き出すことにほかならない。もちろんその叙述は、文学研究という領域のなかでテクスト分析に徹してなされることになる。

本論に入るに先立ち、一八四〇年代という時代を概観するとともに、先行研究を批判的に検討し、本書の基本的な立場を明らかにしておきたい。

一八四〇年代はロシア文学史・思想史において画期をなす時代として捉えられてきた。それは、ロマン主義からリアリズムへの転換期であり、また詩から散文への転換期であった。この転換を主導したのは、「西欧派」（ヨーロッパを範として近代化をめざす）と呼ばれる人々で、ヘーゲル左派の哲学やユートピア社会主義の影響を強く受けながら、社会的な観点に立ってロシアの現実を批判的に描写することを是とした。このグループに属していたのは、ベリンスキー、ゲルツェン、オガリョフ、グラノフスキー、バクーニンらである。一方、西欧派に対するカウンターとして形成されていったのがスラヴ派（ピョートル大帝による改革以前のロシアを理想とする）で、彼らは専制への批判という問題意識を西欧派と共有しつつも、ロマン主義的な復古思想へと向かった。このグループに属していたのは、ホミャコフ、キレーエフスキー兄弟、サマーリン、アクサーコフ兄弟らであった。スラヴ派との論争によって思想を先鋭化させていった西欧派は、その系譜の先にチェルヌイシェフスキー、さらにはレーニンを生み出す。その意味で、四〇年代はロシア革命へといたる道程のはじまりに位置づけられる。

かくして「驚くべき十年間」と称される四〇年代は、一方で、創造という面でそれほど多産な時代とはみなされてこなかった。四〇年代は、それ以前の巨匠（レールモントフ、ゴーゴリ）による最後の作品と、それ以後の巨匠（ドストエフスキー、ゴンチャローフ、トゥルゲーネフ）による最初の作品が書かれた狭間の時代に位置している。そのため、二〇年代〜三〇年代、五〇年代〜六〇年代の文学に対して従属的な位置に据えられる傾向があった。研究の対象とされたのは、少数の巨匠たちの最晩年あるいは最初期の作品、もしくは「自然派」といった文学史上の流派であり、個別の作家研究・作品研究は十分になされてこなかった。

四〇年代の文学史・思想史上の意義は、「金の時代」（プーシキンの時代）や「銀の時代」（二〇世紀初頭の象徴派の時代）のような豊饒にあるのではなく、時代を画す転換期であったという点にこそある。それが従来の基本的な理解であったといってよいだろう。ロマン主義からリアリズムへの転換、西欧派とスラヴ派の形成および両者の対立、ロシア革命へと続く大きな潮流の発端。こうした構図こそが前景化し、個別の現象はそのもとに配置されてきたのだった。従来の構図は事実判断として正しく、基本的なパラダイムとして今なお有効でもある。しかし、無限に多様な歴史の現象を前にして、その枠組みが形骸化して見えはじめたとき、それにとらわれない読み直しが試みられるのは当然のことだ。そもそも、何らかの観点から見て転換期でない時代などおそらくはなく、いかなる時代も何らかの面で画期をなしているのではないか。とすれば、なおのこと、四〇年代における転換を図式的に強調するのみでは不十分であり、この時代が内包している変化や生成の歴史をこまやかに掬いとっていくことこそ、よりいっそう重要となる。四〇年代に関してすでに一定の先行研究の蓄積がある現在、従来の構図のもとに描き得る事象はもはや限られている。本書では、所与の枠組みに依拠することなく、この時代に確かにあった変化や生成の過程を、新たな観点から描いてみたいと考えている。

本書の立場と方法を明確にするために、主な先行研究を検討しておこう。

そもそも一八四〇年代のロシアに関する先行研究は、政治思想史・社会思想史の領域におけるものが多い。そこで起点とされるのは、チャアダーエフである。一八三六年に発表されたチャアダーエフの『哲学的書簡』の与えた衝撃、すなわち、「ロシアにおける歴史の欠如と停滞」という問題提起を受けて、ロシアの現況をめぐる深刻な批判的意識が醸成され、四〇年代に入って西欧派とスラヴ派の論争を引き起こすにいたった。こうした流れを背景に西欧派とスラヴ派の系譜をそれぞれにたどっていくという構成は、ロシア思想史の叙述に広く共通するものだ。たとえば、アンジェイ・ヴァリツキの『ロシア思想史』(一八七三)も然りである。(2) また、日本における先駆的な業績である勝田吉太郎の『近代ロシヤ政治思想史』(一八六一)も、西欧派とスラヴ派に等しく一巻を割いているという点で画期的だが、やはり同じ構成をとっている。(3)

先行研究において主役を張ってきたのは、多くの場合、ベリンスキーであり、ゲルツェンであり、バクーニンであった。彼らの肖像を鮮やかに提示した代表的研究としては、アイザイア・バーリンの論文「驚くべき十年間」（一九五四）があげられよう。[4] バーリンはこの古典的研究において、ロシア・インテリゲンツィヤの黎明期を活写している。主人公となるのは最初期の革命的知識人たち、すなわちベリンスキーとゲルツェンを中心とする西欧派の面々であり、一九一七年へといたる潮流の端緒を開いた人々として捉えられている。彼らは西欧の新しい思想に焦がれ、西欧によって啓示された理念を信奉し、全身全霊でユートピアを追い求めた。その狂おしい探求の諸相を、バーリンは共感をこめて叙述するのである。

バーリンの描く四〇年代人たちの肖像は魅力的だが、一方で、先行研究が陥ってきたある一面性を明かしてもいる。バーリンが照準を定めているのは、いわゆる西欧派の、さらにその一部の知識人たちである。彼らが最重要の存在であることに異存はないが、彼らを通して見られた「驚くべき十年間」が、きわめて限られた像しか結ばないこともまた確かだろう。

もちろん、この問題に自覚的な先行研究も存在する。たとえばデレク・オフォードは、ほとんど顧みられることのなかった西欧派穏健派の人々（グラノフスキー、ボトキン、アンネンコフ、ドルジーニン、カヴェーリン）にあえて着目し、その肖像を描き出している。オフォードの指摘するように、彼らは四〇年代における代表的な知識人であったが、上からの漸進的な改革をめざす穏健なリベラリズムゆえに、とくにソ連では社会主義への敵対者とみなされ、ほとんど無視されてきたのだった。[5] オフォードは、ロシア思想史研究上のこの「大きな空白」を埋めるべく、これらリベラリストたちの事績を掬いとっていく。その試みは啓蒙的なものだが、一方で、ある問題を抱えてもいる。自らの研究を「空白を埋める試み」と捉えるオフォードは、所与の構図はそのままに保持するのである。オフォードが第一章で素描する四〇年代の思想的状況は、インテリゲンツィヤの誕生、西欧派／スラヴ派の対立といった、まさに典型的な構図のもとに描かれており、研究を通じてそれ自体が問い返されることはない。

一方、従来の構図そのものを大胆に読み換えているのが、ヴラジーミル・カーントルである。カーントルはその大著『文化現象としてのロシア＝ヨーロッパ人』で、まったく新しい観点を提起している。カーントルの論理は以下のようなものだ。スラヴ派と西欧派の対立はロシアの歴史を語る際の一般的な構図であり、あらゆる事象がこの対立に還元されてきた。一方で、ゲルツェンの「双頭の鷲」という比喩に代表されるように、両派の本質的な共通性もまたくりかえし指摘されてきた[6]。事実、スラヴ派と西欧派は根本的に同体である。両派はともに、西欧の思想に普遍性を認め、それを自家薬籠中のものとすることから出発したが、やがて西欧の現実に幻滅してロシアの独自性を称揚するにいたった。西欧の理想化からロシアの理想化へというのが、両派に共通する思考の道筋なのである。それに対して、ロマン主義的な熱狂も幻想も理想化もなく、現実のヨーロッパとロシアを見据えていた人々があった。彼らはヨーロッパのキリスト教的根元価値を固守し、「ロシアを出ることなくヨーロッパのうちに住まい」、「内からの自己批判」としてヨーロッパとロシアの文化に等しく批判的に向きあった。「ロシア＝ヨーロッパ人」と総称すべき彼らこそ、スラヴ派および西欧派に対するアンチテーゼなのである。

かくしてカーントルは、「スラヴ派および西欧派」対「ロシア＝ヨーロッパ人」という新たな対立の構図を作り出し、この観点からロシア文化史を読み直していく。ロシア＝ヨーロッパ人に列するのは、たとえば以下のような人々だ。ピョートル大帝、ロモノーソフ、カラムジン、プーシキン、ホミャコフ、キレーエフスキー、レールモントフ、ロバチェフスキー、アレクセイ・トルストイ、ゴンチャローフ、トゥルゲーネフ、チェルヌイシェフスキー、カヴェーリン……等々。ここには、西欧派／スラヴ派という括りによって分け隔てられてきた人々の名前があり、そして、西欧派／スラヴ派という構図のなかで後景に置かれてきた人々の名前がある。カーントルは独自の構図を導入することで、歴史における人物たちの配置連関を刷新したのである[7]。

カーントルの一貫した観点からの遠大な試みとは異なり、複数の観点を横並びに並べることで、多角性を担保しようとした研究も存在する。ウィリアム・レザーバロウとデレク・オフォードの編んだロシア思想史研究の論集である。[8]この論集は、一八世紀から二一世紀までのロシア思想史を叙述しながらも、厳密な時系列に即した構造は排している。また、既成の構図を順守しているわけでもなく、従来の研究で主人公とされてきた人々に同じ特権的な地位を与えているわけでもない。「保守思想」「インテリゲンツィヤ」「ニヒリズム」「自然科学」「東」「西」などの多彩な概念を切り口とすることで、規範的な通史を乗り越えようとする姿勢を示している。

個別の論文を見ても同じ姿勢は共通しており、たとえばゲーリイ・モーソンは、トラディション／カウンタートラディションという対立を導入することで、一九世紀後半のロシア文学を読み解いている。[9]モーソンは、ドストエフスキー、トルストイ、チェーホフの三者を「カウンタートラディション」の作家として位置づける。彼らの時代の「トラディション」を成すのは、チェルヌイシェフスキーを筆頭とするインテリゲンツィヤの系譜であり、端的にいうならば、ベリンスキー、チェルヌイシェフスキー、レーニンを結ぶ系譜である。モーソンは、トラディションの決定論的な世界観・発展史観へのカウンターとして先の三者を捉え、「開かれた時間」をテクストのなかに構築しようとした彼らの試みを考察している。[10]従来の一般的な構図、すなわち革命的民主主義者・スラヴ派・土壌主義者による三つ巴の論争という、西欧派／スラヴ派の派生的構図を採用することなく、それとは異なる位相において巨匠たちのテクストを論じているのである。

一八四〇年代のロシア文学をめぐる先行研究のうちにも、独自の視座を提起した優れた成果がある。リディヤ・ギンズブルグは、その著書『心理的散文について』の第一章「「私的文書」と性格の構築」で、ロマン主義からリアリズムへという転換の物語を一新してみせた。[11]この転換は、一般的には詩から散文への転換として、すなわちジャンル、形式、文体、主題、対象などの変化として捉えられてきた。ギンズブルグはそれを、個人が構築する自己の「人格」または「性格」の転換として捉え直したのである。芸術と実人生を芸術の次元で統一するロマン主義的人格の破綻。

自己の性格に関わる新たなモードの誕生。ギンズブルグが四〇年代に見出したのは、そのような契機であった。

また、乗松亨平の『リアリズムの条件』は、ロシアにおけるリアリズムの成立過程を描き出した研究だが、四〇年代の文学史的状況に対しても独自の視点から切り込んでいる。乗松は、その第五章「個別性と一般性」において、二人の批評家ベリンスキーとヴァレリアン・マイコフの論争に新たな光をあてる。従来の研究では、両者の論争は「民族性」という概念をめぐる議論として理解されてきた。「民族性」に一定の価値をおくベリンスキーと、世界市民的な立場に拠るマイコフの対立、というのがその骨子である。(12) それに対し乗松は、両者の論争を、メディア環境の変遷、リアリズムの表象をめぐる新たな記号システムの成立、というコンテクストのもとに位置づける。すなわち、「親密な公共圏」(サロンやサークルといった場)の破綻と、職業制の勃興を背景に、テクストのなかでいかにリアリティを担保していくか、という問題をめぐる対立として捉え直すのである。(13)

先行研究の検討はここで措くとして、以上を踏まえつつ、本書の観点や方法を明らかにしておこう。

本書では、「反省」と「直接性」という概念を切り口に、キーパーソンとなり得る複数の作家たちを対比的に論じ、それぞれの探求の軌跡を描いていく。「反省」は、個人の自己意識の問題を表す概念として、ベリンスキーによってはじめて提起された。一方の「直接性」は、「反省」の対概念としてあり、原初的な調和を意味していた。「反省」から「直接性」へという希求は、一八四〇年代のロシアで広く共有されたものであった。しかし、「反省」と「直接性」のあいだをいかに結ぶか、という問題に関しては、相異なる複数の立場が存在していた。そもそも、「反省」は、ヨーロッパから流入した諸思想のアマルガムとしてあり、きわめて多義的な概念であった。多義的であるがゆえに、それは、四〇年代の作家たちの思想や表現を多角的に照らし出す、恰好の観点となり得る。

ギンズブルグの研究や、レザーバロウとオフォードの編んだ論集が示しているように、歴史をめぐる所与の物語を更新するには、所与の構図からはややずれた観点を設定することが重要となる。ギンズブルグの研究における「人格」「性格」や、レザーバロウとオフォードの論集における複数の鍵概念は、従来の構図に拠りつつもそれを相対化し、鮮やかな歴史の叙述を可能とさせる。本研究では、これらの先達に倣い、従来あまり着目されてこなかった「反省」と「直接性」という概念を柱として、その射程圏に位置づけられる諸作家および諸テクストを共時的な並列関係のなかで捉えていく(14)。それによって、ロマン主義、リアリズム、西欧派、スラヴ派などの術語からなる従来の布置連関にとらわれない、新しい理解を提示することが可能となるにちがいない。

では、これらの観点から見て、キーパーソンたるにふさわしい作家とは誰なのか。

第一に、ベリンスキーである。ベリンスキーは、時代の問題をいち早く察知し、それに「反省」という用語を与えて一般化した。本書ではまず、ベリンスキーが構想した「反省」から「直接性」への道程を、トゥルゲーネフやゲルツェンの論文も参照しつつ、明らかにしていく(本書の序章にあたる)。

第二に、ベリンスキーらが提示した理論にもっとも直接的に応答したペトラシェフスキー・サークルの作家たちである。実践的な理論を実地に実践しようとした試みの軌跡を、詩人プレシチェーエフを主人公に描き出していく。その際、プレシチェーエフとは対照的な性格をもつサルトゥイコフ＝シチェドリンの作品を併せて分析することで、ベリンスキーから継承された課題にひそむ困難を、浮き彫りにしていく(本書の第一部にあたる)。

第三に、作家アポロン・グリゴーリエフである。グリゴーリエフの探求は、ベリンスキーからペトラシェフスキー・サークルへと続く流れとは、異なる思想的位相に位置している。その特異な立場は、四〇年代における主流に対する、根本的なカウンターたり得ている。先述したように、モーソンは、一九世紀中葉のロシアにおける思想史的・文学史的状況を、トラディション／カウンタートラディションという対立の構図のもとに説明している。モーソンのいう「カウンター」とは、直接的な対抗や反駁のみを意味するわけではない。カウンタートラディションに属する作家たちは、トラディションに対し、本質的に異なる世界観や時間観を提示しているのである。本書では、モーソンの構図を参考にしつつ、ベリンスキー―プレシチェーエフの系譜に対し、もう一つの思想的位相を開示する存在として、グリゴーリエフの探求を論じていく（本書の第二部にあたる）。

「反省」と「直接性」という観点から見て、取り上げるべき作家たちはほかにも数多く存在するにちがいないが、本研究では上記の作家たちに範囲を限りたい。四〇年代のロシア文学に関する個別の研究が乏しいという状況を踏まえ、個々の作家たちのテクストを仔細に検討していくとともに、従来の構図を更新し、その盲点を突き、そこに風穴をあけるような見方を提示していきたいと考えている。

（1）下記の邦訳がある。トム・ストッパード（広田敦郎訳）『コースト・オブ・ユートピア』ハヤカワ演劇文庫、二〇一〇年。

（2）Andrzej Walicki, *A History of Russian Thought: From the Enlightenment to Marxism*, tr., H. Andrews-Rusiecka（Stanford, California: Stanford University Press, 1979）.

（3）勝田吉太郎『勝田吉太郎著作集第一巻　近代ロシヤ政治思想史（上）』ミネルヴァ書房、一九九三年［初出：『近代ロシヤ政治思想史――西欧主義とスラヴ主義』創文社、一九六一年］。

（4）Isaiah Berlin, "A Remarkable Decade," in Henry Hardy and Aileen Kelly, eds., *Russian Thinkers*（London: Penguin Books, 2008）.（邦訳：バーリン（河合秀和・竹中浩訳）「注目すべき十年間」、福田歓一・河合秀和編『ロマン主義と政治――バーリン選集三』岩波書店、一九八四年。）

（5）Derek Offord, *Portraits of Early Russian Liberals: A Study of T. N. Granovsky, V. P. Botkin, P. V. Annenkov, A. V. Druzhinin, and K. D. Kavelin*（Cambridge: Cambridge University Press, 1985）, pp. xiv–xv.

（6）ゲルツェンはスラヴ派について次のように語っている。「しかり、われわれは彼らの敵であった。しかし甚だ奇妙な敵であった。両者はともに一つの愛情をもっていた。だがその愛し方が違っていた。彼らもわれわれも、幼いころから強い無意識の生理的な熱烈な一つの感情を抱き続けてきた。彼らはそれを思い出と見なし、われわれはそれを預言と見なしていた。それはロシアの民衆、ロシアの風習、ロシア的な考え方への、すべての存在をつつむような限りない愛情である。そしてわれわれはヤヌスのごとく、あるいは双頭の鷲のごとく、異なる方向を見てはいたが、鼓動する心臓は一つであった」。アレクサンドル・ゲルツェン（金子幸彦・長縄光男訳）『過去と思索 2』筑摩書房、一九九九年、七二頁。傍点原文。
（7）*Кантор В.К.* Русский европеец как явление культуры. М., 2001. С. 3–18.
（8）W. Leatherbarrow and D. Offord（eds.）, *A History of Russian Thought*（Cambridge: Cambridge University Press, 2010）.
（9）Gary Morson, “Tradition and Counter-tradition: The Radical Intelligentsia and Classical Russian Literature,” in W. Leatherbarrow and D. Offord, eds., *A History of Russian Thought*（Cambridge: Cambridge University Press, 2010）.
（10）その諸相については、以下のモーソンの単著に精緻に論じられている。Gary Morson, *Narrative and Freedom: The Shadows of Time*（New Haven: Yale University Press, 1994）.
（11）*Гинзбург Л.* «Человеческий документ» и построение характера // *Гинзбург Л.* О психологической прозе. Л., 1977.
（12）この点に関しては、例えば以下の文献を参照のこと。Andrzej Walicki, *A History of Russian Thought*, pp. 142–144.
（13）乗松亨平『リアリズムの条件――ロシア近代文学の成立と植民地表象』水声社、二〇〇九年、二〇七―二四九頁。
（14）反省に着目した一九世紀ロシア文学研究としては、下記の研究がある。安達大輔「痕跡を生き直す――ゴーゴリの記号システムにおける反省の諸問題」（東京大学、二〇一三年、博士論文）。安達は「ゴーゴリにおける同一性と反復という問題」を反省という観点から分析している。そこで鍵となるのは、ドイツ・ロマン主義批評における反省概念であり、ドイツ・ロマン主義批評を論じたベンヤミンやメニングハウスらの反省論である。安達は「反省が自意識による自己省察、すなわち近代的な自意識そのものとしてのみ理解され、その歴史性と理論的ポテンシャルに充分に目が向けられてこなかった」ことを問題視し、反省が「自意識による同一性の確認には決して収まらないことを示した」ベンヤミンの見方を重視する（安達大輔「痕跡を生き直す」、四、一二頁）。一方、本書は、序章で詳述するように、あえて「自意識による自己省察」としての反省に着目する。なぜなら、本書が取り上げるベリンスキー以降の反省論において中枢にあったのは、まさしく自己意識の問題であったと考えるからである。したがって、本書では、もっぱら四〇年代のコンテクストにおける反省の意味、およびその歴史的な背景に焦点が絞られることになる。

序章　ベリンスキーの構想

一　「反省」と「直接性」

ジェルジ・ルカーチは、若き日の著作『小説の理論』（一九二〇）を、次のように書き起こしている。

星空が歩みうる、また歩むべき道の地図の役目を果たしてくれ、その道を星の光が照らしてくれるような時代は、しあわせである。そうした時代には、すべてが目新しくてしかもなじみぶかく、すべてが冒険的であってしかも確実な所有のようである。世界ははるかに遠いが、しかもわが家のようである。なぜなら、心情のうちに燃えている火は、星たちと同じ本質的性質をもっているからである。世界と自我、光と火とは截然と分かたれてはいるが、しかし両者は決して永遠に無縁であることはない。というのは、火はどの光の魂でもあり、またどの火も光となって発現するからである。こうして、心情のあらゆる行為は、この二元性のうちにあって意味にみたされたものになり、円かになる。(1)

ルカーチはここで、自我と世界、心情と行為が円かに調和していた幸いの時代として、古代ギリシアを理想化している。この美しい古代に対比させられるのが近代ヨーロッパであり、そこでは、「生の形式としての哲学、また文学の形式を決定し、それに内容を与えるものとしての哲学」は、常に「内部と外部との分裂の兆候」「自我と世界との本質の違和、心情と行為との不一致のしるし」としてある。[2] 分裂し凋落した近代にあって、ふたたび自我と世界の調和を仮構しようとする試みが近代小説であり、したがってそれは、「先験的な故郷喪失の表現」[3] となるほかない。

第一次世界大戦の記憶も新しい時期に書かれた『小説の理論』は、それ自体が「故郷喪失の表現」であり、美しい時代に対するルカーチ自身の郷愁を滲ませている。一方で、この抒情的な文章は、若き日のルカーチがロマン主義者の末裔であったことを明かしてもいる。美しい古代と凋落した近代という構図はそれ自体ロマン派的なものであり、ルカーチの引用するノヴァーリスの断章「哲学は、本来、郷愁である——至るところをわが家に変えたいという志向なのだ」[4] が示すように、失われた故郷への郷愁は、ルソー以来のヨーロッパに通底する本源的な心情であった。ロマン主義に関する浩瀚な研究書をものしたメイヤー・エイブラムスは、ヨーロッパ・ロマン主義に「上昇する円環」という基本構造を見出しているが、それは、そこから流離してきたところの始原へ回帰しようとする願望が形式化されたものにほかならない。[5] ルカーチはここで、ロマン主義の本質的な心性を自己表現として剔抉してみせたのだ。

この『小説の理論』の冒頭部から、本書のキーワードとなる二つの概念を際やかに抽出することができる。二つの鍵概念とは、すなわち「反省（рефлексия, reflection）」と「直接性（непосредственность, immediacy）」である。自己と世界、内部と外部、心情と行為、自己と自己、それらの円かな調和を「直接性」と言い表し、それらの分裂を意識する意識を「反省」と言い表すならば、ここに、本書における「反省」と「直接性」の大本の意味が見定められる（以下、煩雑を避けるために、いちいち括弧にくくることはしないが、本書における反省と直接性の語はすべてこの概念を指している）。

本書が主要な対象とするのは、一八四〇年代のロシア文学である。本書において問われるのは、一八四〇年代のロシア文学、またはその淵源となったヨーロッパ思想における反省と直接性の諸相であり、したがって、第一に検討されるのは、テクストに即した同時代的な意義・用法である。とはいえ、反省と直接性はきわめて多義的な概念であるため、多義性を多義的なままに受けとめる姿勢を前提としつつも、一方で、本書における中心的な意味をあらかじめ見定めておく必要もある。ルカーチの卓抜な表現は、そのための恰好の参照先となるものだ。

　大本の意味を確認したところで、これらの概念の思想史的な背景を概括しておこう。反省はもともとは光の反射を意味するが、やがて「意識が意識そのものに向かう作用」を意味するようになり、とりわけデカルト以降の哲学に特徴的な営為となった。一方の直接性は、「媒介（посредство, mediacy）」がないことを意味し、とくに主観と客観の一致を問う認識論において認識の直接性を意味するものとなった。やがて両概念は、ドイツ観念論において重要な意義をもつにいたる。認識のあり方を認識しようとするドイツ観念論は、意識の自己省察に基礎をおいており、反省はその中枢にあったと見てよい。カントの超越論的認識とは、「対象認識に先立つ認識のア・プリオリな様式を解明」しようとする反省的な認識にほかならなかった(6)。

　本書とも関わるロマン主義のコンテクストにおいて影響力のあったのが、フィヒテの反省論である。フィヒテは、カントの超越論的認識それ自体を基礎づけようとする。反省は、私を意識する私を意識する私……というように無限に続き得るが、フィヒテは自己意識の究極の本源を考察することで、反省の無限性を打ちとめ、認識の直接性を担保しようとした。ヴァルター・ベンヤミンの言葉を借りるならば、フィヒテは、「自己意識がすでに直接的に存していて、原理的には無限な反省によって自己意識がまず呼び起こされる必要のないようなある精神態度(7)」を探し出したのである。それが「知的直観」にほかならない。フィヒテの場合、そもそものはじまりに反省がある。自我の存在が自己意識に先行するのではなく、自己を見るという働きがまずあり、見る働きそのものから自我が産出される。「自己自身を見るということは、自己を措定することに等しい(8)」。両者の一体性こそ知的直観であり、反省のうちに存する知的直観によって、認識の直接性は救い出されるのである(9)。

フィヒテは、かくして反省から剥奪した無限性を、もっぱら実践哲学の領域に押し込めようとした[10]。絶対的自我を目指して無限に非自我を超えつづける自我、その能動性を強調する実践哲学は、同時代のロマン主義者たちに多大な影響を与えた。一方で、理論哲学においては、反省の無限性は、知的直観が導入されることで認識論の領域から締め出されたのである。ベンヤミンによるならば、ここにこそ初期ロマン主義者たちとフィヒテとを分かつ分岐点があった。フリードリヒ・シュレーゲルを中心とする初期ロマン主義者たちは、フィヒテの影響を受けつつも、反省の無限性をこそ重視し、多方向に際限なく広がっていく現象としての反省を、芸術批評をめぐる理論の中枢に位置づけたのだった。フィヒテが反省の根源に自我の産出を見出したのとは異なり、初期ロマン主義者たちは反省を自我から引き離し、その根底に「芸術」という絶対者を据えたのである[11]。

フィヒテやシュレーゲルの反省は肯定的な意味をもっているが、一方で反省批判の思想の系譜も同時代に存在していた。その端緒を開いたのがジャン＝ジャック・ルソーである。ルソーは、人間に本来そなわっている「憐れみの情」を損なうものとして反省を批判した。「自尊心を生むものは理性であり、それを強めるものは反省である。人間に自分を振り返らせ、また、人間を邪魔し悩ますすべてのものから人間を引き離すものは、反省である。人間を孤立させるものは哲学である[12]」。ルソーのいう「反省（réflexion）」とは、対象を対象として把握する悟性の作用を指している。分析的な悟性の知は、自己と世界のあいだに隔たりを生じさせてしまう。ルソーの希求したものは、反省が介在する以前の原初の自然状態にほかならない。ジャン・スタロバンスキーの用語を借りるならば、反省は「障害」であり、原初の自然状態は「透明」である。透明とは、いかなる「媒介」をも介することなく、自己と世界、自己と他者が交流している状態を意味する。すなわち、無媒介性＝直接性の状態といってよい。「自然状態の限られた地平のなかで、人間は世界にも自己自身にも対立しない平衡の生活を送っている」。意識の原初にあっては、「人間は直接性（引用者注――immédiat）のなかで生きている[13]」。「判断や省察（引用者注――réflexion）によって汚されていない、それ自身に限定された感覚はいかなる歪みをもこうむっていない[14]」。このような原初の純潔と調和を壊すものこそ、反省であり文明である。ルソーが一貫して夢見たのは「直接性への回帰」であった。

ルソーの反省批判はヘルダリンやシェリングらに受け継がれた。仲正昌樹によるならば、ヘルダリンは、絶対的な価値を喪失した近代の分裂状況のなかにあって、ルソーの影響のもと、「言語（記号化作用）とともに反省的自我意識が生じてくる〝以前〟の状態への憧憬[15]」を抱いていた。言語以前の自然状態を言語によって表象しようとするパラドックスに耐えながら、ヘルダリンは「人間が地上に生きていくための生の〈根底〉、言い換えれば〈祖国的な秩序[16]〉」を構築しようとしたのである。

以上に見てきた反省の肯定的側面と否定的側面は、ヘーゲルの弁証法において合流している。フィヒテは主観と客観の同一を「知的直観」によって基礎づけたわけだが、ヘーゲルはフィヒテの原理を「悟性の同一」とみなして批判した。フィヒテの「私は私である」という命題においては、「主観と客観の対立を免れて、両者の同一のみを抽出する悟性の同一があらわになっている[17]」。悟性は、主語である「私」と術語である「私」の同一を認めるのみで、両者の差異は捨象してしまっている。悟性は、「主語と述語が同じ「私」であるという同一の側面（A＝A）と、同じ「私」が、一方では主語であり他方では術語であるという非同一の側面（A≠AあるいはA＝B）を同時に把握することはできない。同一の命題と非同一の命題は、媒介されずに互いに対立したままである[18]」。ヘーゲルによるならば、根源的な反省によって認識の直接性を保証したフィヒテの原理は、偏頗なものであったということになる。フィヒテの反省は悟性による反省であり、じつは同一と非同一の対立を放置してしまっているのである。ヘーゲルは、フィヒテ批判を踏まえ、同一と非同一を高次の次元で統一する「理性の同一」を構想する。同一そのものを展開させる働きを、ヘーゲルは「理性」に見出した。同一がそれを制限する非同一との対立を経て高次の同一へと回帰する弁証法的な過程（エイブラムスいうところの「上昇する円環」）を、ヘーゲルは「精神」の理性による展開と捉え、学問の体系を構築していくのである。

その際に反省概念は、良い反省と悪い反省との二つに分けられ、説明されることになる。良い反省とは「理性としての反省」であり、悪い反省とは「悟性としての反省」である。[19]「悟性としての反省」が「有限なものと無限なもの、有限なもの相互を対立させる」のに対し、「理性としての反省」は「いずれの対立関係をも解消して、両者を互いに結合する」。[20]ヘーゲルは「理性としての反省」という高次の反省概念を導入することで、反省の形式を精神の弁証法的展開の根幹に据えたのだった。

以上が「反省」と「直接性」という概念をめぐる思想史的な背景である。反省と直接性に関するこれらの多義的な議論は、ロシアの思潮にも流入し、影響を与えていく。ロシアにおいて反省の問題をはじめて提起したのはベリンスキーであった。彼の提示した反省概念は、西欧の諸思想のアマルガムとしてあったのと同時に、ロシアの歴史的なコンテクストを踏まえて独自に問題化されたものでもあった。反省と直接性をめぐる問いは、一八四〇年代ロシアの思想的状況の中枢に位置づけられる。以下にその詳細を検討していこう。

二　反省の問題圏

反省と直接性の問題は那辺にあるのか。その核心を、トルストイは『幼年時代』（一八五二）において鮮やかに示している。透明な幼年時代という神話をルソーと共有しつつ、トルストイは原初の無垢が反省によって侵されていく瞬間を抉り出した。主人公ニコーレンカは、母の遺体が安置された棺を前にして悲しみに暮れるのだが、一方で、彼の自己意識は悲しみの自然な発露を阻害し、悲しむ自分に対する自尊の感情を芽生えさせる。「その上、自分が不幸であることを自覚しながら、私は何か愉快な気分を味わっており、不幸の意識を呼び覚まそうとつとめていた。それで、このエゴイスティックな感情はほかの何にもまして私のうちなる真実の悲しみを押し殺したのだった（To, I, 97）」。さらに、『少年時代』（一八五四）になると、ニコーレンカは思索することを覚え、抽象的思考の堂々めぐりにはまり込んでいく。「自分は何を考えているのかと自分に問いかけ――こう答えたものだ。自分は何を考えているのかと考えている。それでは今度は何を考えているのか？　自分は何を考えているのかと考えているのかと考えている、などなど（To, I, 168）」。ニコーレンカ少年は無限に循環する自己意識に早くもとらわれている。トルストイが表現しているのは、幼年期の直接的な感情を侵していく反省の作用にほかならない。「自尊心を生むものは理性であり、それを強めるものは反省である」（ルソー）。トルストイは、ルソー以来の悟性批判・反省批判の系譜に連なっているのである。トルストイは、ロシア文学において問われた自己意識の問題の一端を鮮やかに表現している。ロシアにおけるこの問題のはじまりは、『幼年時代』に先立つこと一〇年ばかり、レールモントフの『現代の英雄』（一八三九―四〇）に対するベリンスキーの批評にあった。

『現代の英雄』のある場面で、主人公のペチョーリンは、グルシニツキーとの決闘に赴く道中、介添人のヴェルネルにこう告白する。

私はもう長いこと心ではなく頭で生きているんです。自分自身の情熱やふるまいを秤にかけたり、分解したりするんですよ、隙のない好奇心でもってね、ただし同情なんぞはありませんが。私のなかには二人の人間がいましてね。一方はこの言葉の完全な意味で生きています。もう一方は思索にふけり、他方を裁いているんです［…］。（L, VI, 341）

ペチョーリンのこのセリフに時代の本質的な問題を嗅ぎ取ったのが、批評家のベリンスキーであった。その「『現代の英雄』論」（一八四〇）で、ベリンスキーはこのくだりに着目し、ペチョーリンが具現している問題に「反省」という用語を与え、「現代の病」として一般化した[21]。ベリンスキーは反省を次のような意味に解釈している。

この言葉を語源の意味で、あるいは哲学的な意味で解釈するつもりはない。手短に言えば、反省の状態にあるとき、人間は二つに分裂する。一方は生きている。もう一方は他方を観察し、裁いている。(B, IV, 253)

ベリンスキーはペチョーリンのセリフをほとんどそのままに借用しているが、「分裂する」という言葉を補い、「思索する」を「観察する」に替えている。ここに、ベリンスキーの観点が顕著に表れている。ベリンスキーはペチョーリンのうちに「自己が自己を観察する」という自己意識の問題を読み取り、それを「自己の分裂」として捉えたのである。ベリンスキーにとって反省とは、自己意識の「恐ろしい状態（B, IV, 253）」としてあった。

ドンナ・オーウィンは、「自己意識の病」が一八四〇年代のロシア文学に共通するテーマであったと述べている。オーウィンによれば、この病の原因は、ロシア人が近代個人主義を西欧のモデルを通して受容したことにある。ロマン派小説のモデルを演じながら、彼らは自己とモデルの齟齬を自覚せざるを得なかった。主体とモデルのずれは、プーシキンの造型したエヴゲーニイ・オネーギンにすでに示されているが、この問題を自己意識の病としてはじめて提示したのがレールモントフであった（オネーギンとは異なり、ペチョーリンは自己を対象として分析する能力をもっている）[22]。

オーウィンは、ロシア文学における「心理的散文」に主眼を置いており、自己意識の病＝反省の問題に、トゥルゲーネフ、ドストエフスキー、トルストイの小説において後に開花する「心理的散文」の淵源を見ている。オーウィンによるならば、複雑な心理描写の前提となる問題が、ここにはじめて見出されたのである。

オーウィンの理解はそれ自体として正しいが、一方で、一八四〇年代のコンテクストにおいて、反省はたんに心理的な問題であるにとどまらず、人格や歴史といった問題にも関わる、多義性をそなえていた。オーウィンはもっぱら「心理的散文」の系譜のうちに反省概念を位置づけたために、その多義性を捨象してしまった。オーウィンは、ベリンスキーの『現代の英雄』論についてこう述べている。「その書評において、ベリンスキーは反省を哲学的な原理として精査することをはっきりと拒否し（とはいえ、そうしたものとして認めているのだが）、かわりにその心理上の機能に焦点を合わせるのだ[23]」。しかし、後述するように、ベリンスキーの論じる反省は、「心理上の機能」を超える広がりを明らかに内包している。本研究では、オーウィンの理解を共有しつつも、反省の問題をより広いコンテクストのなかで捉えていく。以下、ベリンスキーのテクストを中心に、彼に近しいトゥルゲーネフやゲルツェンのテクストをも参照しながら、反省の問題圏の諸相を検討していきたい。

二―一　ロマン主義的内省と反省

ベリンスキーは、先の引用箇所に続いて、反省の諸症状を列挙している。「行為の際に身を疲れさせる倦怠」「あらゆる仕事に対する嫌悪の念」「心のうちであらゆる関心が欠如していること」「欲求と志向のあいまいさ」「訳もない憂鬱」「内的生活の過剰による病的な夢想」（B, IV, 254）。反省にとらわれた人間は、ある感情が生じるそばからたちまちそれを分析しはじめるため、感情の自発性は損なわれてしまう。反省の過剰は、確固たる自己を失わせ、無為や倦怠や無関心などの症状をもたらす。

しかし、反省のもたらすこうした心理的問題は、自我の肥大化の帰結として、シャトーブリアンやバイロン、ドイツ・ロマン派によってつとに自覚されていたところであった。シェンクは、その古典的なロマン主義研究で、ロマン主義の特徴の一つとして「自我崇拝」をあげている。「自我に没頭し、自我を誇示する態度[24]」こそ、すぐれてロマン主義的な態度である。その系譜を形成しているのは、ルソー、シャトーブリアン、バイロンという三人の自我中心主義者たちで、「ルソーによって創始され、シャトーブリアンによって展開され、さらにバイロン卿によって高揚された、内省と自己描写の伝統[25]」は、ヨーロッパ各地に波及していくことになる。一方で、自我を世界と同一視する以上、自我が浪費されればそれだけ世界も乏しくなってしまう。ここにロマン主義的ニヒリズムの淵源があった。「自我崇拝」は、その高揚の果てに「ロマン主義的な病める魂」へと急落する。ニヒリスティックな主観主義に発する「世界苦の心情」「懐疑」「倦怠」「憂愁」は、作家または主人公をして自己分析のうちに耽溺せしめる。シャトーブリアン『ルネ』（一八〇二）の同名の主人公は、その典型といえよう。「ぼくの想像力は、長続きするのがやりきれないといった調子で、すぐに快楽の底をついてしまうのです」と語るルネは、「心のうちを探ったり、自分が何を望んでいるのかを問いただしたり」しつづけるが、彼の病める魂が満たされることはついにない[26]。シェンクは、セナンクールの小説『オーベルマン』（一八〇四）を例にとって、こう指摘している。「内省的な人間はついにはただ自分としか話ができなくなってしまうのである[27]」。

また、ドイツ・ロマン派におけるニヒリズムの問題を論じたヴェルナー・コールシュミットは、「自我の神化」が「世界の無意味」へと転落する過程を「ロマン主義的主観が避けがたく陥る自己浪費の必然的結末[28]」と指摘している。「ひたすら自己自身のみを送り出し、かつ又、受け取るという、ナルシシズム的主観性に疑いや倦怠のかげりがあらわれる[29]」とき、自我は空洞化していくのである。

このような自己意識の過剰に発する「病める魂」の問題は、ロシアのロマン主義とも無縁ではない。たとえば、スタンケーヴィチ・サークルの詩人クリュシニコフは、「私は世界に己のみを見る[30]」と歌い、自己＝世界の乏しさを「過去の何もかもが欺瞞に思え、／未来は色のない空虚に思える[31]」と表現している。また、レールモントフの主人公ペチョーリンも、自己のみと対話する内省的な主人公の系譜に連なっている。『現代の英雄』は、主人公を含む複数の観点から主人公が描かれるという構成において、作家＝主人公の「私的生活の内面記録《ジュルナール・アンティーム》」[32]というロマン主義的形式をすでに逸脱するものだ。とはいえ、孤独、懐疑、倦怠、他者に対する侮蔑の念など、「自我崇拝」と「病める魂」の諸要素は、ペチョーリンのうちにも容易に見出せるのである。

このように、ベリンスキーがペチョーリンから抽出した反省は、ヨーロッパ・ロマン主義における「内省」の問題の延長線上にある。ただし、ロシアにおいて、「内省」は外発的なモードとして受容されたことに注意しなければならない。ロシアのロマン主義者たちにとって、ヨーロッパ・ロマン主義の主人公たちは第一に模倣の対象としてあり、そこから主体とモデルのずれという問題が生じてしまう。オーウィンが指摘しているように、オネーギンにおいて受肉化されたこの齟齬が、ペチョーリンの自己意識において対象化されたとき、自己の拠りどころを果てしなく問い返す「自己意識の病」が発生することになる。ここに、ベリンスキーがロマン主義的「内省」の問題をロシア固有の歴史的問題として読み換えていく契機があったわけである。

ただし、ベリンスキーがこの問題に「反省」という用語を与えたとき、そこに反省をめぐるヨーロッパの諸思想が合流し、ロマン主義の系譜を超える広がりを獲得することになった。ロシアにおける反省の問題は、ロシアの歴史的コンテクストのもとに、ヨーロッパの諸々の反省論がロマン主義的な「自己意識」の問題と結合された点に、その特性があったといえよう。それはまさにアマルガムとしてあったのである。そのアマルガムのなかで、とりわけ目立った構成要素となっていたのが、ルソーの反省批判の影響であり、またヘーゲル哲学の影響であった。それぞれについて、以下に詳細を検討していこう。

二―二　反省批判の系譜

反省による自然な感情の阻害という基本認識において、ベリンスキーのペチョーリン理解がルソー以来の反省批判の系譜に連なることは明らかであるが、この点に関してよりいっそう注目すべきは、トゥルゲーネフの反省論である。トゥルゲーネフは、その『『ファウスト』論』（ヴロンチェンコによる翻訳の書評論文、一八四五）で、反省の問題を論じた。トゥルゲーネフは疾風怒濤《シュトゥルム・ウント・ドラング》をロマン主義の時代とみなしたうえで、ゲーテをその代表者として捉えている。「彼はロマン主義者であり、――ロマン主義とは個我の神化にほかならない（Tu, I, 220）」。若きゲーテの世界は、神にも等しい自我を中心とする一元的世界である。

彼自身が完全なるすべてであり、言わば一枚岩であった。ゲーテにおいて、人生と詩は二個の世界に分かたれてはいなかった。人生は詩、詩は人生であったのだ……。［…］こうした直接的な、自然な必然性によって、彼の人生は展開した。［…］ゲーテの全人生の最初で最後の言葉は、アルファでありオメガであるものは、その固有の私であった。だが、この私のうちには、全世界を見出すことができるのである［…］。（Tu, I, 223）

しかし、全世界を内包する「私」の一元的世界は、やがて崩れ去る。カントの登場とともに批判の時代がはじまり、世界は二元化されるからだ。ファウストは一見すると「自己にのみ没頭し、自己にのみ救いを求める（Tu, I, 224）」ゲーテ的エゴイズムの体現者だが、もはや己のうちに自足することはできない。ファウストはこうした転換期の形象であり、メフィストフェレスは新しい時代の「否定と批判の精神（дух отрицания и критики）（Tu, I, 226）」を表している。トゥルゲーネフはファウストとメフィストフェレスの分身関係を指摘する。ファウストのうちなるメフィストフェレスこそ、反省にほかならない。

メフィストフェレスは、内に反省が生じた人間の各々にとっての悪魔である。メフィストフェレスは、「否定」

が具象化したものである。それは、自分自身の懐疑と疑惑にかかずらってばかりいる魂のうちに現れる。メフィストフェレスは、孤独で抽象的な人間の悪魔であり、そうした人々は、自分の生活のちっぽけな矛盾にひどく心乱され、餓死しつつある職人たちの家族のそばを哲学的な無関心とともに素通りしてしまうのだ。（Tu, I, 229–230）

メフィストフェレスは卑小な悪魔にすぎないが、まさに「その日常性ゆえに恐ろしい（Tu, I, 230）」。反省という悪魔にとらわれた人間は、他者の苦しみに対し無関心になり、もっぱら自己のみを対象として懐疑と否定に明け暮れる。ここには、人間に本来そなわっている「憐れみの情」を損なうものとして反省を批判したルソーの思想が確かにこだましている。

トゥルゲーネフは、『猟人日記』の一篇「シチグロフ郡のハムレット」（一八四九）において、作中の「ハムレット」にこう語らせている。「私も反省に蝕まれており、直接的なものは影も形もないのです（Tu, IV, 279）」と。この「ハムレット」はドイツに留学して哲学を修めたものの、自分はただの模倣者にすぎないのではないかという懐疑に苦しみ、身につけたヨーロッパの知識をロシアの現実に応用できないことに幻滅する。ロシアとヨーロッパのあいだで引き裂かれた彼は、「直接的なもの」を失い、反省に蝕まれていく。模倣の対象と自己との齟齬を自覚するところに発する反省は、自己と自己、自己と世界との「透明」な関係（＝直接性）を破壊してしまうのである。ルソーが提起した問題を、トゥルゲーネフはロシアのコンテクストのもとで捉え直し、〈余計者〉（一九世紀中期のロシア文学にたびたび登場するタイプで、現実における無力を自覚しながらも無力なままにとどまる知識人を指す）へ形象化していったといえるだろう。

二―三　歴史のなかの反省

トゥルゲーネフの『ファウスト』論は、反省の問題に対する西欧派の基本的な態度を示している。トゥルゲーネフは、反省をいかに克服するかという問題を表立って論じてはいない。とはいえ、その根本的な関心は随所に窺われる。トゥルゲーネフは『ファウスト』第二部の結末を批判して、以下のように述べる。ゲーテはアレゴリーをあやつる超然とした観察者であり、ファウストをその内的世界にとどめたまま、天上に導いて救済を与えることで一切の矛盾を調停してしまった。だが、このような結末は、自分たちの世代を満足させることはできない。「[…]人間の現実の領域外にあるファウストの「和解」は、何であれ不自然である。[…]私たちは[…]物乞いの描かれた美しい絵画を前にして、「再現の芸術性」を嘆賞することあたわず、むしろ現代に物乞いが存在し得るということに思いをめぐらせて、悲しく胸をいためる人びとに似ている（Tu, I, 238）」。貧しき人々へと向ける視線には、トゥルゲーネフの社会派的な姿勢が表れている。反省を越えて向かうべき先は、超越的な「和解」などではなく、「人間の現実の領域（сфера человеческой действительности）」にあるのである。[33]

バクーニンとベリンスキーが一八三〇年代末に唱えた、いわゆる「現実との和解」は、「理性的なものは、現実的である。そして現実的なものは、理性的である」というヘーゲルの命題（『法哲学』序文）の、とくにその後半部分を、文字通りに解釈したところから生まれた極端な現実との宥和論だった。このときヘーゲルと並び称されたのがゲーテで、彼は和解と調和を体現する人物として理解された。このような現状肯定的態度はゲルツェンによって厳しく指弾され、やがてベリンスキーも己の非を悟ることになる。[34] トゥルゲーネフのゲーテ批判は、こうした同時代の思潮と明らかに呼応している。

ゲルツェンの批判を受けて、ベリンスキーは新しい観点から「現実（действительность）」を考究していく。ヘーゲル的な現実との宥和は観念上のもので、目の前のこの現実からは乖離している。およそ理性的ではないこの現実の悪はいかにして克服されるのか[35]。ベリンスキーの反省論は、この問題に対する一つの考察となっている。

ベリンスキーによれば、反省とは精神の「過渡的な」状態である。

それは精神の過渡的な状態である。古いものはすべて破壊されたが、新しいものはいまだ生じていない。このとき人間はなにか現実的なものの未来における可能性としてあるのみで、現在においては完全な幻影にすぎない。

(B, IV, 253)

ここで希求される新しいものこそ「現実」にほかならない。ヴァリツキの言葉を借りれば、「「現実の生活」は一つの理想として、「反省」の悪循環に対する解毒剤に、すなわち手紙で延々と告白をくりかえし、果てしない自己分析の戯れに没入することへの解毒剤になりうるのだ[36]」。その一方で、反省なくしては「現実」という高次の段階に到達できない。したがって、ベリンスキーにおいて反省は両義性を有している。それは進歩のための必然的な過程なのである。

ベリンスキーにとって、反省は個人の問題であると同時に、ロシアの歴史の問題でもある。範と仰ぐ西欧近代とロシアの現実とをいかに調停していくのか。そうした西欧派的観点が、ベリンスキーの思想の前提にはある。ベリンスキーは現代に「反省の時代」という診断を下しているが、彼によれば、その端緒はピョートル一世の欧化政策にある。「直接性」の状態から強制的に離脱させられたことで、ロシア社会はロシアでもヨーロッパでもない、どっちつかずの状態に置かれることになった (B, IV, 254)。直接性とは、ここでは、反省の介在しない自然的・自発的な状態を指している。ベリンスキーはロシアの歴史的現象として反省を理解しているのである。

一方で、ヘーゲル哲学の影響のもとに弁証法的な発展史観をとるベリンスキーは、「反省の時代」は過渡的なものであって、当の反省を通じてやがて止揚されると考える。この普遍的な歴史過程を具現しているのが、ペチョーリンなのである。「[…]芸術的な観点からすればオネーギンがペチョーリンに勝るが、理念においてはペチョーリンがオネーギンに勝る。もっとも、この優越は我々の時代のものであって、レールモントフのものではない(B, IV, 266)」。こうしたベリンスキーの評価は、まさに彼の発展史観を示すものだ。歴史が進展するほどに理念は実現されていくのだから、ペチョーリンはオネーギンよりも高次の段階に位置することになる。ベリンスキーによれば、ペチョーリンはオネーギンにはない能力、すなわち自己を対象化し分析する力をもっている。「ペチョーリンのうちでは心の内部の問いたちが止むことなく響いており、彼の胸を騒がせ、苦しめている。そしてペチョーリンはそれらの解決を反省のなかで探し求めている(B, IV, 266)」。反省はペチョーリンの時代をオネーギンの時代から画す歴史の階梯であり、同時にそのうちには当の反省を超える契機がすでに胚胎しているのである。ペチョーリンを蝕む「悪い反省」を「悟性の反省」とするならば、「歴史のなかの反省」は歴史を弁証法的に発展させる「理性の反省」といえる。ベリンスキーの反省論における反省の両義性は、ヘーゲル哲学から引き継いだものと考えられるだろう。

このように、ヘーゲル哲学の影響のもと、ロシアにおける反省の問題は歴史哲学的な意義をも担うことになった。反省の段階を経て「人間の現実の領域」へと向かうこと。それこそがベリンスキーの構想した歴史の発展過程だったのである。

三　直接性の回復

ベリンスキーやトゥルゲーネフは、反省から「現実」へという基本的な道程を示してはいるが、このプロセスの具体的な内容には踏み込んでいない。また、この弁証法的な過程に個人はいかに関わるべきなのか、という問いも、ほとんど手つかずのままに残されている。ベリンスキーは反省を過渡的な状態とみなしているが、未来の到来を受動的に待つことは本意ではなかったはずだ。これらの問題に対し、歴史の展開を、個人が能動的に関わるべきプロジェクトとしていち早く示したのが、ゲルツェンであった。『学問におけるディレッタンティズム』の第四論文「学問における仏教」（一八四三）を検討していこう。[37]

　ゲルツェンの論文は第一にヘーゲル哲学批判として書かれたものである。ヘーゲル哲学の閉じた体系は、目の前の現実とは遊離してしまっている。この隔たりをいかに埋めていくべきなのか。そうしたヘーゲル左派的な問いが、論文の根幹に位置しているといえよう。ゲルツェンはヘーゲル哲学を念頭に学問批判を展開していく。ゲルツェンによれば、学問が告げるのは「思惟の領域における普遍的な和解（H, III, 64）」である。「[…]学問は、実際、自らの領域において和解に到達した。それは、自覚と思索によって諸々の矛盾をとりのぞき、それらの同一を明らかにすることで和解させる、そのような永遠の媒介としてあったのだ[…]（H, III, 65）」。ヘーゲル哲学の弁証法は矛盾を止揚して高次の和解をもたらすが、そのような和解は、学問のなかの和解であって、この現実における和解ではない。したがって、学問における和解は終着点であってはならず、現実との隔たりを埋めるための闘いがそこから新たにはじまらなければならない。「学問の和解は、実践の領域で和解に到達しようとする、ふたたび開始された闘いなのだ[…]（H, III, 70）」。「新しい時代は、（引用者注――学問によって）理解されたことを、出来事の現実世界において実現することを要求している（H, III, 82）」。学問における和解を現実のものとすること。それこそが今まさに果たすべき時代の課題なのである。

　ゲルツェンは、ヘーゲル哲学を読むより先に、ヘーゲル左派の哲学者チェシコフスキの著書『歴史のプロレゴメナ』を読んでおり、とくにその弁証法的な歴史観に己の思想との共通性を見出していた。その歴史観とは、「過去」＝「古代世界全体（経験――自然的直接性の時代）」、「現在」＝「キリスト教の時代（内省――思弁の時代）」、「未来」＝

「人類史上の最後の時代（行為の時代）」、という三段階の発展として歴史を捉える見方だった[38]。ヘーゲル左派を経由して遡行的にヘーゲルへ向かったゲルツェンは、ヘーゲル哲学に、「現実との和解」ではなく、「革命の代数学」を読みとる。ゲルツェンの観点からすれば、現代は「未来」への移行期にほかならず、歴史は今こそ「思弁の時代」を超えて「行為の時代」へと進まなければならない[39]。

では、真理を現実化するためのこの闘いに、個人はいかに関わるのだろうか。

ゲルツェンは、学問の体系のうちに自足している人々を「仏教徒」または「形式主義者」と呼んで批判する。そのなかには、「現実との和解」論を唱えていたかつてのベリンスキーも含まれるだろう。形式主義者たちは抽象的な和解に浸るばかりで、現実世界との関わりを断ってしまっている。理論上の和解を「現実との和解」と思い込んでいる形式主義者は、ゲルツェンの観点からすれば、己の人格を滅ぼした者でしかない。なぜなら、抽象的な学問においては個々の人格は滅却されるからだ。「理性はこの人格を知らない。理性はただ人格一般の不可欠なることを知っているだけだ。理性は、最高度の公正と同じく、不偏である（H, III, 65）」。形式主義者の人格は、個別性を喪失し、理性の一般性のなかに埋没しているのである。

一方でゲルツェンは、学問における人格の破滅を必然的なプロセスとみなしてもいる。「学問における人格滅却のプロセスは、生成のプロセスである——直接の自然的な人格から、自覚的な、自由にして理性的な人格への。人格はふたたび生まれるためにこそ停止させられるのだ（H, III, 65）」。「直接の自然的な人格」から「自由にして理性的な人格」への、破滅を媒介とする生成。このプロセスの基礎をなしているのは、やはり、ヘーゲル哲学の弁証法である。形式主義者は破滅の段階に永遠に停止してしまっているが、その段階を超えて人格は復活しなければならない。では、破滅からの生成は具体的にいかに成し遂げられるのか。ここで要請されるものこそ「行為（действование）」にほかならない。破滅した人格は「行為」によって復活し、学問と現実はついに媒介されるのである。

ゲルツェンによれば、そもそも人間は学問における和解に満足しきることなどできない。「[…]人間は行為を欲する、なぜならただ行為のみが人間を十分に満足させることができるからだ。行為は人格そのものなのだ(H, III, 69)」。学問の領域から現実の領域への移行は、必然なのである。「[…]人間は、周囲で巻き起こっている人間的活動への参加を拒むことなどできない。人間は、自分の場所、自分の時代において、行動しなければならないのだ。そこにこそ人間の全世界的な使命があり、それは人間の **conditio sine qua non**(必須条件)なのである(H, III, 76)」。学問から現実へと「行為」によって抜け出ることで、滅却された人格はふたたび生成し、その人格において個別性と一般性が調停されることになる。実践的行動によって個人は学問の抽象性から脱し、そのとき「[…]人格のうちに個別性と一般性が結合し、市民《グラジダニン》的相貌のもとに統一される(H, III, 76)」のである。ここに生成するものこそ、「自覚的な、自由にして理性的な人格」にほかならない。

人格がたどるこの弁証法的プロセスを、ゲルツェンは次のようにまとめている。

> 曇った個人は、自然な直接性から精錬されて、靄となって普遍の領域へと上昇し、イデーの太陽に明るく照らされて、普遍の果てしない青みのうちに溶解する。しかし、個人はそのうちで消滅するのではない。己がうちに普遍を受け容れて、個人は、恵みの雨となり、雑じり気のない透明な滴となって、かつていた大地へと落ちてくるのだ。帰り着いた人格が偉大であるのは、ことごとく以下の点に存する。すなわち、それが二つの世界を保持していること、類でありかつまた不可分の個であること、生まれたところのものに成ったこと、より正しくは、そのために生まれたところのものに成ったこと、つまりは二つの世界の自覚的な関係となったこと、自らの普遍性を理解し、かつ個別性を保持していること。かくして発展した人格は、その得たところの知を、運命の実現としてではなく、より高い秩序の直接性として認めるのだ。帰還は弁証法的な運動であり、上昇と同じく不可欠なも

のなのである。(Н, III, 83)

ゲルツェンは、チェシコフスキに学んだ歴史の展開を、個人の人格に適用している。ゲルツェンの考察は、歴史哲学的であると同時に、それ以上に倫理的であり、その主眼は歴史における個人のあり方に向けられている。個々の人格は、歴史の展開と軌を一にして弁証法的過程をたどる。ここで着目すべきは、人格のたどる「弁証法的な運動」を、ゲルツェンが「直接性への帰還」として描いていることだ。「自然な直接性（естественная непосредственность）」のうちにある人格は、学問によって普遍の高みへと引き上げられるが、その抽象的な領域を今度は「行為」によって抜け出ることで、「かつていた大地」へと帰還する。ただし、これは始原へのたんなる帰還を意味するのではない。人格は直接性を回復するが、それは最初の自然な直接性ではなく、個と普遍の合一した「より高い秩序の直接性（непосредственность высшего порядка）」である（エイブラムスのいう「上昇する円環」がここにも見出せる）。かくして生活と思想、実践と理論の対立は解消され、両者のはざまで引き裂かれていた個人は、「行為」においてふたたび統一されることになる。ゲルツェンは、個人のたどるべき弁証法的展開を、「行為」による直接性の回復として提示したのだった。

四　一八四〇年代の〈プロジェクト〉

ゲルツェンはこの論文のなかで「反省」という言葉を用いてはいない。しかし、ゲルツェンの論文は、ベリンスキーやトゥルゲーネフの反省論と同じ問題圏のうちに位置づけることが可能である。三者の論を綜合することで、一八四〇年代の指導的な先駆者たちが提示した、あるプロジェクトが浮かびあがってくる。それは、歴史と個人の双方の領域におけるプロジェクトであり、直接性から反省を経て「高次の直接性」へと帰還するという弁証法的展開を柱としている。

ベリンスキーもゲルツェンも、ともに「現在」を分裂の時代として捉えている。ベリンスキーによるならば、外発的な西欧化によって直接性の状態から離脱させられたロシアは、ロシアとヨーロッパのあいだで引き裂かれた反省の状態にある。ゲルツェンが見つめているのも、西欧由来の学問とロシアの現実とのずれという現況である。こうした分裂は「未来」において止揚されなければならない。西欧とロシア、理念と現実が調停された「未来」を、西欧派の知識人たちは「黄金時代」として思い描いていた。しばしば引用されるサルトゥイコフ＝シチェドリンの一節は、四〇年代に共有された「黄金時代の夢」について物語る証言といえよう。

私はその頃、学校を出てすぐ、ベリンスキーの論文に薫陶を受けて、当然のごとく西欧派に仲間入りした。しかし、ドイツ哲学の原理を普及しようとしていた西欧派の主流（当時の文学においては唯一の権威だった）ではなく、あまり知られていないサークル、本能的にフランスにかぶれていたサークルに入ったのだった。もちろん、ルイ・フィリップやギゾーのフランスではない。サン＝シモンやカベーやフーリエやルイ・ブラン、そしてとりわけジョルジュ・サンドのフランス。そのフランスから、人類に対する信仰の念が私たちに注ぎ込まれ、「黄金時代」は我々の背後にではなく前方にあるのだという信念が輝き初めたのだった……。(S, XIV, 111–112)[40]

シチェドリンの一節は、四〇年代における思潮の変化を伝えている。ドイツ哲学に代わって、サン＝シモンやフーリエ、ジョルジュ・サンドらの唱えるユートピア社会主義が影響力を強めていったのである。この流れは、シチェドリンの世代の青年たち（すなわちペトラシェフスキー・サークルに参加していた人々）のみならず、ベリンスキーやゲルツェンの世代をも巻き込んだものだった。現在を改革していくための方法論を、西欧派の知識人たちはフランスの社会思想に見出したのだ。その際、未来に建設されるべきユートピアは「黄金時代」として表象された。「黄金時代」とは古代ギリシアの時代より語り継がれてきた理想郷をめぐる神話であり、原初の汚れなき楽園を表している。人類の「故郷」と言い換えてもよい。つまり、四〇年代の知識人たちは、未来における始原への回帰を夢見ていたのである。そのことは、歴史が「上昇する円環」として把握されていたことを示唆する。「黄金時代」を原初の「自然な直接性」の時代とするならば、この歴史上の未来における直接性の回復こそ、彼らの取り組むべきプロジェクトであった。いうまでもなく、その目的は、たんなる復古ではなく、「自由にして理性的な」社会を建設することにあった。

では、個人はこの歴史的プロジェクトにどのように関わるべきなのか、そしてそのためにどのように変わらなければならないのか。この問題への答えとして構想されたのが、個人の人格に関わるプロジェクトであった。

個人を蝕む反省とはいかなるものか、改めて確認するならば、それは、ロマン主義的な自己意識の問題がロシアの歴史的コンテクストのなかで捉え直されたものである。時代の分裂のはざまに置かれた個人が自己のありようを問い返しつづける、そうした意識の営為を指す。冒頭で引用したルカーチの一節にあるように、自己と世界、内部と外部、心情と行為、自己と自己の分裂を意識する意識といってよい。トゥルゲーネフの描く「ハムレット」はまさしく、西欧の思想とロシアの現実、西欧型モデルと自己自身のあいだで引き裂かれた存在としてあった。この分裂を止揚するための有力な方法論となったのが、ゲルツェンの提起した「行為」論である。ゲルツェンによれば、「行為」とは人格そのものにほかならない。「行為」を介して個人は現実と直接につながり、「行為」によって個と普遍は媒介され、自己意識の分裂は解消される。そのとき回復されるのは、ふたたびルカーチの一節を援用するならば、自己と世界、内部と外部、心情と行為の円かな調和である。ゲルツェンは人格のたどるプロセスを「直接性への回帰」として描いた。「行為」によって歴史の展開に参与することは、とりもなおさず、人格における直接性の回復を意味する。ゲルツェンの示したこのような道程こそ、人格に関わるプロジェクトにほかならない。

反省と直接性の問題は、ベリンスキーによってはじめて提起された。それらをめぐる議論は、トゥルゲーネフによって深められ、ゲルツェンによってさらに突き詰められていった。彼らは、反省を克服して直接性へと還帰する弁証法的展開を構想し、歴史と個人の双方において「高次の直接性」を回復するための実践的なプロジェクトを考察した。それは、自我と世界が円かに調和する場所＝「故郷」の探求であり、さらに、人格の変容と再構築を目指すものであった。このプロジェクトを提起した指導的な先駆者たちにとっては無論のこと、後に続く者たち（とくにペトラシェフスキー・サークルのメンバーたち）にとっても、進むべき道が示されたのである。まさしくそれは、一八四〇年代における転換の中枢に位置するものであったといってよい。本書では、このプロジェクトを大きな柱として、それに対するさまざまな応答を探っていくことになる。煩雑を避けるために、以下、このプロジェクトのことを〈プロジェクト〉と書き表すことにする。

五　本書の課題

以上のように、一八四〇年代という「驚くべき十年間」の幕を開いた先駆者たちは、時代の問題を反省と直接性という観点から考察し、解決方策としての〈プロジェクト〉を提示したのだった。しかし、理論的に考察された実践的プロジェクトが、いざ現実の次元で試されることになったとき、そこに種々の問題が生じることとなる。とりわけ、人格における〈プロジェクト〉は、その道を進まんとする者たちに大いなる課題を突きつけるものであった。なぜなら、〈プロジェクト〉の実践は、それ以前の人格のモード、とりわけロマン主義的な規範を打ち崩し、新しい人格を打ち建てることを意味するからである。ロマン主義に別れを告げた者たちにとっても、その規範はじつは意想外に堅固であり、彼らを陰に束縛しつづける。所与の規範を脱して、新しい人格を模索し構築すること。そこには産みの苦しみというべき困難があったのである。その困難を研究の対象とすることで、四〇年代における転換のある局面を明らかにし得るはずだ。それが本書における第一の課題となる。

第一の課題について、本書が主要な対象とするのは、ペトラシェフスキー・サークルの作家たちである。ベリンスキーらの衣鉢を継ぐかたちで出発した彼らは、〈プロジェクト〉実践の多難を一身に背負うこととなった。なかでも本書が着目するのは、ペトラシェフスキー・サークルを代表する詩人、プレシチェーエフである。ロマン主義の規範とリアリズムへの希求がせめぎあうなかで、プレシチェーエフは自らの人格を構築していった。その楽観主義によって異彩を放つプレシチェーエフは、人格における直接性を曲がりなりにも実現してみせるのだが、それは括弧つきの実現であって、そこにいたる曲折は、あたかも「現実」との鼬ごっこのような様相を呈している。「人間の現実の領域」は、到達し得たと思いきや、さらなる高次の相にたちまち逃れてしまうのである。課題のはらむ困難により深く向きあっていたのが、同じペトラシェフスキー・サークルに属する作家、サルトゥイコフ＝シチェドリンである。その懐疑的な知性は、プレシチェーエフの試みを「現実」という次元に照らして冷ややかに相対化してみせる。本書では、プレシチェーエフの詩と実践を主題としつつ、それに対するアイロニーとしてサルトゥイコフ＝シチェドリンを位置づける。彼らのテクストの分析を通じて、ベリンスキーからペトラシェフスキー・サークルへと、〈プロジェクト〉がたどった道程を多角的に描き出していきたいと考えている。

一方で、〈プロジェクト〉のたどった道程を描くのみでは、従来の西欧派中心の文学史を更新するにとどまり、四〇年代研究としては一面的という誹りを免れないだろう。反省と直接性という問題圏にあって、〈プロジェクト〉は確かに時代の主流をなすものであったが、同時に複数の流れが並行または交差していたはずである。〈プロジェクト〉それ自体を相対化するような、もう一つの探求を併せて論じることで、四〇年代の思想的状況をより重層的に描き出すことが可能となる。この「もう一つの位相」を開示する存在として本研究が着目するのが、アポロン・グリゴーリエフである。

一般に、西欧派のカウンターとして位置づけられるのはスラヴ派である。したがって、スラヴ派に属する思想家たちも、当然ながら等しい分量を割いて論ずるべきところではある。しかし、ゲルツェンの「双頭の鷲」という表現が示唆する両者の同質性は、前述したように、カーントルによっても鋭く指摘されている。実際、両者の対立は同じ位相における対立といってよく、両派の共通性を仮説的に導き出すことは可能である。反省と直接性の問題はスラヴ派にとっても本質的なものであり、ヴァリツキのいうように、「彼らの目的は、「ロシアのハムレットたち」が疎外および内面の二重化を克服できるよう、「全一的な人格」という理想を示し、手を差し伸べることにあった」[41]。

たとえば、イヴァン・キレーエフスキーは、論文「ヨーロッパ文化の性格、およびロシア文化に対するその関係について」（一八五二）において、ヨーロッパの思想史を概観しつつ、ヨーロッパにおける「破壊的な悟性（разрушительная рассудочность）」「抽象的な理性（отвлеченный разум）」の優位を執拗に強調する。悟性の分析的な知の作用により、ヨーロッパは外面的な形式を重んじる「一面性」にとらわれ、公と私、外部と内部の「分裂」状態に陥っている。こうしたヨーロッパ批判は、じつはそれ自体ヨーロッパ思想の影響を蒙っており、ルソー以来の悟性批判の系譜に連なるものだ。西欧思想に通じていたキレーエフスキーは、シェリング哲学の「消極哲学」と「積極哲学」の区別を踏まえつつ、ヨーロッパの「一面性」に古代ロシアの「全一性」を対置する。「東方の人々は、真理の充溢に達するために、理性の内なる全一性を求める。すなわち、あらゆる個々の精神活動がそこでひとつの生きた至高の統一へと合流するような、思惟の力の結集を求めるのだ」[42]。東方の「全一性」は、信仰と理性の対立が存在しない、積極的なものである。このような「全一性」こそ、キレーエフスキーが思い描く直接性の理想にほかならない。外発的な西欧化を運命づけられたロシアにとって、ヨーロッパ文化における「分裂」は対岸の火事ではない。しかし、古代ロシアの諸原理は今もなお正教会によって守られている。「精神の内なる全一性（внутренная цельность духа）[43]」という理想をいかに普く回復していくか、それこそがキレーエフスキーの思想の根幹にある課題であった。キレーエフスキーはその後、ロシア正教への帰依を深め、哲学を宗教へと解消させていくのである[44]。

このように、スラヴ派もまた、反省による分裂を止揚して直接性へと回帰することを希求していた。もちろん、西欧派とスラヴ派の立場には本質的な相違があり、前者が社会的な観点に立つのに対し、後者は宗教的な観点に立っている。「慈愛に満ちた交わりのうちに教会と結ばれる限りにおいて、個人は真実を理解し得るのであり、かくして個人は個人を超越する意識（意識の統一体《ソボールノスチ》）の一器官となる[45]」。スラヴ派の普遍的真理は、西欧派のそれとは内容を異にするものだ。しかし、両者はともにヘーゲル哲学の影響を蒙っており、個と普遍の高次の合一を希求している点では共通している。西欧派は、「行為」を媒介とする、「現実」における合一を、一方のスラヴ派は、「信仰」を媒介とする、「教会」における合一を、弁証法的展開の最終目的に定めている。両者の思想は、目指す真理に違いはあれ、構造的には似通っているのである。

したがって、〈プロジェクト〉に対する真にカウンター的な立場は、スラヴ派ではなく、ほかの領域に見出されなければならない。そのような独自の位相に立つ存在として、本研究はアポロン・グリゴーリエフに着目する。グリゴーリエフは、西欧派ともスラヴ派とも異なり、もはやヘーゲル哲学の弁証法を前提にはしていない。彼にとって人間は、普遍に対する特殊ではなく、むしろ普遍から切り離された単独の存在としてある。反省と直接性の問題は、グリゴーリエフにとっても切実なものであったが、その同じ問題圏のなかにあって、彼は独自の観点から特異な道程を歩んでいくのである。その軌跡を描き出すことによって、四〇年代の思想的状況の隠れた局面を浮き彫りにし得るはずであり、それが本書の第二の課題となる。

以下、第一部では、人格の変容と再構築という主題のもとにプレシチェーエフとペトラシェフスキー・サークルの作家たちを論じ、続く第二部では、アポロン・グリゴーリエフを主人公に反省と直接性をめぐる探求の軌跡を描く。

（1）ルカーチ（原田義人・佐々木基一訳）『小説の理論』ちくま文庫、一九九四年、九頁。
（2）同上、一〇頁。
（3）同上、三〇頁。
（4）ノヴァーリス（青木誠之・池田信雄・大友進・藤田総平訳）『ノヴァーリス全集　第二巻』沖積舎、二〇〇一年、二四八頁。
（5）M・H・エイブラムス（吉村正和訳）『自然と超自然——ロマン主義理念の形成』平凡社、一九九三年。
（6）山口祐弘『ドイツ観念論における反省理論』勁草書房、一九九一年、九六頁。
（7）ヴァルター・ベンヤミン（浅井健二郎訳）『ドイツ・ロマン主義における芸術批評の概念』ちくま学芸文庫、二〇〇一年、四四頁。
（8）山口祐弘『ドイツ観念論における反省理論』、一〇一頁。
（9）ヴァルター・ベンヤミン『ドイツ・ロマン主義における芸術批評の概念』、六〇—六一頁。
（10）同上、三八頁。
（11）同上、七三—七四頁。
（12）ルソー（本田喜代治・平岡昇訳）『人間不平等起源論』岩波文庫、一九七二年、七四頁。
（13）ジャン・スタロバンスキー（山路昭訳）『ルソー　透明と障害』みすず書房、一九九三年新装版、四一頁。Jean Starobinski, *Jean-Jacques Rousseau: la transparence et l'obstacle*, Paris, Gallimard, 1971, p. 40.
（14）同上、四一頁。*Ibid.*, p. 40.
（15）仲正昌樹『危機の詩学——ヘルダリン、存在と言語』作品社、二〇一二年、八六頁。
（16）同上、二四頁。
（17）寄川条路『新版　体系への道——初期ヘーゲル研究』創土社、二〇一〇年、一一六頁。
（18）同上、一一九頁。

(19) 同上、一一三—一一四頁。

(20) 同上、一一一頁。

(21) ベリンスキーの「『現代の英雄』論」には、下記の邦訳がある。ベリンスキイ（岩上順一訳）「現代のヒーロー論」『レールモントフ論』日本評論社世界古典文庫、一九五〇年、七—二〇七頁。

(22) D. T. Orwin, *Consequences of Consciousness: Turgenev, Dostoevsky, and Tolstoy* (Stanford, California: Stanford University Press, 2007), pp. 12–20.

(23) *Ibid*., p. 114.

(24) H・G・シェンク（生松敬三・塚本明子訳）『ロマン主義の精神』みすず書房、一九七五年、一七〇頁。

(25) 同上、一八九頁。「内省」の原語は introspection、「自己描写」の原語は self-depiction である。H. G. Schenk, *The Mind of the European Romantics: An Essay in Cultural History* (London: Constable, 1966), pp. 150–151.

(26) シャトーブリアン（辻昶訳）『ルネ』『世界文学大系25　シャトーブリアン　ヴィニー　ユゴー』筑摩書房、一九六一年、五六、五七頁。

(27) シェンク『ロマン主義の精神』、七三—七四頁。H. G. Schenk, *The Mind of the European Romantics*, p. 57.

(28) ヴェルナー・コールシュミット（深見茂訳）「ロマン派におけるニヒリズム」『ドイツ・ロマン派全集第一〇巻　ドイツ・ロマン派論考』前川道介責任編集、国書刊行会、一九八四年、二一〇頁。

(29) 同上、二〇八頁。

(30) Поэты кружка Н.В. Станкевича. М.; Л., 1964. С. 502. 引用は「わが天分」（一八三八）より。

(31) Там же. С. 497. 引用は「悲歌」（一八三八）の第四連。

(32) シェンク『ロマン主義の精神』、七二頁。

(33) ただし、トゥルゲーネフにおいても反省は両義性を有している。「[…] 反省は私たちの強さであり弱さである。私たちの破滅であり、救済である……（Tu, I, 244）」。トゥルゲーネフは、ファウストとメフィストフェレスがゲーテその人の形象であることを指摘し、自己を対象化しうる反省的なまなざしに一定の評価を与えるのである。

(34) この経緯については、以下の文献に詳しく論述されている。*Усакина Т.* Петрашевцы и литературно-общественное движение сороковых годов XIX века. Саратов, 1965. С. 63–75.

(35) これは、同時代のドイツでヘーゲル左派の哲学者たちが考察していた問題でもあり、ベリンスキーやゲルツェンは彼らの影響を受けている。

(36) Andrzej Walicki, *A History of Russian Thought*, p. 123.

(37) 下記の邦訳がある。ゲルツェン（森宏一訳）「学問における仏教」『ゲルツェン著作選集Ｉ』同時代社、一九八五年、一二〇—一四七頁。

(38) 長縄光男『評伝ゲルツェン』成文社、二〇一二年、一七〇頁。

(39) 以上の記述に関しては、次の文献をとくに参考にした。長縄光男『評伝ゲルツェン』、一六八—一七三頁。

(40) 翻訳は引用者によるが、以下の邦訳がある。シチェドリン（相馬守胤訳）『シチェドリン選集第三巻　国外にて』未来社、一九八三年、一五七頁。

(41) Andrzej Walicki, *A History of Russian Thought*, p. 100.

(42) *Киреевский И.В.* Полное собрание сочинений в 2 томах. Т. 1. М., 1911. С. 201.

(43) Там же. С. 217.

(44) 以上、キレーエフスキーに関する記述は、以下の論文を参照した。坂庭淳史「キレーエフスキーとシェリング、プラトン——全一性をめぐって」『「スラブ・ユーラシア学の構築」研究報告集』第二五号、二〇〇八年、六〇—八〇頁。

(45) Andrzej Walicki, *A History of Russian Thought*, p. 103.

第一部　プレシチェーエフの実践

序

一八四〇年代という「驚くべき十年間」の掉尾を飾ったのが、ペトラシェフツィ（ペトラシェフスキー・サークルのメンバーたち）と称される一群である。主に二〇年代前半に生まれた者たちからなるペトラシェフツィは、ベリンスキーやゲルツェンから見て、いわば年の離れた弟の世代に属している。(1)「兄」たちの拓いた道をさらに押し広げようとすることに、彼らの青春は捧げられたのだった。

ペトラシェフスキー・サークルは、熱烈なユートピア主義者ペトラシェフスキーを中心に形成されたサークルである。周辺の小サークルも含め、多くの青年知識人たちが関わっており、彼らは議論を交わしたり、あるいは作品を朗読したりと、知的な交流にいそしんでいた。ペトラシェフツィの心を共通して捉えていたのは、サン＝シモンやフーリエらのユートピア社会主義だが、ペトラシェフスキー宅に密かに設けられた図書室には、発禁の書を含む多数の洋書が蒐集されており、新しい知に餓えた青年たちの心をしばし慰める場となっていた。ペトラシェフツィの活動は思索の領域にとどまらず、実際的なプロパガンダの方法が討議され、秘密結社の設立さえ図られていた。しかし、彼らの活動はあえなく頓挫する。一八四九年、ペトラシェフツィは政府によって軒並み検挙され、うち二一名に有罪判決が下されたのである。その年の暮れ、二一名のペトラシェフツィはセミョーノフスキー練兵場に連行され、皇帝自ら演出した銃殺の茶番劇にさらされた後、それぞれの刑地へと旅立った。ペトラシェフスキー・サークル弾圧事件は、四〇年代の終幕を告げる出来事となったのだった。(2)

この二一名のなかに、親密な友情で結ばれた二人の作家がいた。ドストエフスキーとプレシチェーエフである。二人の交友は、ヴァシーリー・コマローヴィチによる論文「ドストエフスキーの青春」（一九二四）に、詳しく論じられている。(3) この論文は、ドストエフスキーの芸術と実人生を四〇年代という時代のうちに位置づけ、四〇年代ユートピアンとしてのドストエフスキーの肖像を浮き彫りにした古典的な研究である。コマローヴィチは、友情の高まりを通して二人の共有していた夢と思想を明らかにし、友情の終わりを通して流刑後のドストエフスキーの変容を浮かび上がらせた。(4) ただし、その主眼はあくまでもドストエフスキーの肖像を描くことにあり、当然ながら、プレシチェーエフは脇役に甘んじている。

確かに、後代への影響という点から見れば、プレシチェーエフの存在は決して大きなものではない。しかし、プレシチェーエフは、ペトラシェフツィの理想を代弁する存在としてサークルの中心に座していた。たとえば、ペトラシェフツィ二一名の刑場となったセミョーノフスキー練兵場で、カシュキンは初めて出会ったプレシチェーエフにその詩を諳んじてみせている。(5) ペトラシェフスキー・サークルは多くの構成員がさらに自前の小サークルを組織しており、そのネットワークのなかで、プレシチェーエフの声は確かにこだましていたのである。彼の詩と実践は、四〇年代という時代に根ざした一つの顕著な現象といってよい。それならば、あえて彼を主人公に据えて「プレシチェーエフの青春」を描くことにも、十分な意義が認められるはずだ。

アレクセイ・プレシチェーエフは一八二五年一一月にコストロマに生まれた。プレシチェーエフ家は由緒ある貴族の家柄だが、父の代にはすでに零落していた。父は地方官吏としてニジニー・ノヴゴロドの林務官などを勤めたが、アレクセイの幼い頃に死去し、その後アレクセイは母とともにペテルブルクへ引き移った。一八四〇年に母の意向で陸軍士官学校に入学するも中退し、一八四三年にペテルブルク大学に入学した。ドイツ語、フランス語、英語に堪能なプレシチェーエフは、在学中に雑誌『現代人』に翻訳詩を発表し、さらには『現代人』の創刊者であるペテルブルク大学総長のプレトニョフに認められ、自作の詩を発表するようになる。折から、経済的事情で学費の納入が困難になっていたこともあり、プレシチェーエフは大学を中退して文筆生活に入った。この頃から、マイコフ兄弟やベケートフ兄弟のサークルに出入りするようになり、ドストエフスキーやサルトゥイコフ＝シチェドリンを知った。ペトラシェフスキー・サークルに足繁く出入りするようになったのもこの時期で、ドストエフスキーをペトラシェフスキーに紹介したのは、ほかならぬプレシチェーエフであった。一八四七年初めにベケートフ兄弟がカザン大学に移り、また同年にヴァレリアン・マイコフが夭折したこともあって、もっぱらペトラシェフスキー宅がサークル活動の拠点となっていった。詩人プレシチェーエフは、四〇年代のサークル文化の申し子といってよい。サークルでの交友を通じて、プレシチェーエフは、清新な抒情詩人から「ペトラシェフスキー・サークルの詩人」へと変貌していったのである。(6)

本論に入るに先立ち、二つの回想録の一節を引用したい。ペトラシェフスキー・サークルのメンバーであったミリュコーフとセミョーノフ＝チャン＝シャンスキーが、かつての同志プレシチェーエフについて述べているくだりである。

ミリュコーフは、プレシチェーエフに初めて出会った時のことを振り返り、共感の念をこめてこう記している。

ちょうどその前に、私はプレシチェーエフの小さな詩集を読んだばかりで、そこに見られるうそいつわりない感情と純朴さ、あるいは思想の初々しさと青年らしい熱烈さとに魅せられていた。(7)

一方のセミョーノフ＝チャン＝シャンスキーは、いくぶん冷笑気味にプレシチェーエフの相貌を伝えている。

髪はブロンドで、見た目も感じよかったが、「靄がかったような顔は蒼ざめていた」……。天性の理想主義者にして、性格も善良で柔和なこの人物は、志向の面でも同じく曖昧模糊としていた。人間的で高遠に見えるものには何であれ共鳴したが、はっきりとした傾向はなく、サークルに加わったのも、実践的なというよりは、理想主義的な気運を見出したからにすぎなかった。(8)

二人の同時代人の言葉は、端的に「素朴で（простой）曖昧な（неопределенный）理想主義者」と表し得るような、プレシチェーエフの肖像を伝えている。このような評価は、決して数多いとはいえないプレシチェーエフへの論及に常について回るものだ。たとえば、アレクサンドル・エゴーリンはそのネクラーソフ論のなかで、四〇年代のプレシチェーエフがネクラーソフに近い位置にあり、自由、平等、兄弟愛といったモチーフを共有していたものの、その社会的理想は抽象的で、あまりに漠然としたものであったと指摘している。(9) シチューロフは、とくに四〇年代の詩作品の曖昧さを認めたうえで、六〇年代における革命的民主主義者たちの陣営に拠った文学活動に、否定的評価を相殺する意義を見出している。(10) プレシチェーエフの評伝を書いたリュボーフィ・プスチーリニクも、ネクラーソフやチェルヌイシェフスキーやドブロリューボフらとの近しい関係に焦点を合わせることで、時代遅れの理想主義者という評価を見直そうとしている。(11) 肯定的であれ否定的であれ、これらの先行研究が描くプレシチェーエフの肖像はどれもみな似通っている。(12)

それはつまり、先行研究の評価基準が同じであったことを意味する。革命的民主主義からの近さ・遠さが、プレシチェーエフの作品と実人生をはかる物差しとなってきたのである。だが、先行研究はいずれも、ある単純な事実を見過ごしている。プレシチェーエフの詩は、確かに「空想的」な明朗さで際立っているが、その明るさは、じつは同時代にあってむしろ異色のものだった。本書では、従来の物差しを借りることはせず、プレシチェーエフの「素朴」と

「曖昧」を四〇年代における特異な表現とみなし、そこに内在する試みの軌跡を探究していく。

具体的な考察の対象となるのは、詩人の自己造型である。一八四〇年代の詩において、プレシチェーエフは、〈預言者〉（пророк）という形象のもとに統一的な詩的主体を構築した。そして、それを実人生に投影し、サークルという場で〈預言者〉の役割を演じた。プレシチェーエフの文学と生活のあいだには、自作自演ともいうべき緊密な相関関係があったのである。しかし、こうしたロマン主義的な自己造型の方法には、四〇年代のコンテクストに照らした場合、ある困難がひそんでいる。四〇年代はロマン主義からリアリズムへの転換期にあたり、ロマン主義的な人格のあり方はすでに後景に退いていたからだ。

四〇年代における「現実」の探求は、詩に対する散文の優位をもたらした[13]。文壇の主流となったのは、社会悪を暴く自然派の散文作品であり、それと軌を一にして、ネクラーソフが「詩人＝暴露者」という新たな詩人像を打ち出そうと試みていた[14]。暴露者は、自らが描く物語の主人公にはなれない。作者が自らを主人公に仕立てあげるロマン主義の作法は、そのリアリティを失いつつあったのである。そもそも、前世代の人々、たとえばレールモントフが波瀾に富んだ冒険的人生を送ったのに比して、四〇年代人の生活ははるかに慎ましいものだった。四〇年代においてロマン主義者を演じるのは、亜流をさらに模倣することであり、ゴンチャローフの『平凡物語』（一八四七）に窺われるように、すでに批判の対象となっていた。あるいはドストエフスキーが描いた『白夜』（一八四八）の青年が示すように、ロマン主義文学と実人生のあいだには決定的な齟齬が生じており、物語の主人公たろうとする者は、もはや夢想家になるほかなかった。ナポレオンが輝かしいモデルとなった時代、ユーリー・ロトマンのいう「個人の運命が歴史的事件――国家や民衆の運命とかくも緊密に結ばれていた[15]」稀なる時代は、とうに過ぎ去っていたのだ。その終焉の過程を生きたプーシキン、レールモントフに対し、四〇年代に登場した作家たちはその終焉後を生きていたのである。

こうした趨勢に照らし合わせると、プレシチェーエフの姿は、あたかもドン・キホーテのように映る。だが、後の世代の目には時流に遅れた素朴なロマン主義者と見えたにせよ、少なくともペトラシェフツィのあいだで、その詩が一定のリアリティを有していたことはまちがいない。また、プレシチェーエフ自身、決して時代の問題に無自覚であったわけではなく、詩人としてはロマン主義的な規範のなかで出発しながらも、革命派の青年として「現実」への道程を必死に進もうとしていた。四〇年代の〈プロジェクト〉は、プレシチェーエフにとっても果たすべき課題としてあったのである。むしろ、その直情ゆえに、プレシチェーエフは〈プロジェクト〉実践の困難を一身に引き受けていたとさえいえる。

本書では、このような価値秩序の転換のなかにプレシチェーエフを位置づけ、彼が時代の諸条件に応答しながら自己を構築していった過程を明らかにする。その過程は、「現実」探求の混乱をそのままに映し出している。これまでの先行研究は、時代状況をめぐる所与の構図に照らしてプレシチェーエフを捉えることを主眼としてきた。[16] 本書は同じ方法を踏襲するのではなく、むしろプレシチェーエフに照らして時代の錯雑とした状況を問うていく。

具体的な構成は以下のようになる。第一章では、プレシチェーエフが登場するまでの前史というべき、ベリンスキーら先駆者たちによる人格構築の試みを追跡する。第二章では、プーシキンからレールモントフへといたる〈預言者〉の系譜を踏まえつつ、プレシチェーエフが時代の要請にかなう〈預言者〉像を創造していく過程を追究する。続く第三章では、〈預言者〉を自演するに際し、時代遅れのロマン主義者という批判をかわしつつ、プレシチェーエフが人格の新しいありようを打ち出していく過程を明らかにする。その際、プレシチェーエフへのアイロニーとしてサルトゥイコフ＝シチェドリンの小説を対置することで、プレシチェーエフの試みにひそむ問題を炙り出す。そして最後に、曲りなりにも回復された人格の直接性について、その実相を批判的に検討する。

なお、本書が分析対象とするプレシチェーエフのテクストは、主として一八四五年から四八年にかけて書かれており、しかも大部分は四六年に出版された詩集に収録されている。この比較的短い期間に集中するプレシチェーエフの詩と実践を、本書は一貫した因果連関のなかに落とし込んでいくことになる。もとよりそれは、プレシチェーエフ自身の意図に即した伝記的なストーリーではない。あくまでも本書の観点に照らして再構成されたストーリーである。とはいえ、一八四六年の詩集一つをとっても、そのうちには複数の契機が混在しており、そこに、〈プロジェクト〉実践の試みと、その困難に対する応答という一連の展開を読み込むことは十分に可能であり、また有効であると考える。

（1）ゲルツェンも世代間の関係を兄弟に喩えて説明している。「デカブリストがわれわれの兄であるとすれば、ペトラシェーフスキイ派の人びとはわれわれの弟である」。アレクサンドル・ゲルツェン（金子幸彦・長縄光男訳）『過去と思索2』筑摩書房、一九九九年、五三六頁。

（2）ペトラシェフスキー・サークルについては、とくに以下の研究書を参照した。J. Seddon, *The Petrashevtsy: A Study of the Russian Revolutionaries of 1848*（Manchester: Manchester University Press, 1985）; *Егоров Б.Ф.* Петрашевцы. Л., 1988. また、ペトラシェフツィの文学観については、以下の研究がある。*Зельдович М.Г.* К характеристике литературно-эстетических взглядов М.В. Петрашевского // Труды филологического факультета ХГУ. Т. 70. 1956. № 3. С. 235–259; *Деркач С.С.* О литературно-эстетических взглядах петрашевцев // Вестник ЛГУ. 1957. № 14. С. 77–93; *Усакина Т.И.* Петрашевцы и литературно-общественное движение сороковых годов XIX века. Саратов, 1965. 前二者は、とくにペトラシェフスキーの美学的思想に焦点を合わせたもので、彼が中心になって編集した『外来語ポケット辞典』を主たる分析の対象としている。タチヤーナ・ウサーキナの研究は、ペトラシェフツィの芸術論を扱ったものとしてはもっとも包括的であり、ペトラシェフスキー、ヴァレリアン・マイコフ、サルトゥイコフ＝シチェドリン、チェルヌイシェフスキーらの思想を、ベリンスキーやゲルツェンと対比させつつ、詳細に検討している。ちなみに、『外来語ポケット辞典』は外来語の辞典を装って当局を欺きつつ、西欧の革命的な思想を紹介したもので、以下の資料集に収録されている。Философские и общественно-политические произведения петрашевцев / Под ред. В.Е. Евграфова. М., 1953.

（3）*Комарович В.Л.* Юность Достоевского // *Комарович В.Л. O Dostoevckom*（Providence, Rhode Island: Brown University Press,

1966), pp. 73–115.（邦訳：コマローヴィチ「ドストエフスキーの青春」（中村健之介訳）『ドストエフスキーの青春』みすず書房、一九七八年。）その他、ドストエフスキーとプレシチェーエフの交友関係を素描したものに、*Долинин А.С.* Плещеев и Достоевский // Ф.М. Достоевский: материалы и исследования / Под ред. А.С. Долинина. Л., 1935. С. 431–435. ドストエフスキーの中篇小説『白夜』、プレシチェーエフの中篇小説『友情ある助言』における夢想家像を比較したものに、*Белякова Е.Н.* Образ героя-мечтателя в повести Ф.М. Достоевского «Белые ночи» и в повести А.Н. Плещеева «Дружеские советы» // А.Н. Плещеев и русская литература / Под ред. А.К. Котлова. Кострома, 2006. С. 87–95.

（4）実際にはプレシチェーエフとの交友は生涯にわたって続いており、そのことは、ドストエフスキーの棺を担ったのがプレシチェーエフであったという事実によっても明らかであろう。この点で、コマローヴィチの見方はやや偏りがあるように思われる。

（5）*Кашкин П.А.* ［Казнь Петрашевцев］// Первые русские социалисты. Воспоминания участников кружков петрашевцев в Петербурге / Под ред. Б.Ф. Егорова. Л., 1984. С. 321.

（6）プレシチェーエフの伝記的事項については、以下の評伝を参照した。*Пустильник Л.С.* Жизнь и творчество А.Н. Плещеева. М., 2008. С. 8–17.

（7）*Милюков А.П.* Федор Михайлович Достоевский // Первые русские социалисты. С. 132. 日本語訳は引用者によるが、邦訳がある。原卓也・小泉猛編訳『ドストエフスキーとペトラシェフスキー事件』集英社、一九七一年、一〇〇頁。

（8）*Семенов-Тян-Шанский П.П.* Мемуары // Первые русские социалисты. С. 87.（邦訳：原卓也・小泉猛編訳『ドストエフスキーとペトラシェフスキー事件』、六四頁。）

（9）*Еголин А.М.* Некрасов и поэты-демократы. М., 1960. С. 66.

（10）*Щуров И.А.* А.Н. Плещеев о революционных демократах // Русская литература. 1961. № 2. С. 126–134; *Щуров И.А.* Лирика А.Н. Плещеева // Писатель и жизнь. Вып. 3. М., 1966. С. 123–152.

（11）*Пустильник Л.С.* Жизнь и творчество А.Н. Плещеева. М., 2008.（とくに九〇頁を参照のこと。）

（12）プレシチェーエフに関する先行研究は、先にあげたものの他に、以下のものがある。伝記として、*Кузин Н.Г.* Плещеев. М., 1988. 一八四〇年代の散文作品を自然派との関係から分析したものとして、*Ахмедова М.А.* Плещеев и писатели-петрашевцы（40-е годы）// Ученые записки Азербайджанского педагогического института языков им. М.Ф. Ахундова. Серия 12.

Язык и литература. 1967. № 4. С. 63–73. プレシチェーエフの散文作品について概括したものとして、*Кузин Н.Г.* А.Н. Плещеев и его проза // *Плещеев А.Н.* Житейские сцены. М., 1986. С. 3–16. また、批評家としてのプレシチェーエフに焦点を合わせて、ベリンスキー、ヴァレリアン・マイコフからチェルヌイシェフスキー、ドブロリューボフへといたるリアリズムの展開のなかに彼の批評活動を位置づけ検討した研究として、*Головко Н.В.* Русская критика в борьбе за реализм（А.Н. Плещеев, М.Л. Михайлов）. Минск, 1980. ほかに、生誕一八〇周年を記念して、生地コストロマで開かれた学会の論集がある。А.Н. Плещеев и русская литература / Под ред. А.К. Котлова. Кострома, 2006. ここに収められた論考はいずれも具体的なテーマに的を絞った短いものだが、参考にすべき分析もあり、本章と関わるものについては、改めて言及することにしたい。

（13）*Бухштаб Б.Я.* Русская поэзия 1840–1850-х годов // Поэты 1840–1850-х годов. Л., 1972. С. 10.

（14）*Еголин А.М.* Некрасов и поэты-демократы. С. 26.

（15）*Лотман Ю.М.* Александр Сергеевич Пушкин. Биография писателя // *Лотман Ю.М.* Пушкин. СПб., 2005. С. 23.

（16）たとえばゴロフコは、四〇年代におけるプレシチェーエフの批評活動を、ベリンスキーとマイコフの「民族性」をめぐる論争のうちに位置づけている（*Головко Н.В.* Русская критика в борьбе за реализм. С. 35–55）。ゴロフコによれば、プレシチェーエフは、同じサークルの仲間であるマイコフの立場（世界市民的な観点から人類の普遍性を重視）を一方的に踏襲するのではなく、むしろ「民族性」を重要な要素とみるベリンスキーに近い考えを表明していた。ゴロフコの研究は、新聞『ロシアの傷病兵』にプレシチェーエフが連載していた「ペテルブルク年代記」を分析したもので、プレシチェーエフ研究としては貴重なものだが、一方で、そこで明らかにされるプレシチェーエフの立場は、ベリンスキーとマイコフの論争という構図のうちに完全に収まっており、構図そのものに新たな光が当てられるわけではない。

第一章　人格の変容と再構築——先駆者たちの試み

一　ハムレットと二人のドン・キホーテ

ロシア文学における「肯定的主人公（positive hero）」の系譜をたどったルーファス・マシューソンは、「ロシア文学は主人公本位である」と述べている。ロシア文学においては「文学的主人公の本性と運命の問題こそもっとも優先的な主題」であり、読者たちは主人公の生活に自らの精神史を読み込み、そして作家たちは自らの倫理的な探求を主人公の造型を通して表現したのである。[1]〈プロジェクト〉をめぐる議論もその例に漏れない。ベリンスキーたちは、自らの観点に照らして、新たな「肯定的主人公」を希求したのだった。

序章で述べたように、〈プロジェクト〉への参加は必然的に人格の変容をともなう。その変容を具象化するものとして、それに関わる人間のありようが、発展段階に応じてタイプ化されるようになる。トゥルゲーネフは反省的人間を〈ハムレット〉としてタイプ化したが、ベリンスキーがハムレットを「反省の詩的な極致（B, IV, 253）」と評しているように、シェイクスピアの主人公は反省を具現するもっとも一般的な形象だった。一方、「行為」によって直接性を回復した人間は、セルバンテスの主人公に仮託してタイプ化されることになる。反省を体現するハムレットと、直接性を体現するドン・キホーテ。両者の対比は、トゥルゲーネフの講演「ハムレットとドン・キホーテ」（一八六〇）

に鮮やかに示された。この評論において、トゥルゲーネフはドン・キホーテを以下のように礼賛する。

> くりかえそう。ドン・キホーテは何を体現しているのか？　何よりもまず信仰である。恒久にして揺らぐことのないものへの信仰であり、真理への信仰である。それは要するに、個々の人間の外にありながら、たやすく個人に会得され、奉仕と犠牲を求めはするけれど、不断の奉仕と犠牲の力があれば到達し得る、そういう真理である。ドン・キホーテは理想への忠誠に全身貫かれており、理想のためとならば、いかなる窮乏をも一身に引き受ける覚悟で、生命を犠牲にすることさえいとわない。自らの生命に価値を見出すとしても、それが、理想を実現し、地上に真理と公正を確立する手段となり得る限りにおいてである。(Tu, VIII, 173)

トゥルゲーネフによれば、真理への信仰と献身こそドン・キホーテの特性である。ドン・キホーテは反省の腐蝕作用を完全に免れている。「彼のうちにはエゴイズムの痕など存在しない。我が身を気遣うこともなく、全身これ自己犠牲である［…］(Tu, VIII, 174)」。ドン・キホーテにおいて、内面の革命的情熱は、「行為」というかたちで直接に外面化されている。まさしく、内部と外部、心情と行為の一致が実現されているわけである。

それに対し、ハムレットが体現するのは、「分析」と「エゴイズム」と「無信仰」である。

> 彼はもっぱら自分自身のために生きている、彼はエゴイストだ。しかし、己を信ずることはエゴイストにさえできない。信ずることができるのは、私たちの外にあり、私たちの上にあることのみだ。とはいえ、ハムレットにとっては、自分が信じていないところのこのわたしこそ、大切なのである。それは出発点であり、彼はそこにひっきりなしに立ち返る。なぜなら、魂を打ち込めるようなものが、世界をあまねく見渡したところで、何も見つ

からないからだ。彼は懐疑家であり――絶えず自分のことにかまけ、自分自身にとりつかれている。（Tu, VIII, 176）

トゥルゲーネフは自己意識のうちにとらわれた懐疑家としてハムレットを理解している。トゥルゲーネフはさらに、ゲーテの『ファウスト』にも言及し、以前の書評で論じたメフィストフェレス的な「否定の原理」を、ハムレットのうちに確認している。『ファウスト』論で提起したメフィストフェレス＝反省という見方が、ここで再現されているのである。

この講演を行ったのと同じ一八六〇年に、トゥルゲーネフは小説『その前夜』を発表した。祖国の解放運動に身を捧げるブルガリア人インサーロフと、故国ロシアを捨てて彼と生涯をともにするエレーナは、まさにドン・キホーテ型の闘志として造型されている。インサーロフとエレーナは、六〇年代に現れる「新しい人間」をいち早く形象化したものといえるが、その淵源は四〇年代の〈プロジェクト〉にあったと見てよい。反省を超えて「行為」によって直接性を回復する。そのような希求の具現者というべき存在が、トゥルゲーネフのタイプ化する〈ドン・キホーテ〉であった。(2)

ただし、四〇年代においてはまだ、この〈ドン・キホーテ〉は未来の存在でしかなかった。四〇年代にも〈ドン・キホーテ〉と呼びならわされるタイプが存在したのだが、それは、ロマン主義時代の生き残りともいうべき、もう一人の〈ドン・キホーテ〉であった。四〇年代において〈ドン・キホーテ〉といった場合、それは、前時代的なロマン主義のモデルを盲目的に演じる人間を意味していた。こちらの〈ドン・キホーテ〉は、現実を知ろうとすることもなく、ましてや思想と現実の齟齬に悩むこともなく、所与のモードに則って無自覚にふるまうばかりである。ベリンスキーはソログープの『旅行馬車』（一八四五）を論じた批評で、ドン・キホーテについて次のように述べている。

完全に夢のなかで生き、完全に同時代の現実の外で生きている彼は、現実のあらゆる拍動から外れており、もはや騎士などこの世に一人として残っていない時代、魔法使いやら妖怪やらを信じているのは鈍重な俗衆ばかりという時代に、騎士にならんと思い立ったのである。（B, IV, 80）

ベリンスキーはドン・キホーテの勇敢さや高潔さを評価しつつも、現実からの遊離をその本質とみなし、ドン・キホーテが当の騎士道の時代に生まれていたとしたら、今度は古代ギリシア人か古代ローマ人に憧れたことだろうと書いている（B, IV, 80）。さらにベリンスキーは現代の〈ドン・キホーテ〉たちにも目を向け、熱狂的なボナパルト主義者や法王絶対権論者などをそのうちに数える。「ドン・キホーテたちを他の人たちと分ける特殊な本質的な特徴は、純粋に理論的で、書物にもとづいた、生活と現実の外で汲みとられた信念を奉ずる能力にある（B, IV, 81）」。ベリンスキーがここで暗に皮肉っているのは、ピョートル一世以前のロシアを理想化するスラヴ派の面々だが、ロマン主義のモデルを盲目的に演じる人々（たとえば『現代の英雄』のグルシニツキー）も当然〈ドン・キホーテ〉たちのうちに含まれることになる。また、「純粋に理論的で、書物にもとづいた、生活と現実の外で汲みとられた信念を奉ずる能力」という点から見れば、ゲルツェンのいう「仏教徒」「形式主義者」もそのうちに数えられることだろう。

このような〈ドン・キホーテ〉の典型としてあげるべきは、ゴンチャローフが創造した、『平凡物語』の主人公アドゥーエフである。栄光を夢見て田舎からペテルブルクにやってきたアドゥーエフは、あらゆる物事をロマン主義の眼鏡を通して見るが、ことごとく現実に裏切られてしまう。ベリンスキーは、評論「一八四七年のロシア文学概観」で、アドゥーエフを俎上に載せ、ロシアの〈ドン・キホーテ〉を厳しく裁いたのだった。

ベリンスキーによれば、アドゥーエフは空想と幻想の発達した人間である。彼は生活の実際的な幸福を享受することよりも、生活の幸福をめぐる夢想に耽溺することを好む（B, X, 332）。

> しかし、われらが主人公は心や自然や現実の法則を知ろうとはしなかった。彼はそれらのために自分自身の法則を作り出したのだ。傲岸にも現に存在する世界を幻影とみなし、己のファンタジーによって生み出された幻影を現実に存在する世界とみなしたのだ。（B, X, 339）

ベリンスキーが剔抉するアドゥーエフの特性は、まさしく〈ドン・キホーテ〉的なものといってよい。アドゥーエフは「完全に夢のなかで生き、完全に同時代の現実の外で生きている」のである。とはいえ、彼のうちにも己の卑小さに対する自覚がかすかに芽生えることもある。しかし、それも束の間に消え去ってしまう。「この発見はあたかも雷のごとく彼を打ちくだいた。だが、それによって彼が生活との和解を求め、真実の道を行くことはなかった（B, X, 340）」。ベリンスキーによれば、アドゥーエフは「真実の道」へと踏み出すことなく終わった失敗者なのである。

アドゥーエフとは異なり、〈ドン・キホーテ〉から〈ハムレット〉への変容を具現しているのが、ゲルツェンの主人公である。『平凡物語』と同じ年に発表された『誰の罪か』（一八四七）において、主人公ベリトフの来歴は以下のように造型されている。ベリトフは、理想家肌の母のもとで、これまた理想主義者のスイス人を家庭教師として養育された（家庭教師は作中で「夢想家」と呼ばれている）。「彼が現実というものを理解しないよう、二人はあらゆることをやってのけた。灰色の世界で起こっていることを、二人はせっせと彼の眼から覆い隠した。生活の苦い面をくわしく教えるかわりに、輝かしい理想を描写してみせた。［…］二人が育てあげたのは一種の精神的なカスパー・ハウザーだった（H, IV, 92）」。

こうして夢想家となったベリトフは、やがて大学を卒業し、高邁な理想に燃えてペテルブルクへと赴く。「わが夢想家は喜び勇んでペテルブルクに向かった。活動だ、活動だ！……（H, IV, 94）」。だが、その先にはアドゥーエフと同じ運命が待ち受けている。案の定、ベリトフの希望や計画はたちまち冷や水を浴びせられる。彼が味わうのは幻滅ばかりで、早々に勤めを辞した彼は、医学やら美術やらと次々に進路を変えていくが、いずれもはかばかしくいかない。とどのつまり、夢想家は幻滅と懐疑に蝕まれた〈余計者〉となる（ただし、「余計者」という語は作中に用いられていない）。

この幻滅した〈ドン・キホーテ〉は、アドゥーエフとは異なり、自らの置かれた状況を分析的に捉えることができる。「要するに、力それ自体はおのずから絶え間なく発展して準備万端整えていくのですが、その力が要請されるかどうかは歴史によって決定されるのです（H, IV, 168）」。ベリトフによれば、人間の内なる力が現実世界に働き場所を見出しうるかどうかは、ひとえに外的条件にかかっている。個人と社会のあいだには断絶があり、多くの個人は現実への入り口を見つけることができない。語り手自身、ベリトフのことを「懐疑に満ちた時代の犠牲者（H, IV, 118）」と呼んでいる。幻滅せる夢想家ベリトフは、ゲルツェンの社会批判に裏打ちされた形象なのである。

反省にとらわれたベリトフは、アドゥーエフに比べれば、わずかながらも「真実の道」へ踏み出しているとみなし得る。ベリンスキーのいう「真実の道」を〈プロジェクト〉として理解するならば、〈プロジェクト〉に照らして、人間は三つのタイプに大別されることになる。反省にとらわれた人間は〈ハムレット〉であり、「行為」によって直接性を回復した人間は〈ドン・キホーテ〉である。さらに、反省以前の無自覚な状態にとどまる、もう一人の〈ドン・キホーテ〉がいる。前者の〈ドン・キホーテ〉は、未来の可能性としてある肯定的なタイプであり、後者の〈ドン・キホーテ〉は、現在の問題としてある否定的なタイプである。文学的形象に即してさらに敷衍するならば、〈ハムレット〉は〈余計者〉であり、否定的な〈ドン・キホーテ〉は〈夢想家〉ということになるだろう。これら三つのタイプは、否定的な〈ドン・キホーテ〉→〈ハムレット〉→肯定的な〈ドン・キホーテ〉、という「真実の道」に即した展開によって一筋に結ばれている。肯定的な〈ドン・キホーテ〉は、四〇年代においてはいまだ曖昧模糊とした可能性としてあるのみだった。とはいえ、マシューソンのいう「肯定的主人公」の探求はすでに萌しており、それはやがて、六〇年代にチェルヌイシェフスキーが造型する「新しい人間」へと結実していくこととなる。いずれにせよ、三つのタイプに大別される主人公たちは、それぞれに〈プロジェクト〉に関わる諸問題を具現していたのである。「肯定的主人公」の探求は、文学的表現の領域にとどまるものではなかった。それは、「作者」の側に属する人々に課された実践的課題でもあった。自ら「肯定的主人公」になることこそ〈プロジェクト〉の要求するところであり、そこに実践にともなう困難が伏在していたのである。ベリンスキーら〈プロジェクト〉の提示者たちは、自らの人格において実践を試みていくのだが、そのための第一歩として、ロマン主義的な人格のありようを批判的に脱していく必要があった。

二　ロマン主義における人格

ベリンスキーたちが克服の対象として照準を定めたロマン主義的人格とは、そもそもいかなるものであったのか。その一端は『平凡物語』の主人公によって表されているが、改めてその詳細を確認していくことにしよう。

アドゥーエフは自らをロマン主義的主人公に擬え、実生活においてそれを演じようとした。戯画化されているとはいえ、ここにロマン主義の本質的な特徴が示されている。すなわち、芸術と実人生を芸術の次元において統一しようとする欲求である。芸術と実人生を限りなく近づけようとする希求は、すぐれてロマン主義的なものだ。ここで上位に置かれるのは芸術であり、生活は芸術へと高められなければならなかった。たとえばノヴァーリスは、婚約者ゾフィーの夭折後、意志の力によって自死し、彼岸において恋人と合一することを試みた。それは自らの「魔術的観念論」の実践であり、実生活の「ロマン化」を意味していた[3]。あるいはヨーロッパ中で流行したバイロニズムは、バイロンを模倣する者の実人生を規定するものにほかならなかった。リディヤ・ギンズブルグが述べるように、ロマン主義においては「リアリズムの作家の場合とは異なり、人生は、材料でも典拠・モデルでもなく、認識と再現の対象でもなく、ある観念的な水準にあって、それ自身が一個の芸術作品なのである[4]」。

芸術が実人生を呑みこもうとするとき、「自己のあり方」もまた変容をきたす。生活の種々の次元によって分割されることのない、統一的な自己が模索されることになる。ふたたびギンズブルグの言葉を借りれば、「人格の統一性はロマン主義に必須の特徴[5]」である。むろん、ロマン主義以前の時代にも「人格の統一性」という理想は掲げられていた。たとえばシラーは、「人間の美的教育について」（一七九五）で、学問の専門化や社会機構の組織化によって生じる人間性の分裂を憂い、「自己の全存在の調和」を回復すべき理想としている[6]。しかしながら、ジンメルの卓抜なまとめによるならば、カントやシラーが「凡ゆる拘束や特殊規定から解き放たれた、それゆえに、変ることのない個性」を人格の究極的価値としていたのに対し（「単一性の個人主義」）、ロマン主義へといたる新たな個人主義は「その最も深い本質において比較を許さぬ個性、その個性によってのみ果し得べき役割を課せられている個性」という理想を標榜していた（「唯一性の個人主義」[7]）。個を超えた普遍的な人格を希求するか、唯一の特殊な人格を希求するかという点で、両者のベクトルには決定的な違いがある。ロマン主義者の中心的な課題は、自己という特殊な個性において、芸術と実人生の双方を動員しながら一貫した人格を構築していくことにあった（そして、この唯一無二の個我は、「選ばれし者」として普遍を媒介する存在と考えられた）。

ロシアにおいては、デカブリストの詩人たちがこの試みに先鞭をつけた。ロトマンが精査しているように、一九世紀初頭の貴族社会を支配していたのは演劇的文化だった。人々は、サロン、サークル、舞踏会といった舞台に応じて衣装や役割や言葉遣いを変え、多彩な役柄を演じ分けることを求められた。「一九世紀初めになると、観客の日常生活におけるふるまいと芸術とを分ける境界が取り壊された。演劇が生活の領域を侵し、人々の日常行為を積極的に作り変えていった。モノローグが手紙や日記、日常の言葉遣いに入り込んでいった。もともと演劇空間の領分にしかあり得ないとされていたからこそ、昨日までは大げさで滑稽に見えたことが、いまや日常生活における言葉遣いとふるまいの規範となった」(8)。ここでも芸術は生活による模倣の対象であったわけだが、こうした演劇的文化の雑多なあり方に対し、ロマン主義的態度の端緒を開いたのがデカブリストである。彼らは行為における様式の多様性を解体し、革命家という一貫した役柄を演じようとした(9)。しかし、文学の領域においては、ギンズブルグによるならば、デカブリストの試みは半端なものに終わった。個々のジャンルに応じて、それにふさわしい詩的主体が要求される古典主義のシステムが、彼らの足枷となったのである。彼らの試みを継承し、芸術と実人生を統一する人格を構築した詩人こそ、レールモントフにほかならない(10)。

レールモントフは詩作を通じて「抒情的主人公」を創造した。個々の詩における語り手（抒情的「我」）に伝記的・主題的な一貫性が付与され、その集積が全体として一人の主人公を形成する。「レールモントフの抒情詩において、人格とは、主体であるにとどまらず作品の客体でもあり、そのテーマでもあった［…］」(11)。レールモントフの詩はレールモントフについての詩であり、レールモントフは「レールモントフ」という主人公を造型したのである。抒情的主人公はまさにロマン主義に発するものだ。「［…］この形式はロマン主義に淵源をもち、ロマン主義の根幹にある哲学的な前提の一つ、すなわち芸術と人生はその極限において同一化を志向しなければならないという信念から生み出されたのである［…］」(12)。

レールモントフによる高度な創造を一つの頂点としつつ、ロマン主義的人格は数々の複製を生み出していくのだが、その〈ドン・キホーテ〉的な典型を、若き日のバクーニンに見出すことができる。一八三五年、スタンケーヴィチ・サークルに出入りしていたバクーニンは、そこで哲学的なロマン主義に目覚めた。「まさにそのとき、若きバクーニンは自らの新しい人格――精神の意義の戦闘的な探求者、哲学の思想の伝道者というイメージ――を構築しはじめたのである」[13]。ドイツ観念論の影響下にあったバクーニンは、絶対精神の媒介者となるべく、自らの人格を構築していった。ギンズブルグが述べるように、「[…]ロマン主義的性格は、その自己認識の過程で、意図された崇高な定式に収まらないものを、非本質的なもの、経験的で卑小なものとして、すべて排除することができた」[14]。ロマン主義の人格は、都合よく選ばれた要素を組織することによって成り立つ。メシアニズムにかられた若きバクーニンは、まさにそのようにして肥大した自己像を創造し、自ら〈人神〉を名乗って周囲の者たちに思想と生活の一致を強いたのだった。

しかし、バクーニンが体現するロマン主義的人格は、やがて解体していくことになる。その兆しはスタンケーヴィチ・サークルのもう一人の中心人物、ほかならぬスタンケーヴィチのうちに現れ、やがてベリンスキーによって自覚的に追求されていくことになる。その流れを、ギンズブルグの一連の研究に拠りつつ、以下に確認していこう。

三　新しい人格の追求――スタンケーヴィチからベリンスキーへ

ギンズブルグが指摘しているように、一八三〇年代末より、バクーニン的なロマン主義は後景に退き、「具体的な現実という思想」がベリンスキーの思考を領しはじめた[15]。それにともない、ロマン主義的な人格ではない、新しい現実的な人格が希求されるようになる。しかし、その相貌はいまだ具体的な像を結んではいなかった。「新しい性格のモデルはまだ形成されておらず、この転換期において、それに対する欲求は主として否定的なかたちであらわれたのだった」[16]。そして、新しい人格の可能性を、まさしく否定的なかたちで示したのが、スタンケーヴィチだったのである。

「スタンケーヴィチは美辞麗句のない人間である」[17]。スタンケーヴィチは自覚的に己の人格を構築することはしなかったが、「美辞麗句のない」平明さによって、新しい人格の萌芽を示した。周囲の者たちは、ロマン主義の仮面や紋切り型を免れたスタンケーヴィチの人格に、ロマン主義を脱するための可能性を見出した。とはいえ、否定的な方法を超えて積極的に新しい人格を構築していくのは、容易なことではない。トゥルゲーネフの最初の小説「アンドレイ・コロソフ」（一八四四）は、その困難を表現した作品となっている。

凡人と非凡人のちがいは何か、という議論を受けて、語り手は非凡な人間の例としてアンドレイ・コロソフなる人物について物語る。語り手によれば、コロソフは「生活に対する明朗で素朴なまなざし」と「あらゆる美辞麗句の欠如」によって際立っており、その稀なる特質ゆえに、非凡という形容に値するのだという（Tu, V, 35）。コロソフは、ロマン主義的な価値がさまざまに張りついている恋愛において、自然な感情の赴くままにふるまう。紋切り型の作法に今なお縛られている同時代人たちに比して、その自然さは確かに際立っている。しかし、コロソフが為す非凡な「行為」とは、恋の熱が冷めてから、それまで足しげく通っていた女性の家を一切訪れなくなったというだけのことだ。この自然さをもって「高次の直接性」とみなすわけにはいかない。コロソフは「肯定的主人公」が模索されはじめた時代の過渡的な形象であって、まさしく「否定的なかたち」で示された可能性というにとどまっている[18]。

スタンケーヴィチが否定的に示した可能性を積極的に実現しようと試みたのが、ベリンスキーであり、ゲルツェンであった。

ゲルツェンは、スタンケーヴィチ・サークルとの直接的な関わりは薄かったものの、同じ課題を共有していた。若き日のゲルツェンは、マシューソンのいう「主人公本位」の作家であり、思索の焦点となっていたのは自叙的な主人公であった。ゲルツェンによる自己＝主人公の造型は、依然としてロマン主義的な方法に拠っていた。ゲルツェンが、婚約者宛ての書簡を通じて創造した自己像は、それ自体は前時代的な悪魔的叛逆者の形象である。その点で、ゲルツエンの自叙的主人公は、レールモントフの抒情的主人公にきわめて近しい。

しかし、ゲルツェンとレールモントフのあいだには重大な相違がある。ギンズブルグが指摘するように、ゲルツェンのデモニズムはユートピア社会主義の思想に裏打ちされていた[19]。ゲルツェンの自作自演する〈悪魔〉は、社会化された〈悪魔〉であって、形而上的な叛逆者ではない。社会的矛盾の所産であると同時に、社会に抗する叛逆者でもある。社会を改良するためにこそ、己を産み出した社会悪に抗するのだ。したがって、ゲルツェンにとってのデモニズムは、社会的矛盾の解消によっていずれ克服されるべきものとしてあった。

主人公の性格が修正されるにともない、選ばれし者／俗衆（толпа）というロマン主義の典型的な対立も崩されることになる。プーシキンの詩「詩人と俗衆」（一八二八）が示すように、選ばれし者と俗衆の対立は、元来は「天の子」と「地の虫」との対立であり、あるいは霊感にみちた詩人と「全くの無知蒙昧な人々」との対立であった（Pu, III-I, 141）。しかし、ロマン主義的な「天才」概念を前提とする、かくも極端な対立の図式は、ユートピア社会主義の思想とはもはや折り合わない。俗衆のうちには、享楽的で反動的な俗物（堕落した社交界の人々など）が含まれる一方で、悪政による苦境にあえぐ民衆も含まれる。新しい主人公は、旧態依然とした俗物に叛逆し、民衆のために闘わなければならないのである。ゲルツェンの創造した〈悪魔〉は、もはや俗世にあって独り屹立する孤高の自我ではない。社会悪に抗し、公共の事業のために闘う者こそ、若きゲルツェンの希求した「肯定的主人公」であった[20]。

しかし、新しい主人公の創造は、新しい問題を生み出す。公共の事業に奉仕する個人の、個としてのかけがえのなさは、いかにして保証されるのか。個別性と全体性の背反が、ゲルツェンを悩ます最重要問題となっていく。この問題に対する一つの解答は、論文「学問における仏教」において示された。先に論じたように、ゲルツェンは、「行為」が個と普遍を媒介し、高次の合一をもたらす、という弁証法的な道程を提示してみせた。ゲルツェンの解答は、時代の問題に対する有力な処方箋となるものだったが、当のゲルツェンにとっては一時の解決でしかなく、個別性と全体性の背反は以後もかたちを変えてくりかえし問われることになる。思索の人ゲルツェンが、実践の次元において、「高次の直接性」を回復し得たと自ら信じるようなことは、ついになかったのである。

続いて、ベリンスキーの実践を検討しよう。ベリンスキーがまず取り組んだのは、ロマン主義の価値秩序を解体することだった。「ベリンスキーの心理主義は、もはや精神生活のうちの選ばれた事実のみにとどまらず、潜在的にあらゆる要素を包含する。そのなかには、ロマン主義文化のもとで育った貴族階級の知識人たちが、当たり前のように認識の埒外に置いていたものも含まれていた[21]」。ベリンスキーはロマン主義の価値秩序からこぼれ落ちていたものに目を向ける。「現実的な人間は、存在の数限りない現象と、その細部にまでわたって自覚的な関係を結ぶのである[22]」。このような人間存在の捉え方は、理念に即して選択した要素のみから成り立つバクーニン的ロマン主義とは、すでに遠く隔たっている。人間は、理念の次元にではなく、社会や生活の次元においてこそ、存在すべきなのである。

とはいえ、新しい人間理解に基づく新しい人格の構築は、ベリンスキーにとっても容易なことではなかった。ロマン主義の価値秩序を脱する過程で、ベリンスキーの思考は二転三転していく。「生みの苦しみ」というべきその模索の果てに、ベリンスキーは、「公共の活動」に「現実」への活路を見出し、ジャーナリズムの活動に一心不乱に打ち込んでいくことになる。ギンズブルグによれば、一八四四年以降、ベリンスキーの文章からは自己分析的な記述が一切見られなくなるという[23]。この事実は、「公共の活動」に打ち込むのと軌を一にして、自己の人格をめぐる関心そのものが薄れていったことを意味するのではないか。ジャーナリズムの活動において、ベリンスキーは反省的自己意識を脱し、心情と行為、思想と生活の一致を実現したのである。

ギンズブルグが指摘するように、ベリンスキーにとって、新しい思想は具体的な人間の心理において表現されるべきものであった。思想の真実性は生身の人格において試される。「自己の心理は彼にとって、そのようなヒロイックな実験の場としてあったのである[24]」。思想と人格を一致させようとする格闘それ自体によって、ベリンスキーは自ら

「肯定的主人公」のモデルを同時代人たちに示した。そして、「猛り狂うヴィサリオン」という異名が物語る生来の激しさでもって、直接性の一応の回復を実現してみせたのだった。

四　〈プロジェクト〉の実践をめぐる反省

ベリンスキーが同時代人にとって有力なモデルとなったことは確かだが、ベリンスキーの解決は一つの解決であって、根本的な解決ではもちろんない。「公共の活動」の場はジャーナリズムに尽きるわけではなく、〈プロジェクト〉のいう「行為」はほとんど手つかずの領野として残っている。そしてまた、何らかの「行為」に従事するとして、それが果たして「現実」と直接につながっているのか、という疑問はなお拭い得ない。そのような問題を自覚するところに、ふたたび新たな反省が生じてしまう。後に続くペトラシェフスキー・サークルの面々にとっても、新しい人格の追求は同じ困難な課題としてあった。

サルトゥイコフ＝シチェドリン『矛盾——日々の生活より』（一八四七）の主人公ナギービンは、そうした難問を具現する存在といえるだろう。ナギービンもまた〈ハムレット〉＝〈余計者〉の一タイプで、理論と実践、理想と生活の分裂に悩み、反省にとらわれている。彼が自ら語るように、「反省癖はすっかり僕になじんでしまって、僕の本質の一部になってしまっているものだから、もはやそれなしの生活などあり得ない（S, I, 101）」。

ナギービンは、「兄」の世代にあたる主人公たち（たとえばゲルツェン『誰の罪か』のベリトフ、トゥルゲーネフの「シチグロフ郡のハムレット」）とはある点で異なっている。後者にとって理想の基盤となっていたのがルソーの思想やドイツ哲学であったのに対し、ナギービンの心をより強く捉えているのはユートピア社会主義の思想である。ウサーキナが評する通り、ナギービンはペトラシェフツィを文学的に形象化しようとした試みの最初の結実なのだ[25]。サルトゥイコフは、ペトラシェフスキー・サークルの最古参のメンバーの一人だが、やがて特に近しいヴァレリアン・マイコフや経済学者ミリューチンとともに、自らのサークルを組織するようになる。サークルの理論的支柱となったのはミリューチンで、彼は、シスモンディ、ルイ・ブラン、プルードンらの批判的検討を通じてユートピア社会主義の思想を補強していた[26]。ミリューチンに捧げられた『矛盾』は、サークルの応答関係のなかから生まれた作品であり、フランシス・バーソロミューの指摘するように、ナギービンの語る言葉にはミリューチンの思想が投影されている[27]。

しかし、この作品の核心は、ナギービンが語る理論もまた反省の餌食となっていくという点にこそある。

〔…〕僕はこれまでずっと現実を追い回してきた、くりかえし現実を意味づけてきた、〔…〕だが説明することも理解することもできなかった。〔…〕僕の現実なんて、結局のところ、現実の現実とはまったく別物なんだとわかっただけだ。僕もまた、何もかも自分勝手に組み立てた空想の世界を作りあげていただけなのだ〔…〕。（S, I, 132）

ナギービンは、ユートピア社会主義的な観点から捉えられた「現実」も結局は一つの夢想であって、「現実の現実」ではないと悟る。袋小路に入り込んだナギービンは、ベリンスキーの「現実との和解」論を思わせる決定論的な世界観に落ち込んでいく。すべてを必然性の産物と捉えることで、彼は己の無為を自己弁護するのである。

懐疑と諦念のうちに生きてきたナギービンは、「愛を営むことと日々の糧について考えることは両立し得ない」という考えから、ヒロイン・ターニャの愛に応えることをせず、結果として彼女の苦しみを見殺しにする。やがてターニャの死をきっかけに、彼はようやく「行為（деятельность）」の重要性を悟るのだが、それはテクストのなかで何らの進歩も意味していない。小説の最後に置かれた主人公の手紙の一節を引用しよう。

［…］僕は以前と同じく懐疑にとらわれてぽつねんとしている。理論と実践、理性と生活の矛盾を和解させようとたえず頑張っているけれど、うまくいきやしない。なぜって、理論と生活のあいだに媒介項が何もないからだ。和解という偉大な事業を唯一完遂できる、行為というものがないからだ。（S, I, 182）

ナギービンを捉える問いは「いかに反省を克服すべきか」ではもはやない。行為こそが理論と現実を媒介するという認識のその先が問われているのだ。答えはいまだ未知の闇におおわれている。ベリンスキーが示した道程をいかに進むべきなのか、いかに行動すべきなのか。それがサルトゥイコフをはじめとするペトラシェフスキー・サークルの面々を悩ませた問題だったのである。サルトゥイコフはいわば〈プロジェクト〉が提示された後の〈ハムレット〉であった。

この問題意識は一八六〇年代に入って実を結ぶことになる。革命的な青年たちの教科書となった小説『何をなすべきか』（一八六三）で、チェルヌイシェフスキーは新しい積極的な主人公たちを創造した（たとえば、チェルヌイシェフスキーが革命家のタイプとして創作したラフメートフは、意志と心身を鍛えるために厳格な生活を送り、無数の釘が突き出したベッドで血にまみれて寝ることさえ辞さない。マシューソンは、ラフメートフをボリシェヴィキの先駆的なモデルと評している[28]）。それは、リチャード・フリーボーンが指摘するように、六〇年代の青年たちに向けて実用的な行動の模範を提示しようとする試みにほかならなかった[29]。

いずれにせよ、「新しい人間」の登場は四〇年代においてはまだ先の話である。とはいえ、ベリンスキーの後に続いた者たちが、みながみな〈ハムレット〉であったわけではない。〈プロジェクト〉の隘路を、あたかも〈ドン・キホーテ〉のごとく、陽性の態度で歩んだ詩人がいた。それが第一部の主人公、プレシチェーエフである。プレシチェーエフは、ベリンスキーとは異なる方法で、新しい人格を自ら実現してみせたのだった。先駆者たちの試みの歴史を踏まえたうえで、次章より、プレシチェーエフの詩と実践について、具体的な分析に入ることにしたい。

（1）Rufus W. Mathewson, *The Positive Hero in Russian Literature*（New York: Columbia University Press, 1958）, p. 14.

（2）ただしトゥルゲーネフ自身は、ハムレットからドン・キホーテへという方向を打ち出しているわけではない。むしろ、分裂と二元性を「人類の生活の根本法則（Tu, VIII, 184）」とみなし、両原理が永遠にくりかえす和解と闘争こそ世界の実相にほかならないとしている。ここには、世界に対するトゥルゲーネフの複眼的なまなざしがあらわれている。トゥルゲーネフは、二元化された世界をふたたび一元化しようとするロマン主義的な希望を掲げることはせず、諦念と共感をこめてハムレットを見つめるのである。

（3）この点に関しては、とくに以下の文献を参照した。リュトガー・ザフランスキー（津山拓也訳）『ロマン主義――あるドイツ的な事件』法政大学出版局、二〇一〇年、四八―五二、一〇八―一三四頁。

（4）*Гинзбург Л.* О лирике. Л., 1974. С. 160.

（5）Там же. С. 138.

（6）シラー（石原達二訳）『美学芸術論集』冨山房百科文庫、一九七七年、一〇四―一〇五頁。

（7）ゲオルグ・ジンメル（清水幾多郎訳）『社会学の根本問題――個人と社会』岩波文庫、一九七九年、一一〇、一二三、一二六頁。

（8）*Лотман Ю.М.* Беседы о русской культуре. Быт и традиции русского дворянства. СПб., 1994. С. 183.（邦訳：ユーリー・ロートマン（桑野隆・望月哲男・渡辺雅司訳）『ロシア貴族』筑摩書房、一九九七年。）

（9）Там же. С. 331–384.

（10）この点に関しては以下の論文を参照した。*Гинзбург Л.* Проблема личности в поэзии декабристов // *Гинзбург Л.*О старом и новом. Л., 1982.

（11）*Гинзбург Л.* О лирике. С. 159.

（12）Там же. С. 159.

（13）*Гинзбург Л.* «Человеческий документ» и построение характера // *Гинзбург Л.* О психологической прозе. Л., 1977. С. 50.

（14）Там же. С. 68.

（15）Там же. С. 65.

（16）Там же. С. 65.

（17）Там же. С. 65.

（18）トゥルゲーネフは実際、スタンケーヴィチをはじめとするサークルの面々の伝記的事実をもとに、アンドレイ・コロソフを造型しているようである。全集の注釈によるならば、アンドレイ・コロソフはスタンケーヴィチをモデルとしており、その恋愛にはスタンケーヴィチとバクーニンの姉リュボーフィの関係が投影されているという。また、トゥルゲーネフ自身とバクーニンの妹タチヤーナとの恋愛も典拠の一つとなっているようである（Tu, V, 544）。

（19）*Гинзбург Л.* «Былое и думы» Герцена. Л., 1957. С. 109.

（20）Там же. С. 120–123.

（21）*Гинзбург Л.* «Человеческий документ» и построение характера. С. 80.

（22）Там же. С. 118–119.

（23）Там же. С. 110.

（24）Там же. С. 110.

（25）*Усакина Т.* Петрашевцы и литературно-общественное движение сороковых годов XIX века. С. 63–75.

（26）ミリューチン、マイコフ、サルトゥイコフのサークルについては、以下の文献を参照した。F. M. Bartholomew, “Saltykov, Miliutin, and Maikov: A Forgotten Circle,” *Canadian Slavonic Papers* 26: 4（1984）, pp. 283–295.

（27）*Ibid.*, pp. 288–291.

（28）Rufus W. Mathewson, *The Positive Hero in Russian Literature*, p. 97.

（29）R. Freeborn, *The Russian Revolutionary Novel: Turgenev to Pasternak*（Cambridge: Cambridge University Press, 1982）, p. 22.

第二章　一八四〇年代の〈預言者〉

一　人格と仮面

序で述べたように、プレシチェーエフは〈預言者〉という自己像を詩によって構築し、サークルのなかで自らその役割を演じていった。こうした自己造型の方法が、ロマン主義の規範のうちにあることはいうまでもない。プレシチェーエフの出発点をより精確に見定めるために、ロマン主義的な人格のありようについて「仮面」という観点から補足し、さらにロマン主義における〈預言者〉の諸相について詳細を検討しておきたい。

ロマン主義的な人格の構築においては、往々にして、人格に具体的なかたちを与えるものとして、一つの、あるいは複数の関連した「仮面」がつくられ、まとわれる。本書において、「仮面」は人格に輪郭を与える形象として定義される。それは、人格の統一性を演出するものであり、同時に、受信者（読者やサークルの仲間など）に対する役柄・役割でもある。たとえばレールモントフの場合、〈厭世主義者〉〈流刑者〉〈漂白者〉といった形象が重なり合って、「レールモントフ」という統一的な主人公を形作っていた。芸術と実人生を統合する仮面に、己の人格を嵌め込んでいくこと。それがロマン主義的な自己造型の一つのあり方だったのである。プレシチェーエフの自己造型もこうした方法に則っていると見てよい。

ロマン主義者たちが好んでまとった仮面の一つに、〈預言者〉の形象がある。ポール・ベニシューが素描しているように、すでに古代ギリシアにおいて、詩的霊感は預言者の能力と同一視されており、詩人は神的な権威によって自由に雄弁にものがたる権利を保障されていた。このギリシア・モデルはやがて、キリスト教の勝利以後、文学をもっぱら正統教義の従属物とみなすユダヤ・モデルに押しやられていく。ユダヤ・モデルにおいて、文学は、教義とは無関係にものがたる権利を認められていなかった。両モデルは一見相容れないように見えるが、ギリシア・モデルの影響力が失われることはなく、文学は自立的な価値を保持しつづけた。両モデルの闘争と適合を経て、やがて文学の使命をめぐるひとつの教説が成立していく。すなわち、文士の職務をキリスト教信仰との関係によって秩序づけ、「神の栄光と人々の教化に欠かせない」独立した価値をもつものとみなす見方である。(1) このような前史を踏まえつつ、ベニシューは、フランス革命以後の混乱期にあって作家が宗教的権威にかわる存在として聖化されていく過程を描き出していく。

作家の聖化は多かれ少なかれロマン主義に共通する現象である。メイヤー・エイブラムスは、アメリカの独立およびフランス革命の勃発が、ヨーロッパの同時代人に黙示録的な期待を抱かせたと指摘している。ロマン主義時代の著作家たちは、「哲学者＝見者あるいは詩人＝預言者」として自己を表現し、「叙事詩あるいはその他の主要なジャンル［…］において、堕罪・救済そして楽園の回復としての新しい地の出現というキリスト教的な思考形式を、自分たちの時代の歴史的・知的な状況にふさわしい表現に完全に造り直そうとした」のだった。(2) たとえばワーズワースは、人間精神と自然の和解という救済のプログラムを詩において示し、「自然の預言者」としての職務を自覚的に遂行しようとした。あるいはフリードリヒ・シュレーゲルは、「仲介者とは、神的なものをみずからの内面において知覚し、この神的なるものをあらゆる人間たちに仕来りと行い、言葉と作品において告知し、伝達し、表現すべく、おのれをむなしくする者である」(3) と記し、神的なものと人間とを媒介する存在として作家を位置づけた。

英独のロマン主義における「預言」のレトリックを比較研究したイアン・バルフォーは、ドイツ・ロマン派における預言の形式をいくつか提示している。たとえば、シュレーゲルにとって預言は、文学と哲学を結び、合一させる「瞑想的なカテゴリー」としてあった[4]。ノヴァーリスにとって預言者は、彼の詩学や言語哲学を具現する形象であり、言語そのものにあやつられ、ただ語ることのためにのみ語る「言語遊戯者」を意味していた[5]。一方で、きわめて政治的な預言の形式もあった。その例としてバルフォーは、講演『ドイツ国民に告ぐ』で、自らを預言者エゼキエルに擬えたフィヒテをあげている[6]。

　このように、文学における「預言」には、詩人と哲学者を統合する形而上学的な預言、言語とは何か・詩とは何かという問いを内包するメタ・ポエトリーとしての預言、政治的・扇動的な預言などの形式が見られる。こうした諸形式は一九世紀前半のロシアにも見出すことができるが、このうち本書がとくに着目するのは、政治的な預言の形式である。フィヒテが自らをエゼキエルに擬えているように、政治的預言の歴史はバビロン捕囚以前の預言者たちにまで遡ることができる。マックス・ヴェーバーによれば、「アモスからエゼキエルに至る捕囚前の予言者たちは、局外の同時代人の眼に映じたところでは、なかんずく政治的民衆扇動家（politischer Demagog）、またばあいによっては政治的弾劾文筆家（Pamphletist）であった[7]」。外からの脅威が高まりゆくなかで、彼らは街頭や広場に出て民衆に危機を告げ、権力者を激しく攻撃することも辞さなかった。彼らの残した記録断片は、「もっとも古い直接現実的な政治パンフレットの文献なのである[8]」。古代の預言者たちのこうした特性は、ロシアで表現された政治的預言者たちのうちにも生きつづけている。

　パメラ・デイヴィッドソンが素描しているように、詩人を預言者と同一視する見方は、一八世紀のデルジャーヴィンやロモノーソフにはじまり、デカブリストの詩人たちにおいて決定的なものとなった[9]。革命家としての自らの権威を確保するために、神によって選別された預言者のイメージが要請されたのである。さらに、プーシキンが国民的詩人へと祀りあげられていく過程で、文学者を預言者とみなす強固な伝統が形成されていった[10]。なかでも革命的な預言者の形象は、顕著な系譜をなしている。たとえばキュヘリベーケルの詩「預言」（一八二二）では、神によって「自由の預言者」に選ばれた語り手が、独立戦争の渦中にあるギリシアに対して連帯の意を表し、ギリシアの解放とオスマン帝国の破滅を予言する。あるいは、デカブリスト蜂起の前夜に書かれたプーシキンの詩「アンドレ・シェニエ」（一八二五）では、処刑の時を待つ詩人が、「暴君」（ロベスピエール）の失墜を予言しながら断頭台に赴く。また、同じくプーシキンの詩「預言者」（一八二六）は、預言者への文字通りの変身を凄絶に描き、レールモントフの同名の詩（一八四一）は、その後の預言者の運命を歌っている。これらの詩はいずれも、専制に対する叛逆というコンテクストのなかで書かれ、あるいは受容されてきた。

プレシチェーエフが構築した〈預言者〉の仮面も、まさにこうした革命的ロマン主義の系譜に位置づけることができる。以上を踏まえ、プレシチェーエフの詩の具体的な分析に入ることにしたい。

二　預言者の復活

一八四六年、プレシチェーエフは最初の詩集を出版した。巻頭を飾った詩「眠り」（一八四六）は、詩人の詩的宣言として読める。プレシチェーエフはここで、彼自身の預言者像を提示することを試みている。詩の冒頭、道半ばで疲れ果て、身を横たえた「私」のもとに、女神が現れる。

深い憂いに胸を裂かれ、疲労にあえぐ私は、
息を入れようと、鬱蒼としたカエデの木陰に身を横たえた。

［…］
すると不意に、美しく輝かしい女神が現れて、
私を預言者として選んだ。(11)（Pl, 75）

女神の言葉によって、萎えた気力を恢復した預言者は、ふたたび歩み出す。

新しい力をみなぎらせ、神聖なる真理に
仕えることを誓った、かつて仕えていたように。

斃れた心は起き上がった……。そしてふたたび、迫害される人々に
愛と自由を告げるべく、私は歩きはじめた……（Pl, 76）

この詩について、ヴラジーミル・ジダーノフは、プーシキンの詩「預言者」の影響を指摘し、その設定が踏襲されていると述べたうえで、例として「荒野での眠り」、「女神の出現」（プーシキンの場合は六翼の天使だが）、「預言者への変身」の三つをあげている。(12) プレシチェーエフがプーシキンの詩を踏まえていることはまちがいないが、それをたんなる影響とみなされるのは、おそらく彼の本意ではなかったはずだ。「新しい力に満たされて、神聖なる真理に／仕えることを誓った、かつて仕えていたように」という詩句は、ここにいたるまでの主人公の来歴を暗示している。主人公は「神聖なる真理」に「かつて仕えていた」という。それが今やなぜ「深い憂いに胸を裂かれ、疲労にあえぐ」ことになったのか。その答えは、プーシキンの詩「預言者」をプレシチェーエフの詩「眠り」の前史と捉えれば、おの

ずと明らかになる。プレシチェーエフの詩には、「断片」（一八八七年の詩集では「未完の物語詩の断片」）という副題が付せられている。この副題によって、プレシチェーエフは詩の前部に語られざる物語があることを示唆した。プレシチェーエフは、プーシキンの預言者がたどった道程を詩の前史として踏まえるよう、読者に合図を送っているのである。その道程とは、プーシキンからレールモントフへといたる〈預言者〉の歴史にほかならない。

まず、プーシキンの主人公が預言者へと変身する過程を確認しておこう。

精神の渇きに疲れ果て、
闇の荒野をわたしは足取り重くさすらった、
そのとき六つの翼をもつ天使が
二道の交わるところに現れた。（Pu, III–I, 31）

はじめの二行は、デカブリスト刑死の報を聞いたプーシキンの心的状況を表していると考えられる。「わたし」のもとに天使が現れるという導入部は、プレシチェーエフの詩に引き継がれている。だが、この天使は「わたし」に対してはるかに過激なことを行う。

そして天使は剣をとってわたしの胸を断ち割り、
脈打つ心臓を抉り出し、
炎々と燃えさかる炭を、
開かれた胸に押し入れた。（Pu, III–I, 31）

肉体的に変身せしめられた「わたし」は「屍のように」横たわる。そこに神の声が聞こえてくる。

「立ちあがれ、預言者よ、目をひらけ、耳をすませ。
わが思いをみなぎらせよ、
そして、海をこえ大地をめぐり、
言葉をもて人々の胸を焼きこがせ」（Pu, III-I, 31）

かくして預言者として召命された「わたし」は、「言葉をもて人々の胸を焼く」べく立ちあがる。プーシキンの預言者がたどったその後の運命を示したものが、レールモントフの詩「預言者」である（引用は第一、二連）。

永遠なる審判者から、
預言者の全知を下されて以来、
私が人々の眼に読むのは、
憎悪と悪徳のページばかり。

愛と真実の清らな教えを
私は告げはじめた。
近しい者たちはみな、

猛り狂って石を投げた。（L, II, 203）

こうして、「愛と真実の清らな教え」を告げた預言者は、人々に拒まれ、町々を逃れ、動物と星々を相手に荒野で生きることになる。

レールモントフの詩において、預言者と俗衆のあいだには埋めがたい隔たりがあり、預言者は荒野という孤絶した場所に追いやられる。ギンズブルグは、デカブリストの乱後の知識人たちの境遇に触れて、以下のように述べている。「理性的なやり方に基づいて現実を実地に改革していくことを断念させられてから、貴族階級の知識人たちのあいだでは、隠れて抗議するだけでなく、この世の現実から逃れて、自己完成・自己分析という「超越的」世界、もしくは内面世界に没入する傾向が強まるようになった」[13]。レールモントフの預言者は、このような孤独と疎外を前提としており、彼がほかの詩で描いた〈流刑者〉、〈放浪者〉などの形象と同じ連環のうちにあるといえるだろう。

レールモントフの預言者が荒野に去ってのち、到来したのは預言者のいない時代である。この時代の所産を、トゥルゲーネフの初期の市民詩「対話」（一八四四）に見ることができる。そこに登場するのは、不在の預言者を空しく呼び求める青年である。老人と青年の対話から成るこの詩は、新旧二つの世代の対比によって、現代の青年が抱える心的問題を浮き彫りにしていく。洞窟で隠遁生活を送る老人は、かつてのデカブリストと思しき人間であり、雄々しい青春時代の思い出をもっている。対する青年は、若くしてすでに虚無的な厭世観にとらわれている。自らの運命を嘆く青年に、老人は発破をかける。もし熱い魂でもって神を信じていたのなら、「怒れる預言者」となって虚栄にみちた俗衆を戒めることもできたはずではないか、と。老人の詰問に応えて、青年は次のように反駁する。

おお、もしも聖なる預言者が

「立て！　あとにつづけ！」と言ったなら、
誓って、わたしも付き随ったにちがいないのです、
大いなる悦びに息を切らし、あとを追って――
彼のあとを――破滅へ、恥辱へ、と……
たとえ、群れなす奴隷たち、文目も知らぬ俗衆の
くだした不遜な宣告が
預言者とわたしのうえに轟きわたったとしても！
しかし、預言者たちはどこにいるのか？（Tu, I, 122–123）

「預言者たちはどこにいるのか？」　青年の発する問いは、反省にとらわれた青年たちの無力と絶望を表している。四〇年代の〈ハムレット〉たち、または〈余計者〉たちは、真理への愛を心の奥に蔵しながらも、無為と惰性のうちにとどまり、不在の預言者をあてもなく呼び求めるのである。

トゥルゲーネフの詩では、青年の問いに答えが提示されることはない。しかし、その問いに対し、あたかも「ここにいる」と答えるかのように、プレシチェーエフは己の詩においてふたたび預言者を登場させた。プーシキンからレールモントフを経てトゥルゲーネフへといたる〈預言者〉の歴史を踏まえるならば、プレシチェーエフがこの詩を巻頭に置いたことの意味はいっそう際立つ。プレシチェーエフは預言者のいない時代に預言者の復活を高らかに宣言した。詩「眠り」には、追放と放浪の辛酸を嘗めた預言者がふたたび預言者に選ばれて人々のもとへ赴く、という物語が織り込まれているのである。

しかし、ふたたび立ちあがったところで、人々との隔絶が解消されない限り、行く手には同じ運命が待ち受けるこ

とになる。プレシチェーエフは、この問題にいかに対処したのだろうか。

三　〈放浪者〉から〈預言者〉へ

一八四〇年代の若い詩人たちも、三〇年代人と同じく、現実からの疎外や自らの無力を感じており、その詩は〈余計者〉の嘆きや怨みを基調としていた。詩人／俗衆のロマン主義的対立は、レールモントフの影響のもと、流刑者／俗衆、放浪者／俗衆というかたちで反復された。たとえば〈放浪者〉の形象は、ペトラシェフツィの詩人たち（バラソグロ、ドゥーロフ、パーリム、プレシチェーエフ）のあいだにも共通して見られるものだった。

だが、本来彼らが語りかけ、働きかけるべき対象である俗衆との隔絶は、革命的ロマン主義者たちにとって、それ自体一個のディレンマとなる。ギンズブルグが述べるように、後期のレールモントフはこの問題に自覚的であり、「高位の詩人・俗衆」対「下位の詩人・俗衆」という対立を新たに作ることで、「選ばれた孤高の詩人」と「無知蒙昧の烏合の衆」という観念的対立を崩そうとした[14]。前述したように、ゲルツェンもまたこの傾向を推し進め、俗衆を二分して、反動的な俗物と寄り添うべき民衆（народ）の区別を設けたのだった。選ばれた主人公は孤絶を誇るのではなく、民衆の側に立ち、享楽的な俗衆に対抗する。こうして、新たな対立の構図が形成されたのである。ペトラシェフツィの詩人たちも、この問題に無自覚ではなかった。彼らもまた、詩人／俗衆の対立をユートピア社会主義的な観点から変質させている。たとえば、バラソグロ（一八一三―没年不明）の詩「断絶」（一八三八）を見てみよう。一貫して「私」と「あなた方」の対比からなるこの詩も、詩人と俗衆の隔絶を主題とし、放浪者となってさまよう詩人の運命を歌っている。ただし、この詩の主眼は、詩人の疎外感や憂悶を表現することにではなく、むしろ「あなた方」を糾弾することに置かれている。強調されるのは、「あなた方」の享楽的な世界の堕落ぶりである。

あなた方がいるのは、相も変わらず虚栄の場所、
庭園と広間のあるところ、楽しくて、無尽蔵で、
知性が埋もれ、地口が喋喋と飛び交い、
淫蕩がお高くとまり、作法の目が厳しいところ。[15]

この傾向は、プレシチェーエフの詩においてよりいっそう顕著になっている。「友の呼びかけに」（一八四五）を見てみよう（引用は第四―六連）。

その頃は、祖国の災いが
私の前に無惨にさらされることもなく、
兄弟たちの苦しみが心を波立たせることもなかった。
だが今はもう、私の心は見開かれ、安らぎを知ることはない！

時折、逸楽の民《シュバリス》が享楽の暮らしを送る
黄金の広間に足を踏みいれると、
あるいは大時代の宮殿や神殿を見ると、
すべてが幾世紀もの苦しみを私に語る。

あるいは盛大な宴の席に、
ざわめく俗衆に囲まれていると――鎖の音が聞こえてくる。
そして私の前に、遠く、幻影のように、
磔刑に処された神聖なる平民《プレブス》の姿が現れる！……（PL, 62–63）（傍線引用者）

バラソグロの詩と同じく、ここでもまた「俗衆」は堕落した「逸楽の民」として捉えられている。さらには、詩人と「俗衆」の対立に加え、「兄弟たち」と「俗衆」の対立が強調されている。選ばれた詩人とそれ以外の有象無象という二分法はしりぞけられ、苦しむ兄弟たちと無頓着な俗衆の対比が前景化している。「祖国の災い」と「兄弟の苦しみ」に目を開かれた詩人は、友たちの賑やかな呼び声に耳をふさぎ、享楽にふける人の群れから逃れ出るのだ。詩人が理想とするのは、「磔刑に処された神聖なる平民《プレブス》」、すなわちイエス・キリストである。

この「平民」という言葉は注目に値する。詩人は「平民」の地位に自らを据えている。そこに表現されているのは、「兄弟たち」のなかに自分もいるという意識である。このような立場は、貧しい医者を父とするベリンスキーをのぞけば、ゲルツェンやトゥルゲーネフにはおそらくとり得ないものだった。ゲルツェンの世代のインテリゲンツィヤは、大多数が富裕な貴族階級に属している。彼らは、民衆のためを思いながらも、民衆の労働に頼って生活していた。「領地からの収入と、国に質入れされた農民の金を頼りに、長いこと外国暮らしをしてきたロシア人たちの生活形態は、奇妙なことに、ますます強まる彼らのラディカリズムと矛盾していた[16]」。意識すると意識せざると、彼らはこのような根本的矛盾のなかに身を置いていたのである。デカブリストを範としていた彼らは、民衆に寄り添いながらも、民衆の外にあって上から働きかけていく立場にあった。胸の奥底には、民衆に対する贖罪意識がひそんでいたとも考えられる。一方のプレシチェーエフは、貴族出身とはいえ、零落した家に生まれている。ペトラシェフツィの多くは、いわゆる「雑階級」の出身であり、社会的階層の上位にいるわけではなかった。彼らには、自分たちこそ民衆とより近しい関係を結んでいるのだという自覚があったのではないか。「平民」という自己定義には何らの卑下もなく、むしろ誇らかな意識が表れているように思われる。

以上のように、ペトラシェフツィの詩においては、「俗衆」の意味が社会主義的な観点から規定し直され、詩人の孤独を歌うよりも、社会悪を告発し、民衆との連帯を表明することに重きが置かれている。とはいえ、それでもまだ、詩人が疎外された孤独な存在であることに変わりはない。実際、ペトラシェフツィの詩人たちがくりかえし歌ったのは、相も変わらず〈放浪者〉や〈流刑者〉の形象であった。プレシチェーエフの抒情的主体も、より早い時期には〈預言者〉ではなく〈放浪者〉を中心としていた。たとえば、「放浪者」（一八四五）と題された詩は、「この地上から悲しみも苦しみもなくなる日がきっと来る、もうすぐ！（Pl, 65）」という恋人の言葉を胸に旅立った主人公が、地上の苦しみを目にし、「不毛な戦いに疲れ果て（Pl, 66）」、せめてもの慰めを求めて恋人のもとに帰るという内容となっている。

つまり、プレシチェーエフもまた、預言者＝放浪者＝流刑者というレールモントフ的連環のうちにあったわけだが、この連環をはじめて断ち切ったのが「眠り」という詩なのである。「眠り」の主人公は、もはや放浪者でも流刑者でもない。ふたたび立ちあがり、一歩を踏み出す預言者である。愛と自由の言葉を告げるべき相手は、堕落した「俗衆」ではなく、女神が預言者に言うところの「そなたの民衆（Pl, 75）」であり、「迫害される人々」である。「俗衆」／「兄弟＝民衆＝迫害される人々」という対立を新たに設けることで、預言者は語りかける相手をふたたび見出したのだ。

四〇年代は、「現実」への渇望がかつてなく高まった時代であった。ペトラシェフスキー・サークルにおいても、フーリエやサン＝シモンらのユートピア社会主義がさかんに議論されていた。理想社会の建設こそペトラシェフツィの主要な関心事であり、プレシチェーエフ自身、後年ドブロリューボフに宛てた手紙で「かつて私がとくに関心を寄せていたのは、フーリエのシステムでした」[17]と述懐している。したがって、プレシチェーエフが〈放浪者〉ではなく〈預言者〉を前面に押し出したのも、必然的な選択だったといえるだろう。放浪者にとどまる限り、「現実」との積極的な関係は遮断されたままだからだ。とはいえ、〈預言者〉の形象は革命的ロマン主義の紋切型といってよく、たんにそれを復活させるのみでは、もはや時代の要求にかなうだけのリアリティを担保できなかったはずである。プレシチェーエフは、この問題にいかに向き合ったのだろうか。

四　ユートピア社会主義としての〈預言者〉

プレシチェーエフの預言者は、デカブリスト以来の社会的・政治的意味を受け継いでいるが、一方でいかにも一八四〇年代らしい特性を有している。その点を確認するために、プーシキンの描く預言者と対比させてみよう。プーシキンの詩に登場する預言者たちは、多彩なイメージ群を形成している。「コーランに倣いて」（一八二四）では、ムハンマドの姿を借りて雄々しい預言者像が提示される。「アンドレ・シェニエ」では、詩人がロベスピエールの失墜を予言しながら断頭台に赴く。あるいは、イザヤ書を踏まえた「預言者」では、厳粛な雰囲気のもとで預言者への過激な変身が描かれる[18]。それに対しプレシチェーエフの詩では、預言者たちがすべて同じイメージのもとに統一された像を形作っている。そのことを裏付けるのが、「思い」（一八四四）という詩である。

この詩においては、一見して預言者／俗衆というレールモントフ的構図が顕著である。

時折、群衆のただ中に、

力強く、偉大な魂を持った預言者が
唇に神聖な真理の言葉を湛えて現れても、
ああ、彼は拒まれてしまう！　群衆がその言葉に
愛と真実の教えを見出すことはない……（Pl, 61）

一方で、この詩には当初、後に検閲で削除されるエピグラフが付せられていた。「俺たち老いた鉛の兵隊は／みなを列に並ばせる。／列から外れる奴がいれば／俺たちは叫ぶ。「狂人どもを打ち倒せ！」（Pl, 369）」。これはフランスのシャンソン作家ベランジェの詩「狂人たち」から引かれている。ベランジェ（一七八〇―一八五七）は王政に反旗を翻した詩人で、フーリエやサン＝シモンの教義を反映したその詩は、ペトラシェフスキー・サークルにおいて非常な人気を博していた[19]。一八四九年にペトラシェフツィによって開催されたフーリエの誕生日記念パーティーで、出席者のカシュキンがこの「狂人たち」を朗読している[20]。ベランジェのいう「狂人」はサン＝シモンやフーリエを指しており、この反語的な詩の眼目は「狂人は嘲笑されるが、その狂人こそが人々の生活を変える発見をするのだ」という点にあった[21]。このことを踏まえれば、ベランジェの詩をエピグラフに付したことの意味はおのずと明らかになる。「神聖な真理の言葉」を語りながら群衆から拒まれる預言者は、ベランジェの「狂人」と重なり合う。すなわちプレシチェーエフの預言者は、ユートピア社会主義者という同時代的なイメージのもとに描かれているのである[22]。

これは預言者のイメージのみにとどまる話ではない。プレシチェーエフの詩には、サークルで論じられていた社会的・政治的な問題が色濃く反映されている。一つの例として、ジョルジュ・サンドの影響を指摘することができる。ジョルジュ・サンドの文学は、家父長制的なイデオロギーに対する対抗勢力の筆頭として、三〇年代からロシアで受容されるようになっていたが、その影響は四〇年代には決定的なものとなった[23]。ロシアにおける「ジョルジュ・サン

ド主義」の要諦は、「財政的理由から、あるいは家の存続という実際的必要からなされる教会の結婚は、ある種の合法的な売春である」という点にあった。[24] 西欧派の知識人たちのあいだでとくに喝采を博したのは、「姦通」と「夫の譲歩」をモチーフとする小説『ジャック』（一八三四）だった（このモチーフはチェルヌイシェフスキーの『何をなすべきか』に受け継がれることになる）。

ジョルジュ・サンドの提起した問題は、ペトラシェフスキー・サークルにおいても盛んに議論されていた。[25] プレシチェーエフの詩のうちにも、ジョルジュ・サンド主義を明らかに反映しているものがある。たとえば、「スペインの貴族」（一八四五）という詩では、家父長制的な結婚に対する怒りが直接に表明されている。

お前の美貌にかけて誓ったのだ
私はお前の夫に復讐する……
お前は奴のものではない！
私にはわかっている。お前は悪辣な家族によって
奴へと売り渡されたのだ！（Pl, 73）

このように、プレシチェーエフはサークルで論じられていた議題を直接に主題とする詩を書いている。ジョルジュ・サンドに限らず、フランスのユートピア社会主義者たちの思想は、プレシチェーエフの詩に通奏低音のように響いている。とりわけラムネーの影響は顕著で、やがてプレシチェーエフは、二月革命後の緊迫した雰囲気のなか、友人のモルドヴィノフとともに『一信徒の言葉』（発禁の書である）の全訳に手を染めていく。[26] ラムネーは教会の専制的な権威を否定して民衆の側に立った全人類的な共同体の夢を描き、また、原罪の教義を否定して完成へと向かう人間

の進歩を信じた[27]。こうしたラムネーの思想は、プレシチェーエフの詩の随所に刻印されている[28]。たとえば、「眠り」の詩のエピグラフに、プレシチェーエフは『一信徒の言葉』の一節を引用した。「大地は嘆き、涸れている。だが、緑はふたたび芽ぐむだろう。悪が吐きちらす灼熱の息吹は永遠に地上を走ることはない（七三）」。この一節によって、女神が「私」に語る抽象的な言葉も一定の具体性を帯びることになる。

そしてそなたはふたたび旅立つ、選ばれし我がレヴィよ、
そなたの声は世界に響き、人びとのもとへ届く。
愛の種子は人の心の深くに蒔かれ、
時がいたれば、豊かな実りをもたらす。
その時が到来するのは間もない、
人の悩みも苦しみも長く続くことはない。
世界は蘇る……。見よ！　はやくも真実の光が、
雲間を洩れて、叡智の炎で煌めいているのを。（PI, 76）

志を同じくする同時代人たちは、ここに彼らの理想を読み取ったにちがいない。預言者が告げに行く「愛と自由」の言葉とは、ユートピア社会主義の思想を指しているのである。

プレシチェーエフの預言者が提示する未来のヴィジョンには、四〇年代人を魅了した「黄金時代」の夢が投影されている。そのことは、「詩人に」（一八四六）の「だが時はいたる……／苦難と悲嘆と不安の日々は去り行く（Pl, 77）」や「さあ、信じよ。愛と和解の／待ち望んだ時が来る（Pl, 78）」などの詩行によく表れている。一方、プーシキンの預言者たちにはこのような楽天性は見られない。「アンドレ・シェニエ」において、作中の詩人が予言するのは暴君＝ロベスピエールの血腥い破滅であって、未来の幸福ではない（「時は来る、その日は遠くない。／暴君は倒れる！　怒りは／ついに吹き荒れる（Pu, II-I, 401-402）」）。ボリス・ガスパーロフのいう「くりかえされる黙示録的なカタストロフというプーシキンの「予言的」な観念[29]」に比べれば、プレシチェーエフのヴィジョンはあまりにも楽観的に見える。しかし少なくとも、その純情には四〇年代ユートピアンの気分が刻印されているのである。

こうしてプレシチェーエフは、サークルで討議されている問題や思想を詩に反映させることで、自らが描く〈預言者〉にユートピア社会主義者という同時代的な相貌を付与した。それは時代の要求にかなう預言者を造型する試みであり、ここに「一八四〇年代の預言者」という仮面が構築されたのである。だが、新しい仮面が時代の趨勢に見合うものであったとはいえ、仮面を構築するのみでは十分ではない。〈プロジェクト〉の求める「行為」はテクストの外部にこそあるからだ。〈預言者〉をいざ「現実」の次元で演じるとき、そのふるまいのリアリティが「真実の道」に照らして試されることになる。次章では、この課題に対するプレシチェーエフの試みを精査していきたい。

（1）ポール・ベニシュー（片岡大右・原大地・辻川慶子・古城毅訳）『作家の聖別――フランス・ロマン主義1』水声社、二〇一五年、三三―四二頁（引用は三六頁）。
（2）M・H・エイブラムス（吉村正和訳）『自然と超自然――ロマン主義理念の形成』平凡社、一九九三年、八、二八頁。
（3）フリードリヒ・シュレーゲル（山本定祐編訳）「断片（イデーエン）」『ロマン派文学論』冨山房百科文庫、一九七八年、八九頁。

（4）Ian Balfour, *The Rhetoric of Romantic Prophecy*（Stanford, California: Stanford University Press, 2002）, pp. 40–41.

（5）*Ibid*., pp. 43–47.

（6）*Ibid*., pp. 48–51.

（7）マックス・ヴェーバー（内田芳明訳）『古代ユダヤ教（下）』岩波文庫、一九九六年、六四八頁。傍点原文。

（8）同上、六五六頁。

（9）Pamela Davidson, “The Moral Dimension of the Prophetic Ideal: Pushkin and His Readers,” *Slavic Review* 61: 3（2002）, p. 490.

（10）*Ibid*., pp. 494–514. デイヴィッドソンによれば、プーシキン本人は詩と実人生の齟齬に自覚的であり、〈預言者〉という一貫した仮面をまとうことをしなかった。だが、ゴーゴリやベリンスキーらによる解釈を通じて、詩人＝預言者＝プーシキンという見方が定式化されていった。

（11）テクストの出典は以下の詩集である。*Плещеев А.Н.* Полное собрание стихотворений. М.; Л., 1964. なお、引用に際しては、一八四六年の詩集（*Плещеев А.Н.* Стихотворения А. Плещеева. 1845–1846. СПб., 1846）と校合し、異同がある場合は注記する。「眠り」のテクストに関して、全集版は一八八七年に出版されたプレシチェーエフ詩集に拠っているが、句読点やわずかな語句の修正を除いて、解釈にかかわる大きな異同はなかった。ただし、副題の「未完の物語詩の断片」は、一八四六年の詩集ではたんに「断片」となっている。以下の二つの詩集も適宜参照した。Поэты-петрашевцы. Л., 1940; *Плещеев А.Н.* Стихотворения. М., 1975.

（12）*Жданов В.В.* Поэзия в кружке петрашевцев // Поэты-петрашевцы. С. 38.

（13）*Гинзбург Л.* О лирике. С. 139.

（14）Там же. С. 168–170.

（15）Поэты-петрашевцы. С. 58.

（16）*Сараскина Л.И.* Достоевский. М., 2011. С. 165.

（17）Письма А.Н. Плещеева к Н.А. Добролюбову // Русская мысль. 1913. № 1. С. 145.

（18）プーシキンの詩における預言者のイメージについては、以下の文献を参照した。*Фридман Н.В.* Образ поэта-пророка в лирике Пушкина // Ученые записки МГУ. Вып. 118. Труды кафедры русской литературы. Кн. 2. М., 1947. С. 83–107; *Гаспаров*

Б.М. Поэтический язык Пушкина как факт истории русского литературного языка. СПб., 1999. С. 231–255.

（19）ベランジェについては、以下の浩瀚な評伝がある。林田遼右『ベランジェという詩人がいた』新潮社、一九九四年。

（20）Поэты-петрашевцы. С. 287–288.

（21）J. Seddon, *The Petrashevtsy*, p. 67.

（22）以上ベランジェとの関係については、以下の文献を参照した。Поэты-петрашевцы. С. 287–288; *Пустильник Л.С.* Жизнь и творчество А.Н. Плещеева. С. 21.

（23）この点に関しては、以下の文献を参照した。*Кафанова О.Б.* Жорж Санд и начало разрушения патриархального сознания в русской литературе XIX века // Вестник Томского Государственного Педагогического Университета. 2006. № 8. С. 31–37.

（24）Там же. С. 33.

（25）J. Seddon, *The Petrashevtsy*, p. 60.

（26）ペトラシェフツィによる『一信徒の言葉』翻訳については、以下の文献を参照した。*Никитина Ф.Г.* Петрашевцы и Ламенне // Достоевский: материалы и исследования. Т. 3. Л., 1976. С. 256–258.

（27）ラムネーの思想に関しては、以下の文献を参照した。ルイ・ル・ギユー（伊藤晃訳）『ラムネーの思想と生涯』春秋社、一九八九年。

（28）この点に関して、以下の論文が、プレシチェーエフの詩句に反映されているラムネーの影響を検証している。*Лебедев Ю.В.* Духовная драма А.Н. Плещеева // А.Н. Плещеев и русская литература. С. 11–23.

（29）*Гаспаров Б.М.* Поэтический язык Пушкина. С. 241.

第三章　ペトラシェフスキー・サークルの〈小さな預言者〉

一　人格の転換と「ロシア的態度」

ロマン主義からリアリズムへの転換期における人格の変容について、ここで改めて考察してみたい。第一章で論じたように、ロマン主義的な人格の特質は、芸術と実人生を芸術の次元で統一しようとする点にあった。芸術的構想に基づいた仮面を構築し、実人生におけるふるまいをもその統一的形象のもとに統合していく。これがロマン主義における人格構築の基本的な方法であった。

ギンズブルグが鮮やかに描き出したように、一八四〇年代はロマン主義的人格の解体期にあたる。一方で、何が変化し、何が変化しなかったのか、という点から見て、ギンズブルグの研究には補足すべきところもある。なぜなら、「人格の統一性はロマン主義に必須の特徴」であったように、じつは「人格の統一性はリアリズムにも必須の特徴であった」ともいえるからである。ロシアにおけるリアリズムは、言語表現の問題という以上に、人生や社会に対する倫理的な態度の問題としてあった。〈プロジェクト〉の目的は、反省による分裂を止揚して、人格の直接性を回復することにある。ベリンスキーらが希求したのは、思想と生活、理論と実践の「行為」における統一であり、それは人格のレヴェルで実現されるべきものであった。ロシアにおけるリアリズムは、言葉とふるまいの一致を要求する、極度に倫理的な性格を有している。言行の齟齬・矛盾は認められるものではない。たとえば、ベリンスキーは批評という「公共の活動」に全身全霊で取り組もうとした。彼にとって、理念や思想は全人格的に生きられるべきものとしてあったのである。バーリンのいう「ロシア的態度」[1]の典型を、ここに見出すことができる。「ロシア的態度」は、思想と生活、芸術と生活を一致させようとする倫理的志向によって際立っており、それはロマン主義であるとリアリズムであるとを問わない。

この点で、ロシアにおけるロマン主義とリアリズムは、じつは本質的に似通っている。ただし、ロマン主義の場合、思想や芸術が上位にあるのに対し、リアリズムの場合、上位にあるのは生活や現実である。人格の統一性は、前者では、芸術的に構築された仮面に己を嵌め込むことによって達成されるが、後者では、現実において思想の行為者となることによって達成されるのである。後者の目指す「現実」は広漠たる領域であり、決して芸術に回収されてしまうものではない。問われるべきは、仮面の見事さではなく、「現実」の領域に分け入ろうとする態度の真率さなのである。

以上を踏まえ、プレシチェーエフの置かれている状況を再度検討してみよう。前章で論じたように、プレシチェーエフは、詩集の巻頭詩において「預言者の復活」を宣言し、主題と主調の近しい一連の詩を通じて、統一的な仮面を構築していった。その仮面は同時代的な相貌を付与されており、それを演じたとしても、所与のモデルを盲目的に演じたアドゥーエフの焼き直しにはならない。しかし、いかに同時代的とはいえ、それはあくまで芸術の領域で構築されたものである。そもそも、そのような仮面をまとうこと自体に、〈夢想家〉ないし〈ドン・キホーテ〉（否定的な）と目される危険性が潜んでいたのである。

プレシチェーエフのロマン主義的性格は、同世代の同傾向の詩人に比せば際立って見える。たとえば、プレシチェーエフと並ぶペトラシェフスキー・サークルの中心的詩人、ドゥーロフ（一八一六―六九）の詩を見てみよう。ドゥーロフの詩には、もはや統一的な抒情的主体を構築しようとする姿勢が見られない。そもそも、彼の詩作の半ば以上を占めているのは、バルビエやユーゴーなど、同時代人のあいだですでに評価が確立されていた詩人たちの翻訳である。ドゥーロフが自らに課したのは翻訳者という役割であり、ロマン主義的な人格のあり方に比べて、それははるかに控えめなものだった。

さらに、ドゥーロフの翻訳詩、創作詩で提示されるのは、「現実を見る者」という詩人像である。たとえば、バルビエ（七月王政への批判者として知られる）の詩を翻訳した「バルビエより」（一八四四）において、詩人は「医者」に擬えられている。この詩では、「目に入る（видеть）」「目を向ける（глядеть）」「見てとる（замечать）」など、「見る」という意味をもつ動詞がくりかえし用いられている。詩人は、克服しがたい悪に屈するわが身の無力を嘆きながらも、この世の不幸にしかと目を据えるのである。

幼い頃から運命は苦かった。この世の旋風のなか
あたかも医者のように、私は野戦病院の寝台をめぐる、
傷ついた者たちを覆うカヴァーを取りのけ、
膿んだ潰瘍をこの手で触診するのだ……(2)

詩人はもはや選ばれた預言者ではなく、「膿んだ潰瘍を触診する医者」である。しかも、彼は診るのみであって癒す力はもっていない。一方で、「カヴァーを取りのけて怪我人の潰瘍を触診する医者」という喩えは、隠れた悪を見抜く詩人の眼力の鋭さを表現しているともいえる。

もう一つ、「＊＊＊に」（一八四六）という詩を見てみよう。「バルビエの詩を送るにあたって」という副題の付され

たこの作品は、バルビエの解説書ともいうべき内容をもつ。この詩において、バルビエは「神を畏れる預言者で、何ものにも買収されない目撃者」(3)と評される。さらに、その詩の「憂愁、鉄のような冷厳さ、言葉の無鉄砲さ」が称えられる。同じ預言者ではあっても、ドゥーロフが理想とするのは、美的な洗練とは無縁の、冷厳な眼差しで社会を見る＝診る詩人なのである。〈プロジェクト〉における「行為」に適うかどうかは措くとしても、「見る＝診る」という行為は、「現実」との確かな接点を有している。ドゥーロフが提示する詩人像は、より「現実」に接近しようとする意志の表れであり、「生理学もの」が流行した四〇年代の思潮に合致するものといえよう。とはいえ、ドゥーロフは詩人が見たはずの「現実」を詩のなかに仮構しようとはせず、むしろ「現実」を表現する媒体を散文に求め、「自然派」の作家としての活動に軸足を移していった(4)。この移行は詩から散文へという四〇年代の趨勢とも合致している。見た＝診たものを描出するためには、散文の形式の方がよりふさわしい。ドゥーロフはロマン主義的詩人像を排して「現実を見る者」という詩人像を提示したが、当の本人はそのような詩人にはならなかった、あるいはなれなかったのである。「現実を見る詩人」の登場は、ネクラーソフの創造を俟たねばならなかった。

いずれにせよ、ドゥーロフは転換期における新たな詩人像を模索していた。その詩は、もはや自己造型の方法ではなく、統一的な抒情的主体とも無縁である。ドゥーロフに比べれば、相も変わらず仮面づくりに没頭するプレシチェーエフは、前時代的なロマン主義者のようにも見える。当時、「自然派」の文学では、現実から遊離したロマン主義者を揶揄することが主要なテーマとなっていた。ロトマンの述べるように、「恰好のモデルとなったのは、芸術的虚構と現実とを根っから区別できないドン・キホーテであった(5)」。〈預言者〉を演じることは、果たして「現実」の領域における「行為」たり得るのか。この疑問に応えない限り、プレシチェーエフは否定的な〈ドン・キホーテ〉にとどまりつづけることになる。自らが「肯定的主人公」となるためには、「仮面」と「現実」の隔たりを埋めていかなければならない。

プレシチェーエフの詩を通覧するに、この問題に対する二つの戦略的応答を抽出できるように思われる。第一に、プレシチェーエフは預言者という役柄を発信する相手を限定づけている。第二に、プレシチェーエフはロマン主義的な人格のあり方を修正している。以下、これらの点について詳細を検討していくことにしよう。

二　友情ある連帯

プレシチェーエフは一連の詩において、「兄弟＝民衆＝迫害される人々」を「俗衆」に対置した。こうして預言者はふたたび語りかける相手を見出し、「愛と自由」を告げるべく立ちあがったのだった。しかし、預言者の言葉＝詩を、文字通りに実際に民衆へ届けることは困難である。この点でプレシチェーエフはある種の譲歩をせざるを得なかった。「詩人に」という詩に以下のような箇所がある。「そして信じよ、メシアのように、／途上に使徒たちを見出すであろうことを（Pl, 77）」[6]。プレシチェーエフは、民衆の手前に使徒たちを置くことで、より確実に声の届く相手を設定したわけである。事実、プレシチェーエフの周りには、彼の声に耳を傾けてくれる人々が存在した。ペトラシェフスキー・サークル、あるいはその周辺のサークルに属する多数の同志たちである。

ウィリアム・トッドは一九世紀前半のメディア環境の変遷を、パトロン制、サロンやサークルなどの「親密な連帯（familiar associations）」、雑誌を媒体とする職業制の漸次移行として描いた[7]。この流れは、乗松亨平のいう「親密な公共圏の破綻」に対応している。第一章第二節で論及したレールモントフによる「抒情的主人公」の構築を、乗松は「親密な公共圏の破綻」と絡めて論じている。一九世紀初頭の演劇的文化は、親密な共同体の存在を前提としていた。顔見知りである読者が、作者が実生活やテクストにおいて打ち出す断片的な役柄を、「あのプーシキンが書いたもの」という具合に、当の本人へと繋ぎとめてくれるのである。ところが、「親密な公共圏」において融合していた作者と読者は、雑誌の勃興にともなう職業性の進展によって分断されることになる。「多様な「役柄」を役者の人生に結びつけてくれる友人たちを失えば、あとには誰のものとも知れぬ百面相が残るだけだ」[8]。テクストとテクストの外部にある実人生とを相互補完してくれる読者共同体を失ったとき、レールモントフは、顔の見えない不特定多数の読者に対し、テクストの内部において自己の人生を構築する必要に迫られた。こうして「あのレールモントフ」という統一的なペルソナが作り出され、実人生でのふるまいもその統一的形象のもとに回収されていったのである[9]。

一八四〇年代は、「親密な公共圏」が解体し、職業性が発展していく時期にあたるが、一方で、サークルが依然として「親密な連帯」の機能を保持していたことも見過ごすべきでない。「仲間からの打ち解けた批評をもとに、詩人は作品を書き直していく。その詩は通例、仲間内の集まりで初披露の朗読をするために書かれたものだ。[…] 発信者と受信者の関係は、遠慮のない交際、共有された経験、共有された価値観によって、より互恵的なものとなった」[10]。親密な連帯に関するトッドの説明は、ペトラシェフスキー・サークルにもそのまま当てはまるといってよい。

プレシチェーエフが友人のミリューチンに捧げた詩「僕らは兄弟の感情で……」（一八四六）は、ペトラシェフスキー・サークル内に親密な応答関係があったことを窺わせる。その最後の一連を見てみよう。

神聖なる真理への愛で
君の胸は脈打っている、僕にはわかる。
そこにはきっと見つかる、
何人にも買収されない僕の声への共鳴が。（PI, 90）

ここには、自らの声に仲間が共鳴してくれるという確信が表れており、「神聖なる真理への愛」という「共有された価値観」に基づく相互的な応答関係が示されている。

サークルという共同体は、テクストの「内部」と相互補完的な関係を結び得る「外部」として機能していた。職業制と「親密な連帯」が併存する二重のメディア環境のもとに置かれていたプレシチェーエフは、〈預言者〉の役柄が一定のリアリティを持ち得る場所として、「親密な連帯」の方に活路を見出していく。プレシチェーエフの詩のうち、最も人口に膾炙した「進め！　恐れも疑いもなく……」（一八四六）は、サークルの同志たちに直接宛てた詩となっている。全文を引用しよう。

進め！　恐れも疑いもなく
雄々しき功業をあげに、友よ！
神聖なる贖いの曙光が
東天にきざすのを見た！

奮い立て！　互いに腕を組み
共に前へ進もう。
科学の旗のもと
われらが同盟を堅固にしよう。
虚偽と悪行に仕える者どもに
真理の言葉の裁きを下そう。

眠れるものを揺り起こし、
いざ戦場へ、われらに続け！

天にも地にも
偶像など建てるものか。
あらゆる恩恵と福利を約束されたとしても、
そんなものに骸を捧げるものか！

われらは愛の教えを告げるのだ、
貧者にも富者にも。
そのためには迫害をも耐え忍ぶ、
狂える刑吏さえ許してやる！

血に染まった戦場で、奮迅のはたらきのうちに、
命をけずった者こそ幸いだ。
あの抜け目ない、のらくら者の下男にならって、
一タラント[11]を土に埋めたりしなかった者こそ！

神聖なる真理が

導きの星となって我らを照らさんことを。
そして信じよ、気高い声が
あまねく世界に響くことを！

さあ兄弟、この声を聞け、
若き力に満ちる今こそ。
いざ進め、進め、退くな！
行く手に何が待ち受けようとも。（PL, 82–83）

一読、「眠り」における女神の言葉との類似性が目を引く。第一連第三行の「贖いの曙光」は、「眠り」の「真実の光が、雲間を洩れて」という詩句と響き合っている。第七連の「神聖なる真理」、「気高い声が／あまねく世界に響く」という詩句についても、女神の言葉に同様のものを見出すことができる（「新しい力をみなぎらせ、神聖なる真理に／仕えることを誓った、かつて仕えていたように」「そなたの声は世界に響き、人びとのもとへ届く」）。預言者を鼓舞した女神の言葉でもって、今度は預言者が仲間たちを鼓舞しているのである。さらに、第二連三行目の「科学」とはユートピア社会主義を、同連四行目の「われらが同盟」はペトラシェフスキー・サークルの仲間たちを指していると考えられるだろう。全体として、ともに力を合わせ理想社会の建設を目指して進もうという、いわばペトラシェフツィの「応援歌」ともいうべきものとなっている。

この詩は戦闘のイメージを前面に押し出しており、その点でナポレオン戦争時の軍歌との親縁性を強く感じさせる。たとえばデカブリストの一人、フョードル・グリンカの詩「兵士の歌——一八一二年七月、スモレンスクの町で諸部隊が合同した際に作られ、歌われたもの」の一節を見てみよう（引用は第二連）。

さあ進め、進め、仲間たち、
神とともに、信仰と銃剣とともに！
われらの信仰も忠誠も神聖なるもの。
勝利か、しからずんば死か！(12)

「われら」が隊伍を組んで進撃するイメージ、および「われら」が信仰によって権威づけられている点は、プレシチェーエフの詩がまさに共有するところである。具体的な影響関係は定かではないが、プレシチェーエフがペトラシェフツィの「応援歌」を作るに際し、「われら」の歌というべき軍歌にならって、アジテーションの様式を取り入れたのは当然のことといえるだろう。(13)

さらに、友情と連帯に訴えかけるこの詩に、学生歌の反響を聞き取ることもできる。第一連の「友よ」、第八連の「さあ兄弟」、および第二連冒頭の「奮い立て！（«Смелей!»）」という呼びかけは、ヤズィコフの名高い詩「航海者」（一八二九）を想起させる。「航海者」は、近づく嵐をともに乗りこえて穏やかに晴れた幸いの国へ行こうと仲間に呼びかける詩であり、「勇気を出せ、兄弟！（«Смело, братья!»）」というフレーズが掛け声のようにくりかえされる。その基底にあるのは、男同士の連帯からなる学生文化である。ヤズィコフの詩人としての自己形成期はデルプト大学で過ごした七年間（一八二二―二九）と重なり、「自由に生き、自由に思索する詩人＝学生」という形象がその抒情的主人公となった。(14)「航海者」の基調にあるのも、そうした学生文化の気風である。いつしかこの詩には旋律が付され、以後長きにわたって若者たちに愛唱されることとなった。

レベッカ・フリードマンは、一九世紀前半、とくにニコライ一世治下の学生生活を研究し、「男らしさ（masculinity）」の文化の諸相を描き出している。[15] 大学、サークル、街、酒場などを舞台に、公権力の要求する自制、服従、礼儀といった「男らしさ」と、青年たちの掲げる無頼、名誉、友情といった「男らしさ」が、ときに対立し、ときに共犯関係を結びながら、ホモソーシャルな文化を開花させていく。そうした学生文化の、ロシアにおける発信地となったのが、ほかならぬデルプト大学であった。ドイツ系の学生が多かったこともあり、ドイツの学生文化をいち早く受容し、他大学に先んじてブルシェンシャフトにならった学生団体をつくった。地縁に基づくエリート主義的なランツマンシャフトとは異なり、ブルシェンシャフトは地域・出自の垣根を取り払った対等な関係性を志向するものだった。デルプト大学では一八二〇年代の後半にかけてブルシェンシャフト的な学生団体が盛り上がりを見せており、[16] その熱血的な雰囲気のうちにヤズィコフは身を置いていたのである。

フリードマンによれば、デルプト大学を拠点とする学生文化は、一八三三年頃にはモスクワ大学へ、一八三六年頃にはペテルブルク大学へと伝播した。[17] 一八三三年当時、モスクワ大学の学生だったコンスタンチン・アクサーコフは、同じグループの仲間たちに宛てた詩を書いている（引用は第一連）。

友よ、僕の舟に乗りたまえ、
ともに力を合わせて行こうではないか。
奔流は矢のごとく僕らを運ぶ、
櫂も帆も要りはしない。[18]

この詩も、待ち受ける悪天を越えて「人生という海」をともに航海していこうという内容をもつ。ヤズィコフの「航海者」との類似は明らかといってよい。アクサーコフは大学時代を回顧して、学生とは貴族でも平民でも富者でも貧者でもなく、一個の人間であったと述べている。[19] 学生たちは対等な関係を前提とする友情で結ばれていたのである。

四〇年代における男同士の絆は、専制の抑圧に対する抵抗として政治的な文脈から理解されることが多い。しかし、フリードマンによれば、そうした通念は必ずしも実情を捉えているわけではなく、ロマン主義的な感傷は依然として連帯の核をなしていた。[20] 一九世紀初めの貴族サークルとは異なり、ペトラシェフスキー・サークルは身分も職業もさまざまなメンバーから成り立っており、その多くは大学の卒業生、もしくは現役の学生だった。サークルには学生文化の気風がそのままに保たれていたと考えられ、プレシチェーエフのような遅れてきたロマン主義者が今なお活動できる余地が残されていた。プレシチェーエフは学生歌の系譜を踏まえることで、二〇年代以降に形成されてきた「男らしさ」と「友情」の文化に訴えてみせたのである。

以上のような方法によって、プレシチェーエフの自作自演は一定の成果を得た。そのことを示すのが、サークル内でプレシチェーエフに付せられていた「アンドレ・シェニエ」の異名である。[21] アンドレ・シェニエの詩はペトラシェフツィのあいだで人気があり、メンバーによる訳詩も発表されていた。ロシアにおけるアンドレ・シェニエのイメージ形成に与って力のあったのが、プーシキンの詩「アンドレ・シェニエ」である。この詩が書かれた直後、アレクサンドル一世が死去し、デカブリストの乱が起こった。詩中のシェニエの予言（「時は来る、その日は遠くない。／暴君は倒れる！　怒りは／ついに吹き荒れる」）は、結果としてロシアの現実を予言するものとなったのである。[22]「アンドレ・シェニエ」は、預言者＝詩人＝プーシキンという観念形成に大きく貢献した。アンドレ・シェニエの名はロシアにおいて預言者のイメージと深く結びついていたと考えられる。サークルのメンバーたちがプレシチェーエフに「アンドレ・シェニエ」の呼び名を付与したことは、彼を「預言者」として認知したことを意味する。発信者と受信者の黙契のうちに、プレシチェーエフは「ペトラシェフスキー・サークルの預言者」へと変身していったのである。

三　「わたし」から「われら」へ

プレシチェーエフはさらに、ロマン主義的な人格のあり方を修正している。「進め！　恐れも疑いもなく……」は、一八四六年の詩集の八番目に置かれている。その前には、「眠り」「友の呼びかけに」「詩人に」などの詩が配されており、ここまで読み進めてきた読者は、この詩を預言者の声そのものとして受容することになる。ここで興味深いのは、巻頭詩にはじまる一連の詩によって形成されてきた〈預言者〉という詩的主体が、この詩にあっては「われらが同盟」のうちに埋没していることである。この点でプレシチェーエフの詩は、たとえばヤズィコフの「航海者」と著しい対照をなしている。「航海者」において、詩的主体は帆をあやつる者として特権的な地位についているからだ。一方、プレシチェーエフの詩には、語り手に関する参照項が一切見られない。レールモントフの詩がレールモントフについての詩であったのに対し、プレシチェーエフの詩はこうした自己言及性を欠いている。プーシキン、レールモントフの衣鉢を継ぐかたちで〈神に選ばれし預言者〉という主体を構築してきたプレシチェーエフは、ここで主人公の座を「われら」に明け渡しているのである。「愛の教え」を告げるのは「われら」であって、もはや「わたし」ではない（第五連）。自己を規定する強固な仮面を構築しつつも、自己の肥大化へと向かうのではなく、むしろ自己を縮小させていくこと。ロマン主義的な観点から見た場合、ここにはある種の違和が存在している。

もともとプレシチェーエフは、個人的な感傷を歌う抒情詩の創作から出発した。しかし、それら最初期の抒情詩はどれも、一八四六年の詩集には収められていない。プスチーリニクも指摘するように、いまやプレシチェーエフにとっての関心事は、彼自身の経験や苦悩ではなく、「兄弟たち」の運命である。[23] 詩集は、個人的な感傷を排除することで成立しているのである。「返答」（一八四六）という詩は、詩集の成立事情そのものを示唆しているようだ（引用は第一連、第三連)。

僕らは親しい者同士……それはわかっている、
けれど精神的には赤の他人……。
あなたへの愛はすでに久しく途絶えている、
それに僕の言葉は冷たくよそよそしい……
[…]
偶像を神とは思わない、
ぬかずくなんて論外だ!
あなたが奴隷のように当たり前に有難がっているものを、
僕は何もかも憎む定めにあるのだ。(Pl, 84)

この詩において、語り手は個人の感情ではなく共同の理念を選び、「逸楽の民」の側にいる女性に断固として別れを告げる。こうしてプレシチェーエフは、個人的な次元にある抒情をしりぞけてしまうのだ。ヴァレリアン・マイコフがプレシチェーエフを高く評価したのも、まさにこの点に起因していた。マイコフはプレシチェーエフを、「乙女と月の詩」の時代にかわる社会的潮流の代表者として位置づけ、「現代における我々にとって第一の詩人」ともちあげてみせるのである[24]。

プレシチェーエフの詩において、主体である預言者の個性はほとんど問題にされない。そもそも、プレシチェーエフが打ち出した〈預言者〉という主体は、自己像であると同時に、誰の肖像にもなり得るものだ。兄弟たちの苦しみに胸を痛め、家父長制的結婚に怒りを燃やし、ユートピア社会主義の理想に胸を高鳴らせる預言者は、ペトラシェフツィの誰にでも当てはまる。プレシチェーエフの詩は、プレシチェーエフについての詩となってはいない。彼は、唯一無二の選ばれた自己を構築しようとするバクーニン的なロマン主義からは遠いところにいるのである。

さらに、プレシチェーエフの詩では、デカブリストの挫折後に知識人たちを支配していた「自己分析」と「自己完成」の傾向も失われている（ふたたびギンズブルグを引用するならば、「[…] 貴族階級の知識人たちのあいだでは、隠れて抗議するだけでなく、この世の現実から逃れて、自己完成・自己分析という「超越的」世界、もしくは内面世界に没入する傾向が強まるようになった」）(25)。この点に関して、ペトラシェフツィにとって「兄」にあたるスタンケーヴィチ・サークルの詩人たちと比較しつつ、検討してみよう。

プレシチェーエフは詩の冒頭で「進め！　恐れも疑いもなく」と呼びかける。「疑い（сомнение）」は、三〇年代から四〇年代にかけての知識人たちの心的状況を表す一般的な言葉だった。レールモントフの詩「思い」（一八三八）は、以下のように歌い出される。

悲しくわれらが世代を眺めやる！
その未来たるや――あるいは空虚、あるいは闇、
そうこうしているうち、認識と懐疑の重石の下で、
何を為すでもなく老いていくのだ。（L, II, 84）

ここに表れているような自己への懐疑や悲観を、たとえば詩人クリュシニコフは、出口のない自己意識のなかで増殖させていった。クリュシニコフは自己に没入し、夢と現実に引き裂かれた心の屈折を歌った詩人である(26)。その抒情的

主体は「私は世界に己のみを見る」[27]（「わが天分」、一八三八）と歌い、自らを「懐疑と狂気の奴隷」[28]（「古い悲しみ」、一八三八）と呼び、夜には悪夢に悩まされ、目覚めては懐疑と憂愁に苛まれる。

私たちが目覚めると――辺りはどこも靄に覆われ、
魂は懐疑と憂愁にしめつけられる。
　過去の何もかもが欺瞞に思え、
未来は色のない空虚に思える。[29]

郷愁を誘う過去もなく、希望を誘う未来もない。ただ現在の懐疑と憂愁のうちに、詩人は落ち込んでいく。こうしてクリュシニコフは、自己意識の現在のただなかに独り取り残されるのだ。ここに表れているのは、「ロマン主義的主観が避けがたく陥る自己浪費の必然的結末」（コールシュミット）であり、二〇年代、三〇年代に隆盛したバイロニズムの影響が読み取れる。こうした自己意識の問題は、まさにベリンスキーが「反省」という用語を与え一般化していくものだ。ベリンスキーは、『現代の英雄』論において、先に引用したレールモントフの詩「思い」を「反省の矛盾を表現した詩」と評している（B, IV, 254–255）。「懐疑」は反省の問題と無縁ではなく、その具体的な表れとしてあったのである。

クリュシニコフに比して、プレシチェーエフの詩は懐疑や憂愁を表すにはあまりにも明朗である。プレシチェーエフは反省の問題を軽やかに素通りしてしまう。「わたし」を「われら」に埋没させた詩人には、もはや自己分析の対象となるべき自己が存在しない。プレシチェーエフは「恐れも疑いもなく進め！」と朗らかに叫び、現実への行動を呼びかけるのである。

次に、「進め！　恐れも疑いもなく……」の二行目にある「功業（подвиг）」の語に着目してみよう。比較の対象として、スタンケーヴィチの詩「生命の功業」（一八三三）をあげたい。この詩は、天上／地上、彼岸／此岸というロマン主義の典型的な二元論のもとに書かれている（引用は第一連、四連、五連）。

愛と知の渇望が、
お前の魂に燃えているうちに、
逃れるがいい、虚ろな欲望から、
人を滅ぼすものたちから。

［…］

此の世はお前にとっては滅ぶだろう。
だがお前の魂は救われる！
お前は已に安んじて
実在の恐るべき果てへと流れ着く。

その時、困難な功業が遂げられる。
地上の境界を踏み越えれば――
お前は遍在する生命となって、
すべてがお前で満ちるだろう。(30)

подвиг は基本的には「きわめて重要な功績、困難な危険な状況において果たされる行為、自己犠牲的な英雄的なふるまい[31]」を意味する。プレシチェーエフの詩における подвиг も、スタンケーヴィチの詩における подвиг も、基本的には「偉大な行為」という意味で用いられているといってよい。ただし、ヴィノグラードフによるならば、一九世紀前半においては、подвиг がもともと有していた「運動、道程」という古い意味も、薄れつつあったとはいえ依然として残っており、この意味に基づいた「подвиг を遂行する、果たす」という言い回しが、「人生行路を終える」すなわち「死ぬ」を意味する詩的表現として用いられていた[32]。スタンケーヴィチの「困難な功業が遂げられる」という表現には、「人生行路を終える」という意味も含まれていると考えられる。この詩に歌われる「功業」とはまさに、此岸の有限の生を越え、死を媒介にして絶対者との合一を成し遂げる、という形而上的なものであり、ドイツ・ロマン派の影響が色濃く表れている。スタンケーヴィチは、この頃すでに「現実の領域」での活動を模索するようになっていたのだが、詩作においてはいまだロマン主義的な世界観から抜け出してはいなかったのである[33]。

スタンケーヴィチの形而上的な「功業」に対し、プレシチェーエフの「功業」はもっぱら社会的な意味を帯びている。それは、絶対者との合一へといたる個我の事業としてあるのではなく、ユートピア社会の建設という、「われら」が目指すべき共同の事業である。ヴァレリアン・マイコフは、プレシチェーエフの詩集を高く評価して次のように述べている。「彼は現代の問題に強く共鳴し、時代のあらゆる宿痾に苦しみ、社会の不完全さに心から悩んでいる。さらには、社会の完成と、地上における真理・愛・兄弟愛の勝利のために、少しでも力になろうという渇望に燃えており、それは徒花にはならなかったのだ[34]」。ここから窺えるように、プレシチェーエフを含むペトラシェフツィが目指したのは「社会の完成」であり、「人類の完成」である。それは此岸における現世的な希求であり、彼岸における形而上的な「自己完成」ではない。

このように、プレシチェーエフは、ほかの誰でもない自己（たとえそれが既成のモデルの二番煎じであったとしても）を構築しようとするロマン主義的な試みを放棄した。自己分析や自己完成を否定し、「われら」の連帯を打ち出した。反省の対象でも陶冶の対象でもない、その意味で「素朴」で「曖昧」というべき主体を自ら構築したのである。「素朴」と「曖昧」は、後代のプレシチェーエフ評の定番といってよいが、それを詩人の資質と限界とみなすのみでは事の半面しか捉えていないことになる。「素朴」と「曖昧」は、プレシチェーエフ自身による一種の文学的仮構であり、四〇年代という時代の諸条件のなかで要請された文学上の戦略でもあったのである。

四　〈小さな預言者〉

プレシチェーエフが構築したものは、いわば、入れ替わりの可能な人格であった。この点について、プレシチェーエフが友人のモルドヴィノフに宛てた詩（一八四六）を取り上げて確認しよう。なお、この詩は雑誌や詩集に発表されたものではなく、二〇世紀に入って手稿が発見され、キペルマンによって公にされたものである[35]。

この詩は、「進め！　恐れも疑いもなく……」に似た明るい調子のもとに書かれている。朗らかで誠実な友の性格を称え、それに対置して杓子定規な理屈屋を揶揄した後、詩人は次のように歌う。

君はそんな奴じゃない！　君のうちには真理への渇望がある——
君にはその護り手の仲間に伍する覚悟がある。
君は信じている、贖いの時が訪れることを——
死すべき者は嘆きと枷のために生まれてきたわけではないことを！[36]

この詩はモルドヴィノフに捧げられたものだが、「君」がモルドヴィノフである必然性はほとんどない。誠実さ、真理への渇望、信念の強さ、こういった性格は、モルドヴィノフに限らず、ペトラシェフツィの誰にでも当てはまるべきものであり、たとえば、第一部の冒頭に引用したミリュコーフのプレシチェーエフ評とも合致する。手稿を分析したキペルマンは、後半の詩句にのみ修正が集中し、また結びに近い詩行が手稿の折り返しにあわただしく記されていることから、もともと別人に宛てたものを、モルドヴィノフ向けに書き足したものと推測している[37]。とすれば、前半で称えられている「君」は、まさしく入れ替え可能な、理念的な人格であったということになる。

続いて、「正しき者たち」（一八四七）を見てみよう。この詩もまた雑誌等に発表されたものではなく、アジテーションの詩として書かれ、手稿で広まったものである。国外で出版された詩集『リュート　第二巻』（一八七四）に無署名で収録されていたものを、エフィム・ブシカネツがプレシチェーエフの作品と特定したという経緯がある[38]。

詩人はまず、古の殉教者たちの功業について述べた後、彼らの偉大さに対する自分たちの卑小さを歌う。さらに、自分たちに対する否定的な評価について述べたうえで、それを力強く否定する。

またこうも言われる。
われら盲いた世代は、時代に対して、
神聖な思想であれ、成果であれ、
教訓として与えることは決してない、と……。
そんなことはない、未熟な預言者たちよ！
［…］
われらにはわれらの苦しみがある、

たとえ拷問も火刑もなくとも……。

ここで着目すべきは、「未熟な預言者たちよ」という仲間たちへの呼びかけである。プレシチェーエフのみが選別されているのではなく、仲間たちの各々が預言者として捉えられている。「われら」は、「未熟な預言者たち」から成る共同体なのである。

「未熟な預言者たち」が具体的にどのような人々を指すのかは、次の連で明らかになる。詩人はまず、女性と官吏に対して同情と共苦の念を表明する。

幾度となく私はあがめる、
われらが女性という奴隷を！
かくも苦く涙と憐憫にくれる、
運命に拒絶された君を思って――
君、大衆に嘲笑われる
官吏、哀れな労働の奴隷よ……
私はときに首を垂れる、
君の素朴な不屈さを前にして。

ここで歌われる女性や官吏は、自然派の文学の対象となっていた〈小さな人間〉（маленький человек）の範疇にあるといってよい。

次いで詩人は、「画家、奴隷、女性、詩人」を一括りにした上で、彼ら全体に呼びかける。

神聖なる真理への渇望、
魂の高潔な声を信ずること、
そして自由な精神――

それこそが、君たちの素朴な教理問答書《カテキズム》！(39)

「画家、奴隷、女性、詩人」が並列されていることからわかるように、詩人は〈小さな人間〉と同じ立場に置かれている。前述したように、ペトラシェフツィの多くは雑階級の出身で、職業も文筆家、官吏、軍人、商人、学生などさまざまであった。彼らは〈小さな人間〉に寄りそう立場にあると当時に、彼ら自身が〈小さな人間〉でもあった。プレシチェーエフが呼びかける「未熟な預言者たち」とは、自分や同志をも含めた〈小さな人間〉を指すものといえるだろう。詩「友の呼びかけに」で、イエス・キリストが「磔刑に処された神聖なる平民《プレブス》」と歌われていたことも想起される。預言者は平民のうちなる平民なのである。

ここで、詩中で二度用いられている「素朴な（простой）」という形容詞に着目したい。「君の素朴な不屈さ」「君たちの素朴な教理問答書」とあるように、「素朴」という言葉に価値が置かれているのは明らかである。それは、屈折した心理とは無縁の単純さという特質であり、〈小さな人間〉たちの優れた属性として捉えられている。

プレシチェーエフにとって、〈預言者〉はもはや、実生活をロマン化すべき仮面でも、詩人を特権化すべき仮面でもない。それは「生活」の平面に引きずり下ろされている。こうしてプレシチェーエフは、唯一無二の選ばれた人格ではなく、いわば〈小さな預言者〉というべき共同の人格を打ち出したのである。

これまでのところをまとめよう。プレシチェーエフは預言者の復活を宣言し、〈預言者〉という詩的主体を構築した。一見、彼はロマン主義の方法に則って自己を造型していったかのように見える。だがその実、彼が打ち出したのは個性的な仮面ではなく、ペトラシェフツィの誰にでも当てはまる抽象的で理念的な仮面であった。一八四〇年代というロマン主義的人格の解体期にあって、プレシチェーエフは、誰のものでもあり得る仮面を構築し、〈小さな預言者〉として声を発することで、己の詩作にリアリティを与えようとしたのである。

ロマン主義的な人格構築の方法を、プレシチェーエフは大きく変質させている。詩「進め！　恐れも疑いもなく……」において、主人公の座に着くのは「われら」であり、この詩は「われら」の声として仮構されている。この詩を唱えることは、それ自体が革命的熱狂を表す行為にほかならない。〈小さな預言者〉たちの声が唱和する熱狂のなかで、心情と行為、内部と外部の一致が実現される。サークルという「親密な連帯」において、反省の問題は忘却され、ある種の直接性が回復されるのである。

これを「抒情」の集団化と呼ぶこともできるだろう。確かに、プレシチェーエフは、私的な抒情を廃することで「ペトラシェフスキー・サークルの詩人」となった。しかし、一連の詩は別種の集団的な「抒情」を表現してもいる。このような「抒情」に関して、ミラン・クンデラの小説『生は彼方に』のなかに注目すべき一節がある。「抒情とはひとつの陶酔であり、人間は酔うことによって普通よりも簡単に世界と交り合う。革命は人から研究されたり観察されたりするのを望まず、人が革命と一体となってくれるのを望む。革命が抒情的であり、抒情が革命にとって必要なのはこの意味においてだ」[40]。革命的陶酔における一体感、まさにそのような「抒情」を、プレシチェーエフはアジテーションの詩を通じて仮構していった。『生は彼方に』の主人公ヤロミルは、シュルレアリスム的な詩から出発しながらも、やがて個人的な内面の告白をしりぞけ、革命に奉仕する詩人となっていく。彼は「自分にしか理解できない様々な独自性の美を、みんなに理解される凡庸さの美と交換した」のである。その軌跡にも似て、プレシチェーエフもまた「わたし」の抒情を「われら」の抒情と交換したのだった。[41][42]

とはいえ、クンデラに倣っていうならば、本当の「現実」は彼方にある。「現実」はいつも、彼がいないところにある。[43]確かに、プレシチェーエフの詩はサークルにこだまする声となり、テクストの内部の〈預言者〉は、〈小さな預言者〉たちとしてテクストの外部に投影された。その意味で、テクストの内部と外部は一体となり交わっている。しかし、テクストの「外部」は、じつはサークルの「内部」にほかならず、真の「現実」があるとすれば、それはまちがいなくサークルの「外部」にあるはずだ。〈プロジェクト〉の道のりはなお遠く、プレシチェーエフはさらに「現実」を追いかけなければならなかったのである。

クンデラの小説はそれ自体が主人公に対するアイロニーとなっているが、プレシチェーエフに対するアイロニーとなったのは、同じペトラシェフスキー・サークルに属する作家、サルトゥイコフ＝シチェドリンであった。サルトゥイコフは、プレシチェーエフを諷刺しつつ、「詩と現実の乖離」という問題に鋭く切り込んでいる。以下にその詳細を検討していこう。

五　詩と現実

プレシチェーエフは、一八四〇年代の知識人たちを悩ませた最大の課題を素通りしてしまっていた。すなわち「行為」の問題である。プレシチェーエフの詩は同志たちを実践へとうながす呼びかけであって、詩作それ自体は目指すべき実践ではない。本来プレシチェーエフが提示したものは、〈小さな人間〉に共苦の念を表明し、民衆に「愛と自由」を告げる〈預言者〉のはずである。〈小さな預言者〉という「われら」の人格をつくったところで、それがサークルという共同体の内部にとどまっている限りは、仲間内の「預言者ごっこ」とみなされかねない。

とはいえ、プレシチェーエフの実生活に「行為」という要素が抜け落ちていたわけではなかった。この点に関して、イーゴリ・ヴォルギンが興味深い説を提示している。後述するモスクワ訪問の際に、プレシチェーエフは親友のドストエフスキーに宛てて複数の手紙を書き送っているのだが、その一通に以下のような謎めいた箇所がある。

さて今度は、あのグループに属する例の人について一言二言。[…] あの人が今この瞬間僕のそばにいてくれるのだったら、どんなに高くつこうが構いません。ここのところ、ますます彼女が愛おしくなってきました。彼女の再教育にいそしめないのが、ひどく辛く感じられます。[44]

先行研究が黙殺してきたこの箇所について、ヴォルギンは注目すべき解釈を施している。[45]「あのグループに属する例の人」とは娼婦を指しており、プレシチェーエフはネクラーソフの名高い詩「迷妄の闇のなかから……」（一八四六）を自ら実践しているのではないかというのである。「迷妄の闇のなかから／熱き信実の言葉もて／私が淪落した魂を救い出したとき……」と歌い出されるネクラーソフの詩は、淪落した女性の救済を主題としており、青年たちの理想を代弁するものであった。後にドストエフスキーが『ステパンチコヴォ村とその住人たち』（一八五九）や『地下室の手記』（一八六四）で四〇年代的理想主義の象徴として自嘲的に引用していることからも知られるように、ネクラーソフの詩はサークルの青年たちを魅惑してやまなかった。プレシチェーエフが詩を地で行く「救済事業」＝娼婦の「再教育」に乗り出していたとしても、何ら不思議はない。ヴォルギンの読みは十分な説得力がある。

しかし、〈小さな人間〉への共苦の念を実地に表現しているとはいえ、それはまだ夢想家の実践であって、革命家の実践ではない。少なくとも、ペトラシェフスキー・サークルの急進派は、そうした次元にとどまることに満足してはいなかった。たとえば、サルトゥイコフ＝シチェドリンは、生前未発表の小説「ブルーシン」で、ずばり「女性の再教育」に取り組もうとする主人公をシニカルに描いている。主人公ブルーシンは、「ぼくは彼女を教育したいんだ。彼女のなかに使命への自覚を目覚めさせたいんだ（S, I, 297）」と語り、浮気な恋人の再教育に乗り出すのだが、ものの見事に失敗する。ブルーシンが夢見る「この言葉の高い意味での女性（S, I, 297）」とは、結局のところロマン主義的な夢想の産物であって、市井の生身の健康な女性には何の意味ももたないのである。

短篇小説「ブルーシン」は、作家のヴャトカ追放前後に執筆されたと推定される。この作品は、トゥルゲーネフの「アンドレイ・コロソフ」と同じく、仲間内の議論で幕を開ける。「退屈」をめぐる議論から、「退屈の母」たる「無為」へと話題が移り、次のような問いが立てられる。

> ［…］何故われわれの行為という奴はこれほど貧しくさもしいのか、あるいはより正しく言うならば――何故われわれは、まるでひねもす群がり動き回っているかのようでいて、その結果といえば、どれもこれも恐ろしくつまらない、忌々しいものばかりとなるのか。（S, I, 277）

サルトゥイコフは「行為」をめぐる問いを小説の主題に据えているが、それは、「理論と生活を媒介する行為がない」という主人公の認識で終わる『矛盾』を引き継いだものと考えられる。

この議論を受けて、仲間の一人ニコライ・イヴァーヌイチがブルーシンという名の知人について語りはじめる。ブルーシンはロマン主義者であり夢想家である。「私たちと同じように、彼もまた、世紀の転換とともに到来するはずだったどこかの遠い時代を夢見ており、驚くべき軽やかさで人類の幸福と人類の未来の運命とを作り出してみせるのだが、一方で、どうやったら人間をその「未来の運命」とやらへ連れていけるのか、という問いに対しては、何らの手段も示せないのだった（S, I, 284–285）」。ブルーシンは「現実」に対して無力で無能な人間であり、いわば反面教師の役割を担わされている。とはいえ、ブルーシンにかわる肯定的主人公が作中で提示されるわけではない。『矛盾』と同じく、この小説においても「現実」との隔たりを埋める術はついに見出されないままなのだ。

ニコライ・イヴァーヌイチは、自分がかつて通っていたサークルに言及して、その様子を皮肉な調子でものがたっている。М-н や М-в といったかたちで名指されるサークルの仲間たちが、ミリューチン（Милютин）やマイコフ（Майков）を指していることは明らかで、ここには、サルトゥイコフ自身が属していたサークルの様子が自虐的に描写されていると見てまちがいない。ニコライ・イヴァーヌイチが強調するのは、サークル内に蔓延していた「退屈」である。互いを知り尽くした仲間うちでひたすら書物を論じ合う、そのようなサークル生活は、必然的に惰性に陥っていくことになる。

> 私たちの関心を真に惹きつけられるものがあったとすれば、それはただ一つだけだった——つまり、私たちの実践的現実から抽出された観察である。ところが、それこそがまさに足りないものだった。私たちが無理やり自分たちを社会から隔離したのか、それとも社会の方でお断りだったのか、それはわからないが、いずれにせよ、私たちは一人残らず、いかなる実践的現実とも無縁だったのである。生きた現実のこの暴力的な乏しさ、いやそれどころか、純粋に書物にもとづく現実の異常な病的な過剰、こうしたことこそが悪だったのであり、長いこと私たちを結びつけてきた絆を倦まずたゆまず噛み切ろうとしていたのだ。（S, I, 283）

サークルの営みは「生きた現実」から絶縁し、「純粋に書物にもとづく現実」のうちにとらわれている。「純粋に書物にもとづく現実」のうちに無自覚にとどまるならば、人は夢想する〈ドン・キホーテ〉たる運命を免れず、また、サークルに蔓延する「退屈」を自覚するならば、人は反省する〈ハムレット〉たる運命を免れない。いずれにせよ、「生きた実践的現実」は常にどこか遠くにある。サルトゥイコフはここで、ニコライ・イヴァーヌイチの口を借りて自己批判を展開しており、まさしく「行為」という観点からサークルの仲間たちの手ぬるさを非難しているのである。こうした問題意識は、より先鋭化されたかたちで中篇小説『もつれた事件』（一八四八）に受け継がれていく。

雑誌『祖国雑記』三月号に発表された『もつれた事件』は、最初の小説『矛盾』に比べ、はるかに冷徹な社会批判を展開しており、作家がヴャトカに追放される主因となった。主人公のミチューリンは勤めを得るためにペテルブルクへ上京してくるが、職探しははかばかしくいかない。探し歩くうちに一年以上の月日が流れるが、相変わらず空いている椅子はなく、蓄えも底をついていく。サルトゥイコフはミチューリンの苦境を通して、社会の矛盾を鋭く暴き出していく。

その最たる表現は、死の床に臥したミチューリンが夢うつつに見るピラミッドのイメージであろう（S, I, 265–266）。ミチューリンが目にするピラミッド型の巨大な建築は、無数の人柱から成っている。しかもその最下層に、彼は、数多の群衆を背負った己の姿を見出す。ウサーキナが指摘するように、社会をピラミッドに擬えること自体はサン＝シモンから借りたものだが、サルトゥイコフは恐るべきピラミッドのイメージを仮借ない筆致で描き出している。[46]

また、中盤でミチューリンが見る悪夢は、この小説のもつ革命的な性格を如実に示している。ミチューリンはひそかに慕うナージェニカとの結婚生活を夢にみるが、その情景は、『罪と罰』のマルメラードフ家を予見させるような悲惨なものだ。無職のミチューリンは空き腹を抱えた子どもに食物を与えることができず、ナージェニカが春を売って得る収入に頼っている。母は子に、食べ物がないのは「飢えたオオカミが何もかも食べてしまった（S, I, 228）」からだと説明する。「飢えたオオカミ」がピラミッドの上層部にいる人々を指すことはいうまでもない。母と子は次のような会話を交わす。

「ママ！　いつになったら飢えたオオカミは殺されるの？」子どもはもう一度訊ねた。「もうすぐよ、いいわね、もうすぐ……」

「みんな殺すの、ママ？　一匹残らず？」

「みんなよ、最後の一匹まで……一匹残らず……」

「そしたらぼくたちはお腹いっぱいになる？　ご飯食べられる？」

「そうね、きっともう少ししたらお腹いっぱいになって、うきうきしてくるわ……とっても。ねえ坊や！」（S, I, 230）

母子の会話がきわめて革命的なものであることは明らかだろう。オオカミを一匹残らず殺すというシンプルな表現が意味するのは、フランス革命のように既存のシステムを転覆するということだ。

サルトゥイコフは悪夢を表現する手法にも意識的であり、読者への効果を高める工夫を施している。場面の転換はあいだのつなぎなしに行われ、悲惨な情景が、まさに悪夢そのものの脈絡のなさで、連々となまなましく提示される。また、それまで中立的であった語り手は、この夢の場面にさしかかるとにわかに感情的となり、ナージェニカに「きみ」と呼びかけ、主人公の内面を代弁してみせる。こうした仕掛けによって、サルトゥイコフは読者と主人公の心的距離を近づけ、現実という悪夢を読者の脳裏に強く印象づけようとしているのである。

サルトゥイコフの冷徹なまなざしは、同志のペトラシェフツィさえ見逃さなかった。『もつれた事件』にはペトラシェフツィを思わせる二人の人物が登場する。ヴォルフガング・ベオバフテルとアレクシス・ズヴォンスキーである。

前者はペトラシェフスキー・サークルの急進派を思わせる人物で、腕を上から下へ振りおろすというギロチンを模した動作をやたらと繰り返し、「p」の音に強く執着してことさらに強調してみせる（「p」は「革命（революция）」という言葉の最初の音）。一方のズヴォンスキーはペトラシェフスキー・サークルの穏健派を思わせる人物で、「人類への愛」をめぐる黙想にふけってばかりいる。彼は夢想家であり、楽天家であり、かつ詩人である。

ベオバフテルとズヴォンスキーは「愛が先か破壊が先か」といった議題でことあるごとに討論するが、目の前で苦しんでいるミチューリンの問題にはたいして関心を払わない。ベオバフテルにいたっては、個人の破滅を未来のための「試薬」とみなす酷薄ぶりを示すほどだ（S, I, 213）。ミチューリンが自らの苦境を縷々として語ったときも、二人はじっと黙り込んで何一つ有意義な助言を述べることができない。ようやく出てきた言葉は、日ごろ口にしているお決まりの文句ばかりである（S, I, 243–244）。サルトゥイコフは口先ばかりの議論に終始する二人を揶揄している。急進派だろうが穏健派だろうが、「行為」という観点が抜け落ちている時点で似たり寄ったりなのである。

この二人のうち、アレクシス・ズヴォンスキーのモデルと目されているのがプレシチェーエフである。このことはすでに研究者たちによって指摘されてきた(47)。アレクシスとアレクセイという名前が類似しているうえに、詩を書いていること、新聞にフェリエトンを発表していること、「貴族出身の未成年者」であることなど、アレクシスの人物にはプレシチェーエフの伝記的事実がある程度織り込まれている。「未成年者」に年齢上の明確な定義はないが、ダーリのロシア語辞典によれば、「十分な年齢（ふつうは二一歳）に達していない者」のことである(48)。一八二五年生まれのプレシチェーエフはペトラシェフツィのなかでは若い方で、サルトゥイコフが『もつれた事件』を書いていた頃は二一、二歳だった。ペトラシェフツィの目から見れば、プレシチェーエフを連想するに足る十分な情報が与えられているといってよい。

サルトゥイコフの諷刺はなかなかに辛辣である。「アレクシスの目にはにごった水滴のようなものが浮いており、彼は、そのせいで、冷淡で無情で陰気な現実をまっすぐ臆せずしっかり見つめることができないのだと、しょっちゅう苦々しげにこぼしていた（S, I, 241）」。その詩には「苦しみ、悲しみ、憂い」が歌われるが、それが何ゆえの感情なのか、「その秘密は狡猾な脳髄物質の闇の奥深くに隠されていた（S, I, 212）」。アレクシスには現実を冷徹に見つめるまなざしはなく、彼の書く詩も曖昧模糊とした表現に終始している。ここには、後代のプレシチェーエフ批判がすでに先取りされているといってよい。

このような当てこすりにプレシチェーエフが気づかなかったとは考えられない。また、ペトラシェフツィの多くにとっても、サルトゥイコフの批判は他人事ではなかったはずだ。なぜなら、『もつれた事件』が発表された当のその時期に、サークルの内と外の乖離という問題を突きつける事件、すなわち二月革命が起こっていたからである。

一八四八年、フランスで二月革命が勃発し、ロシアでも情勢が緊迫したものとなった。これを受けて、ペトラシェフツィのあいだでも、農奴解放、裁判制度の改革、言論の自由といったテーマをめぐって激論が交わされるようになった。このときペトラシェフツィは、サークルの外の現実にいかに関わっていくかという問題に否応なしに直面させられたのである。

この難題にもっとも直接的に反応したのが、パーリム＝ドゥーロフ・サークルのメンバーたちであった。このサークルはペトラシェフスキー・サークルの分派として成立し、当初は親密な仲間たちによる文学的集いを意図していたが、やがてスペシネフの影響を受けて過激化し、民衆に対するプロパガンダの方法を討議するようになった(49)。実際にフィリッポフの「十戒」やニコライ・グリゴーリエフの「兵士の話」などの反政府的文書が書かれ、ミリュコーフがラムネーの『一信徒の言葉』を抄訳した。さらにスペシネフを中心とする一部のメンバーは、プロパガンダ文書の頒布を目論んで秘かに印刷機の製造を進めていた(50)。

プレシチェーエフもまたスペシネフ率いる急進派に与していた。パーリム＝ドゥーロフ・サークルの中心メンバーとして、自宅でも数回の会合を開いたり、『一信徒の言葉』の全訳に取り組んだりした。さらに翌一八四九年三月、プレシチェーエフは単独でモスクワに赴いた。尋問の際にモスクワへ行った理由を問われた彼は、眼病療養を兼ねてモスクワ近郊の親戚の領地に滞在するためだったと弁明している[51]。しかし、実際の活動を見れば、それが表向きの理由でしかないことは一目瞭然だろう。五月初めに逮捕されるまでの一月半のあいだ、プレシチェーエフはモスクワにとどまりつづけ、グラノフスキー、クドリャフツェフらの西欧派知識人たちやモスクワ大学の学生たちと接触し、学生の一人からベリンスキーの「ゴーゴリへの書簡」を入手してペテルブルクに送っているのである（この文書をサークルの会合で朗読したことが、ドストエフスキーの主な罪状となる[52]）。

モスクワのプレシチェーエフがドゥーロフに送った書簡に次のような箇所がある。

モスクワでは筆写した文学が大いに読まれています。みながいま夢中になっているのは、ベリンスキーのゴーゴリ宛の書簡、イスカンデル（引用者注――ゲルツェンの筆名）の戯曲『雷雨の前に』、トゥルゲーネフの喜劇『居候』です。これら全部、あなた方もきっと読めますよ。ミリュコーフに伝えてください、約束のものをいまかいまかと待っていると。早く送ってくれるほどいいのです。［…］ここには、活動方法についての僕らの考えに賛同してくれる人がいます[53]。

筆写した文学に関する箇所からは、プレシチェーエフが禁書の入手に努めていたことが窺われる。ミリュコーフの「約束のもの」が指しているのは、彼が抄訳した『一信徒の言葉』と推測される。「活動方法についての僕らの考え」とは、パーリム＝ドゥーロフ・サークルで話し合われていたプロパガンダの方法を指しているにちがいない。

当時モスクワ大学の学生だったフェオクチストフが、このときのプレシチェーエフについて回想録に記している。

あるときプレシチェーエフが何か自分の作品を読みたいと言ってきたので、みなが夕べに私のところに集まったことがあった。私たちは長篇か中篇かだろうと思っていたが、そうではなくて、彼はなんと、なかなか大掛かりな論文を読み上げたのだった。そこに展開されていたのは、次のような考えだった。民衆に自覚を促すことが不可欠だ。そのために一番よい方法は外国の著作をロシア語に翻訳し、民衆の語り口に合わせながら、それを手稿で広めることで、うまくやれば印刷だってできるだろう。ペテルブルクではすでにこうした目的で結社が作られた。もしそれに手を貸すことを望むなら、取り掛かりとしてラムネーの『一信徒の言葉』を選んではどうか。[54]

プレシチェーエフのモスクワ来訪が、政治的なプロパガンダ活動を目的としていたことはもはや明らかだろう。[55]パーリム＝ドゥーロフ・サークルのプロパガンディストとして、プレシチェーエフは布教者さながらにモスクワの学生たちを訪ねたのである。

プレシチェーエフの姿には「愛と真実の教え」を告げる預言者の像が二重写しとなっている。サルトゥイコフ＝シチェドリンの批判に応えるように、プレシチェーエフはサークルの外へと「恐れも疑いもなく」踏み出してみせた。プレシチェーエフによる〈小さな預言者〉の自作自演は、ここに一応の到達点を見出したのである。この瞬間、プレシチェーエフの詩と行為はサークルの外部の「現実」において合致し、かくして人格における直接性が回復されたのだった。しかし、この「現実」もまた、さらに相対化される可能性をはらんでいる。それは真にサークルの外なる「現実」なのだろうか。むしろ依然としてサークルのネットワークの内にとどまっているのではないか。サルトゥイコフならば、そう考えるかもしれない。そのことが再度問題化されたとき、またしても「現実」の探求は仕切り直されることになるだろう。ただし、その任にあたるのはもはやプレシチェーエフではなかった。ペトラシェフスキー・

サークルの瓦解の時が迫りつつあったのである。(56)

六　預言者の退役

プレシチェーエフは〈小さな預言者〉を実演すべく、プロパガンダ活動に赴いた。だがこのとき、プレシチェーエフはある逆説的な問題を知らぬ間に抱え込んでいた。プレシチェーエフが説いたのは、「外国の著作をロシア語に翻訳し、民衆の語り口に合わせながら、それを手稿で広めること」である。伝えるべきは外国の著作であって、彼の詩ではない。サークルの外に踏み出したとき、プレシチェーエフは自らの詩を放棄せざるを得なくなったのだ。ここに彼の詩人としての人格は綻びはじめる。詩人であることと〈小さな預言者〉であることのあいだには、いまや齟齬が生じてしまった。詩人としての人格構築の果てに、詩人であることの必然性は見失われ、プレシチェーエフはむしろ一介のプロパガンディストとなったのである。「真実の道」を歩まんとした詩人は、かくして逆説的な事態に逢着したのだ。詩によって構築した人格を演じるなかで、プレシチェーエフは、ほとんど無自覚のうちに詩から離れてしまっていた。「歌のわかれ」は革命の闘士となるための通過儀礼なのかもしれないが、プレシチェーエフの場合、そこに中野重治の主人公のような心の屈折はない。すでに「わたし」を「われら」に埋没させたプレシチェーエフにとって、「歌のわかれ」はいかなる痛痒も伴わない類のものだった。

最終的な破局は外部の力によってもたらされた。一八四九年四月、ペトラシェフツィの一斉検挙によって、ペトラシェフスキー・サークルは瓦解した。プレシチェーエフの構築した〈小さな預言者〉も、己の人格の基盤を失い、ついに解体へと向かうことになる。その年の暮れ、プレシチェーエフはセミョーノフスキー練兵場に連行され、死刑宣告を受けた。この一瞬、詩と現実は一致し、プレシチェーエフは文字通りロシアのアンドレ・シェニエとなったかに見えた。だが、その刑場はじつは巧妙に演出された舞台空間であり、幸いにして劇が果てたとき、プレシチェーエフは「預言者」の仮面を剝奪されたのである。

偽りの処刑劇の後、プレシチェーエフはオレンブルク兵団での四年間の兵役を宣告された。兵役を経たのち、プレシチェーエフは詩人としての居場所をあらためて模索しなければならなかった。その着地点を示すのが、一八六二年の詩「青年諸君へ（若い世代に）」である。ここで詩人は、自らの青春が失われたことを嘆きながら、六〇年代の若い世代へと希望を託し、次のように呼びかける（第四―六連）。

私のまわりに群がり寄せて、
若き世代がわきたつとき、
今日とは異なる喜ばしき日の黎明を、
私は遠みにみとめ、
歓喜して語るのだ。
「健闘を祈る、友よ兄弟よ！

不屈の腕《かいな》で支え行け、
新しい生活の神聖なる旗を、
俗衆を前にして二の足を踏むな、
結んだ夢をかき乱す者に、
神の剣のごとく言葉をもって打ちすえる者に、

今にも石を投げつけようとする俗衆から退くな。

健闘を祈る、友よ兄弟よ！
待望の日が到来した暁には、
君たち友愛の家族よ、
いまや過去のものとなった私たちを懐かしんでほしい、
重くのしかかる悪の力と戦ううちに
青春が過ぎていった、私たちみなのことを！」（PI, 178–179）

若い世代を鼓舞する声は、四〇年代の〈小さな預言者〉の声とあまり変わりはない。プレシチェーエフは若き日と同じ理想を語っている。しかし、身をおく場所はすっかり変わってしまった。彼はもはや「われら」のなかの「わたし」ではなく、若い「われら」を背後から見守るところに立っている。このときプレシチェーエフは三六歳。壮年にして退役した預言者のように、彼は語っているのである。

以上をもって、第一部の主題であるプレシチェーエフの軌跡を描き終えた。最後に、プレシチェーエフの試みの意義を改めて考察してみたい。

プレシチェーエフは、ロマン主義的な規範のもとに出発しながらも、先駆者たちの提起した〈プロジェクト〉を実現すべく、ロマン主義を超えて「真実の道」を進もうとした。〈小さな預言者〉という人格は、ロマン主義の規範と「現実」の探求とがせめぎ合うなかで、両者の矛盾を調停すべく構築されていったものだった。その曲折にみちた道程は、〈プロジェクト〉の実践にともなう混乱をそのままに映し出している。プレシチェーエフは、集団的な仮面を作るという解決策を示し、〈小さな預言者〉として声を発することで言葉とふるまいを統一しようとしたのだった。

こうしてプレシチェーエフは、直接性の回復を、己の人格においてで曲がりなりにも実現してみせた。その実現が問題含みであったことはすでに述べた通りだが、改めて批判的に検討してみたい。

第一に、〈小さな預言者〉はサークルという共同体の仲立ちなくしては成り立たない。〈小さな預言者〉が成立するためには、サークル内部の集団的熱狂を必須条件とする。しかも、〈小さな預言者〉が「われら」の人格である以上、詩人は「親密な連帯」のなかで「われら」のために歌うほかない。実際、プレシチェーエフはやがて、詩人としてはアジテーターの役割に徹するようになる。職業作家としてはもっぱら散文の執筆に専念し、公の媒体に詩を発表することはまれになった。作家プレシチェーエフは、雑誌とサークルという二つのメディアに引き裂かれてしまったのである。

プレシチェーエフは、一八四七年に初の小説「アライグマの毛皮外套」を雑誌『祖国雑記』に発表して以降、「巻き煙草」（一八四八）、「いたずら」（一八四八）、『友情ある助言』（一八四九）など、短篇・中篇小説を精力的に発表していった。小説家としてのプレシチェーエフは、「自然派」の作家に数えられる。その作品は、軽妙な筆致で富裕層の軽薄な暮らしぶりを暴露し、揶揄するものが多い。たとえば、「アライグマの毛皮外套」や「巻き煙草」は、いずれも妻の不貞をめぐるドタバタをシニカルに描いている。「逸楽の民」の堕落ぶりを告発するという点では、彼の詩作品と通底するものがある。だが、傍観者、暴露者として随所に顔を出す語り手の「私」に、〈預言者〉の面影を求めても無駄なことだ。

小説家プレシチェーエフと詩人プレシチェーエフのあいだには齟齬がある。〈小さな預言者〉は、プレシチェーエフの全人格を収めるものではなく、サークルの外でそのまま通用するものでもない。「現実」は常に彼方にあり、「現実」という観点からの相対化は無限にくりかえされていく。なぜなら、「現実」もまた、ロマン主義における「絶対」と同じ観念性を有しているからだ。サルトゥイコフはナギービンにこう語らせていた。「僕はこれまでずっと現実を追い回してきた、くりかえし現実を意味づけてきた、［…］だが説明することも理解することもできなかった。［…］僕の現実なんて、結局のところ、現実の現実とはまったく別物なんだとわかっただけだ」。「現実」は、手が届いたと思いきや、さらなる高次の相に無限に逃れつづけていく。ゲルツェンやサルトゥイコフがこの相対化に真摯に耐えようとしたのに対し、プレシチェーエフは反省を素通りすることで抒情的な陶酔に没入していった。そうして回復された直接性は、ゲルツェンのいう「より高い秩序の直接性」からは程遠く、より低次のものといわざるを得ない。

第二の問題もこの点に関係している。〈プロジェクト〉が描いているのは、反省を止揚して直接性へと回帰する道程であり、反省はその必然的な段階をなしている。しかし、プレシチェーエフによる直接性の回復は、実際には反省の否定によってなされたのであって、止揚によってではない。反省をやすやすと切り捨てる陽性ゆえに、プレシチェーエフはペトラシェフスキー・サークルの詩人として束の間の栄冠を勝ち得たわけだが、同時代の思想的状況に照らして、その作品は奥行きに欠けると言わざるを得ない。「わたし」と「われら」、あるいは個人と社会主義の理念は、果たして無媒介に接合し得るものなのだろうか。矛盾を内包せずにはすまない両者の関係性こそ、ベリンスキーやゲルツェンを悩ませた問題ではなかったか。勝田吉太郎のいうように、「ベリンスキーは、現実の生身の個人と進歩の過程における社会の一般的利益との間の二律背反という悲劇的な問題を、ロシヤ精神史上はじめて提起した」[57]。個と全体の問題は、ゲルツェンの思索においても中枢に位置している。それに対し、この問題の悲劇性がプレシチェーエフを悩ませることはなかった。プレシチェーエフは「われら」という集団的人格のうちに個我を埋没させ、「抒情」の直接性において「普通よりも簡単に世界と交り合った」。そこには排他的な集団的熱狂へと転ずる危うさが常に潜んでいる。

このような点を考慮するならば、プレシチェーエフの試みは退行的ともいえる。ヘーゲルが『精神現象学』の前書きでロマン主義者たちに向けた批判が、プレシチェーエフにもそのまま当てはまるようだ。「神をめぐる放縦な興奮に身をまかせた人びとは、自己意識におおいをかけ、知性を放棄していながら、それによって神の世界に招かれ、眠りのなかで神の叡智にあずかるのだと思いこんでいる」[58]。反省による媒介を経た自我の豊かさ、思索の深みは、プレシチェーエフにはついに無縁だった。彼の実践はあたかも「感激と混迷をもって学問より高級なものだと考える［…］預言者ふうのおしゃべり」[59]のように見える。

しかし、プレシチェーエフの試みは、思想が実践されるときの一般的な帰結を示してもいる。ヘーゲル哲学が「現実」という観点から抽象的と批判されたように、ヘーゲル哲学批判を通じて構築された〈プロジェクト〉も、その先の「現実」に照らせば抽象的という批判を免れ得ないだろう。理論的に考察された〈プロジェクト〉は、実地に試みられたとき、その抽象性を露呈してしまう。実際、〈プロジェクト〉の基礎をなす弁証法的な発展史観は、当のゲルツェンによってやがて辛辣に批判されることになる。「歴史は気まぐれです。滅多に同じことを繰り返しません。それはあらゆる意外性を利用し、一度に千の門を叩きます……そのうちどれが開くか、それは誰にも分りません」[60]。二月革命に対する幻滅を経て、ゲルツェンは、人間的理性を超えた「生」と「自然」の観点から目的論的進歩史観を否定し、「偶然性の哲学」へと傾いていくのである[61]。〈プロジェクト〉と「現実」との乖離が永遠に埋まらないものだとするならば、実生活の次元におけるその実践は、ある種の妥協の産物となるほかない。プレシチェーエフの〈小さな預言者〉は「現実」と折り合いをつけるべく構築されたものであり、思想に照らせば退行的に見えるとしても、現実の歴史に照らせば先駆的な試みたり得ている。

プレシチェーエフの構築した〈小さな預言者〉は、六〇年代の「新しい人間」を先取りするものだ。同時代の〈余計者〉たちとは一線を画す楽天性。最終的に詩よりもプロパガンダを選んだこと。何より「ふつうの人々」の人格であること。ここに、功利主義的世界観、自然科学への傾斜、理性的エゴイズムといった要素を付け加えれば、トゥルゲーネフが『父と子』（一八六二）で批判的に形象化し、チェルヌイシェフスキーが『何をなすべきか』（一八六四）で肯定的にタイプ化した「新しい人間」ができあがる。チェルヌイシェフスキーが『何をなすべきか』で意図したのは、まさしく「自分が日ごろ何百人も見かけている、新しい世代の、ふつうの、まじめな人たち」を描くこと、すなわち「卑劣な行為や臆病なふるまいをしない」「ふつうの誠実な考えをもっていて、そういう考えにもとづいて行動する」人々を描くことだった[62]。リチャード・フリーボーンは、「新しい人間」の先駆的なタイプとしてトゥルゲーネフの戯曲『村のひと月』（一八五〇）に登場する青年ベリャーエフをあげている[63]。だが、それよりも早く、新しい主人公の到来をプレシチェーエフがその身を以て表現していたのである。

ただし、プレシチェーエフの〈小さな預言者〉は言葉とふるまいの相互補完的な関係のうちに構築されたものであって、言葉の領域でのみ形象化されたわけではなかった。そのパフォーマンス自体がサークルの外に認知されることはほとんどなく、したがって長く記憶されることもないまま、人口に膾炙した幾編かの革命詩を残して、プレシチェーエフは文学史という舞台の後景にはやばやと退いたのだった。

（1）Isaiah Berlin, “A Remarkable Decade,” pp. 145–146.

（2）Поэты-петрашевцы. С. 162.

（3）Там же. С. 213–214.

（4）ドゥーロフの散文作品を分析した論文に以下のものがある。ドゥーロフの小説に関するほとんど唯一の研究論文であろう。*Власова З.В.* Писатель-петрашевец С.Ф. Дуров // Вестник ЛГУ. 1958. № 8. С. 90–103. また、流刑時代のドゥーロフを論じた伝記的研究に以下のものがある。*Смиренский Б.В.* Поэт-петрашевец С.Ф.Дуров в Сибири // Сибирские огни. 1958. № 1. С. 162–164.

（5）*Лотман Ю.М.* «Человек, каких много» и «исключительная личность»（К типологии русского реализма первой половины XIX в.）// *Лотман Ю.М.* О русской литературе. СПб., 2012. С. 744.

（6）ただし、この箇所は一八四六年の詩集では検閲によって削除されている。

（7）W. M. Todd III, *Fiction and Society in the Age of Pushkin: Ideology, Institutions, and Narrative*（Cambridge, Massachusetts and London: Harvard University Press, 1986）, pp. 45–105. なお、「親密な連帯」という訳語は、乗松によるものである。

（8）乗松亨平『リアリズムの条件——ロシア近代文学の成立と植民地表象』、一四五頁。

（9）この点に関しては、上掲書の第一章、第三章を参照のこと。

（10）W. M. Todd III, *Fiction and Society in the Age of Pushkin*, p. 56.

（11）タラントは古代ギリシャ・ヘブライの貨幣単位。『マタイによる福音書』第二十五章にある天国についての譬え話を踏まえている。ある僕が主人に一タラントを与えられるが、土に埋めて隠すのみで、殖やすことをしなかった。それを知った主人は「悪い怠惰な僕」を叱り、「持っている人は与えられて、いよいよ豊かになるが、持っていない人は、持っているものまでも取り上げられるであろう」と説く。

（12）Декабристы. Избранные сочинения в двух томах. Т. 1. М., 1987. С. 129.

（13）ペトラシェフツィにとってデカブリストは敬意の対象でもあり、検討すべき歴史の教訓でもあった。以下の文献を参照のこと。*Фризман Л.* Декабристы и русская литература. М., 1988. С. 152–155.

（14）*Бухмейер К.К.* Н.М. Языков // Н.М. Языков. Стихотворения и поэмы. Л., 1988. С. 9.

（15）Rebecca Friedman, *Masculinity, Autocracy, and the Russian University, 1804–1863*（New York: Palgrave Macmillan, 2005）.

（16）*Ibid.*, pp. 57–58.

（17）*Ibid.*, p. 59.

（18）Поэты кружка Н.В. Станкевича. С. 299.

（19）*Аксаков К.С.* Воспоминания студентства 1832–1835 годов // В.Г. Белинский в воспоминаниях современников / Под ред. А.А. Козловского и К.И. Тюнькина. М., 1977. С. 118–119.

（20）Friedman, *Masculinity, Autocracy, and the Russian University*, pp. 76–77.

（21）*Семенов-Тян-Шанский П.П.* Мемуары // Первые русские социалисты. С. 87.

(22) この点については、以下の文献を参照した。*Гаспаров Б.М.* Поэтический язык Пушкина. С. 239–241; Pamela Davidson, "The Moral Dimension of the Prophetic Ideal," pp. 496–497.
(23) *Пустильник Л.С.* Жизнь и творчество А.Н. Плещеева. С. 36–37.
(24) *Майков В.Н.* Стихотворения А. Плещеева. 1845–1846 // *Майков В.Н.* Литературная критика. Л., 1985. С. 273.
(25) *Гинзбург Л.* О лирике. С. 139.
(26) クリュシニコフについては以下の論文を参照した。*Машинский С.И.* Кружок Н.В. Станкевича и его поэты // Поэты кружка Н.В. Станкевича. М.; Л., 1964.
(27) Поэты кружка Н.В. Станкевича. С. 502.
(28) Там же. С. 501.
(29) Там же. С. 497. 引用は「悲歌」（一八三八）の第四連。
(30) Там же. С. 118.
(31) Словарь современного русского литературного языка в 17 томах. Т. 10. М.; Л., 1960. С. 268.
(32) *Виноградов В.В.* История слов. М., 1994. С. 482–483.
(33) *Машинский С.И.* Кружок Н.В. Станкевича и его поэты. С. 40.
(34) *Майков В.Н.* Стихотворения А. Плещеева. 1845–1846. С. 273.
(35) *Киперман А.* Неизвестное стихотворение А.Н. Плещеева // Русская литература. 1965. № 4. С. 155–156. この詩は公刊されたプレシチェーエフの詩集には収録されていない。
(36) Там же. С. 156.
(37) Там же. С. 156.
(38) *Бушканец Е.Г.* Неизвестное стихотворение Плещеева // Вопросы литературы. 1957. № 7. С. 190–195. この詩も公刊されたプレシチェーエフの詩集には収録されていない。
(39) 以上、詩の引用は、*Бушканец Е.* Неизвестное стихотворение Плещеева. С. 192–194.
(40) ミラン・クンデラ（西永良成訳）『〈新版〉生は彼方に』早川書房、一九九五年、二〇四頁。
(41) 同上、二〇四頁。

（42）クンデラの「抒情の精神」批判については、とくに以下の文献を参照した。西永良成『ミラン・クンデラの思想』平凡社、一九九八年、九二―一〇六頁。
（43）「本当の生は彼方にある」「生はいつも、彼がいないところにある」（クンデラ『〈新版〉生は彼方に』、一八六、一八八頁）。
（44）Дело петрашевцев. Т. 3. М.; Л., 1951. С. 290.
（45）*Волгин И.Л.* Пропавший заговор. Достоевский и политический процесс 1849 года. М., 2000. С. 104–106.
（46）*Усакина Т.* Петрашевцы и литературно-общественное движение сороковых годов XIX века. С. 126.
（47）Там же. С. 132.
（48）*Даль В.* Толковый словарь живого великорусского языка. Т. 2. М.; СПб., 1881. С. 530.
（49）パーリム＝ドゥーロフ・サークルについては以下の文献を参照した。Joseph Frank, *Dostoevsky: The Seeds of Revolt 1821–1849*（Princeton: Princeton University Press）, 1976, pp. 273–291; J. Seddon, *The Petrashevtsy*, pp. 220–228; *Егоров Б.Ф.* Петрашевцы. С. 125–130.
（50）アポロン・マイコフの回想によれば、このグループにはドストエフスキー、ミリューチン、モルドヴィノフらが加わっていた。彼らの親友であったプレシチェーエフが、このグループと何らかの関わりを持っていたことはまちがいないだろう。アポロン・マイコフ（中村健之介訳）「アポロン・マイコフの手紙と談話」、ベリチコフ編（中村健之介編訳）『ドストエフスキー裁判』北海道大学図書刊行会、一九九三年、二六二―二八六頁。
（51）Дело петрашевцев. Т. 3. 1951. С. 299.
（52）*Бестужев-Рюмин К.Н.* Воспоминания К.Н. Бестужева-Рюмина. СПб., 1900. С. 25.
（53）Дело петрашевцев. Т. 3. С. 295.
（54）*Феоктистов Е.М.* Воспоминания Е.М. Феоктистова. За кулисами политики и литературы 1848–1896. Л., 1929（republished by Oriental Research Partners, 1975）. С. 164–165.
（55）この点については先行研究の見解も一致している。ニコライ・クージンは、プレシチェーエフがペテルブルクの仲間たちから政治的任務を託されていたのではないかと推測している（*Кузин Н.Г.* Плещеев. С. 93）。セドンも、パーリム＝ドゥーロフ・サークルの動きと関連づけて、禁書の入手がそもそもの目的だったと捉えている（J. Seddon, *The Petrashevtsy*, p. 224）。
（56）この節に関する補足として、プレシチェーエフの散文作品について簡単に述べておきたい。中篇小説『友情ある助言』

（一八四九）は、サルトゥイコフの批判に対する自己弁護が透けてみえる作品である。盟友ドストエフスキーに捧げられた『友情ある助言』（ドストエフスキーが『白夜』をプレシチェーエフに捧げたことへの返礼）は、この時期に書かれた小説のなかでは最もまとまりのよい作品であるが、『白夜』のような多義性は認めるべくもない。ともに夢想家を主人公としているとはいえ、両者は形式も構成もまったく異なる。『白夜』では、一人称の語りにより、夢想家の自己意識が重層的に表現される。一方、『友情ある助言』では、語り手の視点から主人公の恋の顚末が軽妙な筆致で描写される。プレシチェーエフは夢想家を反面教師として提示している。主人公は愛する令嬢が別の男に嫁ぐのをみすみす見送るのだが、彼女の結婚は家庭の財政的な理由によるものであり、ジョルジュ・サンドの文学が一世を風靡した一八四〇年代の思潮からすれば、もっとも忌むべき事態であるはずだ。ところが恋に破れた主人公はそれなりの痛みを覚えながらも、結局は田舎に引き移ってそれなりの安楽を手にする。現実における無力と現実に対する従順、という夢想の弊害を、語り手の「私」はシニカルな調子で揶揄するのである。『白夜』の夢想家はドストエフスキーの自画像として読むことも可能だが、『友情ある助言』の場合、夢想家は徹頭徹尾「他者」として描かれている。夢想家を傍から揶揄する立場にたつことで、プレシチェーエフは自己と夢想家のあいだに一線を引いたわけである。それは、「自分は夢想家ではない」ということを自他に確認しようとする意図の表れなのではないか。

とはいえ、プレシチェーエフの夢想家批判は、サルトゥイコフの眼には依然として手緩くみえたにちがいない。プレシチェーエフの主人公は、ロマン主義文学を耽読し、家庭の幸福を夢見る夢想家である。一方、サルトゥイコフの夢想家批判は、さらに先の段階に進んでいる。『矛盾』の主人公ナギービンが、ユートピア社会主義的な観点から捉えられた「現実」も結局は一つの夢想にすぎないと述べているように、サルトゥイコフは自己を含めたユートピア社会主義者たちを夢想家と断じているのである。もちろん、そのなかにはプレシチェーエフも含まれることだろう。

(57) 勝田吉太郎『勝田吉太郎著作集第一巻　近代ロシヤ政治思想史（上）』、一五三頁。傍点勝田。
(58) ヘーゲル（長谷川宏訳）『精神現象学』作品社、一九九八年、七頁。
(59) 同上、六頁。
(60) ゲルツェン（長縄光男訳）『向こう岸から』平凡社、二〇一三年、五六頁（H, VI, 32）。
(61) 長縄光男『評伝ゲルツェン』、二九三、三一一頁。
(62) チェルヌイシェフスキー（金子幸彦訳）『何をなすべきか（下）』岩波文庫、一九八〇年、一二四―一二五頁。

Чернышевский Н.Г. Полное собрание сочинений в 15 томах. Т. 11. М., 1939. С. 227.

（63）R. Freeborn, *The Russian Revolutionary Novel: Turgenev to Pasternak*, p. 7.

第二部　グリゴーリエフの漂泊

序

はじめに一篇の詩を引用しよう。

ちがう、俺は額を打ちつけるために生まれたのではない、
辛抱しいしい控室で待ちつづけるためでもない、
公爵の食卓を囲むためでもない、
たわごとに陶然と聞き入るためでもない。
［…］
マラーの感じていたことが、
時として理解できることがある、
神さまが貴族なのだとしたら、
傲然と呪いの言葉を唱えてやるのみさ……
だが、あの十字架にかけられた神こそは
民の子であり、民の指導者《デマゴーグ》だったのだ。（G, I, 63–64）

雑誌『北極星』（ゲルツェンがロンドンで発行した雑誌）の第二号（一八五六）に掲載されたこの詩は、アポロン・グリゴーリエフの手になるもので、一八四〇年代の半ばに書かれたと推定されている。その当時、公に発表されることはなかったが、手稿を通じて革命派の青年たちのあいだで広く知られるようになった。より鬱屈とした暗い情熱を湛えているとはいえ、この詩がプレシチェーエフの革命詩と同じ理想を掲げていることはまちがいない。イエス・キリストを「民の子」「民の指導者」として讃えることは、まさにユートピア社会主義の核心である。さらに、ジャン＝ポール・マラーへの共感を示し、特権階級への呪詛を投げつけるこの詩は、ペトラシェフスキー・サークルの革命的傾向と合致している。（なお、詩中にある「デマゴーグ（демагог）」の語は、「大衆扇動家」という否定的な意味ではなく、「民衆の指導者」という原義に近い意味で用いられている。ダーリのロシア語辞典でも「民衆のために権力を獲得しようとする急進的なデモクラット」(1)と定義されている。）

実際、グリゴーリエフは一時期、ペトラシェフスキー・サークルとつながりをもっていた。その頃には、上記の詩以外にも、革命的傾向をもつ詩を何篇か創作している。たとえば、ペテルブルクの腐敗と堕落を反語的に告発した詩「街」や、ノヴゴロトのヴェーチェ（民会）を象徴的に読み込みながら民衆蜂起への期待を歌った詩「鐘が厳かに鳴りわたるとき……」(2)（一八四六）などである。しかし、「革命家」という面相は、グリゴーリエフにとっては一時のものでしかなかった。グリゴーリエフの軌跡とプレシチェーエフの軌跡は束の間に交差するが、この一時期をのぞけば、あとはほとんど重なってはいない。そもそもグリゴーリエフの出発点は、ペトラシェフスキー・サークルの作家たちとはまったく異なる思想的位相に位置していたのである。

グリゴーリエフは主に批評家としてその名を知られている。有機的批評と総称された批評活動。「土壌主義」を標榜し、ドストエフスキー兄弟と共闘したこと。確かにグリゴーリエフは、一八六〇年代ロシアの言論界において特異な地位を占めていた。ただ、批評家としての顔はグリゴーリエフの一面でしかない。神秘主義者、無神論者、フリーメイソン、ペトラシェフスキー・サークルのメンバー、スラヴ派、詩人、散文作家、批評家、歌手……。グリゴーリエフの評伝を書いたボリス・エゴーロフは、彼のもつ様々な面相を列挙した後、このように述べている。「[…]これがグリゴーリエフの相貌である。それは、同じ物差しでは測ることのできない諸要素へとモザイク状に散らばっているのだ(3)」。

グリゴーリエフは自らの生を「漂泊（скитальчество）」と定義している。彼の複雑な精神の遍歴を表すのに「漂泊」という言葉は確かにふさわしいが、その内実は謎めいている。グリゴーリエフにとって「漂泊」とは何を意味していたのか。その根幹にはいかなる希求があったのか。本研究の第二部で試みるのは、四〇年代におけるグリゴーリエフの「漂泊」の軌跡を描くことである。第一章では、「漂泊」の出発点に目を向け、グリゴーリエフが自らの観点を形成していくプロセスを浮き彫りにする。「漂泊」という精神運動の核となった問いを明らかにすることが根本的な課題となる。続く第二章では、この問いをめぐるその後の探求がたどられることになる。

グリゴーリエフの「漂泊」は、先回りして述べるならば、反省から直接性へ、という希求を共有しつつも、〈プロジェクト〉とは異なる位相で営まれた精神運動である。それは、反省と直接性の問題圏における、もう一つの領域を開示している。本書では、初期の小説作品を主要な分析対象とし、文学的表現に内在するグリゴーリエフの探求の諸相を問うていく。グリゴーリエフは詩人として出発し、さらには劇評にも手を染めていくが、反省と直接性の問題に関して、もっとも先鋭な表現たり得ているのは小説作品である。反省のアイロニーは、詩において構築された自己像をも相対化しながら、小説のなかで最大限に表現されているからだ。グリゴーリエフが小説の創作を試みた時期は奇しくも四〇年代に限られており、以後はもっぱら批評へと軸足を移していくことになった。小説の創造が終わる地点をひとまずの目的地と定め、以下、若きグリゴーリエフの「漂泊」の軌跡をたどっていくことにしたい。

〇―一　先行研究の問題点と本研究の立場

本論に入る前に、先行研究史を振り返りつつ、本書の基本的な立場を明確にしておきたい。

矛盾と屈折にみちたグリゴーリエフの存在は、その死後は半ば忘れられていたが、詩人ブロークによる詩の再評価を契機として一定の関心を引くようになった。とはいえ、その才能と業績に比して十分な研究の蓄積があるとは言いがたく、有機的批評と土壌主義をのぞいては、研究の対象となることもまれだった。包括的な研究が現れるようになったのはようやく一九九〇年代に入ってからで、以前よりグリゴーリエフ研究に取り組んできたエゴーロフ、ウェイン・ダウラー、ロバート・ウィッタカーが集大成というべき研究を相次いで発表し、セルゲイ・ノーソフによる評伝も出版された(4)。日本では、望月哲男が複雑な有機的批評の諸相を綿密に整理し、思想史的コンテクストのもとに意義づける論考を発表した(5)。

ただ、先行研究の大部分は後期の批評を対象としている(6)。初期作品に関する研究が少ないという事態は、依然として変わりない(7)。もちろん、上記の評伝は若き日の活動にも紙数を割いているが、批評家グリゴーリエフを形成した思想的・文化的土壌については詳しく検討されるものの、十分なテクスト分析がなされているわけではない。しかし、四〇年代のグリゴーリエフは、すでに独自の観点から時代の問題と切り結んでいた。時代の思想的状況と、そこに身を置く個人のありように対して、グリゴーリエフは一貫して鋭い批判者でありつづけた。先行研究の比重はあまりにも後期の作品に偏っており、初期作品のはらむ奥行は不当に軽視されてきたといわざるを得ない。

四〇年代のグリゴーリエフに関する先行研究には、大きく分けて三つの問題がある。

第一に、上記の評伝はグリゴーリエフの思想的形成を再構成することに主眼を置いているため、初期作品はそれ自体として分析されるのではなく、資料として書簡や回想と同列に扱われる傾向がある。たとえば、もっとも新しいパーヴェル・コトフの研究も、グリゴーリエフの内面的人生を再構成すること、すなわち「歴史学的・心理学的な伝記」[8]を記述することに主眼を置いている。グリゴーリエフのあらゆるテクストは彼自身の内面を明かす資料として読解されるにとどまり、詩や小説がそれ自体として詳細な分析の対象となることはない。

しかし、本書が中心に据えるのはグリゴーリエフの文学テクストであり、その表現に即して、探求の道程が再構成されることになる。

第二に、作品を分析する際に、先行研究はロマン主義との継承関係という視点にとらわれすぎている。ヴィターリン三部作や『多数のなかの一人』といった小説作品に関して、先行研究は、「分身」「放浪」「エゴイズム」「運命」「自由」といったテーマやモチーフに着目し、ロマン主義文学の影響を指摘してきた。

たとえばコヴァリョフは、グリゴーリエフ作品における「エゴイズム」を肯定的な意味で捉えている。エゴイストであること、すなわち自己の欲望と欲求に身をゆだねることは、グリゴーリエフのテクストにおいて自己実現の指標として捉えられているというのである。[9]総じてコヴァリョフは、グリゴーリエフの主人公たちを作者の希求の肯定的表現とみなしている。だが、本研究はそのような見方を共有しない。グリゴーリエフのまなざしは、エゴイストのうちなる深淵を見据えている。主人公たちが具現しているのは、強固な自我ではなく、むしろ意志の喪失や他者の欲望への寄生といった事態なのである。

またクダソヴァは、ヴィターリン三部作に「分身」と「放浪」という二つのテーマを見出し、ホフマンやハイネとの近縁性を論じている。[10]しかし、それらがテクストにおいて具体的にどのように表現され、意味づけられているか、という問題は、ほとんど手つかずのままだ。とりわけ、主人公のヴィターリンをロマン主義的な形象とみなし、その内部の分裂をホフマン流の「分身」に直結させている点は、踏み込みが足りないといわざるを得ない。確かにヴィターリンのうちにも「自己じしんと不和を惹き起こした内部から立ち昇るイロニーなるもの」[11]を認めることはできる。だが、ホフマンの主人公たち（たとえば『悪魔の霊酒』の主人公メダルドゥス）やドストエフスキーのゴリャートキン

（『分身』）とは異なり、ヴィターリンは自我の敵対者としての分身を幻視するわけではない。自我の内的分裂の問題はドッペルゲンガーというかたちでは表現されておらず、むしろそこに見られるのは、後述するように、グリゴーリエフ独自の方法意識である。

「最後のロマン主義者」とはグリゴーリエフ自身の自己定義だが、ロマン主義との関係はたんなる継承につきるものではない。グリゴーリエフは自問自答をくりかえしながら転換期を生きたのであり、ロマン主義でさえその懐疑的なまなざしを逃れてはいないのである。求められるのは、時代の問題に対するグリゴーリエフ独自のまなざしを読み解いていく姿勢であろう。

第三に、先行研究は共時性という視点に欠けているように思われる。思想家グリゴーリエフの形成史については、先行研究によってすでに多くのことが明らかになっている。後の有機的批評へとつながるドイツ観念論の影響、信仰に悩むグリゴーリエフが耽読したドイツ神秘思想、謎に包まれたフリーメイソンへの入会、フーリエやジョルジュ・サンドへの関心とペトラシェフスキー・サークルへの接近など、グリゴーリエフがいかなる土壌のもとに自己を形成していったのか、その詳細が明らかにされている(12)。

一方で、四〇年代におけるグリゴーリエフのアクチュアリティを問うような視点は、先行研究からは抜け落ちている。先行する作家や思想家の直接的な影響を論じるのみでは、同時代における意義を明らかにすることはできない。グリゴーリエフは、同時代の思想的状況においていかなる位置を占めているのか。共時性という視点を導入することで、これまで描かれることのなかったグリゴーリエフ像を新たに描くことができるはずである。

そのために、本書では以下のようなアプローチをとる。直接的な影響関係の有無は問わずに、同時代における横の広がりのなかでグリゴーリエフのテクストを対比的に分析する。具体的には、ベリンスキー、ゲルツェン、トゥルゲーネフ、サルトゥイコフ＝シチェドリンら、〈プロジェクト〉に関わる作家たちと比較していくことになるが、一方でロシアの領域にとどまることなく、ヨーロッパの思想家たちとの内的関連性をも問うていく。カール・レーヴィットがその古典的名著『ヘーゲルからニーチェ』で描き出しているように、一八四〇年代はヨーロッパ思想史においても転換期であった。ポスト・ヘーゲル時代の混沌は同時代のロシアにとっても無縁ではなく、ヨーロッパとロシアの問題圏は一致せずとも重なっていた。本書が問うのは、この思想的状況におけるグリゴーリエフのアクチュアリティである。そのためには、先行する作家や思想家の影響を前提としつつ、影響関係という視座を超えて、フォイエルバッハやキルケゴールら同時代人との親縁性にも目を向けていく必要があろう。

○―二　ヴィターリン三部作に関する先行研究の問題点

本書がもっとも重視するのは、一八四五年から四六年にかけて書かれた三つの連作短篇小説である（本書ではヴィターリン三部作と総称する）。アルセーニイ・ヴィターリンを共通の主人公とするこの三部作は、「未来の人間」（«Человек будущего»）、「私がヴィターリンと知り合った話」（«Мое знакомство с Виталиным»）、「オフェーリヤ――ヴィターリンの回想より」（«Офелия. Одно из воспоминаний Виталина»）という三つの短篇小説からなり、「始まりも終わりもない、とりわけ「教訓」のない物語」という副題が付されている。

ヴィターリン三部作は同時代の文壇からはほとんど注目されなかった。たとえば、ベリンスキーはヴィターリン三部作に関する論及を一切残していない。しかし、本書の観点からすれば、その影響力の大小は問題ではない。本書がヴィターリン三部作に着目するのは、ひとえに、その創作を通じてグリゴーリエフが自らの観点を形成していったと考えるからである。

グリゴーリエフの初期の創作においては、実を結ぶことのなかった二度の恋愛体験が決定的な意味を持っている。一度目は幼なじみであるリーザへの愛、二度目はコルシュ家の令嬢アントニーナへの愛である。リーザは親の決めた婚約者がおりながら、グリゴーリエフ家に下宿していた詩人フェートと恋に落ちた。グリゴーリエフの愛はいささかも報われず、リーザの婚礼の日、彼は新婦の介添えという苦い役目をつとめることになる。アントニーナ・コルシュとの関係にはまだ脈があったが、グリゴーリエフが具体的な行動を起こすことはなく、それどころか、友人のカヴェーリン（のちに西欧派の代表的な思想家として活躍する）がライヴァルとして出現するにいたって、突如としてモスクワを出奔してしまう（その後アントニーナはカヴェーリンと結婚し、未練を断ち切れないグリゴーリエフは彼女の妹リディヤと結婚することになる）。

グリゴーリエフは個人的な体験を同時代の思想的状況のうちに位置づけ、そこから己の思索の課題を引き出そうとした。このような姿勢は、恩師ポゴージンにあてた手紙の一節からもうかがわれる（一八四五年一〇月九日付）。

私が愛していたこと――それは間違いありません――ですが、個人的な幸福をめぐる考えなど、とっくの昔にことごとくしりぞけてしまいました。私はもうかなり前から、自分自身を全人類の一部とみなし、自分の苦しみを時代の苦しみとみなしているのです。[13]

自分の苦しみを時代の苦しみとして捉えること。その課題にはじめて徹底的に取り組んだのがヴィターリン三部作なのである。

グリゴーリエフの作品はいずれも自伝的色彩の濃いものだが、ヴィターリン三部作はその最たるものといってよい。主人公にはグリゴーリエフの実人生があからさまに投影されており、二度の恋愛を含む若き日の体験と葛藤が詳しく語られる。とくに第二部「私がヴィターリンと知り合った話」に挿入される「ヴィターリンの手記」は、グリゴーリエフがアントニーナとの恋愛の顛末をつづった日記風の原稿「漂泊するソフィストの草稿より」に基づいており、グリゴーリ人生との密接な連関は明らかである[14]。

こうした「自伝性」にグリゴーリエフ作品の際立った特徴を見るのは、先行研究に共通する見解となっている。たとえばイヴァーノフ＝ラズームニクは、自身が編纂したグリゴーリエフに関する回想録集（本人および同時代人たちのもの）のあとがきで、こう述べている。「アポロン・グリゴーリエフ以上に自伝的な作家は、おそらくロシア文学全体を見渡しても存在しないだろう[15]」。散文作品に関しても、たとえばエゴーロフが、その顕著な特質として自伝性をあげている[16]。

確かにグリゴーリエフの作品には、彼自身の私的な探求が色濃く反映されている。その作品の多くは実人生を直接的な典拠としており、自分について語るという自己言及性こそ叙述の本質をなしている。もちろん、安易にグリゴーリエフ＝主人公とみなすのはあまりに早計だが、グリゴーリエフの創作は多かれ少なかれ自己探求という性格を共有しており、ことにヴィターリン三部作はそれが顕著である。テクストのうちには自己の問題を批判的・分析的に把捉しようとするグリゴーリエフ自身のまなざしが常に潜在している。グリゴーリエフの思想的観点の形成を追究するという本章の目的からすれば、自己意識によって媒介された作者と主人公の分身関係を前提に、グリゴーリエフ自身のまなざしを読み解いていくことこそ有効なアプローチとなるはずである。

しかし、一方で、この「自伝性」もまたテクストのうちなる表現であることを見過ごすべきではないだろう。グリゴーリエフは確かに「自伝的な」作家であるが、その自伝性は表現された自伝性であって、たんに作家の特徴という次元にとどまるものではない。テクストとテクストの外部との関係に「自伝性」を見るのは有効な視点だが、それは事の半面であって、テクストの内部における「自伝性」を問う視点がなければ不十分である。グロツカヤはこの点に自覚的であり、「自伝性」をまさに研究の主題に据え、「自伝的主人公」という概念を導入してグリゴーリエフの諸作品を論じている。グロツカヤによれば、散文の主人公、詩の抒情的主人公、批評における「私」、書簡における「私」

は、いずれも「自伝的主人公」という統一的な「私」のある面相（ипостась）として捉えられる[17]。実人生におけるグリゴーリエフと自伝的主人公のあいだには相関関係があり、グロツカヤは作家の実人生を参照しつつ、自伝的主人公の成立過程とその諸相を論じていく。

グリゴーリエフの「自伝性」をテクスト内部の表現として捉えるグロツカヤの視点は興味深いものだが、一方で、「自伝的主人公」という概念の射程に関しては問題もある。散文の主人公、抒情詩の「私」、批評の「私」、書簡の「私」は、たしかにゆるやかな統一体を形成しているといってよいが、それでもやはり異なる位相に成立しているのではないか。とりわけ小説の主人公たちは、自伝的要素を付与されているとはいえ、あくまでも虚構として構築されている。くわえて、作品それ自体の構造もきわめて複雑である。自伝性の度合いの高いヴィターリン三部作でさえ、自伝的散文と呼ぶにはあまりにも錯雑とした結構をそなえている。小説の虚構としての仕掛けは、「自伝的主人公」という概念の射程内に収まるものではなく、それ自体として別箇に問うべき対象であろう。

また、グロツカヤが着目しているのは、グリゴーリエフの「自伝性」の自己造型的な側面である。しかし、グリゴーリエフは、「私が私について語る」という営為に潜む、自己相対化の無限性という問題を、じつは知り抜いていた。「自伝的主人公の成立」というストーリーに即してテクストを読解する限り、自己意識の逆説的問題を見逃してしまうことになる。

以上の問題点を踏まえつつ、本章における方法論的な立場を明らかにしておきたい。本章では二面的なアプローチによってヴィターリン三部作を分析していく。分析方法の二面性は、作品そのものの二面性に対応している。

ヴィターリン三部作には、直截と晦渋という相反する性格が見られる。ヴィターリン三部作は、全体の語り手がヴィターリンについて語る部分、ヴィターリンが自分自身について語る部分、およびヴィターリン自身の手記からなり、それぞれが断片的に混在している。ヴィターリンが自伝的な主人公であることは明らかだが、頭文字Г（G）で表される語り手も作者本人を思わせるようにつくられている。グリゴーリエフは、自らのプライヴァシーを直截にさらしながら、同時に「私が私について語る」という形式を晦渋なまでに複雑化しているのである。ヴィターリン三部作における「自伝性」は自明のものでは決してない。「グリゴーリエフは自伝的作家である」という指摘は、それだけでは彼の「自伝性」を説明する答えにはならない。問われるべきはあくまでもその先にある。

ヴィターリン三部作の二面性を踏まえ、本書では以下のような分析方法をとる。第一に、ヴィターリンをグリゴーリエフの分身とみなし、作家の実人生やほかの作品を参照しながら、ヴィターリンの言説にグリゴーリエフ自身のまなざしを読み込んでいく。ヴィターリン三部作は作家の実人生と緊密な関係を結んでおり、実人生に照らさなければ理解の困難な箇所さえある。「漂泊」という精神運動の核心と、同時代におけるそのアクチュアリティを明らめるという本章の課題からすれば、いささかナイーヴに見えようとも、ヴィターリン三部作の私的性格をいったん前提として受け入れて、作者本人の観点を問うてみることも必要なのではないか。

具体的な内容は次の通りである。まず、ヴィターリンの恋愛体験がテクストにおいていかに意味づけられているかを論じる。ついで、語り手がヴィターリンを位置づける時代状況に注目し、それがベリンスキーによって一般化された反省の問題圏にほかならないことを確認する。そのうえで、同じ問題に対するグリゴーリエフ自身の観点を明らかにし、「漂泊」の意味を考察する。

本章の本体をなすのは第一の方法による分析だが、それのみでは不十分であり、第二の方法によって補うことになる。すなわち、今度は逆に作者自身の意識をいったん作品から切り離し、虚構としてのつくりに目を向ける。主人公が自分について語るという形式の複雑さにおいて、ヴィターリン三部作はドストエフスキーの『白夜』に匹敵し、同時代のロシア文学のなかでは抜きん出ている。語りの構造を分析したうえで、改めて作品の「自伝性」と考え合わせることにより、思想的な主題と錯雑とした形式との相関を明らかにしたい。

以上が、第二部第一章の内容となる。続く第二章では、第一章の分析を踏まえ、ヴィターリン三部作と同時期に執筆された戯曲『二つのエゴイズム』と、ヴィターリン三部作後に書かれた小説『多数のなかの一人』および『多数のなかのもう一人』を分析し、グリゴーリエフの「漂泊」の行方をさらにたどっていくことにしたい。

（1）*Даль В*. Толковый словарь живого великорусского языка. Т. 1. М.; СПб., 1880. С. 438.

（2）グリゴーリエフの革命的傾向は、おそらくは出生の事情といくらか関係がある。アポロン・グリゴーリエフは一八二二年七月にモスクワに生まれた。この時点で、じつは両親は正式に結婚していなかった。母親はグリゴーリエフ家の御者の娘で、身分の違いが障害となったのである。生まれて間もないアポロンは、婚外子として養育院に預けられた。実家に引き取られたのは、半年後に両親が正式に結婚してからのことで、婚外子として生まれたアポロンは、祖父の代からの貴族の称号を受け継ぐことができず、商人階級に組み入れられることになった。こうした境遇は、アポロンの世界観に何かしらの影響を与えていると考えられる。ロバート・ウィッタカーも書いている。「この異例の社会的アイデンティティは、ロシアの生活を見つめるまなざしに特殊な視座を与えた。貴族の関心事からは疎外されたグリゴーリエフは、生涯を通して、自身をアウトサイダーとみなしていた。彼は、身分の低い都市階級の人々、とくに商人と召使に、一貫して特別な共感を表明したのだった」（Robert Whittaker, *Russia's Last Romantic, Apollon Grigor'ev*（*1822–1864*）（Lewiston, New York: The Edwin Mellen Press, 1999）, pp.9–10）。マラーへの共感、貴族階級への呪詛の淵源には、思想的な関心以上に、出生にまつわる心の屈折があったのかもしれない。

（3）*Егоров Б.Ф*. Аполлон Григорьев. М., 2000. С. 6.

（4）*Носов С.Н*. Аполлон Григорьев. Судьба и творчество. М., 1990; W. Dowler, *An Unnecessary Man: The Life of Apollon Grigor'ev*（Toronto: University of Toronto Press, 1995）; R. Whittaker, *Russia's Last Romantic, Apollon Grigor'ev 1822–1864*（Lewiston, New York: The Edwin Mellen Press, 1999）; *Егоров Б.Ф*. Аполлон Григорьев. М., 2000. また、以下の学位論文も、評伝のかたちをとっており、思想家グリゴーリエフの形成過程を時系列に即してたどっている。*Котов П.Л*. Становление общественно-философских взглядов А.А. Григорьева: Дис. ...канд. истор. наук. М., 2003.

（5）望月哲男「有機的批評の諸相――アポロン・グリゴーリエフの文学観」『スラヴ研究』第三七号、一九九〇年、一―四一頁。

（6）有機的批評や土壌主義、ドストエフスキーとの関係についての研究には一定の蓄積がある。主要なものをあげるならば、以下の通りである。*Раков В.П.* Григорьев - литературный критик. Иваново, 1980; W. Dowler, *Dostoevsky, Grigor'ev, and Native Soil Conservatism* (Toronto: University of Toronto Press, 1982); *Глебов В.Д.* Аполлон Григорьев. М., 1996; *Журавлева А.И.* Органическая критика Аполлона Григорьева // *Журавлева А.И.* Кое-что из былого и дум. О русской литературе XIX века. М., 2013. また近年の研究では、リナ・シュタイナーが、ロシアにおける「教養」概念の形成を論じた研究書で、グリゴーリエフをキーパーソンの一人に位置づけ、その有機的世界観を論じている。Lisa Steiner, *For Humanity's Sake: The Bildungsroman in Russian Culture* (Toronto: University of Toronto Press, 2011).

日本における数少ない先行研究も、後期の批評やドストエフスキーとの関係を対象としている。石田敏治「Ап. グリゴーリエフとドストエフスキー――「ヴレーミャ」「エポーハ」における誤解をめぐって」『ヨーロッパ文学研究』第二三号、一九七五年、二六―四三頁。望月哲男「グリゴーリエフとドストエフスキイ」『文集「ドストエフスキイ」』第二号、一九八一年、二〇―四六頁。渡辺徹「アポロン・グリゴーリエフの有機的批評」『ヨーロッパ文学研究』第二九号、一九八一年、五三―六五頁。池田和彦「一八六〇年代のドストエフスキイと「リアリズム」――Ап. グリゴーリエフの「リアリズム」論を中心に」『SLAVISTIKA』第一一号、一九九五年、一七九―一九六頁。ただし、次の論考はその例外である。望月哲男「一九世紀ロシア文学のヴォルガ表象――アポロン・グリゴーリエフ『ヴォルガをさかのぼって』を中心に」『境界研究』第二号、二〇一一年、六五―八三頁。

（7）初期作品を論じた研究には以下のものがある。*Кудасова В.В.* Проза Ап. Григорьева 40-х годов XIX века // XXIX Герценовские чтения. Литературоведение. Научные доклады. Л., 1977; *Егоров Б.Ф.* Художественная проза Ап. Григорьева // *Григорьев А.А.* Воспоминания. М., 1988; *Ковалев О.А.* Проза Аполлона Григорьева в контексте русской литературы 30–60-х годов XIX века: Дис. ...канд. филол. наук. Томск, 1995; *Гродская Е.Е.* Автобиографический герой Аполлона Григорьева (поэзия, проза, критика, письма): Дис. ...канд. филол. наук. М., 2006. ヴァレンチナ・クダソヴァの論文は、分身と放浪というテーマに焦点を絞って、ロマン主義文学との近縁性を指摘している。エゴーロフの論文は、初期作品から晩年の回想録まで、グリゴーリエフの散文作品の諸相を整理している。本章の観点からしても参照すべき点があり、それについては改めて論及するこ

とにしたい。オレク・コヴァリョフの研究は散文作品を中心に論じたもので、本研究が対象とする作品も取り上げられている。コヴァリョフは、グリゴーリエフの作品を縦横に引用しながら「散文の詩学」の諸特徴を論じる、という手法をとる。そのため、個別の作品について、一貫したテクスト分析がなされているわけではない。また、一八四〇年代におけるグリゴーリエフの思想的立場に関しても、本書の観点からすれば首肯できない解釈を提示している。コヴァリョフは、グリゴーリエフに対するヘーゲルの肯定的な影響を重視し、グリゴーリエフが個と普遍の合一を一貫して求めていたと見ている。しかし、本書が明らかにするのは、ポスト・ヘーゲル時代の思想的状況にあって、絶対者との合一の不可能性という前提から出発し、独自の観点からヘーゲル哲学に応答したグリゴーリエフの姿である。こうした基本的理解の違いゆえに、本書は、ヴィターリン三部作について、コヴァリョフとはまったく異なる解釈を提示することになるが、これに関しては改めて論及したい。エレーナ・グロツカヤの研究も本章の観点からして興味深いが、これに関しては本文で検討することにしたい。

（8）*Котов П.Л.* Становление общественно-философских взглядов А.А. Григорьева. С. 7. コトフの評伝的研究は、グリゴーリエフの矛盾的性格を強調するエゴーロフに対して、彼の思想的形成を一貫した視座のもとに描き出そうとする試みである。

（9）*Ковалев О.А.* Проза Аполлона Григорьева в контексте русской литературы 30–60-х годов XIX века. С. 142.

（10）*Кудасова В.В.* Проза Ап. Григорьева 40-х годов XIX века. С. 31–32.

（11）ホフマン（深田甫訳）「分身」『ホフマン全集　第九巻』創土社、一九七四年、四九四頁。

（12）この点に関しては、とくにダウラーの整理が明快である。W. Dowler, *An Unnecessary Man*, pp. 9–50.

（13）*Григорьев А.А.* Письма. М., 1999. С. 14.

（14）この原稿にはモスクワを出奔するまでの経緯が実名でつづられている。このきわめて私的な原稿は生前に発表されることはなく、成立の事情は謎に包まれているが、エゴーロフは、きちんと浄書されている点をあげて、日記そのものではないとみなしている。*Григорьев А.А.* Воспоминания. М., 1988. С. 399.

（15）*Иванов-Разумник Р.И.* Аполлон Григорьев //*Григорьев А.А.* Воспоминания. М.; Л., 1930. С. 608.

（16）*Егоров Б.Ф.* Художественная проза Ап. Григорьева. С. 337.

（17）*Гродская Е.Е.* Автобиографический герой Аполлона Григорьева. С. 3–4.

第一章　反省と漂泊

一　毒された真理、毒された愛

第二部「私がヴィターリンと知り合った話」の最後、語り手はヴィターリンについてこう述べている。

彼の存在を毒したのは、アントーニヤをめぐる思索なのか、それとも別のことなのか、その点ははかりかねた。おぼろげに匂わせることから察するに、アントーニヤ以外にも宿命的な出会いがあったらしい。アントーニヤが毒したのは愛だった――だが、彼のうちでは真理もまた毒されていた。(G, I, 302)

アントーニヤとは実人生におけるアントニーナ・コルシュを指す。もう一つの宿命的な出会いとは、実人生におけるリーザへの愛を示唆している。前者との体験が「愛」を毒し、後者との体験が「真理」を毒した。ここではそのように意味づけられている。第六節で論じるように、ヴィターリン三部作はじつは極めて特異な時間構造を有しているのだが、ここではあえて実人生の時系列にそって、愛と真理が毒されていく過程を再構成してみたい。

ヴィターリンは自らの少年時代を回顧して次のように語っている（引用は「オフェーリヤ」に挿入される「ヴィターリ

ンの物語」より)。

だが、僕はかつて若かったことがあるのだろうか? 青春というのは、魂のけがれない本能が愉悦をむさぼり飲み、愉悦の源をあらためたりなどしない、そういう人生の一時期だ。ところが僕は?……[…]僕は愛と人生をむなしく待っていた——自分の檻に閉じこめられていたのだ。そして一五の歳にはすでに空虚と飽食に苦しんでいた。幻想の生活のせいで、力が衰弱していたのだ。喪失こそ人間の本分とみなす考えが否応なく浮かんできたのはその頃だった。全人生は、喪失の長い鎖のように見えた。肉体的飽食あるいは精神的飽食が行きつく先はそんなところだ。僕は夢想家になった[…]。(G, I, 310)(傍線引用者)

ヴィターリンの自己分析によるならば、彼は人生の愉悦を直接に享受することなく、渇望にかられて幻想におぼれているうちに生命の力を失い、自己の檻にひきこもる夢想家となった。この夢想家は、リーザへの愛によってはじめて現実と交わることになる。

リーザへの愛は、ロマン主義的な夢想を現実に適応する最初の機会となった。ヴィターリンの胸に愛が芽生えた直後、リーザは親の選んだ相手と結婚することに決まった。彼は、リーザを「破滅を運命づけられた生贄」(G, I, 323)とみなし、彼女の救いを神に祈る。

リーザの婚約に対するヴィターリンの反応には、当時流行していたジョルジュ・サンドの影響が読みとれる。「女性の解放」という観点から読まれたジョルジュ・サンドを、若き日のグリゴーリエフも耽読していた。ジョルジュ・サンドを含むロマン主義の影響は、思想にとどまらず行動様式にもあらわれている。「[…]この瞬間には、夫を殺して彼女を連れ去ることこそ神聖な行為と思われた……（G, I, 329）」。ヴィタ―リンはロマン主義小説に則って、あたかも高潔な騎士のようにふるまおうとする。

その後、事態はねじれた展開をみせる。結婚式の直後、リーザはヴィタ―リンの友人ヴォリデマール（モデルはフェート）と恋に落ちる。ヴォリデマールはバイロニズム、デモニズムの体現者であり、当初はヴィタ―リンの恋を嘲っていたが、自己の陥っていたシニシズムからの脱却を求めて、リーザの愛にこたえた。だが、やがて破局がおとずれる（引用は「オフェーリヤ」に挿入される「夢想家の日記」より）。

――あいつを救ってやった。あいつは生きていくだろう……。父さん！　僕は父さんに託されたつとめを見事に果たしましたよ。

けれども、あの人には永久に審判が下されてしまった。

あいつの方は早くも夢中になったことが恥ずかしくなり、彼女から送られた手紙に綴りの誤りを見つけては赤面している……。

愛しい人！　きっと僕を軽蔑するだろうね。きみを世間に引き渡したんだから――きみを犠牲にしたんだから……

かわいそうなオフェーリヤ！（G, I, 330）

ヴィタ―リンは、二人を引き離そうとする親たちの策動に加担してしまった。これは、愛するリーザを憎むべき世間に引き渡すことにほかならなかった。一方のヴォリデマールは、高潔な怒りにかられるどころか、もとのシニシズムを発揮して自らの恋愛を嘲っている。ヴィタ―リンとヴォリデマールは、ジョルジュ・サンド的な理想主義、バイロン的な悪魔主義、というロマン主義の二側面をそれぞれに体現しているが、いずれも世間的な秩序の前にもろくも敗れ去ったのだった。ヴィターリンにとって、この体験は二重の衝撃となった。ロマン主義はいまや現実を前にして無力と空虚をさらしており、その「真理」は文字通り毒されてしまったのである。

深い懐疑にとらわれたヴィターリンは、愛によって救いを得ようとする。そして、二度目の宿命的な出会いがおとずれた。知り合って間もない頃、ヴィターリンはアントーニヤにこう語っている（引用は「私がヴィターリンと知り合った話」に挿入される「ヴィターリンの手記」より）。

私は彼女に言った。あなたはまだ自分自身を知らない。私にとってあなたは、子どもの頃に聞いたお伽噺のようだ。うっすらと覚えているきりだが、この上なく幸いな、決して叶わぬ夢を連想させる……。(G, I, 290)

ここで、アントーニヤは「子どもの頃に聞いたお伽噺」のような存在とされている。アントニーナ・コルシュと出会った時期にグリゴーリエフが書いた詩「魅惑」（一八四三）に、似たようなイメージを見出すことができる。

けれど、たびたび夢に見るのは別のこと――
意識も客体もなかった生、
ものがたりを聞いて寝入り、
ゆりかごに揺られていたあの頃の……。(G, III, 693)[(1)]

この詩では、女性の魅惑は、「ものがたりを聞いて」寝入っていた幼年期、「意識も客体もなかった」幼年期の記憶へと詩人を誘う。そこに表れているのは、「魂のけがれない本能が愉悦をむさぼり飲み、愉悦の源をあらためたりなどしない」原初の状態に対する憧憬だ。これはルソー以来のロマン主義的な希求であり、たとえば仲正昌樹は、ヘルダリンの詩「私が幼子だった頃……」に「自我の内部で〈主体／客体〉が分化する〝以前〟の状態のイメージ」[2]を見ている。グリゴーリエフもまた、自然と自己を区別する意識の存在しなかった幼年期の根源的一体感（すなわち透明な直接性）を夢見ており、女性への愛はそのような調和に通ずる回路として望まれているのである。

だが、このように意味づけられ、望まれた愛に対し、現実においていかなるかたちを与えればいいのだろうか。幾度となく夢想してきたロマン派小説の騎士や誘惑者をモデルにすればいいのか。しかし、リーザとの一件によって、ロマン主義的な行動様式の虚構性はすでに自覚されている。ヴィターリンは自らの不能をさらすほかない。彼は何らの行動も起こさない、あるいは起こせない。自分が何もできないことを、ヴィターリンはペチョーリン的な「退屈（скука）」によって説明しようとする（引用は「ヴィターリンの手記」より）。

実際、早くにはじまった思想生活のせいで私の心は老いてしまった。とっくの昔に空想によって蒙を啓かれた私が、現実に持ち込むのは疲労と退屈ばかりだ……。(G, I, 296)

愛と人生に餓えて幻想のうちに生きてきた夢想家が、いざ現実の愛に出会ったときにはすでに不感症となっている。そして夢想そのものも、もはや昔日の魅惑を失っている。ここに示されているのは、そのような自己解釈である。これは、『現代の英雄』におけるペチョーリンの独白とほぼ呼応している。

ごく若いころ、私は夢想家だった。休まることを知らない貪欲な空想がくりひろげる、暗鬱なイメージや、虹色に輝く情景を、かわるがわる愛でることを好んだ。［…］このむなしい格闘のなかで、現実の生活に欠かすことのできない、魂の情熱と意志の強靭さとをすりへらしてしまったのだ。私がこの人生に踏み出したのは、人生を頭のなかで経験しつくした後のことで、だからすっかり退屈でやりきれなくなってしまった。とっくの昔に知っている本の、くそおもしろくもない模倣を読んでいる人間のように。（L, VI, 362）

しかし、これは事の半面でしかない。『現代の英雄』で、全体の語り手たる紀行作家は、ペチョーリンの「退屈」について、次のようなコメントをさしはさんでいる。「［…］幻滅は、あらゆる流行と同じく、社会の上層からはじまって下層へと降りていき、そこで着古されつつある。だから今では、誰よりも退屈を感じ、そして実際に退屈している連中は、この不幸を悪習かなんぞのようにひた隠しにしようとする（L, VI, 244）」。いまやペチョーリン的な「退屈」も、一つのモードとして虚構性を暴かれているのだ。グリゴーリエフ自身、「退屈の秘密」（一八四三）という詩で、「退屈するのはかつては流行（мода）だった」と歌い、読者に向けて次のように懇願している。

退屈だ、――けれど、お願いだから、
ああだこうだと、
この退屈に意味なんか与えないでくれ。
みんなと同じように退屈なだけだから……
［…］
退屈するのは、かつては流行《モード》だった。
きっと、退屈の種が天気だろうが

過去だろうが――それさえ同じことだったのだ……。(G, I, 37)

「退屈の秘密」というのは反語的な題名であって、じつは退屈に秘密などない。いまや退屈を語るにも断り書きがいるのだ。これはペチョーリン的な退屈ではなく、ただの退屈なのだ、と。

したがってヴィターリンは、愛における自らの不能を「退屈」によって説明しながら、同時に「退屈」というモードの虚構性を自覚していたはずである。ある行動様式に則って、ある態度をとろうとするそばから、その欺瞞性を意識する自己が立ち現れる。こうした自己意識の相対化作用にとらわれたヴィターリンは、愛が自覚された地点から一歩も動けなくなる(引用は「ヴィターリンの手記」より)。

何もかも捨て去るべきなのか。それとも永遠に一点にとどまるべきなのか……どのみち最後には、一切のもつれをばっさり切り捨てることになるというのに。(G, I, 293)

追い込まれたヴィターリンは、ライヴァル(モデルはカヴェーリン)の出現を機にモスクワを出奔する。何らの行動をとることもなく、ましてや愛を打ち明けることもなく。この失恋とさえ呼べない独り相撲のうちに、「愛」による救いという信仰も毒されたのである。

二　自己意識の病

グリゴーリエフの実人生における出奔は、カヴェーリンの出現が直接の引き金となった。ペテルブルクから父に宛てて書いた手紙には、大学時代以来の友人カヴェーリンに対する劣等感が滲み出ている。この手紙でグリゴーリエフは、自分を訪ねてきたカヴェーリンに、息子との交友を感謝したとして、父を難詰しているのである（一八四六年七月二三日付の手紙[3]）。カヴェーリンに対する父のへりくだった態度は、息子の自尊心をひどく傷つけるものだった。自己とカヴェーリンの同等性を訴える手紙は、切実な調子ゆえに、かえってグリゴーリエフの劣等感を暴露している。その背景には、貴族の家に生まれながら貴族ではないという、自身の出自に由来する心の屈折もあったにちがいない（カヴェーリンは由緒ある貴族の家に生まれ、父親も高位の官僚であった）。しかし、小説のなかには、そのような事情を窺わせる記述は一切ない。ライヴァルとの関係が詳しく書き込まれることもなく、彼に対するヴィターリンの感情は通常の嫉妬の範疇に収まっている。小説における失恋と出奔は、以下に見るように、自己意識の問題という、同時代的なコンテクストのもとに表現されているのである。

愛に破れたヴィターリンの心に巣食うのは、空虚な無感動である。語り手の「私」は、ヴィターリンを現代の青年の一人として位置づける（引用は「未来の人間」より）。

> アルセーニイ・ヴィターリンは、不幸にしてというべきか、現代に生きる多くの青年たちに属すると一目でわかる人物だった。彼ら青年たちは、あまりに早いうちから享楽に身を任せたせいで、あらゆるものへの感覚を失い、自分が生きている社会状況とはまったくの没交渉になり、絶えることない否定と、重苦しい無感動のうちに取り残されている。（G, I, 260）

現代の青年は、夢想の害悪を自覚しながらも夢想の世界にとどまり、「絶えることのない否定」と「重苦しい無感動」にとらわれている。夢想家は自己の病的状態を的確に把握しており、ヴィターリン自身、このように独白している

（引用は「未来の人間」に挿入される「ソフィストの手記からの抜粋」より）。

僕たちはみんな——既知の役柄を演じながら、それが自ら引き受けた役柄であることを片時も忘れられない俳優なのだ。みんな自分をだましている。忘我のさなかにあってさえ自分をだましている。忘我の訪れをあらかじめ見通し、生活よりも忘我と夢想を求めたという点で、自分をだましている。（G, I, 269）

ヴィターリンは、役柄（たとえばロマン主義的なモデル）と自己自身とのずれを自覚し、忘我のさなかにあってさえ、忘我を意識的に求めることの不自然さを意識している。ヴィターリンもまた、「自己意識の病」にとりつかれた現代の青年であるといってよい。序章で論じたように、自らを苛む自己意識こそ、四〇年代に顕在化した問題にほかならなかった。語り手はここで、ヴィターリンを一般的なコンテクストのうちに位置づけているのである。

グリゴーリエフは、まぎれもなく反省の問題圏に身を置いている。反省がグリゴーリエフにとって自覚的な問題であったことはまちがいない。たとえばグリゴーリエフは、一八四六年に発表したエッセイ「ある地方劇場での『ハムレット』」で、次のように述べている。

ハムレット、ハムレット！　またもや私の前にあらわれる、青ざめた病んだ夢想家が。人生を知るより先に人生に倦み疲れ、どうしようもなく滑稽で醜悪な人生のありようのうちに秘められた意味を探り出そうとし、己の「私」と周囲の現実との矛盾に打ちのめされ、そうした矛盾ゆえに自分を難詰することも厭わず、そして己の怨みを正当化してくれるものを必死につかみ取ろうとする、墓の暗闇から自らが召喚したものを……。[4]

「人生を知るより先に人生に倦み疲れた」「青ざめた病んだ夢想家」というハムレット像は、ヴィターリンの自己理解と重なり合う。「人間にとって恐ろしいのは自己意識（самосознание）である」[5]。確信と懐疑のあいだで揺れ動くハムレットについて、グリゴーリエフはそう注釈をはさむ。このようなハムレット理解は、四〇年代の思潮と合致している。第一部第一章第一節で述べたように、ベリンスキーが「反省の詩的な極致」と評したハムレットは、四〇年代のロシアにおいて、反省の問題を具現するもっとも一般的な形象だった。

グリゴーリエフ自身は「反省」という言葉を用いてはいないが、ヴィターリン三部作が反省をめぐる問題圏のうちに位置づけられるのは確かなことだ。反省を主題とする点で、ヴィターリン三部作は、同時期に書かれた彼の韻文作品と一線を画している。そのことは、コルシュとの恋愛がいかに表現されているか、という点を見れば明らかである。そこで、コルシュとの恋愛は、抒情詩や物語詩においても執拗に反復されるモチーフとなっているのだが、グリゴーリエフは、ロマン主義のイメージやプロットを借りて自己の体験を物語化している。グリゴーリエフにとって、詩作はおそらく自己治療的な意味をもっていたにちがいない。何もできないままに終わった失恋をロマンスへと作り変えることで、グリゴーリエフは自らが納得し得る意味を何とか見出そうとしたのだ。したがって、当然ながら、物語化した自己をさらに相対化する反省的視線は、そこに仮構されてはいない。

具体的に見てみよう。グリゴーリエフは、いくつかの詩において、少女を誘惑する悪魔の役割を自己に与えている。たとえば、詩「ラヴィニヤに」（一八四五）では、ジョルジュ・サンドのヒロインに擬えられた少女が、「病んだエゴイスト」の「悪魔的な力」によって「新しい秘密」を開示される（G, I, 44-45）。また、同時期の詩「さなぎに対する霊の歌」（一八四五）は、「さなぎ」の少女を「羽化」へといざなう悪魔の呼びかけとして書かれている。これらの詩は、レールモントフの未完の物語詩「子どものための物語」（一八三九―四〇）を踏まえていると考えられる。下界を眺めやるメフィストフェレスは、一人の少女を見出し、愛し、性の目覚めへといざなう。そのメフィストフェレスのごとく、グリゴーリエフの抒情的主体は、少女を誘惑して覚醒させる悪魔的な力を発揮するのである。

レールモントフの「子どものための物語」は、ヴィターリン三部作で当のヴィターリンによって引用されている。「ヴィターリンの手記」の一場面で、ヴィターリンはアントーニヤに「子どものための物語」の一節を諳んじてみせる（G, I, 295）。ヴィターリンは、自分と彼女の関係を、レールモントフの悪魔と少女の関係に擬えており、その点で、ヴィターリンのこの自己像は上記の抒情的主体と似通っている。しかし、ヴィターリン三部作の場合、その演技ははなから破綻している。恋愛の実際面において、ヴィターリンはむしろ奥手な青年であり、少女を誘惑する悪魔どころか、いかなる役割も全うすることができない。さらに、ヴィターリンのうちには、自己の演技性をそれとして自覚する反省的自己意識が存在している。詩の抒情的主体が悪魔の仮面をぴたりと身にまとっているのに対し、ヴィターリン三部作では、物語化した自己をさらに相対化する意識がテクストのうちに仮構されているのである。反省の問題が顕在化しているのは、まちがいなくヴィターリン三部作の方だ。

さらに付け加えるならば、グリゴーリエフの抒情詩においては、レールモントフの詩「二人はそんなにも長く優しく愛し合った……」（一八四一）も、自己物語化のためのプロットとしてしばしば下敷きにされる。レールモントフの詩では、愛し合う一組の男女が、それぞれの倨傲な自我に妨げられて、あたかも敵同士のように別れる。グリゴーリエフは自作でたびたびこの詩を引用しており、その影響は、作品のいたるところで陰に陽に認められるといってよい。グリゴーリエフの韻文作品で一つの基本的なパターンとなっているのは、次のようなストーリーである。「悪魔の力にいざなわれて、少女のうちに、孤独で傲岸な魂が目覚める。悪魔と少女は、愛し合いながらも、同じ魂をもつゆえに、反発と別離を運命づけられている」。グリゴーリエフの詩「二つの運命」（一八四四）や物語詩「オリンピイ・ラーギン」（一八四五）に共通して見られるのは、こうしたプロットである。たとえば「二つの運命」の冒頭を見てみよう。

呪詛と選別のしるしが
二人には等しく印せられていた、
二人の胸にはともに
苦しみの虫が密かに宿っていた。(G, I, 41)

世間に対する侮蔑の念や、選ばれし者であるという自覚や、倨傲な苦しみなど、二人はロマン主義のデモニズムのしるしを等しく負っている。孤独で傲岸な二つの魂は、結ばれることなく別れなければならない。グリゴーリエフは、レールモントフの詩に即して物語化することで、自己の体験に理解可能な意味を付与したのである。グリゴーリエフの韻文作品において、このプロットにはいくつかのヴァリアントがある。ヒロインが別の男と結婚し、その後まもなく死ぬ(「オリンピイ・ラーギン」)。あるいは逆に、男の方が夭折し、残された女は、社交界で表向きは華やかに暮らしながら、男への思慕を胸に秘めている(「二つの運命」)。または、俗界のなかで生きることを選んだ女に、男が一方的に別れを告げる(「そう、君は僕とともに歩めなかった……」、一八四五)。語り直しの多さは、トラウマを癒そうとするグリゴーリエフの切実さを証しているといえるだろう。

一方、ヴィターリン三部作においては、このような物語化は回避されている。ヴィターリンとアントーニヤとの関係は、何らの物語へも結実することなく破綻したのであって、むしろこの点にこそ作品の核心がある。グリゴーリエフの詩と小説は、異なる原理によって成り立っており、小説を詩から画すものこそ反省の問題にほかならない。

グリゴーリエフのテクストにおいて「自己意識」が重要なモチーフとなっていることは、先行研究によって指摘されてきた。しかし、先行研究は、詩と散文を同列に論じているため、小説における反省という主題の奥行きを見逃してしまっている。たとえばエゴーロフは、グリゴーリエフの自伝的作品の特徴として、自己へのアイロニカルなまなざしや、自己の言動を批判的に評価しようとする態度をあげている(6)。しかし、自己意識はたんに書き手の側に属する特徴的要素というにとどまらず、むしろ主題の中核に位置するものだ。自己意識の問題がテクストのなかでいかに表現されているのか。その肝心の問いに対して、エゴーロフは十分な関心を払ってはいない。エゴーロフは、「過度の内省」や「反省」は「人格の尊厳、重要性、独立性」の感情を増大させるものであり、「人格を平均化する現実に対して嫌悪の念を表明するロマン主義的形式」なのだと述べている(7)。エゴーロフが指摘するように、韻文であると散文であるとを問わず、グリゴーリエフの内省的な主人公たちは、ときに倨傲な自尊ともいうべき態度を示す。しかし、小説作品においては、それに対する批判的視点もテクストのうちに仮構されている。反省に向けられるグリゴーリエフのまなざしは、たんにロマン主義的形式と捉えるにはあまりにも深刻かつ複雑なのだ。以下の分析では、まさにこの点が問われることになる。

三　反省から無性格へ

グリゴーリエフは、ベリンスキーが問題化した反省を自らの問題とみなしていた。しかし、この問題に対するグリゴーリエフの観点にはきわめて特異な性格がある。この節では、〈プロジェクト〉と対比させることで、グリゴーリエフ独自のまなざしを浮き彫りにしていきたい。

序章で論じたように、〈プロジェクト〉において、反省の克服とは「行為」によって「人間の現実の領域」へと踏み出すことを意味した。そして、実地に現実を改革していくための方法論を提供したのが、ユートピア社会主義の思想だった。一方、グリゴーリエフはこうした観点を共有してはいない。一時期のグリゴーリエフがペトラシェフスキー・サークルに接近していたことはまちがいないが、ユートピア社会主義の思想を実践のための理論とみなすことはなかった。ヴィターリン三部作のうちにはフーリエへの肯定的言及も見られるが、それはもっぱら文明批判的な側面に対するものであって、新社会の建設という思想は無視されている（「私のうちには文明に対する憎悪のようなものがあって、この点でフーリエの教えは心の深くに根を下ろしていた［…］」（G, I, 283））。グリゴーリエフが反省を問題視するのは、反省が「行為」を阻害するからではなく、人間の本性を損なうからである。〈プロジェクト〉が「行為」や「現実」といった観点から反省を批判するのに対し、グリゴーリエフは反省をもっぱら個人の内的問題として捉えている。「未来の人間」の一節を引用しよう。

無感動が彼らのうちに居座っているのは、現実生活と戦っているうちに力が枯渇してしまったからではない。そうではなくて、彼らの力は幻想との戦いのなかで滅びてしまったのだ。彼らもちゃんとわかっている。幻想によって自らを苛み、猛威をふるう夢想によって自らを衰弱させているということは。――そのくせ、生活の新鮮な外気に触れてもぶるぶると神経質に震えるばかりで、そそくさと自分の幻影じみた私へ逃げ帰ってしまうのだ。その私の外にいると悪寒が走るものだから（彼らはそれを寒さのせいにしているが）。（G, I, 260）

夢想家は幻想のうちに生命力を失い、その「私」という人格は無感動にとらわれて幻影のごとく希薄化する。だが、夢想家は現実へと脱け出ることもかなわず、希薄化した自己のうちにとどまる。「彼は浮薄で、無性格でさえあった（G, I, 263）」。語り手はヴィターリンをそう評している。ここでグリゴーリエフが見据えているのは、反省がもたらす個人の人格上の問題である。

ヴィターリンは夢想の構築物というべき「私」のうちに惰性でとどまる。一方でヴィターリンには、それが虚構にほかならないという自覚もある。「私」の虚構性を問い返すこと。「私」のうちに居座りつづけること。自己意識と惰性の相乗作用は、「私」をますます形骸化させていく。できあがるのは、実体を欠き、性格を失った、幻影のごとき「私」である。自己意識の果てに性格が紛失するという事態を、グリゴーリエフは問うているのである。

この「無性格」の問題はヴィターリンにとっても自覚的な問題であり、それはとくにヴォリデマールとの関係において顕在化している。ヴィターリンは語り手の「私」に、ヴォリデマールの人物を次のように分析してみせる（引用は「オフェーリヤ」に挿入される「ヴィターリンの物語」より）。

> […] 彼はあまりに早いうちから外的生活によって生きるようになっていた。そのせいで、もう一つの存在、つまり内的生活のことをすっかり忘れ去っていたほどだ。
>
> 要するに、ヴォリデマールは、すでに体験したこと以外に何も信じておらず、それに優るものがほかにあり得るなどとは信じてもいなかったわけだが、その一方で、すでに体験したものにもうんざりしていて、ことごとく忌々しく思っていた。(G, I, 312)

ヴィターリンはここで、ヴォリデマールの内面の空虚を指摘している。あらゆる事象は「すでに体験したこと」に照らして処理される。彼は意識のなかにある所与のものにとらわれており、この忌まわしい既知の世界から抜け出ることはない。ヴォリデマールの空虚は、彼の画家としてのありかたと結びつけられている。

> 彼は自分を欺き、自分の私を棄て去り、対象にすばやく移入することができた。
>
> 彼は画家だった。この言葉の完全な意味で画家だった。彼のなかでこれ以上ない高みに達していた、創作の能

力は……。

創作であって産み出すことではない。確かに未加工ではあるけれども外部に存在している素材、そこから創り出す能力であって、己自身の所産を己の内部から脱しせしめる能力ではない。

彼はイデーを産む苦しみを知らなかった。

創作の能力が向上するにつれ、彼のうちには無関心が育っていった。(G, I, 312)

ヴィターリンの分析によるならば、ヴォリデマールの作品は、彼自身のイデーが彼の内部から生まれ出て外部に結実したものではない。そうあるためには、彼の内部はあまりにも空虚にすぎる。「私」を棄て去ることのできるヴォリデマールは、あたかも鏡のように、ほとんど自動的に外部の材料から一幅の絵をこしらえてしまうのだ。その描写の技術が洗練されていくほどに、彼自身は無関心に陥っていくのである。ヴォリデマールはデモニズムの系譜に連なる存在といえるが、彼の無関心はもはやモードではなく、むしろバイロン的な自己中心主義がさらに進行した後の病的段階といえるだろう。ヴォリデマールは「退屈」にすら「退屈」してしまった人間なのである。

ヴォリデマールは若き日のヴィターリンに対して一方的な影響力を行使する。ヴィターリンの精神的な希求は、すべてヴォリデマールの冷笑の対象となる。ヴォリデマールからすれば、ヴィターリンのロマン主義も格好の餌食でしかない。


彼が私を愛したのは、私が彼にとって不可欠な存在だったからだ。私の苦しみを嘲笑いながら、彼はその苦しみを自ら体験していたのである。ちょうど、鏡が己のおもてに反射している対象を体験するように。彼は私を愛したのではない、憂鬱や苦悩へと傾斜する私の資質を愛したのだ。(G, I, 314)

ヴォリデマールはその「創作」能力を発揮して、ヴィターリンという「外部の素材」を再構成し、ヴィターリンへと照り返してみせる。それはヴォリデマールにとっては心に巣くった無関心を束の間に慰める体験となった。一方のヴィターリンは、ヴォリデマールの映す己の姿を見て、己の内なる無関心、無性格の問題を突きつけられることになる。

> ［…］彼は凶暴な怒りにかられたときには、私の分析を私の前でやってみせ、「お前には情愛など存在しない。お前には心もなく、個性もない」ということを証明してみせるのだった。
> 　おお！　個性のない状態なんてごめんだ！
> 　こんな状態がとにかくずっと続いたものだから、とうとう自分でも疑念を抱きはじめた。俺には本当に個性がないのではないか……しまいにはこの考えにさえ慣れてしまった……。
> 　そうして、たえがたい、やりきれない無感動が、私の胸に重くのしかかった。（G, I, 314–315）

愛や関心といった自発的な感情の欠如、自分を自分としてあらしめている個性の欠如。ヴォリデマールの容赦ない解剖は、ヴィターリンを打ちのめす。自らを疑う自己意識の作用は、自然な心の動きを確実に蝕んでいく。ヴィターリンはやがて対象への欲求や関心を失って無感動にとらわれ、個性の欠如という考えを自明のものとして受け入れるようになる。

　ヴィターリンの無性格の問題は、ヴォリデマールを介在させることで、さらに突き詰められている。グリゴーリエフはこのように、反省の問題を徹底して個人の人格の領域で捉えようとする。反省という病に「無感動」「無関心」などの症状を見出している点で、グリゴーリエフとベリンスキーは合致している。しかし、両者の観点には本質的な差異がある。ベリンスキーは、「行為」という観点から反省を批判すると同時に、反省を「現実」の次元に通ずる予備的段階とみなした。一方のグリゴーリエフは、もっぱら反省のなかで反省を見据え、意識が意識を弄りまわした果ての末期的症状として「無性格」の問題を抽出した。また、ベリンスキーは、人格の倫理的な一貫性・統一性を希求していた。〈プロジェクト〉において、「行為」は人格を一つの統一体へとつなぎ合わせる結節点として機能していた。それに対し、グリゴーリエフは、中核を失って形骸と化した人格の、うちなる空虚をひたすら見つめていたのだった。

では、グリゴーリエフのかかるまなざしの根底には、いかなる問題意識が潜んでいたのだろうか。

四　グリゴーリエフのニヒリズム

第一節で論じたヴィターリンの愛と幻滅の物語には、形而上的な次元での思想のドラマが並行している。当初、ヴィターリンを捉えていたのはロマンティック・ラヴの理想であり、女性への愛は絶対の探求という意味合いを帯びていた。絶対者に対するロマン主義的な憧憬は、一八四〇年代においても広く共有されていた。スラヴ派は正教という全一的な真理を希求し、信仰による教会との合一に反省を克服する道を見出した。西欧派の根底に存するのも、普遍的な真理の希求である。若き日のヴィターリンも全一性の理想にとりつかれており、それは神との合一を希求するというかたちをとっていた（引用は「オフェーリヤ」に挿入される「ヴィターリンの物語」より）。

ああ！　私は、人が和解のよすがとしているものに餓えたように飛びつき、知識への信仰と、信仰の知識とを餓えたように求めた。
けれど、あらゆる信仰を斥けてしまった学問の骨組みは、私からすれば生気に欠けるものだった。そのうち、

> この生気のない骨組みは、信仰の最後の火の粉を奪いとり、祈りを唱える最後の望みを奪いとった……。子どもが無心に唱える片言の祈りにかえて、学問が私に与えたものは、空虚で貧相で、切れ切れでとりとめもなかった。
> 神よ！　私はあなたを求めた。すべてを結び合わせるものを求めた。それなのに目の前に見たものは、恐るべき、混沌とした分裂状態にある世界だった。(G, I, 312)

ヴィターリンは、分裂したものを結び合わせるものとして神を求めるが、信仰への懐疑に苦しんだ末、今度は信仰の知識にすがろうとする。しかし、知識の体系はむしろ信仰を殺すものであり、ヴィターリンに何らの満足を与えない。ふたたび「恐るべき、混沌とした分裂状態にある世界」の前に立たされたヴィターリンは、神の愛にすがることで全体との合一を得ようとする（引用は「オフェーリヤ」に挿入される「夢想家の日記」より）。

> 人には容易なのに、僕には耐えがたい義務の重荷に、打ちひしがれていた。打ちひしがれ、自分を軽蔑していた。その時、あなたが僕を救ってくれたのだ、永遠なる神よ！〔…〕自分は見捨てられた人間なんだと思っていた。あなたは僕の前に現れた。愛を注ぎ、人類という家族のもとへ導きいれてくれた……。
> 神よ！　神よ！　聖堂があなたの名を讃える声に満ちたとき、大いなる和解の祝日に、ちりぢりの人々が兄弟の口づけを交わして一つに溶け合ったとき、僕はもはや見捨てられた人間ではなかった。僕と人々のあいだには僕の愛する存在が御座しまし、そして僕は愛によってあらゆるものと溶け合った。(G, I, 318)

神との分離や知と信仰の対立をめぐるヴィターリンの思索は、いかにもロマン主義的なものだ。それは、たとえば若き日のヘーゲルを悩ませた問題でもあった。しかし、ヴィターリンの探求は必ずしも時代錯誤というわけではなく、一定のアクチュアリティを有している。カール・レーヴィットが指摘しているように、ヘーゲルが綜合した全体をふたたび分離せしめた一八四〇年代の思想家たち（ヘーゲル左派の哲学者たち、マルクス、キルケゴール）は、じつは若きヘーゲルの出発点——個と普遍の乖離という問題——に立ち戻っていたからである。[8]分裂から綜合を経てふたたび分裂へと還った思想史の歩みは、四〇年代の思想家たちを図らずも若き日のヘーゲルに接近させている。個と全体の分裂は、若きヘーゲルにとってと同様、四〇年代の思索家たちにとっても根本的な問題であった。

ヴィターリンが直面していた「恐るべき、混沌とした分裂状態」を理解するために、ヘーゲルの初期の著作を参照してみよう。それは、同時代人たちの知るところではなかったとはいえ、信仰をめぐるロマン主義的な希求のありようを鮮やかに示している。初期の草稿『キリスト教の精神とその運命』において、ヘーゲルは、悟性の分析的な知によって実定化された宗教をいかに生きた主体的なものにするか、という問題を論じた。「何事も客体的に規定し固定化するその悟性のはたらきこそは、まさに宗教に死を宣するもの[9]」にほかならない。かくして、客体化された宗教と個人のあいだには分裂が生じてしまう。ヘーゲルは「愛」の立場から両者を和解せしめ、分立をふたたび全一へと回帰せしめる弁証法的過程を考察したのだった。

若き日のヘーゲルは、宗教的行為を以下のように定義している。

宗教的な行為というものは、最も精神的なもの、最も美しきものであり、〔人間の生の〕発展につれて必然的に生じてくる種々の分立をさらに合一にもたらそうとするもの、そしてこの合一を、理想において、完全な存在として、もはや現実と対立することのないものとして示そうとするものであり、しかもそれを一つの行為において表現し確証しようとするものである〔引用者注——〔　〕内は伴の補訳である〕[10]。

この定義は、ヴィターリンにとって「祈り」が何を意味したのかを理解するうえで示唆に富む。引用箇所中の「祈りを唱える最後の望み」という語句からも窺われるように、ヴィターリンは、「祈る」という行為に対して強い執着を示す。「夢想家の日記」には、たとえば次のような記述がある。

> またしても、僕は、重く辛い、僕を苦しみ痛めつける問いたちの餌食となっているのだ……またしても、僕は祈ることができない。
> けれど、三日目の夜は、なんとも明るく冴え冴えとしていて、月の光は聖堂の入り口の前をきらきらと照らしていた。僕は膝をついて、祈った……。祈ったのだ……。(G, I, 318)

真実の祈りは自発的な行為である。そこでは、行為と心情は反省に損なわれることなく、透明に直接に一致している。祈りが直接的なものであるならば、人は、神と己の本来的なつながりを感得できるはずだ。ヘーゲルの言葉を借りるならば、ヴィターリンにとって「祈り」とは、「分立をさらに合一にもたらそうとするもの」であり、その合一を「表現し確証しようとする」行為であったといえよう。だからこそ、祈ることができるかどうかという問題が、ヴィターリンの一大関心事となるのである。

しかし、「祈ることができるかどうか」という基準を設け、神との合一の度合いを測ろうとしている時点で、宗教的行為の純粋性はすでに損なわれている。何より、それが日記に書き記されているということ自体、行為が反省的自己意識によってすでに媒介されていることを示している。「子どもが無心に唱える片言の祈り」は、もはや取り戻すことのできない、失われた純粋なのだ。かくして、世界との和解というヴィターリンの希求は裏切られつづける。ますます強く自覚されるのは、むしろ全体性と折り合わない己の人格だった(引用は「未来の人間」に挿入される「ソフィストの手記からの抜粋」より)。

生きて考えている人には誰しもあるように、僕にも自分自身を軽蔑していた時期があった。不可能なことを欲し、その不可能な要求の重荷につぶれかけていたがゆえに、自分を軽蔑していたのだ。それは——人格を自覚した最初の瞬間だった。自己と全体が乖離していることを自覚し、無限の全体の前に自分が斃れ伏していることを自覚した最初の瞬間だった［…］。(G, I, 265–266)

「不可能なこと」とは、全体や無限との合一を指している。全体と自己の埋めようのない隔たりが意識されるとき、己の人格が自覚される。真理は不可能なものとみなされ、それに回収されることのない己の存在が厳然と立ち現れる。この認識から次のような認識までは、もはやわずかな距離しかない(引用は「ソフィストの手記からの抜粋」より)。

万人にとっての真理は——往々にして一人の人間にとって欺瞞なのだ。誰か一人がすでに欺瞞と受け取っているなら、その欺瞞性がいずれ多くの人に暴露されるときがくるにちがいない……。欺瞞！　しかし、満月のかがやきの下で、僕たちの前に据えられる遠近法は——和解と祈りの時間を与え、魂を晴れやかにも自由にもしてくれる遠近法は、どれもこれも欺瞞ではないのか……。(G, I, 269)

グリゴーリエフは、ヴィターリンの口を借りて、真理を「遠近法(перспектива)」と呼んでいる。ここには、グリゴーリエフの相対主義的な立場が示されている。真理は絶対的なものではなく、一つの制度でしかない。この認識には、グリゴーリエフがたどった若き日の思想遍歴が投影されている。正教、ドイツ観念論(フィヒテ、シェリング、ヘーゲル）、神秘思想（ヤーコプ・ベーメ、トマス・ア・ケンピスなど）、ユートピア社会主義（フーリエ、ジョルジュ・サンド）と、グリゴーリエフはあらゆる思想に餓えたように飛びつきながら、結局そのどれにも安住し得なかった。さらにはフリーメイソンに入会し、ついでペトラシェフスキー・サークルにも出入りすることになるが、いずれの影響も一時的なものにすぎない(11)。西欧派とスラヴ派が、真理の在り処に違いはあれ、いずれも普遍的な真理を希求していたのに対し、グリゴーリエフが見つめていたのは、絶対的な価値が失われ、諸価値が乱立する思想的状況だった。ヘーゲルの綜合が解体された地点から、ふたたび綜合への道を歩みはじめたベリンスキーたちとは異なり、グリゴーリエフは分裂した状況のうちにとどまることを選んだのである。

反省と「無性格」に対するグリゴーリエフの見方は、こうした時代認識と相互に作用し合っている。反省の果てに性格を喪失した個人は、もはや絶対的なものを信ずることはできない。また、絶対的なものを見失った個人は、拠りどころを失い、空虚を抱えこむことになる。グリゴーリエフが問うているのは、時代のニヒリズムと、そのうちに置かれた個人のありようなのである。

しかし、綜合への道を拒否したとはいえ、グリゴーリエフは一切の希望を放棄していたわけではない。反省の彼方に、グリゴーリエフはいかなる希望を見ていたのだろうか。

五　未来への愛

真理を「遠近法」と喝破した箇所のすぐ後で、ヴィターリンは次のように述べている（引用は「ソフィストの手記からの抜粋」より）。

そこでは真理はひとえに全一のうちにあり、ひとえに諸対象を並べ置く均整と分別のうちにある。近くに寄ってみるがいい。別箇に取り上げられた対象は、幻滅をもたらすことだろう。（G, I, 269）

全一的な真理のうちでは一つのパースペクティヴのもとに個々の対象は整然と理知的に位置づけられるが、別箇に見れば、秩序から逸脱し、調和を乱すものが存在することだろう。グリゴーリエフのまなざしは、真理の体系に回収され得ない個別の存在に向けられている。

個と普遍の矛盾的関係は、ベリンスキーやゲルツェンにとっても切実な問題であった。序章で論じたように、彼らは個人と全体の関係を社会的な観点から調停しようとした。たとえばベリンスキーは、『現代の英雄』論において、個人の存在を人類や社会という普遍性のうちに位置づけている。

〔…〕現代の個人は誰であれ、己の時代の代弁者という意味において、どれほど悪い人間であったとしても、悪くなりようがないのだ。なぜなら、悪しき時代などというものは存在しないのだから。どんな時代であれ、別の時代よりも良いとか悪いとかということはない。なぜなら、時代とは人類と社会の発展における必然的な契機なのだから。（B, IV, 255）

ベリンスキーにとって、個人とは「時代の代弁者」であり、時代とは「人類と社会の発展における必然的な契機」である。したがって、個人は、人類と社会の発展を個我において表現する者と理解される。

一方、グリゴーリエフの思索はもっぱら単独の人間を出発点とする（「ソフィストの手記からの抜粋」）。

［…］僕たちが「波風立てず痕もとどめず、世界の上を通り過ぎていく」のは、時代のせいではなく、僕たち自身が悪いからだ。（G, I, 268）

ベリンスキーが「反省の矛盾を表した詩」と評したレールモントフの詩「思い」（一八三八）を引きつつ、グリゴーリエフは、無為や無感動という反省の問題を、時代の側からではなく個人の側から捉える姿勢を示す。ベリンスキーが時代精神のうちに個人を取りこみ、社会の地盤に個人を位置づけるのに対し、グリゴーリエフは時代精神から個人を取り出し、もっぱら個人の側に立って考察する。ベリンスキーにとって個と全体の関係は特殊と普遍の関係としてあったが、グリゴーリエフにとって個とは普遍から切り離された単独のものとしてあったのである。(12)

グリゴーリエフはヴィターリンに「僕はもう長いこと真理を求めてはいない。幸福を求めているのだ。それが何にあるにせよ（G, I, 269）」と語らせる。いまやグリゴーリエフにとって普遍的な真理は後景に退き、求めるべきは自己の幸福となる。しかし、ヴィターリンの人格は、無性格の空虚に侵されている。普遍のなかに安らうことができないのならば、ヴィターリンが新たに目指すべき「幸福」とはいったい何なのか。

グリゴーリエフの精神の根幹にも、やはり「直接性」への憧憬があった。「魂のけがれない本能が愉悦をむさぼり飲み、愉悦の源をあらためたりなどしない」というのは、反省に媒介されることなく、本能と愉悦が透明に結ばれた状態をさしている。グリゴーリエフはそれを、自己の生の故郷として表現する（引用は「未来の人間」より）。

彼は［…］ただ一つ、それぞれの本性のうちには、使命への予感や幸福の権利、生の権利が存在しているということ、それだけは熱烈に信じていた。彼は思った。何の必要があって、南の植物が北辺の地で苦しまなければならないのか！　生を花開かせることのできる国があるのだ。異郷の気候に病を得た植物でさえも健康になれる国

が……。(G, I, 262)

ここに示されているのは、自分が異郷にいるという現状認識であり、どこかに「生を花開かせることのできる国」があるという希望である。異郷の感覚とは、自己と世界の分裂の感覚にほかならない。それをヴィターリンの体験に即していいかえるならば、自己の本性と諸々の形式・制度との分裂ということになるだろう。ヴィターリンは、己の愛に見合う形式を見出すことができなかった。己の本性に見合う真理を見出すことができなかった。借り物の意匠ではない、自己の本性に根ざした生き生きとした立脚点。その地点に立ったとき、己の生は花開くことができる。この希望こそ、ヴィターリンの語る「未来への愛 (G, I, 251)」にほかならない(13)。

だが、そのような未来への通路は果たして開かれているのか。この問いに対しては、さしあたりいかなる解決の見込みもない。ベリンスキーが反省を「過渡的な状態」とみなし得たのは、歴史の弁証法的展開を前提にしていたからである。個人を普遍的な精神から切り離したグリゴーリエフは、そのような弁証法を前提としていない。とすれば、反省はもはや過渡的なものではなく、それどころか永劫回帰的な様相を帯びてくる。「未来の人間」の最後を見てみよう。

おお！　この息吹は彼を南の燃えるような空の下へ運んだ――彼は何もかも忘れ去った、この南の空よりほかのものは……。さらに一分が過ぎ、息吹はいっそう唇へ近づいてきた。熱病のようなふるえ、悩ましく陶酔を誘うふるえが背筋を走った。さらに一分が過ぎ、彼の唇はもうひとつの唇をとらえ、いつ果てるともしれず、息つくことさえできない、長い口づけでおおった。

口づけの激しく荒々しい力に焼きつくされたかのように、スクロンスカヤは彼の唇から無理やり身をもぎはなすと、ほとんど正体を失ったように、ぐったりとその胸に顔をうずめた。そして彼はというと！　彼はまたもや我を取りもどした。またもや銀色の月光が彼の心をくすぐり、またもや耐えがたい、病的な憂愁が胸をみたした……。だが、またしても止むことない熱い口づけが浴びせられ、またしても激しいふるえとともに生の感覚が目覚めた。彼は悟った。「過去は俺に対して無力だ。俺の本性のうちにはまだたくさんの力が眠っている。新しい、いつまでも新しいものが、未来にはまだたくさん待ち受けているんだ」と。馬車は静かに駆けていった。密やかなささやきが、途切れてはまた起こり、途切れてはまた起こりしながら、馬車からもれ聞こえていた……（G. I, 281–282）（傍線引用者）

ヴィターリンは第一部のヒロイン、ナターリヤ・スクロンスカヤと長い口づけを交わす。口づけは彼を「南の燃えるような空の下」へと連れ去り、その一瞬、「生を花開かせることのできる国」が垣間見える。しかし、忘我の状態はたちまちにして消え去る。束の間の陶酔の後、反省的な自己意識がふたたび目覚め、ヴィターリンは「病的な憂愁」にとらえられる。その直後、いま一度「生の感覚」が目覚めるが、おそらくはそれもまた反省の作用にまきこまれていく。「またもや」と「またしても」の反復は、反省が無限にくりかえされていくことを表している。

したがって、いま現在、反省と直接性のあいだには越えようのない深淵が横たわっている。両者をつなぐ通路は見出されていない。「生を花開かせることのできる国」はどこにあるとも知れず、ヴィターリンは己の故郷を空しく探求しつづけるほかない。かくしてヴィターリンは「漂泊者」となる。その浮薄さと無性格の奥底には、かかる希求が潜んでいるのである。

ここまでのところをまとめておこう。モデルと主体のずれ、理想と現実の矛盾に発する自己意識の問題を、ベリンスキーは反省という視座で捉え直し、ロシアの歴史的なコンテクストのうちに位置づけた。一方グリゴーリエフは、同じ問題圏から出発しながら、結果として同時代人たちとは異なる位相に立つことになった。グリゴーリエフは個人を歴史の過程から取り出し、徹底して単独の人間の側に立つ。彼にとって、反省は何よりもまず個的人格の問題であり、歴史の発展によって乗り越えられるべきものではなかった。所与の価値から自己を切り離したグリゴーリエフは、あたかも無国籍の漂泊者のように、自己の本性に根ざした立脚点を孤独に模索しつづけるのである（引用は「ソフィストの手記からの抜粋」より）。

過去に作られた所与のものに圧迫された僕たちは、この所与のものの向こうに、自分自身を求め、自分自身の義務と道徳の観念を求め、自分自身の人生観を求め、終わりなき不毛な探索へと乗り出す定めにあるのだ。(G, I, 269)

グリゴーリエフの反省は、ベリンスキーとは異なる意味で両義性を帯びている。自己の本来的な基盤へいたろうとする「終わりなき不毛な探索」とは、まさしく反省による営為にほかならない。反省を克服する手段としてベリンスキーらは「行為」に活路を見出したが、孤立無援のグリゴーリエフには反省という方法しか残されていなかった。直接性への飛躍を願いながら、反省のなかで反省によって反省に抗すること。グリゴーリエフの「漂泊」が意味するのは、そのような精神運動なのではないか。ヴィターリン三部作はまさにグリゴーリエフの反省的自己意識の所産であり、漂泊の出発点に位置するものなのである。

表１　第一部「未来の人間」の構成

章題	語りの主体	主な内容
Ⅰ　出会い	全体の語り手	ヴィターリンとナターリヤとの再会が描かれる．過去の三角関係が示唆される（実人生におけるグリゴーリエフ，フェート，リーザの関係を踏まえている）．ナターリヤは「驚くほど愚かな」夫と死別した後，ペテルブルクに移って女優となった．ヴィターリンは「オフェーリヤの生き写し」とみなしていたナターリヤが本物の女優となったことを喜ぶ．
Ⅱ　公演	全体の語り手	ナターリヤの女優デビューの模様が描かれる．
Ⅲ　アルセーニイ・ヴィターリン	全体の語り手	語り手がヴィターリンの人物を分析する．
Ⅳ　ソフィストの手記	ヴィターリン	語り手による短い前置きの後，「ソフィストの手記からの抜粋」が提示される．ヴィターリンは自己について省察し，またオリガという女性との関係について叙述する．オリガ宅での夕べの模様が描かれ，「驚くほど愚かで，驚くほど善良な」夫の様子が冷笑的に語られる．ヴィターリンはさらに，オリガの過去，ある画家との恋愛について言及する（フェートとリーザの関係を思わせる）．
Ⅴ　忌まわしい朝	全体の語り手	ある陰鬱な朝のヴィターリン宅の情景がスケッチ風に描かれる．
Ⅵ　架空の雑誌，編集者とその助手	全体の語り手	ヴィターリンと友人の「退屈」をめぐる会話が提示される．そこにやってきた編集者とその助手の様子が風刺的に描かれる．
Ⅶ　公演の後で	全体の語り手	ヴィターリンとナターリヤが馬車で口づけを交わす．

六　反省の構造

六―一　ヴィターリン三部作の構成

続いて、残されていた課題、すなわち作品の形式の問題に目を向けなければならない。グリゴーリエフ自身の意識はいったん脇に置いて、作品全体の構成を詳しく検討することからはじめよう。すでに述べたように、ヴィターリン三部作は、全体の語り手がヴィターリンについて語るパートと、ヴィターリンが自分自身について語るパートから成っている。後者はさらに四つの部分に分かれている（「ソフィストの手記からの抜粋」「ヴィターリンの手記」「ヴィターリンの物語」「夢想家の日記」）。第一部の具体的な構成は表1の通りである。

第一部の構成は、ヴィターリン三部作の全体に共通する特徴をすでに明かしている。作

表2　第二部「私がヴィターリンと知り合った話」の構成

章題	語りの主体	主な内容
I　時代の人間	全体の語り手	語り手のフェリエトン風の文章．友人ブラーガを通じて，「ヴィターリンの手記」を入手するまでの経緯が語られる．
II　ヴィターリンの手記	ヴィターリン	アントーニヤへの恋情を自覚してから，ついにモスクワ出奔を決意するまでの日々が，日記形式で綴られる．
III　普段の生活における詩人	全体の語り手	語り手が実際にヴィターリンと知り合って交友関係を結ぶ．ヴィターリンの日常生活が語られる．毎日のようにヴィターリンを訪ねてくるナターリヤ・スクロンスカヤのことも軽く触れられる．

品の主要部分を成す語り手のパートは、時系列にそって並べられてはいるものの、一貫したプロットがあるわけではなく、きわめて断片的である。また、途中に挿入される「ソフィストの手記からの抜粋」は時間に関する基本的な情報を欠いており、いつ書かれたものなのか、いつの出来事について述べているのか、読者が判断することはできない。さらに、名前の異なる二人の女性（ナターリヤ、オリガ）がほとんど同じ過去を背負っているという事実も、見過ごすことのできない謎である。

引き続いて、第二部の構成を確認してみよう（表2）。

第二部に入ると、断片的な性格はより顕著になっている。三つの章のあいだに内的なつながりはなく、ましてや一貫したプロットなど見られない。時間に関する記述がほとんどないのも第一部と同じで、「ヴィターリンの手記」も日付は付されているものの、それ以上の情報は欠如しており、「きわめて古い話」ということしか明かされていない。

第一部と決定的に異なるのは語り手のありようで、第一部では全知に等しい語り手としてヴィターリンを描写していたのに対し、第二部では具体的な生身の人間として登場し、自らの生活や所感をフェリエトン風に物語っている。グリゴーリエフがなぜこうした変更を行ったのか、それについては改めて考察することにしたい。

では、最後に第三部の構成を確認しよう（表3）。

第三部は、「ヴィターリンの物語」と「夢想家の日記」を中心として構成されている。これらのテクストについては、わずかながらも時間の情報が与えられている。

表3　第三部「オフェーリヤ——ヴィターリンの回想より」の構成

章題	語りの主体	主な内容
Ⅰ　章題なし	全体の語り手	語り手とヴィターリンが女性や愛といったテーマで議論する．
Ⅱ　ヴィターリンの物語	ヴィターリン	語り手との議論を受けて，ヴィターリンが一八歳の時分の回想を物語る．信仰をめぐる若き日の苦悩や，友人ヴォリデマールとの関係が明かされる．最後，唐突に物語を打ち切ったヴィターリンは，語り手に古い日記を手渡す．
Ⅲ　夢想家の日記	ヴィターリン	前章の最後でヴィターリンが語り手に手渡した日記．ヴィターリンが「オフェーリヤ」と呼んでいた女性リーザへの片恋が綴られている．ヴィターリン，ヴォリデマール，リーザの関係には，実人生におけるグリゴーリエフ，フェート，リーザの関係が投影されている．
Ⅳ　結び	全体の語り手	ヴィターリンの日記を読み終えた語り手は，リーザのその後の運命に思いをいたす．そのときヴィターリンを訪ねてナターリヤが現れる．そこでヴィターリン三部作は終わる．

ヴィターリンが自ら一八歳の頃の「初恋」と明かしていることから、リーザとの恋愛はテクスト中もっとも古い出来事と推測されるのである。とはいえ時間に関する情報がきわめて少ないことに変わりはない。

以上、ヴィターリン三部作の構成を通覧するに、主として四つの問題を摘出することができるだろう。第一にテクストの断片性である。三部作は内的な連関の希薄な断片的テクストによって構成されており、プロットの一貫性は見られない。第二に、きわめて曖昧な時間構造である。時間の情報が乏しいために時系列が定かでなく、あえてそれを再構成するためには作者の実人生を参照するほかない。第三に、語り手のありようをめぐる問題である。第一部における全知の語り手は、第二部以降、作中の一登場人物になりかわってしまう。この変更にいかなる意味があるのか。そして第四に、実人生におけるグリゴーリエフ、フェート、リーザの三角関係が、リーザに該当する女性の名前を変えながら反復されているという点である。ナターリヤ、オリガ、リーザの三者は、いずれも過去の恋愛に関して同じ設定を共有している。とくにナターリヤとリーザはともにシェイクスピアのヒロインと結びつけられており、同一性は明らかといってよい。設定を同じくする女性が三つの異なる名前で表されるのはなぜなのか。

以下、これらの問いを念頭に、グリゴーリエフの方法意識を追究していこう。

六―二　時間の構造――レールモントフ『現代の英雄』への応答

まずヴィタ―リン三部作の時間構造から検討していきたい。グリゴーリエフがレールモントフの方法意識を受け継いでいることは明らかである。『現代の英雄』との構成上の類似は顕著で、たとえば、主人公本人を含む複数の語り手が存在すること、断片的なテクストから構成されていること、時系列がくずされていること、などの共通点をあげることができる(14)。しかし、これはたんに影響を受けたというにとどまる話ではない。グリゴーリエフはレールモントフの方法をあくまで批評的に受容しているのである。

グリゴーリエフが『現代の英雄』の形式に応答しているという事実が、すでに彼の独創性を明かしている。レールモントフの作品が一八四〇年代のロシア文学に決定的な影響を与えたのは確かだが、こと方法の面に関していえば、鋭敏な反応はむしろまれだったのではないか。一例として、ベリンスキーの『現代の英雄』論を改めて確認してみよう。

ベリンスキーの批評は基本的にキャラクター論であり、主人公ペチョーリンをいかに意味づけるかという点に比重が置かれている。そうした姿勢は批評のスタイルにも表れている。ベリンスキーは芸術を部分と全体の調和した統一体と捉え、「それ自身のうちで閉ざされた有機的存在（B, IV, 202）」とみなす（こうした有機的世界観を後のグリゴーリエフも継承していくことになるのだが、それはまだ先の話である）。『現代の英雄』は複数のテクストから構成されているが、その根本を貫くのはあくまでも「一つの思想」であり、その「一つの思想」を具現しているのが主人公なのである。こうした芸術観のもとに、ベリンスキーは「[…]我々は、すでに読者がよくご存じの内容のうちに、根本的な思想の展開を追跡していかなければならない（B, IV, 204）」と述べ、物語をはじめから順にたどっていく。

物語の展開と思想の展開を重ね合わせるベリンスキーの立場からすれば、『現代の英雄』の複雑な構成も一貫したプロセスとして捉えられることになる。すなわち、マクシム・マクシームイチと語り手の眼を通して提示されたペチョーリンという謎が、当の本人の語りによってしだいに解き明かされていく、というプロセスである（B, IV, 199）。さらに、芸術作品を絶対精神の顕現とみなすベリンスキーは、作品と精神のつながりを自明の前提に、普遍的な歴史過程に照らし合わせてペチョーリンの性格を考察していく。モラリストはペチョーリンを不道徳と難詰するかもしれないが、芸術の課題は、所与の偽善的なモラルに即して出来事を物語ることにではなく、「理性の必然の法」に則して出来事を発展させることにこそある。芸術が不調和を描くのは、不調和からふたたび調和が生まれることを示すためなのだ（B, IV, 237–238）。序章で論じたように、ベリンスキーは反省から「現実」へといたる弁証法的過程のうちにペチョーリンを位置づけた。ベリンスキーの理解するペチョーリンは、反省の諸症状（不調和）を呈してはいるが、同時に反省を超える契機（調和への予兆）を有してもいる。ベリンスキーにとって、『現代の英雄』を論じることは、すなわちペチョーリンを論じることであり、ペチョーリンを通して時代の問題を論じることにほかならなかった。

このように、ベリンスキーは己の観点に照らしてペチョーリンを意味づけることに主眼を置いており、レールモントフの方法に鋭く反応しているわけではない。『現代の英雄』の構成は、作品のイデーが主人公を通じてしだいに明らかになるプロセスとして解釈されるのみである。構成の複雑さを複雑なままに理解しようとする批評眼は、そこには見られない。ただし、ベリンスキーの鋭敏な感性は、自らの読みを危うくするような作品の多義性に感づいている。ベリンスキーは、主人公の告白（「私のなかには二人の人間がいましてね。一方はこの言葉の完全な意味で生きています。もう一方は思索にふけり、他方を裁いているんです」）に、ペチョーリンのすべてが明かされているとしながらも（B VI, 252）、最後には「小説の最初に現れるときと同じく、彼は不完全な不可解な存在のまま我々の目から姿を隠している（B, VI, 267）」と認めるのである。さらには、作品の各パートは主人公の人生における個々の事例にすぎず、描かれなかったその他の事例と置き換え可能であるとも指摘している（B, VI, 268）。つまり、ベリンスキーは自身の見方と必ずしも折り合わない作品の断片性を鋭く認識しているのだが、しかし、その点をより追究することもなく、作品の形式の意味を問うこともないまま、筆をおいてしまったのである。

こうした読みは、「現実」が希求された時代の趨勢に合致するものといえよう。ユリヤ・プロスクーリナは、「自然派」の文学では一人称の語りによって主人公の自己意識を提示する方法が一般化したと指摘している。(15) レールモントフの『現代の英雄』が、この変化にあずかって力があったことはまちがいない。実際、登場人物の手記や書簡を作中に配することは、四〇年代の散文に多用された手法であった。しかし、その配し方という点で、レールモントフほどに凝った形式は見られない。多視点的な語りの構造や錯雑とした時間の構造は、そもそも自然派の散文にふさわしくないともいえるだろう。社会悪の批判的描写を身上とする自然派にあっては、内容こそが最重要であり、方法は二義的なものにとどまっている。たとえばサルトゥイコフの『矛盾』は、主人公が逢着する矛盾を執拗に掘り下げていく筆力で際立っているが、形式の面で目立った工夫があるわけではなく、主人公の書簡とヒロインの日記を時系列にそって配するというかたちになっている。

こうした状況を踏まえれば、グリゴーリエフの特異性はよりいっそう際立つ。『現代の英雄』はグリゴーリエフの方法意識に強く作用した。グリゴーリエフは『現代の英雄』の形式を批評的に受容し、自らの作品に応用してみせたのである。

グリゴーリエフは、断片性および時系列の解体という二特徴を、さらに推し進めている。『現代の英雄』において主人公の手記は一つのテクスト群としてまとめて提示されていた。それに対し、ヴィターリン三部作では主人公による一人称の語りはばらばらに配置され、さらにはその形式も、日記、独白、手記とさまざまである。また、『現代の英雄』では、時系列は解体されていたとはいえ復元可能であった。それに対しヴィターリン三部作では、時間に関する情報が極端に乏しく、時系列は曖昧なままである。女性たちの名前をめぐる問題も、おそらくこの点に関係してくる。リーザ、オリガ、ナターリヤはこの順に同じ女性の三つの時期を表していると読むことも可能だが、そうした読みは名前が異なるために最終的に宙づりにされてしまう。一人の女性の人生へ再構成しようとしたところで、ついにはぐらかされるほかない。主人公にしろ、ヒロイン（たち）にしろ、個人の一代記として捉え直すには、あまりにも情報が断片的であり、かつ不確定なのである。ばらばらに語られる出来事の前後を埋めるような情報も欠如しており、主人公やヒロインの形成過程を再現することは不可能に近い。

ヴィターリン三部作は「形成」や「発展」といった概念とは一切無縁である。物語の展開と軌を一にしたイデーの発展というベリンスキー的読みは、ヴィターリン三部作には適用できない。ヴィターリン三部作の副題を思い出そう。「始まりも終わりもない、とりわけ「教訓」のない物語」。ヴィターリン三部作には始まりも終わりもなく、倫理的な方向づけも見られない。『現代の英雄』のうちに一貫したプロセスを見たベリンスキーに対し、グリゴーリエフは『現代の英雄』の断片性にこそ反応し、「始まりも終わりもない」物語を構成したのだ。徹底した時系列の破壊は、それ自体ベリンスキーの発展史観に対するアンチテーゼともなっている。ベリンスキーはペチョーリンを反省から「行為」へといたる歴史過程に位置づけ、オネーギン―ペチョーリンの系譜を発展的なものとみなした。それに対し、ペチョーリン―ヴィターリンの系譜は発展的であるどころか、むしろ退歩的でさえある。ペチョーリンの病はヴィターリンにおいて膏肓に入った。ヴィターリンは自己意識の不毛な循環にとらわれ、無為と惰性と無感動の状態に陥っている。そこに流れている、というよりむしろ澱んでいるのは、まさしく「始まりも終わりもない」時間である。グリゴーリエフが構築したのは発展しない時間であり、それは無限に循環する反省の停滞を表現しているといえるだろう。『現代の英雄』をあいだに挟んで、グリゴーリエフはベリンスキーの対蹠点に立っているのである。

六―三　自己意識の構造――ドストエフスキー『白夜』との比較

『現代の英雄』の時間構造を独自に応用したグリゴーリエフだが、語りの形式についても同じことがあてはまる。『現代の英雄』では、それぞれに異なるタイプの三人の語り手（紀行作家、マクシム・マクシームイチ、ペチョーリン）が存在した。一方のヴィターリン三部作では、二人の語り手（「私」とヴィターリン）のあいだに本質的な差異はなく、ともに「われわれの時代に生きる多くの青年たち」に属する。いずれもグリゴーリエフの分身であることを考え合わせれば、語り手の「私」とヴィターリンもまた分身関係にあるといってよい。ヴィターリン三部作における視線はすべて自己意識的なものだ。グリゴーリエフは、『現代の英雄』の多視点的構造を自己意識の構造へと作り変えているのである。

ヴィターリン三部作における自己意識の構造を明らかにするために、同じく自己意識の複雑な構造をもつ作品、ドストエフスキーの『白夜』（一八四八）と対比させてみよう。比較分析のための視座を構築するために、二つの『白夜』論を参照することからはじめたい。ユリヤ・プロスクーリナとゲーリイ・ローゼンシールドによるもので、いずれも語りの構造に焦点を合わせた研究である。前者は同時代のコンテクストを踏まえて語り手の問題を論じており、後者はテクストに即して内在的に語りの構造を分析している。

ローゼンシールドによれば、『白夜』のうちには「夢想家」と「語り手」と「内在する作者（implied author）」という三者の視点が重層的に存在しており、それらの関係性が夢想と現実の弁証法を形成しているのだという。「夢想家の回想より」という副題の付されたこの作品は、一人称による過去の回想という形式をとっている。回想される時間を生きる夢想家の視点から見れば、『白夜』は現実を損なう夢想の害についての物語として読める。ナースチェンカとの邂逅を、夢想家は現実の生活へと転ずることができなかったからだ。しかし、語り手の視点から見たとき、様相は一変する。語り手は、ナースチェンカとの束の間の交流を、センチメンタル小説の形式を借りて物語化することで、結果として豊饒な夢想世界を創造しているのである。だが、この語り手の視点も、「内在する作者」によってさらに相対化されることになる。語り手による物語化は、それがどれほど豊かなものであろうとも、現実におけるナースチェンカとの一瞬の邂逅を前提としている。その意味でより本質的なのは現実の方なのだと、内在する作者は暗に示す。ローゼンシールドは、作者と主人公の関係をめぐるバフチンの理論は『白夜』には適用できないとし、内在する作者の声こそ、作品における支配的かつ綜合的な声なのだとしている[16]。

ローゼンシールドは、『白夜』における語りの重層的構造を精緻に分析しているが、一方で二つの点で問題があるように思われる。第一に、「私を意識する私」に対してほとんど注意が払われていない。ローゼンシールドが語りの第一層に位置づける夢想家も、実際には「私について語る私」である。夢想家はナースチェンカに延々と自己像を物語ってみせる。つまり、夢想家のうちにも、「語る私」と「語られる私」が存在しているのである。第二に、「内在する作者」の声を抽出できるとしても、その存在の度合いを考慮する必要があるのではないか。たとえばゲルツェンの『誰の罪か』やサルトゥイコフ＝シチェドリンの『矛盾』と比べた場合、『白夜』における作者の声は明らかに希薄である。同時代のコンテクストに照らして、それでもなお作者の声を「支配的」と見ることに説得力があるのだろうか。

この点に関して参照すべきは、プロスクーリナの論文である。前述したように、プロスクーリナは同時代の文学史的状況を次のようにまとめている。一八四〇年代のロシア文学では、ゴーゴリの作品において客体であったものが主体となった。つまり、それまで三人称による語りの対象であったもの（たとえば『外套』のアカーキイ・アカーキエヴィチ）が、いまや自己について自ら語る主体となったのである。このとき一般化したのは、一人称の語りによって主人公の自己意識を提示する方法だった。プロスクーリナは、そうした方法の基底に作者の批評的な態度を見出す。たとえば、ゲルツェンやサルトゥイコフの作品では、主人公の社会的・政治的な目覚めを描くことに重きが置かれており、作者の問題意識がどこにあるかは明らかである。

しかし、『白夜』の場合、作者の社会的な問題意識はどこにあるともしれない。テクストの根本にあるのは、作者の意識ではなく、主人公の意識であるからだ。プロスクーリナが指摘する通り、作者の声が不足しているために、夢想に対する現実の優位はテクストのなかでついに決定づけられない。むしろ、主人公の意識に即して書かれているために、夢想と現実の境は曖昧なものとなっている。[17] ローゼンシールドのいう「夢想と現実の弁証法」は、プロスクーリナの観点に立てば無効となる。ローゼンシールドに比して、プロスクーリナは作者の声をより小さく見積もり、夢想家の意識をより大きく捉えているのである。

プロスクーリナの見方をさらに推し進め、『白夜』を夢想家の自己意識によって織りなされたテクストと捉えることも可能だろう。四〇年代における一人称の形式について、プロスクーリナは先に概括した以上のことを敷衍してはいない。だが、主人公による一人称の語りが一般化したとはいえ、その用法はさまざまである。書簡や日記や独白などが多用されたことは確かだが、一人称の語りが当該作品の全体に占める割合はそれぞれに異なる。『白夜』は、（途中挿入されるナースチェンカの告白をのぞけば）夢想家本人による語りに徹した一人称小説となっているが、これは同時代のロシア文学のなかではむしろ珍しい事例といってよい。たとえば、ゲルツェンの『誰の罪か』では、主人公のベリトフは「彼」として描かれており、主人公を批判的に見つめる語り手の眼がテクストのうちに仮構されている。サルトゥイコフの『矛盾』についても、全体を統べる作者のイデーを見分けるのは難しくない。同時代の諸テクストと比較する限り、『白夜』の「私」はきわめて自立的な語り手である。『白夜』の中枢を占めるのは、作者の支配的な声ではなく、主人公の自己意識なのだ。

『白夜』において、作品の視野は主人公の視野とほぼ重なっている。その点では、たとえばトゥルゲーネフの「余計者の日記」（一八五〇）に比せられるだろう。死を間近に控えた青年の日記という形式をとる「余計者の日記」は、基本的に主人公による一人称の語りのみからなっている（ただし、末尾に付される「編集者」の断り書きをのぞく）。しかし、自己意識の媒介関係という点で、ドストエフスキーの作品とトゥルゲーネフの作品のあいだには重大な差異がある。後者の主人公は自らを「余計者」と定義し、過去の記憶をたどることで、己の性格を分析的に追究していく。小説の核となるのは、過去の「私」に対する現在の「私」の意識である。

それに対し、『白夜』では核となる「私」の意識がそれほど明確ではない。『白夜』もまた「回想する私」と「回想される私」の関係を基本としているが、その実、そこには複数の「私」たちが重層的に存在しているのである。作品の視野を構成するのは、基本的に「回想される私」である（「余計者の日記」とは異なり、「回想する私」の意識が表立って出てくることはほとんどない）。この「回想される私」＝夢想家もまた「私について語る私」であり、ヒロインを相手に、夢想家という自己像を詳細に叙述してみせる。さらに複雑なことに、「回想する私」と「回想される私」の関係も入り組んでいる。たとえば、ナースチェンカと過ごした三番目の夜が物語られる「第三夜」は、その明くる日の夢想家を直接の語り手としており、語りにねじれが生じている。ここで回想者となるのは、「回想される私」、つまり物語の時間における夢想家である。「回想される私」が「回想する私」となる、そうした重層的な構造が、『白夜』の語りを成立させているのである。

語りの構造の最上層にいるのが、物語全体の回想者たる「私」である。その意識が表立って現れることはほとんどないが、ときに「読者のみなさん」と親しく呼びかけながら、物語を織りなしていくこの「私」こそ、全体を総覧する語り手にほかならない。ローゼンシールドが指摘するように、この「私」は過去の出来事を当の「私」にとって魅惑的なセンチメンタル小説へと作り変えている。作品の視野と回想される夢想家の視野が重なることは、この「私」が物語の時間に没入して過去をいきいきと追体験していることを示している。「回想する私」も一個の夢想家なのである。追想の充実は、この「私」が自身の意識を極力抑えて回想に徹することで保たれている。

『白夜』の最後、物語の時間における夢想家にはうら侘しい朝が訪れる。その侘しさは、全体の回想者たる「私」

の共有するところでもある。甘やかな夢想の物語も苦い寝覚めによって終わりを迎えるのだ。しかし、この「私」＝夢想家は、物語の時間における夢想家とは異なり、物語をはじめから語り直し、ふたたび夢見ることができる。「私」の意識は夢と寝覚めの循環のうちにあり、循環する意識はそのつど夢想のための同じ物語を紡いでいくにちがいない。

仮に、この「私」の意識が、今まさに夢想を紡いでいる「私」自身に向かったとすると、全体を統べていた「私」の意識は相対化され、『白夜』という夢想の物語は破綻するだろう。そのときおそらく、「意識しすぎることは病気だ」と語る「地下室の男」が誕生するのではないか。[18]『地下室の手記』の主人公は、今まさに語っている自分をも意識化し、己の語ることを語るそばから相対化していく。語る「私」をさらに相対化する「私」の意識。それを免れているからこそ、『白夜』はぎりぎりのところで「センチメンタル小説」としての均衡を保っているのだ。とはいえ、そのことを差し引いたとしても、『白夜』における自己意識の重層性は歴然としている。私について語る私について語る私……という自己意識の連鎖構造は、『白夜』を同時代の文学から画す、際立った特徴である。

この点で『白夜』に比肩し得るのが、ヴィターリン三部作である。ヴィターリン三部作もまた自己意識の様相を形式によって表現している。ドストエフスキーが自己意識を垂直方向の重層的構造として表現したのに対し、グリゴーリエフは水平方向の並列的構造として表現する。ヴィターリンによる四つの語りは、個別に見れば、「余計者の日記」と同じく「私について語る私」の意識が核となっている。しかし、各々は別箇に切り離されて並べられており、それらを綜合するヴィターリンの意識はテクスト中に存在しない。それぞれの語りに対するヴィターリン自身の意識はテクストから排されている。ドストエフスキーは、語りの構造の最上層に位置する「私」を追想に徹しせしめることで、支配的・綜合的な意識を作中から排した。一方グリゴーリエフは、「私について語る私」たちを脈絡もなく横並びに並べることで、支配的・綜合的な意識を排したのである。

こうした方法は、反省の問題に対するグリゴーリエフの見方と合致するものだ。グリゴーリエフは反省を無限に循環するものとして捉えた。反省的自己意識にあって自己は無限に相対化されつづける。そこに支配的・綜合的な自己意識など存在しない。

全体の語り手がもつ形式上の意味も、おそらくこの点から説明できる。支配的な「私」の意識を不在にとどめおくために、グリゴーリエフは別に語り手を設けたのではないか。ヴィターリンによる四つの語りをヴィターリン自身が編集し批評する場合、このヴィターリンの意識が四つの「私」よりも優位に立つことになってしまう。それを避けるために、分身関係にありつつもあくまでも別人格である語り手が要請されたのである。

だが、語り手の意識が支配的となることもまた避けねばならない事態である。この点で、グリゴーリエフは『現代の英雄』に学ぶところ大であったにちがいない。『現代の英雄』では、三人の語り手のあいだにヒエラルキーはなく、全体の支配者たる語り手は存在しない。紀行作家は編集者の役を担うという点で特権的だが、ペチョーリンに対する彼の意識は、テクスト中に存在する複数の意識の一つというにすぎない。グリゴーリエフは、『現代の英雄』に学びつつ、語り手を手探りで造型していったのだろう。第一部における全知の語り手が、第二部以降、一登場人物に格下げされるのも、支配的・綜合的な声を設けまいとする方法意識が働いたためではないか。具体的なキャラクターと化すことで、語り手の意識はあくまでもテクスト中の一意識となる。ヴィターリンに対する語り手の意識は、ヴィターリンに対するヴィターリン自身の意識と等位にあるが、それ以上ではない。ヴィターリンの手記に対しても、語り手は編集者の立場に徹しており、読みの方向を決定づけるような解釈は行わない。

ヴィターリン三部作では複数の自己意識的な視線が並行している。自己意識の無限連鎖の表現という点から見れば、ドストエフスキーの『白夜』の方に分がある。しかし、反省の無時間性という点から見れば、グリゴーリエフの表現もきわめて独創的である。反省的自己意識は、定まった方向をもたず、定まった像を結ぶこともなく、停滞のなかで無限に自己を問い返しつづける。ある瞬間の自己意識は他の瞬間のそれよりも優位にあるわけではなく、その時々の自己意識はいずれも相対的なものにすぎない。そうした意識のありようを、グリゴーリエフは「私について語る私」たちを横並びに並べることで独自に表現したのである。

以上を踏まえ、ヴィターリン三部作の自伝性について改めて考察してみよう。ヴィターリン三部作はグリゴーリエフ自身の体験に基づく自己探求的な作品である。グリゴーリエフは自己の問題を時代状況に照らして理解しようとしたのであり、ヴィターリン三部作はそれ自体グリゴーリエフの反省的自己意識から産み出されている。ヴィターリンおよび語り手の意識は、グリゴーリエフの自己意識の反映と見てよい。しかし、ヴィターリン三部作はいわゆる自伝・回想からは区別されねばならない。リディヤ・ギンズブルグは、四〇年代末から五〇年代半ばにかけて、ロシアやフランスで自叙的なジャンルへの関心が高まったと指摘している。二月革命の挫折後、過去を捉え直して現在を見定めようとする欲求が強まり、自伝や回想が書かれるようになったのである[19]。ヴィターリン三部作は、同時代に萌していた機運とは異なる次元に位置している。自伝や回想が基本的に過去の諸事実を現在の視点から再構成するものであるのに対し、グリゴーリエフは基準となる視点を排し、形式的に高度な虚構を作り上げている。この差異は、グリゴーリエフの主題が反省そのものであったことに起因するのではないか。自己が自己を意識すること、それ自体がグリゴーリエフの問う問題であり、彼の明敏な方法意識は「私が私について語る」形式そのものへと向かったのだ。形式に対するメタレヴェルの視線が、自伝性そのものを問うような自伝的作品を生み出した。ヴィターリン三部作は、自伝的な直截さとメタ自伝的な晦渋さをあわせもったテクストなのである。

七　グリゴーリエフとキルケゴールによる「現代の批判」

この章の終わりに、グリゴーリエフの思想的な観点をより広いコンテクストから捉え直してみたい。一八四〇年代は、ロシアのみならずヨーロッパにおいても転換期だった。レーヴィットの浩瀚なヨーロッパ精神史『ヘーゲルからニーチェへ』を参照しつつ、この時代の思想的状況を概観してみよう。主として、それはヘーゲルが全体化した哲学との対決というかたちをとった。フォイエルバッハによるヘーゲル批判を皮切りに、ヘーゲル左派の哲学者が続き、相前後してマルクスとキルケゴールが登場する。彼らはヘーゲルが建設した体系にもはや安住することができず、ヘーゲルが媒介によって統一した主体と客体、理性と現実、本質と実存をふたたび切り離した。ヘーゲルの哲学はそれ自体において完結した全体である。それは、彼らの目に、およそ理性的とはいえない眼前のこの現実から乖離したものと映ったのだ。

マルクスによるヘーゲル批判の要諦は、ヘーゲルの宥和は「概念把握という枠のなかでの現実との宥和」にすぎず、「実際に現象しているこの世界」の「なかにおける宥和」ではないという点にあった。[20]「マルクスから見れば、哲学はいまや「外に向かう」べきであり、世界とともに動く実践とならねばならない（二二四頁）」。「現実の世界における理性の現実化（二二八頁）」をめざすマルクスにとって、哲学はいまや直接的な実践理論へと変じていく。

一方のキルケゴールにとって、ヘーゲル哲学は「歴史的世界の普遍性のなかで一人一人の実存が水平化されてしまう代表的な例（二六五頁）」としてあった。ヘーゲル哲学において、個人は世界過程のなかに取り込まれ消失してしまっている。キルケゴールの思索の出発点は、世界過程のなかからふたたび取り出された単独の個人である。「各人が別々の個人として倫理的に実存することこそ個人の本質に属するということ（二六五頁）」、それこそが何より重視すべき真実なのだ。

ヘーゲル左派からマルクスへといたる思想の系譜は、ロシアにおける西欧派の思想形成とも深く関わっている。ベリンスキーやゲルツェンはヘーゲル以後の思想的状況を己が課題として引き受けながら、哲学を実践するための方法を模索していった。レーヴィットは一八四〇年代のロシアの思潮についても論及しているが（三三三―三四四頁）、そこで彼が示す対立の構図――ヘーゲルの弟子たちの側についた西欧派と、ヘーゲルに闘争を挑むシェリングの側についたスラヴ派――は、四〇年代に関する共通了解といってよい。ヘーゲル左派およびユートピア社会主義の影響を受けた西欧派、ロマン主義的ナショナリズムの基盤のうえにシェリングの思想を受容したスラヴ派、という構図は、四〇年代の思想的状況の整理として基本的なものである。

だが、グリゴーリエフの位置はこのような構図によっては捉えられない。ヘーゲル的な全体性との関係という点で、彼の問題意識はむしろキルケゴールに近しい。歴史の弁証的発展から切り離されたグリゴーリエフの「漂泊者」は、キルケゴールの「単独者」と思想的な立場を同じくしている。

以上を踏まえるならば、ポスト・ヘーゲル時代のロシアにおける思想的状況は、改めて次のように整理されるべきだろう。ヘーゲル哲学の影響を共有しつつ、西欧派はヘーゲル左派の系譜に連なって理性の現実化を目指し、スラヴ派はシェリングの側について理性に先立つ存在を追い求める。西欧派／スラヴ派という対立の周縁で、独りグリゴーリエフが、キルケゴールに比すべき「単独化された立場[21]」から、ヘーゲル哲学に批判的に応答する。四〇年代ロシアの思想史において、グリゴーリエフは、これまで指摘されることのなかった、もう一つの位相を開示しているのである。

これまでの先行研究は、グリゴーリエフに直接影響を与えた思想家、とりわけ有機的批評の形成において影響力のあったヘルダーやシェリングの重要性を詳しく論じてきた。一方で、同時代人キルケゴールとの親縁性は、影響関係がまったく存在しないこともあって、ほとんど着目されてこなかった（いうまでもなく、両者は互いの存在すら知らずに活動していた）。唯一の例外であるエゴーロフは、主人公が女性に向けるまなざしにロマン主義的なエゴイズムが露呈しているとして、グリゴーリエフの「オフェーリヤ」とキルケゴールの『誘惑者の日記』（『あれかこれか』の第三部）の相似を指摘している[22]。だが、エゴーロフの指摘はきわめて限定的な事例についてなされたものだ。両者の親縁性は、より根本的な次元で検討されるべきなのではないか。キルケゴールとの対比は、グリゴーリエフの「漂泊」が内包する問題をさらに深く理解するうえで、有益な視座を提供してくれるように思われる。

　これに関して重要な手がかりとなるのは、ヴィターリン三部作と同じ頃に書かれたキルケゴールの著作『現代の批判』（一八四六）である。キルケゴールはここで、彼の同時代を「反省の時代」と定義し、「現代の批判」を展開している。キルケゴールの考察は、グリゴーリエフの時代認識を理解するうえで示唆に富む。

　キルケゴールはまず、現代に対置するかたちで「革命時代」を論じる。キルケゴールによれば、革命時代は心情と形式、内面と外面の一致した時代である。これを「直接性の時代」と言い換えてもよいだろう。「革命時代は本質的に情熱的である、したがってそれは本質的に形をもっている。本質的な情熱であればどれほど激しい表出でも、おのずから形をもっている」[23]。たとえば、抒情詩にとって、韻文の形式が「窮屈な分別の発明物ではなく、反対に抒情詩自身の妙なる発明物」であるように、革命時代の行動の作法は「感情と情熱と自身の発明物」としてある（一五頁）。

　一方、それに対し、「現代は本質的に分別の時代、反省の時代、情熱のない時代（一三頁、傍点原文）」である。革命時代の情熱は失われ、行動は真の情熱を伴わない形式主義に堕している。「何一つ本質的な意味をもつものもなくすべてがほとんど意味をもたなくなっているばっかりに、たとえばただ形式だけの器用さが、つのりつのってまさに無形式性に化そうとしている時代（一九頁）」。それが現代のありようである。外面的な作法ばかりが取り繕われ、いまや現実は「芝居に変えられてしまった（三二頁）」のである。

　こうした時代認識はグリゴーリエフにも共有されている。形式の虚偽性を自覚することは、まさにグリゴーリエフがヴィターリンの恋愛を通して描いた問題である。また、現実が形式的な芝居と化しているという認識も、ヴィターリン三部作に示されている。

とはいえ、状況に強いられて、心中いまいましく思いながらも引き受けた役柄を巧妙に演じざるを得ない、そういう時代だったのだ――そして、これまでずっと、そういう時代が続いていた。［…］ヴィターリンにとってそれは拷問に等しかったが、自分の役柄を演じるのは朝飯前のたやすいことだった。というのも、実際、現代にあっては、そうした役柄を演じることなどたいして難しくもないからだ。（G, I, 261）

本質的な情熱を失い、形骸化した役柄を惰性で演じること。そうした空虚な演技性が、ここでは現代の特性として捉えられている。

ただし、キルケゴールのいう反省は、同時代のロシアで問題となっていた反省とは必ずしも一致しない。そもそも、キルケゴールの著作における反省、およびその対概念としての直接性の用法は多義的で、ハーヴェイ・ファーガソンの指摘するように、「［…］直接性と反省を区別するための基準は、不明瞭なままである」[24]。とはいえ、メロード・ウェストファルによるならば、その根幹には、直接性→反省→「第二の直接性（媒介された直接性）」という、ヘーゲル哲学に由来する弁証法的な構造がある[25]。後述するように、『現代の批判』にもこの構造は見出せるのだが、一方で、「反省の時代」に対する批判の矛先は当のヘーゲル哲学にも向けられている。キルケゴールは、ヘーゲル哲学を念頭に、「現代を情熱と行為から切り離す思考の過剰、あるいは思考のモード」[26]として、反省を否定的に捉えるのである。反省を、高次の直接性へといたる弁証法的発展の一段階とみなすこと。同時に、反省を、情熱と行為を殺す意識の営為と捉えること。これらは、ロシアのインテリゲンツィヤにも共通する見方である。

一方で、『現代の批判』には、もう一つ重要な契機が含まれている。キルケゴールは反省の問題を大衆社会の次元で考察しているのである。行為を避け、無為と惰性にとどまりながら、行動しないことの口実をあれこれ考えだこうだとこねまわす。そのような分別くさい「逃げ口上」を、キルケゴールは反省の作用とみなすのだ。ファーガソンが指摘するように、この観点からすれば、「反省の時代」に対する批判はとりもなおさずブルジョアの俗物根性に対する批判となる。「彼らは［…］制度化された生活形式の惰性のうちに沈みこんでいる［…］」(27)。ロシアにおける反省が、もっぱらインテリゲンツィヤのハムレット的な自己意識の問題として捉えられていたのとは対照的である。反省が行為を殺すという認識は共通しているが、反省の問題を据えるコンテクストは異なっている。これは社会的な背景のちがいに起因するものだろう。キルケゴールの時代批判におけるキーワードは、「水平化」である。水平化は、ヘーゲル哲学の媒介作用を批判するための用語でもあったが、同時に市民社会における無個性化を指すものでもあった。キルケゴールは、産業やジャーナリズムの進展にともなう大衆社会の到来を眼前にしていたのである。それに対し、専制と農奴制の問題が二大争点とされたロシアでは、キルケゴール的な意味での水平化は問われるべくもなかった。もちろん、四〇年代の自然派の作家たちのあいだには、イヴァーノフ＝ラズームニクのいう「官製小市民主義」、すなわち官僚機構内部の画一化を批判するまなざしが顕著に見られるが、それは反省とは別箇の問題としてであった。

このように、『現代の批判』における反省の射程と、ロシアにおける反省の射程は、必ずしも一致しない。しかし、キルケゴールの提起する観点は、グリゴーリエフの作品を理解するうえで有益な手がかりとなる。「制度化された生活形式の惰性」における無個性化の問題とは、まさにグリゴーリエフが「性格喪失者」の描写を通じて提起したものではないか。グリゴーリエフもまた、ある種の「水平化」と呼ぶべき現象を反省の問題と絡めながら提示しているのである。

ここで、前節で論及したヒロインの名前をめぐる問題をふたたび取り上げてみたい。すなわち、ヴィターリン三部作では、グリゴーリエフの実人生におけるリーザを投影した女性が三人登場するという事実である。三人の女性は、ナターリヤ、オリガ、リーザとそれぞれ異なる名前を付与されながらも、キャラクターとしての差異化がなされていない。実質的には同一であって構わないのだが、ただ名前によってのみ区別されるのである。グリゴーリエフはなぜそのように書いたのか。前節ではこの謎を時間の形式という観点から考察したが、ここでは異なる観点から解読してみよう。

エゴーロフは、グリゴーリエフの散文作品は断片的であり、結びつきの弱い個々のエピソードへ寸断されていると指摘している。エゴーロフによれば、そもそもグリゴーリエフの書き方自体が断片的であって、あらかじめ練られた構想に基づいているわけではなく、初歩的な名前のミスが散見されるのもそのためだという[28]。しかし、これら三つの名前は、たんなるミスとしてではなく、むしろ意図的な仕掛けとして捉えるべきだろう。たとえば、第三部の最後、「夢想家の日記」を読み終えた語り手はリーザのその後の人生にしばし思いをはせるが、そのとき、開かれた窓の向こうにナターリヤの姿を見出す。語り手はナターリヤの「ブロンドの巻き毛」に目をとめるが、これはリーザの特徴でもあり、「夢想家の日記」でヴィターリンはリーザの「ブロンドの巻き毛」を描写している（G, I, 320）。グリゴーリエフは明らかに、リーザとナターリヤの同一性という読みを誘っているのである。

この謎を解く鍵は二つある。一つ目は、第三部でなされるナターリヤの性格分析である。

> スクロンスカヤは誰に比べてもとくに病的な存在ではなかったが、にもかかわらず、私が次のように考えたのは正しかったのだ。［…］彼女の魂にかつて映し出されたのは、ある形象ではなく、形象のまぼろしであり、あわれな欺かれた魂は、捉えがたいものを捉えることもかなわず、愛することも、自らの愛を自己のうちに収めておくこともかなわず、それでも生きることを欲し、愛することを欲して、自分のうちに自分自身を映し、自分自身の外へ出るほかなかったのだ、と。
>
> ところが、彼女には自分自身というものがなかったので、この世のすべてを、その無限の雑多さとともに、自分のうちに映したのである。

だから彼女はすべてを愛した、何一つ愛することなく。（G, I, 307）

二つ目は、「ソフィストの手記からの抜粋」におけるオリガに関する記述。

この女性は決して例外などではなく、むしろ私たちの日常生活の一般法則であり、私たちのばかげた教育の犠牲であり、わかりきった決まり事からなる理想主義の犠牲であり、夢想の犠牲である。彼女が一頃思い描いていたのは、人生の目的は愛であり、結婚とは愛の結実であるということだった。一六の頃から理想を夢見ていたが、不幸なことに、この理想は天才画家の姿をまとって現れてしまった［…］。彼女は、この理想の測りがたい空虚をできるかぎり測った後で、この類の理想は夫たることにさえ適さないと悟った――そして極端に走ってしまったのである。（G, I, 271）

二つ目の引用では、オリガが制度化された愛の理想に幻滅して、親の意のままにほとんど自動的に結婚生活へと飛び込んでいった過程が分析されている。この記述を参照しつつ、一つ目の引用を読み解くならば、このいかにもグリゴーリエフらしい逆説的な文章は、次のように解釈されるだろう。

ナターリヤはかつてある青年画家に恋した。彼女はその姿にロマン主義的な理想の化身を見出した。だが、彼女が見ていたものは理想のまぼろしでしかなかった。青年は無感動にとらわれた、性格の欠如した空虚な人間だったのである。幻滅した彼女が、それでも愛を求め、愛に生きるためには、己の理想を外界に投影し、愛の対象を客体化するほかない。これは本質的に他者を必要としない自己完結的な営みである。「ところが、彼女には自分自身というものがなかった」。己の理想に欺かれた彼女は、理想そのものにも幻滅しており、情熱の根拠を失ってしまっている。愛の理想はすでに形骸化しており、愛したいという唯一残った願望はあらゆるものに向かい、対象を選択することがない。「だから彼女はすべてを愛した、何一つ愛することなく」。すなわち、彼女は誰をも愛することができるし、誰をも愛することができないのである。彼女の情熱はもはや、ただ一つの対象を選び出すような、彼女にとって本質的なものではない。ナターリヤもまた一個の性格喪失者なのだ。

本質的な情熱を失った性格喪失者は、他者との差異をも失うことになる。彼女はリーザであり、オリガであり、ナターリヤであるかもしれないが、同時に、リーザであっても、オリガであっても、ナターリヤであっても構わない。つまり、彼女たちの差異は均されている。性格喪失者におけるある種の「水平化」を表現するために、グリゴーリエフは名前の仕掛けを施したのではないか。

それだけではない。性格喪失者から見た世界もまた平準化されている。ナターリヤにとっては、すべてを愛するかすべてを愛さないかしかなく、外界の対象からは価値の軽重がすっかり取り払われている。このことは同じく性格喪失者であるヴィターリンにもあてはまる。

> 万物への愛に行きついたとき、彼は疲弊しきって病んだようになっていたから、その魂のうちには、消極的な愛以外のものが入り込む余地はなかった。一般性をわれわれの目から隠し、同一性を壊して、もろもろの偏見というごつごつした棺桶へと葬ってしまうもの。そうしたものに対する憎しみの念しかなかった。（G, I, 307–308）

ヴィターリンもまた「万物への愛」という消極的な境地へと達する。外界はあらゆる差異が均されて平準化しており、彼はあらゆるものをただ消極的に愛する。その均衡を破るものは何であれ偏見とみなされ、憎悪の対象となる。「万物への愛」の背後に広がっているのは、水平化された個人の無性格という空漠である。(29)

グリゴーリエフは、性格喪失者たちの無個性化と、彼らから見た世界の平準化という問題を提起している。キルケゴールの「水平化」ははるかに射程の広い概念だが、グリゴーリエフもまた本質的な情熱の喪失に発する現代の諸問題と批判的に向き合っているといえよう。

『現代の批判』において、キルケゴールは反省の時代を乗り越える方法を考究している。キルケゴールは反省の時代に対して革命時代を直接性の時代とみなしているが、ある留保をつけている。革命時代の直接性は「最初の直接性ではない、また最高の意味で最後の直接性でもない。それは反動の直接性であり、一時的なものである。〔…〕倫理的なものの根源性が失われたがために一種の腐食状態、偏狭な風俗習慣となり終った化石化した形式主義に対する、自然関係の復権である（一六―一七頁、傍点原文）」。革命時代の直接性は、ルソーが理想とするような原初の透明な直接性ではない。かといって「最高の意味で最後の直接性」の状態にあるのでもない。それは「化石化した形式主義に対する」反動の時代であり、その直接性は一時的に回復された自然性というにとどまる。つまり革命時代とは反省の時代に対する反動なのである。したがって、反省の時代の再来は免れない。キルケゴールは反省の時代↓革命の時代↓反省の時代という循環を想定していることになる。

この循環を脱するためには、「最高の意味で最後の直接性」にいたるしかない。「およそ人間が終結的な平安を見いだすことができるのは、ただ最高のイデー、すなわち宗教的イデーにおいてのみである（一七頁）」。神という永遠性に根を下ろした直接性こそ、「最高の意味で最後の直接性」にほかならない。そこへの通路を開くのは、逆説的だが、当の反省である。『現代の批判』においても、反省は両義的な意味をもっている。「反省は、それ自身が、あるいはそれ自体において、何か有害なものなのではなく、逆に、徹底的に反省し抜くということこそより情熱的に行動するための条件（一一七頁）」なのだ。悪しき反省は、ある一つの行為を選択する個人の情熱を損ない、個々人をひとしなみに抽象化していくが、そうして蔓延する水平化は、じつは個人にとってまたとないチャンスでもある。水平化は「純粋な人類という無限の抽象物（六七頁）」へと個人を還元し、階級や共同体といった中間規定を消失させるからだ。だからこそ、逆説的に、何ものにも規定されない単独の自己、ただ神の前のみに独り立つ自己を自覚するチャンスともなり得る。パウル・クライスベルグスの言葉を借りるならば、「反省の時代よりもなお反省的になること」[30]こそ最重要の課題であり、それによって個人は「自分自身のなかにあるほんとうの宗教性を獲得する（六六頁）」のである。それは「最高の意味で最後の直接性」へと向かう出発点となる。

グリゴーリエフは、このような積極的なヴィジョンを思い描くことはできなかった。この時期のグリゴーリエフのニヒリズムはさらに根深く、彼は、神も含め、あらゆるイデーを信じていなかった。一方で、グリゴーリエフにもまた「生を花開かせることのできる国」という直接性の理想があった。それを求めて徹底的に反省し抜くというあり方は、キルケゴールと共通するものだ。グリゴーリエフは「書く」という営為を通じて反省のなかに身を置きつづけた。ヴィターリン三部作はその最初の結実であった。ヴィターリン三部作に続く小説作品『多数のなかの一人』『多数のなかのもう一人』では、ヴィターリン的な性格喪失者たちがいっそう突き詰められたかたちで描かれることになる。このとき前景化してきたのが「エゴイズム」のテーマである。「性格喪失者のエゴイズム」という一見して逆説的な問題を、グリゴーリエフはいかに表現しているのか。次章では、韻文劇『二つのエゴイズム』、および『多数のなかの一人』『多数のなかのもう一人』を取り上げ、この問題を考察することにしたい。

（1）この詩は、一八四六年の『アポロン・グリゴーリエフ詩集』に収録された際、一部書き改められたが、ここではエゴーロフの注釈にしたがい、初出のテクストを引用した。
（2）仲正昌樹『危機の詩学――ヘルダリン、存在と言語』、五三頁。
（3）*Григорьев А.А.* Письма. С. 17.

（4）*Григорьев А.А.* Воспоминания. С. 171.

（5）Там же. С. 172.

（6）*Егоров Б.Ф.* Художественная проза Ап. Григорьева. С. 343.

（7）Там же. С. 341. この一節はグリゴーリエフの散文を論じたものだが、同様の指摘はほとんど同じ語句でもって詩についてもなされている。*Егоров Б.Ф.* Аполлон Григорьев – поэт // *Григорьев А.А.* Стихотворения. Поэмы. Драмы. СПб., 2001. С. 9.

（8）カール・レーヴィット（三島憲一訳）『ヘーゲルからニーチェへ——一九世紀思想における革命的断絶（上）』岩波文庫、二〇一五年、三八二頁。

（9）ヘーゲル（伴博訳）『キリスト教の精神とその運命』平凡社ライブラリー、一九九七年、二五三頁。

（10）同上、六二頁。

（11）フリーメイソンとの関係については、以下の論文を参照した。*Бухштаб Б.Я.* «Гимны» А. Григорьева // *Бухштаб Б.Я.* Библиографические разыскания по русской литературе XIX века. М., 1966. С. 27–49. ボリス・ブフシタプは、一八四六年出版のグリゴーリエフ詩集に収録された一連の「賛歌」が、ベルリンで出版されたフリーメイソンの詩歌集から翻訳されたものであることを実証した。

（12）カール・レーヴィットの言葉を借りれば、ヘーゲルにとって「一人一人の個別的な人間は、普遍的な人間存在の、その本質が精神である人間存在の特定の規定」である（レーヴィット『ヘーゲルからニーチェへ（上）』、三五二頁）。ベリンスキーは「現実との和解」論を脱するなかでヘーゲルを批判的に見るようになるが、弁証法的な発展史観をとり、個人を特殊と普遍の関係から捉えるという点で、なおヘーゲルの影響下にあったといえる。

（13）ヴィターリンの名は、「生」を意味するラテン語の vita に由来するが、このことも、グリゴーリエフがヴィターリンに与えた「希望」を暗示するものといえよう。

（14）『現代の英雄』との関係はすでに指摘されているところで、たとえばウィッタカーは、主人公が当人を含めた複数の視点から語られるという構成について『現代の英雄』の影響を指摘している。R. Whittaker, *Russia's Last Romantic*, p. 62.

（15）*Проскурина Ю.М.* Повествователь-рассказчик в романе Ф.М. Достоевского «Белые ночи» // Научные доклады высшей школы. Филологические науки. 1966. № 2. С. 123–124.

（16）Gary Rosenshield, "Point of View and the Imagination in Dostoevskij's 'White Nights,'" *The Slavic and East European Journal* 21: 2

(1977), pp. 191–203.

（17）*Проскурина Ю.М.* Повествователь-рассказчик в романе Ф.М. Достоевского «Белые ночи». С. 133.

（18）この点に関して、ウィリアム・レザーバロウも、『白夜』の夢想家と『地下室の手記』の主人公の親縁性を指摘している。レザーバロウによれば、『白夜』の夢想家は『家主の妻』の夢想家オルドゥイノフに比してより自己意識的であり、『地下室の手記』の主人公に見られる「自己分析的惰性」からそれほど遠くないところに位置している。William J. Leatherbarrow, "Dostoevsky's Treatment of the Theme of Romantic Dreaming in 'Khozyayka' and 'Belyye nochi,'" *The Modern Language Review* 69: 3 (1974), pp. 594–595.

（19）*Гинзбург Л.* О психологической прозе. Л., 1977. С. 244–255.

（20）レーヴィット『ヘーゲルからニーチェへ（上）』、二二四頁。傍点原文。以下、本書からの引用は（頁数）というかたちで本文中に出典を示す。

（21）カール・レーヴィット（村岡晋一・瀬嶋貞徳・平田裕之訳）「キルケゴールとニーチェ」『ヘーゲルからハイデガーへ』作品社、二〇〇一年、五三頁。

（22）*Егоров Б.Ф.* Художественная проза Ап. Григорьева. С. 346.

（23）キルケゴール（桝田啓三郎訳）『現代の批判』岩波文庫、一九八一年、九頁。傍点原文。以下、本書からの引用は（頁数）というかたちで本文中に出典を示す。

（24）Harvey Ferguson, "Modulation: A Typology of the Present Age," in P. Cruysberghs, J. Tales, K. Verstrynge, eds., *Immediacy and Reflection in Kierkegaard's Thought* (Leuven: Leuven University Press, 2003), p. 121.

（25）Merold Westphal, "Kierkegaard and the Role of Reflection in Second Immediacy," in *Immediacy and Reflection in Kierkegaard's Thought*, pp. 159–166.

（26）*Ibid.*, p. 168.

（27）Harvey Ferguson, "Modulation: A Typology of the Present Age," pp. 125–126.

（28）*Егоров Б.Ф.* Художественная проза Ап. Григорьева. С. 347.

（29）コヴァリョフは「万物の愛」を「絶対者との合一」という観点から理解している。それは、ヘーゲルやフーリエの影響に発する「個と全体の融合」という哲学的な立場だという（*Ковалев О.А.* Проза Аполлона Григорьева в контексте русской литературы 30–60-х годов XIX века. С. 36, 146)。コヴァリョフは、ヘーゲルやフーリエの肯定的な影響を重視するゆえに、このような解釈を導き出したわけだが、本研究の観点からすれば首肯しがたい。

(30) Paul Cruysberghs, "Must Reflection Be Stopped? Can It Be Stopped?," in *Immediacy and Reflection in Kierkegaard's Thought*, p. 12. この論文は、キルケゴールの思想における反省の諸相を論じたもので、キルケゴールの考察する反省の問題の多義性が明快に整理されている。

第二章　エゴイズムと無性格

前章で論じたように、グリゴーリエフは反省を徹底して個的人格の問題として捉えた。反省は、より具体的には無性格という事態となって現れる。果てしなく自己を問い返す、その自己相対化作用の末に、個人はやがて自らの性格を喪失するにいたる。直接的な情熱を失った人間は、外界のいかなる対象にも心動かされることはない。価値の軽重はことごとく取り払われ、今や人間を支配するのは無関心、あるいはその裏返しとしての「万物への愛」、すなわち、あらゆるものに対する消極的な愛である。

反省を克服することは、無性格を克服することにほかならない。本質的・直接的な情熱が回復されるとき、「生を花開かせることのできる国」が出現するはずだ。では、そこに飛躍するための方法はいかにして見出すことができるのか。グリゴーリエフのその後の創作は、この問いのまわりをめぐっている。その際に焦点となるのは、「エゴイズム」の問題である。エゴイズムという主題がはじめて提示されたのは、韻文劇『二つのエゴイズム』（«Два эгоизма»、一八四五）においてで、ここで半ば独立的に取り上げられたエゴイズムの問題は、続く小説『多数のなかの一人』（«Один из многих»、一八四六）、『多数のなかのもう一人』（«Другой из многих»、一八四七）へと受け継がれ、反省の諸問題と合わせて追究されていく。その果てにグリゴーリエフは、漂泊の転回点というべき地点に到達することになる。それは、創作から批評へと向かう文字通りの転回点であり、やがて有機的批評として開花する執筆活動の萌芽となった。そこへいたる展開をたどることが、本章の主題である。

本論に入る前に、主な内容を確認しておこう。まず、『二つのエゴイズム』を分析の対象とし、ここでグリゴーリエフが主題化した「エゴイズム」の意味とその文学史的背景を明らかにする。この作品でグリゴーリエフは、「愛とエゴイズムの矛盾」という、その後の作品に受け継がれることになるテーマをすでに提起している。そこに潜むグリゴーリエフの問題意識を考察したい。次いで、『多数のなかの一人』の分析に移る。グリゴーリエフはここで、エゴイズムという主題とヴィターリン三部作以来の反省の諸問題とを結び合わせ、新たな主人公を造型している。エゴイズムの問題を問うグリゴーリエフの視線は、『二つのエゴイズム』よりもさらに研ぎ澄まされており、「エゴイズムならざるエゴイズム」という逆説的な事態を鋭く見据えている。グリゴーリエフが表現するエゴイズムの諸相を、〈プロジェクト〉の側のエゴイズム論と対比させながら浮き彫りにしていきたい。その後に、『多数のなかの一人』の続編というべき『多数のなかのもう一人』を取り上げる。焦点となるのは、グリゴーリエフが仮借なく暴くことを試みたエゴイズムの「深淵」である。最後に、反省と懐疑にみちた思索の果てにグリゴーリエフが見出したある転回について、その内実を明らかにする。分析の対象となるのは、ゴーゴリの問題作『友人たちとの往復書簡選』に寄せたグリゴーリエフの書評、および直接ゴーゴリに宛てて書き送った一連の書簡である。以上が、本章の具体的な流れとなる。

一　反省とエゴイズム

一―一　愛とエゴイズムの矛盾――『二つのエゴイズム』の分析

グリゴーリエフは、ヴィターリン三部作の第二部を書き終えた後、第三部に取り組むより先に、『二つのエゴイズム』という韻文劇を執筆している（ヴィターリン三部作と同じく雑誌『レパートリーとパンテオン』一二月号に発表された）。

一見して、この作品はヴィターリン三部作とは異なる問題関心から出発しているように思われる。ヴィターリン三部作が、「反省」および「無性格」の問題を主題としていたのに対し、『二つのエゴイズム』は、時代を逆戻りするかのように、ロマン主義的エゴイズムの問題を主題に据えているからである。

グリゴーリエフはこの作品で、ロマン主義的エゴイストの典型ともいうべきキャラクターを登場させた。主人公スタヴーニンは、レールモントフ『仮面舞踏会』（一八三四—三六）の主人公アルベーニンを明らかに踏まえている。他者を軽蔑し、「世の意見（общественные мнения）」に対立し、傲岸不遜に孤独を守るアウトロー。こうした主人公像は、一八四〇年代の趨勢に照らせばいかにも時代錯誤に見える。あえてロマン主義的エゴイストを再登場させたことには、どのような問題意識が潜んでいたのだろうか。

グリゴーリエフはもともとこの作品に『現代の運命』という題名を予定していたのだが、検閲を配慮して『二つのエゴイズム』に改めたという経緯がある（G, III, 725–726）。とすれば、作家自身には「現代の問題」を扱っているという自覚があったことになる。グリゴーリエフは雑誌『レパートリーとパンテオン』に「ロシアの演劇とロシアの舞台」と題する評論を連載しており、「愛の最後の段階——一九世紀の愛」と題した回で、『二つのエゴイズム』の主題を自ら明かしている。そこで焦点となるのは、レールモントフの詩「二人はそんなにも長く優しく愛し合った……」である。すでに指摘した通り、この詩は、グリゴーリエフが自作のなかでくりかえし言及する作品であり、『二つのエゴイズム』の冒頭にもエピグラフとして付されている。評論「愛の最後の段階」で、グリゴーリエフはこの詩に論及しつつ、「なぜ二人の愛は敵意にまでいたったのか」と問うている[1]。グリゴーリエフは「二人は無言の傲岸な苦しみのうちに別れた」という一節を引きながら、こうした別れは現代ではむしろ当たり前のことなのだと指摘する。「二人が敵同士となり、そのように別れたのは、二人のうち一人として相手に屈することを欲しなかったからではないか」[2]。相手に屈することを肯んじないエゴイストは、愛からさえも遠ざかるのだ。グリゴーリエフによれば、二つの個性の宿命的な闘争こそ現代のドラマであり、それを表現したのが『二つのエゴイズム』なのである。

この作品を評して、ベリンスキーは「『二つのエゴイズム』は、全体として、何とも生彩に欠けるレールモントフの戯曲『仮面舞踏会』の、これまた何とも生彩に欠ける反映である（B, IX, 393）」と述べている。しかし、グリゴーリエフは『仮面舞踏会』の設定をそのまま踏襲しているわけではない。レールモントフの主人公アルベーニンは、偶然の行き違いから妻の不貞を疑い、一方的な嫉妬の末についに妻を毒殺するにいたる。ここで描かれているのは一人のエゴイストの不毛な独り相撲である。一方、『二つのエゴイズム』では、主人公によるヒロインの毒殺という結末は同じながら、その意味合いは異なっている。グリゴーリエフが描いているのは、エゴイスト同士の矛盾的な関係なのだ。グリゴーリエフは、『仮面舞踏会』のプロットやキャラクターを踏まえつつ、むしろレールモントフの詩「二人はそんなにも長く優しく愛し合った……」の主題を展開しようと試みているのである。(3)

具体的に見てみよう。主人公のスタヴーニンとヒロインのドンスカヤは、仮面舞踏会で再会を果たす。一方は賭博者としてならす社交界のアウトロー。もう一方は男たちの視線を集める社交界の花形。対照的な立場にいる二人は、「世の意見」を見下す倨傲なエゴイズムにおいて共通している。登場人物がスタヴーニンを評する言葉によれば、「［…］彼は世の意見を／許しがたいほどに性懲りもなく弄んだ／分別であれ名誉であれしきたりであれ、／ありとあらゆるものに逆らい、／ひとえに才知のみを信じて……／その代わり、社会的な追放によって罰されたのだ……（G, III, 329）」。一方のドンスカヤもエゴイズムの諸特性を具えている。彼女もまた「世の意見の奴隷たち（G, III, 295）」を軽蔑し、社交界にあって孤高の自我を守っている。

二人の過去には、まさしくレールモントフの詩に歌われているような別れがあった。スタヴーニンは消え残った情熱をふたたび燃やす。「俺のなかで生き残っているものが一つだけある、俺のうちで一つだけ平安を／知らないでいる。それはエゴイズムだ……愛じゃない、ちがう、／俺に必要なのはたった一つ、あの女の直接の答えなんだ……

(G, III, 348)」。求めているのは愛ではなく、イエスかノーかの答えだ、スタヴーニンはそう自分に言い聞かせている。そのこと自体、グリゴーリエフのいうエゴイズムの証である。スタヴーニンは、自らの愛を認めて「相手に屈すること」を肯んじない。欲しいのは、自分の問いに対する相手の答えのみなのだ。一方、社交界で生きることを選んだドンスカヤも、スタヴーニンの求めに応じて己の選択を棄てることをよしとしない。彼女はスタヴーニンに対し、「私が自分自身になれる時は一回だけ」、つまり死の時のみだと答える (G, III, 350)。両者の関係は平行線をたどり、ついにスタヴーニンはドンスカヤに毒を盛る。迫りくる死のなかで、はじめて二人は心からの抱擁を交わすのである。

エゴイズムと愛は両立しない。エゴイストはエゴイストである限り相互的な愛の関係に入ることはできない。グリゴーリエフは、宿命的に惹かれ合いながらも、生きて結ばれることのない二人の関係性を通して、ロマン主義的エゴイズムの袋小路を描いている。両者の矛盾的な関係の核心は、ドンスカヤの次のセリフに言い表されている。

> 私は愛した……私と対等な人を、
> 私より低くもなく高くもない人を……
> 私たち二人のうちにはともに
> 炎々と燃える火の同じ一つの力があった。
> [...]
> 私たちは別れた、わかっている——どうしようもなかった、
> 別れるほかには……私たちは二人とも
> 謙譲のために生まれてきたのではないから (G, III, 385)

自己をすべての高みに置くエゴイストにとって、他者との関係は必然的に非対等なものとなる。エゴイストは自我の世界で孤独を守り、他者とは偏頗な関係を結ぶのみだ。閉じた自我の世界を双方向的な愛の関係へと開き得るのは、対等な他者の存在を措いてほかにない。だが、そのとき両者のあいだで生じる斥力は、惹かれ合う力以上に強い。二人に抱擁を許すのは、結果として死のみなのである。

グリゴーリエフは、対等なエゴイスト同士の愛の可能性あるいは不可能性という主題を提示し、エゴイズムの閉鎖的状況を突き詰めたかたちで表した。したがって、ウィッタカーが、『仮面舞踏会』との共通点よりも相違点を強調し、『二つのエゴイズム』の独創性を評価するのも、妥当といえるだろう。ウィッタカーはこう述べている。「レールモントフとは異なり、グリゴーリエフは社交界の病について書いているのではなく、現代が患っている文学的な悪疾について、レールモントフとハイネによって広まった病的エゴイズムの放縦について書いているのだ(4)」。『仮面舞踏会』において、毒殺という行為は、嫉妬のみならず、復讐や名誉といった社交界の諸観念によっても動機づけられている。一方、スタヴーニンの場合、「その動機は［…］エピグラフに記された、愛と憎しみのエゴイスティックな状況のうちにア・プリオリに存在している(5)」。ウィッタカーの指摘するように、グリゴーリエフはエゴイズムそのものに内在する病的状況を描いてみせたのである。

一方で、エゴイズムに対するまなざしは、グリゴーリエフにしては鈍いと評さざるを得ない。おそらくは意図的に借りたロマン主義的装置に、結果として引きずられてしまったのではないか。「世の意見」という言葉が頻出することからもわかる通り、この作品において、エゴイズムは「世の意見」と対立するものとして捉えられている。だが、一八四三年の詩「ラヴィニヤに」で、グリゴーリエフは「世の意見という斧は、なまくらの斧（G, I, 35）」と歌っているのである。「世の意見」がなまくらならば、それに歯向かうエゴイズムもなまくらではないのか。「エゴイスト」対「世の意見」という構図はもはや形骸化している。それは、選ばれし者／俗衆という、いかにも典型的な対立構造だろう。

しかも、グリゴーリエフはこのとき、ヴィターリンという主人公を創造しているさなかにあった。反省の果てに無性格へと落ち込んでいく主人公を描いたヴィターリン三部作は、『二つのエゴイズム』よりもはるかに先鋭な問題を提起している。現代のドラマを提示しようとする劇作家としての野心はあったにちがいない。だが、作家の思索のよりラディカルな表現たり得ているのは、明らかにヴィターリンの方だ。とはいえ、一見して主題の異なる二つの作品は、じつはきわめて近しい関係で結ばれている。反省の問題はエゴイズムの問題と密接に関わっているからだ。

序章で論じたように、ロシアにおける反省の問題は、ロマン主義的な「内省」を淵源の一つとしている。自我肥大の果てに自己内世界に閉じ込められたロマン主義的エゴイストは、反省的主人公の前身といってよい。『二つのエゴイズム』の主人公はロマン主義の紋切り型を脱してはいないが、一方でグリゴーリエフは、スタヴーニンとヴィターリンの近縁性を悟っていたにちがいない。グリゴーリエフはこの後、エゴイズムの問題を反省の問題圏のなかで問うていくことになる。その最初の結実が『多数のなかの一人』であった。

ヴィターリン三部作がきわめて私的な作品であったのに対し、『多数のなかの一人』はより小説らしい結構をそなえている。複数のキャラクターが造型され、その相互関係のなかで、ヒロインのリディヤをめぐる恋愛と対立の物語が進行していく。ズヴァニンツェフ、セーフスキー、アントーシャという主要な登場人物たちは、いずれも自伝的要素を付与されているが、グリゴーリエフの直接的な分身としてあるわけではない。グリゴーリエフは主人公の内包するエゴイズムの問題を、周囲の人物との関係性のなかで検討している。ヴィターリン三部作は、いわば自己意識のなかで自己意識について考究した作品であり、その錯雑とした自伝性には表現上の必然があった。それに対し、『多数のなかの一人』は、先回りしていうならば、反省的自己意識の彼方にある希望を追究した作品である。グリゴーリエフは自伝的叙述を離れ、思索と想像力でもって「反省からの飛躍」の可能性を探ろうとする。それは、複数のキャラクターの相互関係を通じて模索していくべき、ある種の思考実験としてあった。

小説の中心に位置するのは主人公のズヴァニンツェフである。テクスト分析に先立ち、主人公の基本的な性格を検討し、グリゴーリエフがいかなる視座のもとにエゴイズムを見据えているのか、明らかにしたい。

一―二　エゴイズムの逆説

グリゴーリエフはズヴァニンツェフを、スタヴーニンの体現するロマン主義のエゴイズムと、ヴィターリンの体現する反省の諸問題をあわせもった人物として造型している。ズヴァニンツェフは自己をすべての高みに据え、他者を見下し、周囲のあらゆる者にデモーニッシュな影響力を行使する。一方で、ヴィターリンとヴォリデマールに見られた無為、無関心、無性格といった諸特性を、彼もまたそのままに受け継いでいる。この振れ幅が表すのは、ロマン主義的エゴイストがたどる逆説的な過程である。エゴイストは、自我肥大の果てに不毛な自己意識にとらわれ、やがて惰性と無関心に落ち込み、ついには自我を喪失するにいたる。エゴの失われたエゴイズム。ヴィターリン三部作ではいまだ萌芽の段階にあったこの逆説を、ズヴァニンツェフがはじめて担うことになるのである。

そのことを端的に示すのが、次のズヴァニンツェフのセリフである。彼はここで、他者への絶大な力について自らその秘密を明かしている。


［…］この立場、あらゆる人々に対するこの力を、僕はあまりにも高値で買ったんだ、愛せたのかもしれないすべてのものと引き換えに買ったんだ。わかるかい、この立場がどんなものなのか？　この力がいったい何に基づいているのか？　何も、そして誰も必要としないこと。誰よりも自由であること。すべての情愛を切り捨てていい

ること。どんなものもどんな人も、並び替え可能な駒、あるいはひょっとすると思いのままに捨てることさえ可能な駒くらいにみなすこと。その前で足踏みするような限界がないこと……。（G, I, 347）

ズヴァニンツェフは、あらゆる係累を断ち切り、はるかな高みに自らを据えることで、他者へのデモーニッシュな影響力を獲得した。しかし、本人も認める通り、それはあまりにも高くついた。すべての情愛を切り捨てたズヴァニンツェフは、他者をチェッカーの駒くらいにしかみなさない。彼の目には、世界は価値の軽重を失って「水平化」しているように見えることだろう。前章で論じた「本質的な情熱の喪失」という事態は、ズヴァニンツェフのうちにも見出すことができる。

ズヴァニンツェフがこれを語る相手は、ペテルブルクで再会した幼なじみのマリーである。いまや人の妻となったマリーとのあいだには、愛し合いながらも一方的に別れを告げたという過去があった。この発言の直後、ズヴァニンツェフはマリーに愛を打ち明ける。「［…］僕は泣いたよ、マリー、何度も泣いた、子供のように泣いた、でもそれはただ君を、ただ君だけを思ってなんだ、信じておくれ（G, I, 348）」と。

感傷的な愛の告白は先の発言と矛盾している。彼はすべての情愛を断ち切ったはずである。しかし、ここで唐突に語り手が割って入り、注釈をさしはさむ。

真実と虚偽、情熱と仮装はズヴァニンツェフの本性のうちでぎゅっと一つに合わされていたから、この話の作者でさえ、彼が本当のことを言っているのかどうかという問いに対しては、答えを決めかねるほどなのだ。最高の仮装が同時に最高の誠実であるような境がある。しかし誠実とは何なのだろう？　いったい自分自身にさえ誠実になれるものだろうか、自分を知ることができるものだろうか？（G, I, 348–349）

ズヴァニンツェフのふるまいが真実なのか演技なのか、それは解くことのできない謎である。前章で論じたように、グリゴーリエフは現代を演技的な時代とみなしていた。現代の人間は直接的な情熱に突き動かされているのではなく、形骸化した役柄をそれと知りながら演じているにすぎない。そうした認識を踏まえるならば、ここで語り手が述べていることは、次のように解釈されるだろう。形骸化した演技の時代にあっては、真実と虚偽の区別はもはや失われている。誠実な演技と不誠実な演技を区別することは可能かもしれない。しかし、その「誠実」ももはや自明ではない。なぜなら、人は自分自身に対して誠実であることも、それどころか、そもそも自分自身を知ることもできないのだから。

こうした認識の根底には、ヴィターリン三部作以来の反省の問題が潜んでいる。エゴイストは、その独我的世界にあって、己以外の対象をもたない。コールシュミットの指摘するように、「自我の神化」は自我が浪費される果てに「世界の無意味」へと転落する（序章第二節参照）。反省は、惰性的な循環のなかで自我をますます空洞化させていく。意志の直接性は失われ、エゴイストは既知の役柄をそれと自覚しながら演じるにすぎない。空虚な自我という中心をもつ自我中心主義。それこそが、ズヴァニンツェフの体現するエゴイズムなのである。

ロマン主義的エゴイストの行方をめぐって、グリゴーリエフはここでも独自の位相に立っている。〈プロジェクト〉の代表格、ベリンスキーと比較してみよう。

ベリンスキーは、ロマン主義的エゴイズムを〈プロジェクト〉の観点から克服しようとする。この観点からすれば、一見してロマン主義的エゴイズムの体現者に見えるペチョーリンも、自我中心主義者とはみなされない。ペチョーリンは自分の不信仰を自ら憂い、信仰を得ようと欲している。自分を蔑み、憎む者をエゴイストと呼ぶことはできない。ペチョーリンはロマン主義的エゴイズムを超えた高次の段階にいるのだ。それがベリンスキーの見方である（B, IV,

263)。序章で論じたように、ベリンスキーは反省を「現実」へといたる過渡的な状態とみなしている。反省とはたんなる内省ではなく、「現実」という高次の段階に照らして自らを批判的に分析することだ。だからこそ、ベリンスキーは、ペチョーリンを通じて反省の諸症状を剔抉しながら、同時に彼のうちに反省克服の契機をも見出すのである。

ベリンスキーのこうした見方は、「悪魔」をめぐる解釈にも表れている。ロマン主義のデモニズムは、孤絶した自我の「病める魂」を表現したものであり、ロマン主義的エゴイズムと近縁関係にある。ロシアにおけるデモニズムは、ゲーテやバイロンの影響のもと、プーシキンが悪魔の形象によって「否定や懐疑の精神」を表現したことにはじまった。この精神を抒情的主人公のうちに内面化したのがレールモントフであり、彼にとって悪魔は己の分身としてあった(6)。レールモントフの悪魔を、ベリンスキーは独自の観点から読み直している。ベリンスキーはプーシキン論の第十一論文で、レールモントフの詩「子どものための物語」に論及し、主人公の悪魔について次のように述べる。

> これはもはやまったく別種の悪魔である［…］。この悪魔は確信のために否定するのであり、創造のために破壊するのである［…］。これは運動の悪魔、永遠の更新と永遠の再生の悪魔なのだ。(B, VII, 555)

ベリンスキーはレールモントフの悪魔のうちにプーシキンの悪魔とは異なる要素を見出す。それは、否定のために否定する悪魔ではなく、再生するためにこそ否定する悪魔である。ベリンスキーは、自らが探求する「真実の道」に照らして、レールモントフの悪魔をプーシキンのそれよりも高次の次元に置くのである。

ベリンスキーはエゴイズムのうちにエゴイズムを超えるもの＝反省を見出す。それに対し、グリゴーリエフは無限に循環する反省のただなかにある。反省は、エゴイズムを超える契機ではなく、ロマン主義的エゴイズムの病的な帰結にほかならない。エゴイストは、反省的自己意識の果てに、当のエゴを食いつぶしていく。グリゴーリエフが見据えるのは、エゴイズムを超える契機を自己のうちにもたず、それゆえにエゴイズムのうちにとどまりつづけるほかないエゴイストなのだ。この逆説的な存在の諸相を、グリゴーリエフは具体的にいかに表現しているのだろうか。

二　〈プロジェクト〉とエゴイズムの問題

グリゴーリエフの描く逆説的エゴイズムの諸相を論じるに先立ち、改めて〈プロジェクト〉の側に属する作家たちのエゴイズム論を確認しておこう。それらとの対比によって、エゴイズムをめぐるグリゴーリエフの特異な観点や表現を浮き彫りにしていきたい。

序章で論じたように、〈プロジェクト〉は個人の人格の変容と再構築を要請するものであった。「行為」によって理論と実践を媒介し、個と普遍の合一した円かな人格を回復すること。このような〈プロジェクト〉の理念に即して、ベリンスキーやゲルツェン、およびペトラシェフスキー・サークルの作家たちは、ロマン主義的な人格を脱して新しい「肯定的主人公」を構築することを試みた。それに付随して、エゴをめぐる従来の理解が批判的に修正され、新たな観点からエゴイズムの問題が問われるようになる。以下、エゴイズムという観点から、ベリンスキー、ゲルツェン、サルトゥイコフ＝シチェドリンらの思想を改めて検討したい。

二―一　エゴイズムの肯定から理性的エゴイズムへ

本章においてこれまで論じてきたエゴイズムは、もっぱら「自我中心主義」を意味していた。ロマン主義の「自我崇拝」と「内省」によって特徴づけられるこのエゴイズムは、主にデモニズムの流れのなかでレールモントフらによって表現され、グリゴーリエフの主題へと受け継がれていった。先に論じたように、ベリンスキーにとってロマン主義的エゴイズムは克服されるべき対象としてあった。「現実」の探求という根本的な動機に照らして、ベリンスキーはペチョーリンのうちにエゴイズムを超える契機を見出したのだった。こうしてロマン主義的エゴイズムはしりぞけられるのだが、「現実」が社会的な観点から模索される過程で、エゴイズムの問題が改めて議論の場に浮上してくる。ロマン主義的な「自我の神化」とは異なるかたちでエゴが肯定され、人間の「利己主義」が社会的な観点から新たに意味づけられていくのである。

はじめにゲルツェンのエゴイズム論を確認しよう。ゲルツェンは、論文「古い主題への新しい変奏」（一八四六）の第三節で、エゴイズムの問題を俎上に載せている。

> エゴイズムとは何か？　自らの人格の自覚、その閉鎖性、その権利の自覚なのか？　それとも何か別のものなのか？　どこでエゴイズムが終わり、どこから愛が始まるのか？　そもそも本当にエゴイズムと愛は対立するのか、お互いなしにいられるのか？　自分のためでなく誰かを愛せるものだろうか、私に、まさにこの私に満足を与えないならば、はたして愛せるものだろうか？　エゴイズムは個別化と同じではないのか、なべての存在が究極の目的として志す集中化と固体化と同じではないのか？　［…］エゴイズムは教養ある者の最上の人間性とは合致しないのか？（H, II, 96）

冒頭に畳みかけられるこれらの問いは、エゴイズムをめぐるゲルツェンの問題意識をすでに明かしている。そこには主として二つの論点が見出される。第一にエゴイズムの肯定という論点、第二に愛とエゴイズムの調停という論点である。

前者から見てみよう。ゲルツェンは、「閉鎖性」「個別化」「集中化」「固体化」といった言葉をエゴイズムに結びつけているが、ここにロマン主義的な自我の誇示を読み取ることはできない。ゲルツェンの根本的な関心は、エゴイズムを人間性の核として肯定することにある。ゲルツェンは述べている。「人間の胸からそのエゴイズムを抜き去ることは、人間の生きた根源を、人間の酵素を、人格の塩を抜き去ることを意味する［…］（H, II, 97）」。さらにゲルツェンは、エゴイズムのうち、とくに「我意（своеволие）」に言及し、「［…］我意の理性的な承認は、人間の尊厳のこの上ない道徳的承認である（H, II, 97）」と唱える。これは、雑誌『現代人』に発表する際に検閲によって差し替えを命じられた箇所で、そのために回りくどい表現となっているが、もとは単刀直入に「［…］我意はこの上ない道徳的媒体である［…］（H, II, 97）」と書かれていた（後年亡命先のロンドンで改めて出版した際に付した自註による）。ゲルツェンの考えるところでは、エゴイズムは個我の核であり、道徳に反するどころか、むしろ道徳的な手段とすべきものなのである。

ゲルツェンはここで既存の倫理に反旗を翻している。長縄光男が指摘するように、「概してロシアの思想の中で「エゴイズム」は好ましい地位を占めてはいない。それというのも、そもそも「正教」を基盤にもつ「ロシアの思想」は根本において「コレクティヴィズム」を本旨としている(7)」からである。その代表格がスラヴ派で、ゲルツェンはスラヴ派の依拠する共同体原理に抗し、「近代化の主体」としての自我の確立を希求した。長縄は、同時期に書かれた短篇小説「どろぼうかささぎ」にこのエゴイズム論との呼応を見出している。農奴制の桎梏にあえぎながら、根源的自由を激しく求める農奴女優は、ゲルツェンの「エゴイズム」を体現するヒロインにほかならない(8)。

ゲルツェンのエゴイズム論は専制に対する抗議の念に貫かれている。そのことを示唆するのが冒頭部の一節である。

［…］私たちは所与のタイプによって語る。これらのタイプは、今やすっかり過去のものとなった二つの世界観からとられている——すなわちローマ的な世界観と封建的な世界観。私たちは自分の考えを単純に明快に理解す

> ることを自身の言葉によって妨げているのだ。（H, II, 96）

個人は所与の観念に支配され、自らの言葉を発することができない。この隷属状態を打破するには、奴隷制度廃止に尽力したイギリスの政治家ウィルバーフォースのように、「我意」によって所与の制度を乗り越えなければならない（ウィルバーフォースへの言及は、当然ながら検閲によって削除された）。こうしてエゴイズムは、専制への反抗という文脈のなかで肯定的な意義を担うようになったのである。この場合、エゴイズムは「個人主義《インディヴィデュアリズム》」とほとんど同義といって構わない。

次に第二の論点を見てみよう。エゴイズムを人間性の中核に位置づけるためには、偏狭な利己主義との区別をはっきりさせておく必要がある。ゲルツェンは「エゴイズムと愛は相容れないのか」と問い、その両立可能性を模索する。この点に関して、ゲルツェンは以下のように述べる。

> エゴイズムという言葉は、愛という言葉と同じく、あまりに漠然としている。厭うべき愛もあり得るし、最上のエゴイズムもあり得る。逆もまた然り。発達した思索的な人間のエゴイズムは高潔であり、それは、学問、芸術、近しい者、制約のない生活、侵すべからざるものなどに対する愛にほかならない［…］。（H, II, 97）

ゲルツェンは、最上のエゴイズムと厭うべきエゴイズムという区別を設ける。ゲルツェンによれば、最上のエゴイズムは狭隘な利己主義とは無縁で、それどころか他者への愛と合致し得るのである。

利己主義と利他主義を調停させようとするゲルツェンのエゴイズム論は、やがてチェルヌイシェフスキーの唱えた理性的エゴイズムへと受け継がれていくことになる。その点を確認するために、ベリンスキーのエゴイズム論を検討してみよう。ただし、より正しくは、アンネンコフが回顧的に叙述したベリンスキーのエゴイズム論である。アンネンコフは、その回想録『驚くべき十年間』（一八八〇）のなかで、マックス・シュティルナーへの応答として語られたベリンスキーのエゴイズム論を再現している。もちろん、これをもってベリンスキーの考えそのものとみなすわけにはいかないが、六〇年代へと続くエゴイズム論の流れを知るうえで、アンネンコフの叙述は示唆に富む（シュティルナーについて、ベリンスキーは一八四七年二月一七日付のボトキン宛ての手紙でわずかに言及しているのみで、まとまった記述は残していない）。

アンネンコフはまず、シュティルナー『唯一者とその所有』（一八四五）のインパクトについて述べる。

この書物の本質は、最大限に短く定義するならば、唯一の武器としてのエゴイズムの賛美と称揚にある。それは、国家の指図によってあらゆる面で圧迫される個々の人間を、法令・社会・国家一般による物質的・精神的搾取から保護し得るものであり、また保護するはずのものなのである。(9)

「国家の搾取に対する唯一の武器としてのエゴイズム」という捉え方は、シュティルナーの理解としてはきわめて一面的だが、この一面性は、西欧派によるエゴイズム論が社会主義的な観点に集約されていったことを示している（後述するように、シュティルナーの「唯一者」は観念論に対する批判という意義をもっており、そうした観点はベリンスキーやゲルツェンにとっても無縁ではなかった）。

では、こうして個我の牙城という地位に躍り出たエゴイズムは、いかにして独善に陥ることなく公共性を獲得するのだろうか。ベリンスキーはシュティルナー批判を通じてこの問題に答えようとする。アンネンコフによれば、ベリンスキーもやはり、エゴイズムを人間性の不可欠の部分とみなしていた。したがって、エゴイズムを安易に否定するのではなく、むしろエゴイズムに道徳的内容を付与していくことを考えていた。

〔…〕エゴイズムが倫理的原則となるのは、ただ以下の場合のみである。すなわち、それぞれの人格が、自らの個人的な利益や必要に、他者の利益、国の利益、文明全体の利益を結び合わせ、それらすべてを同じ一つのものとみなし、自己保存やら自己防衛やらの要求が呼び起こすのと同じだけの配慮を注ぎ得るときである。(10)

ベリンスキーによれば、エゴイズムが一般性を獲得するのは、個人が他者の利害を我が事のようにみなす場合に限られる。ベリンスキーは、ゲルツェンが提起した愛とエゴイズムの調停という課題を、個人の利益と一般の利益の調停という社会的な観点から検討している。

このような観点自体はユートピア社会主義の影響に発するものだろう。ゲルツェンもベリンスキーも、フーリエやサン＝シモン派の影響を強く受けていた。ただし、ユートピア社会主義者たちは、基本的にエゴイズムを悪しきものとみなし、それに優る能力を人間のうちに見出そうとした。たとえば、フーリエは人間の根幹に「統一主義」という情念を発見したが、それは「文明社会に基調的な情動の状態である利己主義」の対極に位置するものとしてあった。(11)「統一主義」という根本情念にあって、「個人はおのずから自分の幸福を人類全体の幸福に結びつける」(12)のである。また、サン＝シモン派の人々は、利己心の対極にある「共感」を普遍的アソシアシオン形成の原動力とみなした。中村秀一によれば、アソシアシオンの絆の中心に位置するのは「愛」であり、「愛」のより厳密な定義が、人間に生得的にそなわっている「共感」の感情なのである。(13)

ゲルツェンとベリンスキーは、「特殊的利益と一般的利益とに共通な一つの道を開く(14)」というユートピア社会主義の課題を受け継ぎながらも、エゴイズムに関しては正反対の立場を打ち出した。エゴイズムを倫理的基盤と捉える彼らは、ユートピア社会主義者たちが対極に位置づけた愛とエゴイズムを、むしろ接合可能なものとみなすのである。

ベリンスキーがシュティルナーの「すべてを否定するエゴイズム」を難じるのは、まさにこの点においてである。「[…]真のエゴイズムは、その本性の改善に手を差し伸べてくれる諸力に対し、常に自ら進んで多大な犠牲を払うことだろう[…]」[15]。悪しきエゴイズムは真のエゴイズムによって抑制可能である。「自己の利益についての高度な理解に達せば、たちまち個人は、エゴイズムを抑えるべき唯一のくつわ、堅固で丈夫なくつわを、我と我が身に鍛造する」[16]からだ。

アンネンコフが指摘しているように、このような利己主義はほとんど利他主義に等しい[17]。それはチェルヌイシェフスキーの「理性的エゴイズム」を先取りしている。チェルヌイシェフスキーが『何をなすべきか』で唱えた「理性的エゴイズム」は、ベンサムやミルの功利主義の影響のもとに打ち出された主張である。功利主義は、個人の快楽追求を善としたうえで、エゴイズムの許容範囲を定めるという立場をとった。だが、リチャード・ピースが指摘するように、イギリスの功利主義が自由貿易と資本主義を支えるモラルであったのに対し、チェルヌイシェフスキーの「理性的エゴイズム」は社会主義者たちのためのモラルであった[18]。功利主義は個人の利益に力点を置いたが、チェルヌイシェフスキーとその信奉者たちは「理性的」であることに力点を置いた。合理性はエゴイズムの本質を一変させてしまう。「チェルヌイシェフスキーの小説では、自己放棄が支配的な規範となっている。なぜなら、この小説は、人間の真なる利己心は他者の利己心を配慮することにあると唱えているからだ[19]」。このような考えは、エゴイズムを否定して人間の共感能力を称揚したユートピア社会主義の思想と実質的には変わりない。エゴイズムの力強い肯定は、逆説的なことに、全体のための自己放棄を是とする思想へと行き着いたのである。

以上のエゴイズム論を、〈プロジェクト〉の観点からまとめるならば、次のようになるだろう。「行為」によって「現実の領域」へと赴く人間のエゴは、倫理的な主体として無条件に肯定されるべきものだ。エゴイズムは、行為者を突き動かす「道徳的媒体」であり、人格の核に位置している。一方で、〈プロジェクト〉が目指す未来の目的は、此岸の歴史において「黄金時代の調和」＝直接性を回復することである。したがって、各人のエゴイズムは、抑圧されることもなく、対立することもなく、相互に調和しなければならない。それゆえに、理性的に己の欲望を峻別し、全体のために奉仕することが求められる。真理への信仰と献身を事とする〈ドン・キホーテ〉型の人間は、〈プロジェクト〉における「肯定的主人公」であると同時に、「真正のエゴイスト」でもあったのである。

二―二　エゴイズム論と行為の哲学――サルトゥイコフ＝シチェドリンの『矛盾』を中心に

こうして、ゲルツェンが個我の基礎に据えたエゴイズムは、社会主義的な観点に収斂していくなかで、やがてほとんど自己放棄に等しいところにまで行き着いた。とはいえ、このエゴイズム論はあくまでも「理論」であって、少なくとも今はまだ「現実」ではない。そのような認識は、論者たち自身のうちにもあった。理性的エゴイズムが現実化されるためには、同時に現実を変革しなければならない。この点で彼らのエゴイズム論は、まさしく〈プロジェクト〉と直結することになる。そのことを明示しているのが、サルトゥイコフ＝シチェドリンの小説『矛盾』である。サルトゥイコフがゲルツェンのエゴイズム論の影響を受けていることは明らかである。主人公のナギービンは、エゴイズムについて以下のように述べている。

> 人間がエゴイストであるのをやめたいと欲することは、人間であるのをやめたいと欲することと同じだ。エゴイズムこそ、結局のところ、人間の定義なのだし、本質なのだから。エゴイズムのうちに人間のすべてがある、エゴイズムの外にはただ無個性あるのみ。(S, I, 74)

ナギービンは、エゴイズムを「人格の塩」とみなすゲルツェンと同じ考えを表明している（ゲルツェンの論文は、『矛盾』が『祖国雑記』一一月号に掲載されるよりも早く、同じ年の『現代人』三月号に掲載されていた）。だが、各人のエゴイズムが肯定されるとなると、エゴイズム同士の衝突が起こるのは必定である。

この事態を回避するために、エゴイズムの合理性が強調される。ナギービンによれば、「［…］人間の幸福は調和のうちにあり、幸福はその全エゴイズムが志向する目的である（S, I, 93）」。人間のうちには、「是が非でも、自身のエゴイズムを犠牲にしてでも、生活の矛盾を調停し、矛盾によって置かれた不自然な状態から脱しようとする志向（S, I, 93）」がある。真正のエゴイズムは、全体の調和のために己のエゴイズムを犠牲にすることさえ厭わない。このような見方は、「理性的エゴイズム」をほとんどそのまま先取りしている。

全体の調和を媒介するものとして、ユートピア社会主義の「愛」の概念が持ち出される。「［…］愛こそが引きも切らない矛盾から脱するための唯一の手段となった現在にあっては、［…］ごく当然ながら、愛とは、集合的・抽象的なエゴイズムのために、つまり社会のために、個々人のエゴイズムを放棄することにほかならない（S, I, 94）」。「愛」という手段によって、人間は個人的エゴイズムを放棄して集合的エゴイズムのために働くことが可能となる。ナギービンが唱えるエゴイズム論は、ベリンスキーやゲルツェンのエゴイズム論と合致している。ただし、サルトゥイコフの意図は、主人公に自身のエゴイズム論を語らせることにあるのではない。主人公の恋愛に仮託して、理論の実現可能性を検証していくことこそ、『矛盾』の課題である。

ナギービンは、ターニャと相思相愛の関係にありながら、生活の不如意と恋愛は並び立たないとして、ターニャの愛を拒絶する。「［…］僕は［…］もっぱら自分自身のエゴイズムが教えるところにしたがって行動してきたのだ（S, I, 160）」。ナギービンは個人的エゴイズムのうちにとどまって、ついに「愛」を発動させることができなかった。その結果、ターニャは孤独のなかで死を迎えることになる。

ルドルフ・ノイホイザーの解釈によれば、ナギービンはエゴイズムの原理を体現し、ターニャはユートピア社会主義の愛の原理を体現している[20]。ナギービンとターニャが結ばれないのは、理論の破綻を意味するのではなく、理論と現実の乖離を意味する。ノイホイザーが指摘するように、ナギービンは、フーリエの情念論に拠りつつ、個人の全面的な生を阻む現実の悪を糾弾する[21]。「これは不自然な状態といってもよいだろう。というのも、この場合、人間は自己という有機体のたった一つの面だけで生きているからだ——しかし、この異常な環境にあっては、人間の活動性が完全に調和的に発現することなど、求める方が無理というものだ（S, I, 98）」。愛であれ、生活の欲求であれ、己のうちなる情念をすべて開放することなどできない。パンか愛か、どちらかを選ばなければならない。なぜなら、個人が社会のなかに据えられる場所と、個人の本来的な性向とのあいだには、決定的な齟齬があるのだから。「私たちを殺すのは、エゴイズムの出口が足りないということ（S, I, 105）」なのである。

つまり、理論的に両立可能なパンと愛は、社会システムの欠陥のせいで二者択一的なものとなっている。このとき、主人公は個人的エゴイズムを選び取って、ターニャへの愛をしりぞけるのである。では、この矛盾はいかにして解決されるのか。ノイホイザーによれば、サルトゥイコフの最終的な解答は「行為の哲学」である[22]。愛とエゴイズム、理想と現実、理論と実践、それらを媒介するものは「行為」にほかならない。だが、解決の方策を見出すことは解決そのものではない。ノイホイザーは触れていないが、サルトゥイコフは最後まで主人公を懐疑のなかに放置している。ナギービンは、「行為」の重要性を悟りながらも、「行為」という契機を己のうちに見出すことができない。第一部第一章で論じたように、ナギービンが体現しているのは、〈プロジェクト〉の実践をめぐる「反省」である。

サルトゥイコフには、安易な解決を与えることなく矛盾を矛盾として見つめる眼力がある。とはいえ、サルトゥイコフの作品に一筋の思想的展開を見出すことは困難ではない。サルトゥイコフは、第一に人間の本質としてのエゴイズムを承認する。そのとき生じる「エゴイズム同士の闘争」という問題に対しては、調和の手段としての「愛」に訴え、個人的エゴイズムから集合的エゴイズムへという道筋を示す。だが、目の前に厳としてあるのは、「愛」の発現を阻む社会の悪である。それを根絶するためには、「行為」によって理論と実践、思想と現実を媒介しなければならない。『矛盾』の基底にあるのは、このような思想的展開である。サルトゥイコフのエゴイズム論は、〈プロジェクト〉と相補的な関係にあり、革命的な契機を内包しているのである。

二―三　個か普遍か

以上のように、〈プロジェクト〉に関わる作家たちのエゴイズム論は、「行為の哲学」と相補的な関係を結びつつ、理性的エゴイズムの思想へと収斂していった。一方で、その過程でこぼれ落ちていった論点も存在する。「古い主題への新しい変奏」の第四節で、ゲルツェンは「公正（справедливость）」と「偏愛（пристрастие）」の対立という問題を論じている。前者は学問のもつ特性であり、後者は個我のもつ特性である。「偏愛」が、「我意」と同じく、エゴイズムに通じるものであることはいうまでもない。ここで焦点となるのは、学問の抽象性に対していかに個を擁護するかという問題である。序章で論及したように、ゲルツェンは、学問の抽象性のなかで個我が犠牲に供されるという問題を憂えていた。「学問における仏教」の一節を改めて引用するならば、「理性はこの人格を知らない。理性はただ人格一般の不可欠なることを知っているだけだ。理性は、最高度の公正と同じく、不偏である」。同じ見解は、「古い主題への新しい変奏」のうちにも見出せる。「抽象的かつ無個性なあらゆる判断（数学的、化学的、物理的）の基盤にあるのは公正である。だが、あらゆる個人的なもの、愛や友情の基盤にあるのは偏愛である（H, II, 99）」。「[…]あらゆる偏愛はあらゆる公正よりも上にある――重要なのは、いかなる名のもとに偏っているかということなのだ（H, II, 99）」。ゲルツェンは、学問の抽象的な「公正」よりも、個人の「生きた根源」たる「偏愛」を上位に据え、その偏り方の正しさを問う。

同じ考えをより激越な調子で表明しているのがベリンスキーである。悪名高い「現実との和解」の時期に、ベリンスキーは、個と普遍の関係をもっぱら後者の側に寄って解釈するという極端な立場をとった。自らの非を悟ったベリンスキーは、今度は一転して個的人格を過激に擁護する立場へと飛び移っていく。ボトキンに宛てた書簡の一節で、彼は個を呑み込む「全体」に対し、絶縁状を叩きつける（一八四一年三月一日付）。

ヘーゲルにおいて主体はそれ自体が目的ではなく、全体を瞬間的に表現するための手段でしかない。この全体は、ヘーゲルのもとでは、主体との関係においてまさしくモレク神である。というのも、ひとしきり彼を（その主体を）身にまとった後は、着古したズボンのようにポイと捨ててしまうからだ。(B, XII, 22)

イヴァーノフ＝ラズームニクの卓抜な表現を借りるならば、「今やベリンスキーは、イヴァン・カラマーゾフのように宇宙の調和への入場券をうやうやしくエゴール・フョードルヴィチに突き返す」のである（引用者注――エゴール・フョードルヴィチはヘーゲルの名をロシア風に表したもの）[23]。ベリンスキーにとって「［…］人間の人格は歴史よりも高く、社会よりも高く、人類よりも高い (B, XI, 556)」のだ（一八四〇年一〇月四日付のボトキン宛ての手紙）[24]。

この点においてこそ、ゲルツェンとベリンスキーは、より本質的にマックス・シュティルナーに接している。シュティルナーもまたヘーゲル哲学に反旗を翻し、この私の立場を擁護した。シュティルナーの唱える「唯一者」は、いかなる普遍妥当的な理念にも従属せず、いかなる人間的共通性にも解消されないあり方である。それは、「所与の普遍妥当的な意味を認めず、すべての意味がただ自らの意志のみに根拠をもつとする実存的主体」[25]なのである。

普遍に対する個我の無条件の擁護という点で、ゲルツェンおよびベリンスキーは、シュティルナーの観点を共有していた。しかし、両者のあいだには決定的な差異があった。ゲルツェンとベリンスキーの思想にあっては、「社会」

という要素が一貫して優位にある。「一八四一年以後のベリンスキーの著作のうちには個人の原理を社会の原理の上に基礎づけようとする哲学的意図が一本の赤い糸のように見出される」[26]。ベリンスキーもゲルツェンも、より直接的には、フォイエルバッハの哲学の影響を蒙っている。フォイエルバッハは、ヘーゲル哲学を抽象的な神学と断じ、「人間学」の立場を提唱した。ベリンスキーやゲルツェンを熱狂させた『キリスト教の本質』（一八四一）の要諦は、神の本質とはじつは人間の本質であり、神とは人間が自らの本質を対象化して崇拝する偶像にほかならないという点にあった。フォイエルバッハからすれば、ヘーゲル哲学もまた合理化された神学にすぎず、「絶対的哲学はたしかにわれわれに対して神学という彼岸を此岸にしたが、しかしその代わりにわれわれに対して現実的世界という此岸を彼岸にした」[27]のであった。抽象的な「神」や「精神」へと外化され、当の人間自身から疎外されてしまった人間的本質を、今一度人間のもとに取り返すこと。それこそが「人間学」の根本的立場である。ウサーキナは、ペトラシェフスキー・サークルの思想の基盤に、ユートピア社会主義と「人間学」の融合をみているが、これは西欧派左派の一般的な傾向といってよい[28]。彼らは「人間学」の立場にユートピア社会主義の理論を結合することで、自らの世界観を形成したのである。かくしてベリンスキーは、「人間」を思索の出発点としつつ、個と社会を相補的な関係とみなす。したがって、いったんヘーゲル哲学に反旗を翻しはしたものの、その後は軌道を修正し、個と普遍という枠組みを保持するのである。プーシキン論の第五論文（一八四四）の一節を引用しよう。

全体は個よりも高く、絶対的なものは個性的なものよりも高く、理性は人格よりも高い。これは疑いようのない真実であり、それに対し反駁の余地はない。だが、全体は個のうちに表現される。絶対的なものは個性的なもののうちに、そして理性は人格のうちに表現される。個や個性や人格がなければ、全体も絶対も理性もたんなる観念的な可能性でしかなく、もはや生きた現実ではないのである。（B, VII, 307）

だが、シュティルナーにいわせれば、フォイエルバッハのいう人間的本質もまた、個を超えた類的本質を意味するという点でやはり一つの抽象概念である。フォイエルバッハの「人間」さえ個を支配する抽象概念と断じる彼からすれば、ベリンスキーやゲルツェンの「社会」もまた、個を規定する普遍妥当的な概念の一つでしかないだろう。「唯一者」は、普遍に対する特殊ではなく、個と普遍の関係から切り離された、まさに唯一の存在であるからだ(29)。

このように、ゲルツェンとベリンスキーが本来的にシュティルナーと共有していた哲学的な観点は、社会的観点の優位のうちに後景に退いていくことになる。シュティルナーの受容が、哲学的立場の共通性を認められることのないまま、もっぱら革命的な見地からなされたという事実は、彼らのエゴイズム論の根本関心が那辺にあったのかを示しているといえよう。

以上をまとめるならば、〈プロジェクト〉に関わる作家たちのエゴイズム論は、主として四つの論点に集約されるだろう。

（イ）ロマン主義的自我中心主義に対する批判的検討。
（ロ）専制に対する個人の擁護という政治的論点。
（ハ）個人的利益と一般的利益の合致という社会的論点。
（ニ）個と普遍の関係という哲学的論点。

このうちとくに優位にあったものが（ロ）と（ハ）の論点である。彼らのエゴイズム論は、ロマン主義の「自我中心主義」に対する批判にはじまったが、やがて、エゴイズムの意味と価値が変化し、「行為」する個人のエゴが絶対的に肯定されるようになった。この場合、エゴイズムは「個人主義」とほとんど同義である。さらに、ユートピア社会主義的な観点から「利己主義」を守るための条件が模索されるようになり、それは「理性的エゴイズム」へといたる逆説的な展開をたどっていくこととなった。

以上を踏まえて、グリゴーリエフの立場を改めて検討するならば、第一に、それはエゴイズム論の主流からは逸脱するものであったことがわかる。（ロ）と（ハ）の論点は、グリゴーリエフの思索からはほとんど抜け落ちている。グリゴーリエフにとって中心的な論点は、（イ）であろう。もちろん、グリゴーリエフの問い方は、ベリンスキーのそれとは異なる。グリゴーリエフが見据えていたのは、時代の趨勢のなかで置き去りにされつつあったロマン主義的エゴイストの行方であった。

その一方で、（ニ）の論点はグリゴーリエフもある程度共有していた。しかし、ベリンスキーやゲルツェンが、個と普遍の矛盾に悩みながらも、両者の調停可能性に賭けたのに対し、グリゴーリエフは個と普遍を調停不可能とみなす立場から出発している。前章で論じたように、普遍から切り離された単独の個人を思索の出発点としたグリゴーリエフは、その点でキルケゴールと近しい関係にある。レーヴィットが指摘するように、「時代にたいするキルケゴールの単独化された立場なるものはけっして特殊例ではなく、むしろ一つの典型的な例である。宗教的な意図はもっていなかったとはいえ、彼と時を同じくしてブルーノ・バウアーもシュティルナーも似たような帰結を引きだした」[30]。したがって、グリゴーリエフとシュティルナーも相似た問題圏に立っていたことになる。単独化された立場という点に限っていえば、グリゴーリエフは、ベリンスキーやゲルツェンよりもシュティルナーと近しい。とはいえ、相似た立場に拠っているとはいえ、両者の問題関心はまったく異なっている。シュティルナーのいうエゴイストは、「たんなる絶対的真理のエージェントとしての思惟主体たるにとどまらない個人[31]」を意味する。弁証法的な発展という時間構造をもつヘーゲル哲学において、ある瞬間に現象する個人は、過去の歴史的展開を所与の前提として有していることになる。そうした前提を主体に対する制約とみなすシュティルナーは、弁証法的構造の枠組みから実践的に逃れ出ようとする。[32] 一方、グリゴーリエフにとってのエゴイズムは、シュティルナーのような自律的なエゴを称揚するものではない。それは、拠って立つべき思想的立場ではなく、突き詰めて考察すべき問題的状況である。グリゴーリエフの「漂泊」は、普遍から切り離されているゆえに、自己の拠って立つところ＝故郷を反省的に希求しつづける精神運動を指す。そうした漂泊者が胚胎する「エゴイズムであってエゴイズムでない」という逆説的事態こそ、グリゴーリエフの関心事なのだ。無限に循環する反省のなかを、直接性への飛躍を願いながら、空虚なエゴを抱えてさすらう。ロマン主義的エゴイストのなれの果ては、グリゴーリエフ自身の実存的問題であるといえよう。その行き着く先を見究めようとするグリゴーリエフの試みは、ロマン主義的エゴイストが過去のものとなりつつある時世にあっては、なおさら孤独なものだった。

次節からは『多数のなかの一人』の具体的な分析に入り、本節で検討した諸論点と対比させながら、グリゴーリエフの表現するエゴイズムの諸相を詳らかにしていきたい。

三　空虚な自我と対等な他者——『多数のなかの一人』の分析

三—一　グリゴーリエフのカウンター的立場——主体の自律性をめぐって

ゲルツェンやベリンスキーのエゴイズム論は、彼らの基本的な人間観を示している。人間は「人格の塩」であるエゴイズムを有する。人間は、自律的に何かを愛し、求め、かつ理性的に欲望することができる。これが彼らの基本的な人間モデルといってよい。〈プロジェクト〉に関わる作家たちは、こうしたモデルを前提に、主体の自律性を阻害する社会の悪を批判し、あるいは、個人の利益と一般の利益が和合する理想社会を考察したのだった。

グリゴーリエフの主人公が、このような人間観と相容れないことは明らかだろう。性格喪失者であるズヴァニンツェフは、もはや自律的に欲望することはできないし、ましてや自らの欲望を理性的に見定めることなどできない。グリゴーリエフは主体の自律性という前提に疑問符を突きつけているのである。以下、主人公のふるまいに即して、その空虚な自我のあらわれを浮き彫りにしていきたい。

三―一―一　心がないスフィンクス

『多数のなかの一人』の主筋をなすのは、主人公によるセーフスキーの恋愛への介入である。セーフスキーは、過保護の母親との関係に苦しみながらも、従順な息子としてふるまい、リディヤへの愛を貫くことができない。優柔不断なセーフスキーに対し、ズヴァニンツェフは仲人の役を演じ、若い二人を結び合わせようとする。しかし、この介入はじつに謎めいている。そもそも調停者という役柄は、セーフスキーとの関係においてまったく一定していない。ズヴァニンツェフはセーフスキーの行く先々で姿を現す。セーフスキーから見れば、ズヴァニンツェフは得体のしれない干渉者であり、その神出鬼没ぶりはまさしく悪魔的という形容がふさわしい。実際、セーフスキーの目に、ズヴァニンツェフの笑みは「悪魔の冷笑（G, I, 410）」として映っている。

この不可解な干渉者に対し、セーフスキーは不審や恐怖や憎悪を覚えるのだが、彼の恋が隘路に行きあたったとき、実際にズヴァニンツェフは母親を説得して手際よく婚約をまとめてみせる。セーフスキーとの関係において、ズヴァニンツェフは、悪魔的な冷笑者、エゴイスティックな干渉者、冷静沈着な調停者、同情的な支援者、といったさまざまな面相を見せることになる。

しかも、これらの相異なる面相は、脈絡もなく矢継ぎ早に入れ替わる。セーフスキーとのある対話の場面で、ズヴァニンツェフの表情や口ぶりに付される形容に着目してみよう。順番に並べてみると、次のようになる。「嘲笑的な感じ」「もはや嘲笑的ではなく、むしろ厳粛に冷淡に」「どこか哀切な、妙に哀願するような、同時に魅惑的な表情で」「冷淡に」「嘲笑しつつ」「半ば冗談めかして、半ば悲しげに」「震えをおびた、ほとんど懇願する調子で」「やや嘲笑的なアクセントをつけて」「訳もない憂鬱と、何か運命の無言の従順のようなものを示しながら」(G, I, 340–342)。ズヴァニンツェフの変わり身のはやさは、もはやほとんど名人芸といってよい。語り手も書いている。「この人物のうちでは、虎の狡知がたちまちにして炎のような女性的な衝動に取って替わるのだ (G, I, 342)」と。目まぐるしく変化するズヴァニンツェフの態度に、一貫した論理を読み取ることはできない。それはセーフスキーやリディヤといった登場人物にとっても同じことだ。ズヴァニンツェフは彼らからくりかえし「心がない」と形容され、スフィンクスに擬えられる。

リディヤはふたたび彼に目を向けた。ふたたび目にしたのは、同じ無感動な表情であり、それはエジプトのスフィンクスの平静さを思い起こさせた。(G, I, 394)

ズヴァニンツェフの顔はスフィンクスの表情のように平静であり、――せめて人間的な共感の片影でもないかと探したところで骨折り損に終わるだろう。(G, I, 400)

[…] しかし、肝に銘じておかなきゃいけない、この男には、こ̀う̀い̀っ̀た̀類̀の̀人間にはだ、心がない、一切心というものがないのだ。(G, I, 403–404)(引用者注――ズヴァニンツェフの過去を知るブラガという人物が、友人のセーフスキーに語るセリフ)

彼らにとってズヴァニンツェフは不可解な謎である。だが、ここで注意しなければならないのは、おそらくは彼自身にとっても己の心は空白に満ちているということだ。その変わり身のはやさが明かしているのは、屈折した複雑な性格というよりも、むしろ「演技力」なのではないか。ヴィターリン三部作にはこう記されていた。「自分の役柄を演じるのは朝飯前のたやすいことだった。というのも、実際、現代にあっては、そうした役柄を演じることなどたいして難しくもないからだ」。演技的な時代における演技的な人間の演技的な巧みさを、ズヴァニンツェフは最大限に示している。本質的な情熱、直接的な欲望が欠如しているからこそ、彼は何の脈絡もなくさまざまな仮面をまとってみせるのであって、その変身には彼自身にとっても一貫した論理などない。それは自律的でも、ましてや理性的でもない、いわば空虚な自我の戯れなのである。

とはいえ、ズヴァニンツェフのさまざまな面相のうち、恋の支援者という面相が優位にあることは確かである。なぜズヴァニンツェフはセーフスキーの恋愛に干渉するのか。その理由をたんに空虚な自我の戯れとして片づけてしまうことはできない。項を改めてこの問題を検討していこう。

三―一―二　無能な自我の遠心運動

ズヴァニンツェフは、セーフスキーに付きまとう理由を一応は明かしている。「私は君のことが好きだ、私は君のうちに自分自身を、自分の青春を愛するんだ（G, I, 341）」。「君とリディヤは私の最後の創造物となるだろう（G, I, 342）」。ズヴァニンツェフは、実を結ぶことのなかった自分の青春（破綻したマリーとの恋愛）を、セーフスキーを代理とすることで成就させようとしており、そのために彼を操作しようとしているのである。だが、おそらくこれは表層的な動機でしかない。他者の恋愛への介入は、主人公の内的真実を明かしている。ズヴァニンツェフは、他者に対する悪魔的な影響力を有しながらも、その力を自身の直接的な欲望のためには用いない、あるいは用い得ない。なぜなら、そもそも直接的な欲望が欠如しているからである。

ズヴァニンツェフはセーフスキーに語る。「私は君を愛し、君のうちに己を愛するだろう、そして君を己にするだろう（G, I, 342）」。セーフスキーを己の分身とし、自由にあやつることで、己の欲望を成就する。ズヴァニンツェフが披瀝しているのは、自我中心主義的な恐るべき願望だ。とはいえ、ここで先行しているのは、セーフスキーの欲望である。リディヤに対するセーフスキーの欲望が先在しており、そこに介入することで、はじめてズヴァニンツェフは自己の欲望を発動させることができるのだ。しかも、この関係においてズヴァニンツェフは欲望の直接的な享受者となることはできない。三角関係の核にあるのはセーフスキーの欲望であって、仮に彼の恋愛が首尾よく成就した暁には、ズヴァニンツェフは蚊帳の外に置かれることになる。一見、主導的な立場にあるかのように見えるズヴァニンツェフは、じつは従属的な立場に置かれているのである。

ズヴァニンツェフはいわば他者の欲望への寄生者である。自発的な欲望を欠いているからこそ、他者の欲望に寄生し、それに介入することで束の間に自己の空虚を埋めようとする。ここに、ルネ・ジラールの「欲望の三角形」の一変種を見ることもできるのではないか。ジラールは欲望のうちに主体・媒体・対象からなる三角形の構図を見出した。欲望する主体と欲望される対象は一直線に結ばれているのではない。主体の欲望は、先在する第三者の欲望を模倣することで生じるのだ。つまり、モデルとなる他者を介することで発生するのであって、欲望の構造には常にこうした媒介作用が存在するのである。たとえば、フローベールの『ボヴァリー夫人』では、エンマ・ボヴァリーは過去に耽読したメロドラマをモデルとして男たちを欲望する。ドストエフスキーの『未成年』では、主人公のアルカージイは父親のヴェルシーロフが愛する女性を父に倣って欲望する。

ジラールの理論は、自我の自律性というロマン主義的な幻想を解体するものだ。欲望は自発的なもので、「ほとんど神の如き自我の無からの（ex nihilo）創造である」[33]。このような幻想は、啓蒙の時代とロマン主義の時代を経て、一九世紀のヨーロッパでほとんどドグマと化した。たとえば、ベリンスキーやゲルツェンのエゴイズム論も主体の自律性という信仰に支えられている。彼らの考えでは、主体は、自発的に対象を欲望し、理性的に欲望を取捨選択することができる。

欲望に三角形の構造を見出すジラールの理論は、そうした幻想を根底から突き崩す。主体の欲望を他者による欲望として描いたという点で、グリゴーリエフは、欲望の自律性を信じる「ロマンティーク」な作家たちよりも、欲望の真実をさらす「ロマネスク」の作家たち（セルバンテス、スタンダール、フローベール、プルースト、ドストエフスキー）により近いといえるだろう。もちろん、厳密にいうならば、ズヴァニンツェフはセーフスキーの欲望を自己の欲望として模倣するわけではない。しかし、主体であるズヴァニンツェフの欲望は、先在するセーフスキーの欲望を媒体とすることで発生している。ズヴァニンツェフのふるまいは、まさにジラールのいうところの「自分自身で欲望することのできない無能な自我の遠心運動」[34]なのだ。

一方、グリゴーリエフの力点は主体と媒体の関係性に置かれているわけではない。その点で、ジラールのいうロマネスクの作家たちとは異なっている。ジラールが剔抉した媒介関係の複雑な諸相（嫉妬、憎悪、二重媒介、サディズム、マゾヒズムなど）を、ズヴァニンツェフとセーフスキーの関係に読み取ることはできない。しかし、自我の自律性という幻想への狙い撃ちという点に限っていえば、グリゴーリエフの表現はきわめて鋭利なものといってよいだろう。ズヴァニンツェフとセーフスキーは外的には明らかに支配―被支配の関係で結ばれている。しかし、内的関係においては、ズヴァニンツェフはセーフスキーの欲望に寄生しており、その意味でセーフスキーに従属している。よりモデル＝媒体となるにふさわしいカリスマが、その実、他者の欲望への寄生者であるということ。この落差は、自我の自律性という神話に対する強力な一撃となっている。グリゴーリエフはロマン主義的自我崇拝者のなれの果てを、他者の欲望への寄生者というかたちで提示してみせたのである。

物語に話を戻せば、ズヴァニンツェフはその後、仲介者の役を脱してリディヤを自ら欲望するようになる。あたかもジラールの理論を例証するように。しかし、この点に関しては、欲望の模倣ではなく、むしろまったく別の契機を読み取るべきと考える。すなわち、反省の彼方にある直接性への希望である。いかにして、空虚な自我は「生を花開かせることのできる国」へと飛躍できるのか。主人公とヒロインの関係に表れているのは、そのような積極的な希求なのである。

三―二　対等な他者を求めて

三―二―一　エゴイズムである愛、エゴイズムでない愛

自己の空虚をいかに克服すべきか。この問いに対し、グリゴーリエフの探求が向かう先は「愛」である。それ自体はきわめてありふれた行き先だが、グリゴーリエフは「愛」へといたる道程を独自の観点から思い描いている。そのとき浮上してくるのが「対等な他者」という思想である。本節では、ズヴァニンツェフとアントーシャという二人の登場人物に着目することで、「愛」と「対等な他者」をめぐるグリゴーリエフの思索を浮き彫りにしていきたい。

前章の第四節で論じたように、最初期のグリゴーリエフはロマンティック・ラヴの理想に心をとらわれており、女性との恋愛を介して絶対的なものへいたることを希求していた。だが、そのようなロマン主義的憧憬は幻滅とともにすでに過去のものとなっている。グリゴーリエフは、ヴィターリン三部作の語り手にこう語らせている。

［…］エゴイズムは生活の基礎である、エゴイズムは愛にほかならないから。

それにエゴイズムでない愛など存在しない。
なぜなら、エゴイズムが自ら知るのは自分なのであり、自分のなかでただ愛に値するものだけを、美しいものだけを愛するからだ。（G, I, 309）

自己意識にとらわれたエゴイストにとって、愛とは結局のところ自己愛にほかならない。したがって、「エゴイズムでない愛など存在しない」。語り手は別の箇所でこう述べている。「私たちはかくある通りの私たちでしかなく、私たち自身がそこに映し出されている女性だけしか愛することができないのだ（G, I, 306–307）」。エゴイストは他者のうちに自らが投影したイメージを愛するのであって、その愛は本質的に他者を必要としない自己完結的なものだ。ここに示されているのは、エゴイストにとっては愛もまた自己意識の閉ざされた循環のうちにあるという認識である。

しかし、エゴイズムを超える契機を自己のうちにもたないエゴイストにとって、自己意識の空虚な循環を脱するためには、もはや他力にたよるほかはない。そこでふたたび「愛」が希求されることになる。

ここで注目すべきは、『二つのエゴイズム』において、「エゴイズムでない愛」の存在が示されていたことだ。本章第一節で論じたように、『二つのエゴイズム』はエゴイズムと愛の対立を描いている。エゴイズムと愛が対立するのは、両者が異なる境域にあるからにほかならない。ドンスカヤに対するスタヴーニンの愛、スタヴーニンに対するドンスカヤの愛は、エゴイズムのうちなる自己愛ではなく、エゴイズムを越えたところに成立している。ドンスカヤは語っていた。「私は愛した……私と対等な人を、／私より低くもなく高くもない人を……」と。すでに論じた通り、自我中心主義者にとって、他者との関係は必然的に非対等なものとなる。基本的にエゴイストは、倨傲な自尊心か、あるいは自己を苛む劣等感とともに他者に対する。他者との関係は、これまた肥大した自己意識のうちに取り込まれてしまうのだ。「私と対等な人」とは、自己意識の閉ざされた世界の外部にいる存在と捉えられるだろう。対等な存在への愛は、エゴイズムを越えたところに生じており、だからこそエゴイズムと折り合わない。ここに示されているのは、まさしく「エゴイズムでない愛」の可能性である。

だが、『二つのエゴイズム』では、スタヴーニンもドンスカヤもエゴイズムの圏域にとどまったまま、ついに相互的な愛の関係に入ることはできなかった。いかにして閉ざされたエゴを「エゴイズムでない愛」へと開いていくのか。この問題は『多数のなかの一人』へと持ち越されることになる。この作品で、グリゴーリエフは改めて対等な他者の存在を追究していくのである。

三―二―二　対等な他者の希求

①　ズヴァニンツェフの場合

セーフスキーの欲望に介入し、若い二人の仲介役を演じていたズヴァニンツェフは、最後に自らリディヤの恋人の座におさまってしまう。ここに潜在しているモチーフこそ、「対等な他者の希求」にほかならない。

ズヴァニンツェフは一見して悪魔的な誘惑者のように見える。彼はリディヤに対して悪魔の役割を担い、リディヤを誘惑し変身させる。一方、リディヤのうちにもズヴァニンツェフと同じ自尊心が眠っている。「無意識のうちに、彼女はおそらく、当のズヴァニンツェフと同じくすべてを軽蔑していたのだ (G, I, 370)」。ズヴァニンツェフの嘲笑的な態度に反発していたリディヤは、やがて、その敵愾心がじつは愛の裏返しであることに気づいていく。少女は、「悪魔」ズヴァニンツェフの影響のもとに変貌を遂げるのだ。しかし、さなぎから羽化した少女は、悪魔と同じ魂をもつゆえに、当の悪魔と闘争関係に入ることになる。それがグリゴーリエフの韻文作品における基本プロットだった。『二つのエゴイズム』の展開と同じく、「二人は無言の傲岸な苦しみのうちに別れる」運命にあるはずである。

ところが、レールモントフの詩に即したこのプロットは、『多数のなかの一人』では踏襲されない。闘争するはずの二人は、最終的に和解の関係に入っていく。悪魔と悪魔に誘惑される少女という関係は表面的なもので、両者の関係の真実はむしろ、リディヤがズヴァニンツェフを変貌させるという点にこそある。

　最後、ズヴァニンツェフはリディヤにある期待を打ち明ける。「僕が愛せるのは自分と対等な人だけなんだ［…］(G, I, 418)」。「心のないスフィンクス」の内奥には、じつは対等な存在への期待が潜んでいる。空虚なエゴイズムの外へ跳躍するための突破口となるのは、おそらく対等な他者を措いてほかにない。彼の期待に応えるように、リディヤは対等な他者の可能性を自ら開示してみせる。小説の終盤で交わされる主人公とヒロインの対話を見てみよう。

「君はいま夢中になっているんだ、僕がロマンティックな救済者として現れたものだから。しかし、こうしたことが全部あらかじめ用意された舞台にすぎないと言ったら、君はどうする？……」

「かまいはしないわ」少女は叫んだ。「あなたを愛してる」

「少なくとも、君の運命も自分の役回りも僕があらかじめ見越していたのだとしたら」

「愛してる」

「君が僕を愛するようになるって、最初に会ったときから僕が確信していたのだとしたら」

「ズヴァニンツェフ！……」

「僕がこう思っていたのだとしたら――彼女は僕の奴隷になるにちがいないと」

リディヤはさっとソファーから飛び上がると、青ざめふるえながら彼の前に立った。

「こんなことはもう知っているのだとしたら」ズヴェニンツェフは限りないやさしさをこめて続けた。

「この人はわたしを愛している！」少女は叫んだ。ズヴェニンツェフのもとに身を投げ出し、その胸に顔を押し当てた。

「そう、僕は君を愛しているんだ、僕の天使」彼はそう言うと、ひしと熱っぽく彼女を抱きしめた……。(G, I, 418–419)

愛を打ち明けるヒロインに対し、ズヴァニンツェフは懐疑的な問いを続けざまに投げかける。この一連の問いは、ズヴァニンツェフが自我即世界の独我的世界にとらわれていることを暴露するものだ。独我的世界では、「わたし」の視界がそのまま世界の境界となる。自我が浪費されるほどに、世界は乏しくなり、それだけいっそう既視感も増す。とすれば、ズヴァニンツェフが見ているリディヤもまた、彼を唯一の観客とする、彼のうちなる舞台で、彼が当に知っている役柄を演じているだけなのではないか。「僕があらかじめ見越していたのだとしたら」「最初に会ったときから僕が確信していたのだとしたら」「僕がこう思っていたのだとしたら」「こんなことはもう知っているのだとしたら」。くりかえされる問いは、そのような懐疑の表れと読めるだろう。

一方で、それは切実な期待の表れでもある。彼が必死に確かめようとしているのは、リディヤの愛が、彼自身の自我の世界の内部にあるのか外部にあるのか、という問題である。エゴイズムの閉ざされた圏域の外にある他者の愛。ズヴァニンツェフはその存在をリディヤのうちに見きわめようとしているのだ。

ズヴァニンツェフの期待を確信に変えるのはリディヤであり、彼女は相手の懐疑を一蹴して、「愛している」とくりかえす。それだけではない。リディヤは「この人はわたしを愛している！」と高らかに叫ぶ。その声は、ズヴァニンツェフのエゴイズムの圏外で響いている。リディヤの力強い断定は、彼があらかじめ見越していなかった出来事なのではないか。リディヤを含む登場人物たちにとって、ズヴァニンツェフは「心のないスフィンクス」としてあった。リディヤはここで、いわばスフィンクスの謎を解いてみせたのだ。おそらくは当の本人にもわからなかったにちがいない謎を。ズヴァニンツェフの心という謎に対し、彼女は「この人はわたしを愛している！」という答えを与えた。

彼女の答えはズヴェニンツェフの懐疑を突き破り、「そう、僕は君を愛している」という応答を引き出すことになる。グリゴーリエフにとって、「対等な他者の愛」とは、自己意識の閉じられた循環を破って食い入ってくるような直接的な情熱を意味している。グリゴーリエフは、他者の真率な情熱の力に、無性格へと陥ったエゴイズムからの活路を思い描こうとしたのである。

② アントーシャの場合

このようなグリゴーリエフの希求を否定的なかたちで裏付けているのが、アントーシャである。ズヴァニンツェフとアントーシャは対になるキャラクターとして造型されている。アントーシャのうちにも同じく自我中心主義的な欲求がある。だが、彼は借金を重ねて他者に寄食し、自己を卑下しつつ生きる身上となった。ズヴァニンツェフとアントーシャの対照は明らかで、肥大した自我意識を共有しつつも、かたや自己をすべての高みに据え、かたや自己をすべての低みに据えているのである。

語り手はアントーシャの外見を次のように描写している。

概して、彼の容貌には何かうすぼんやりしたものが漂っており、彼のいかなる動作にも何やら常軌を逸した放心ぶりがあらわれ出ていた。異常な放心、それはもっぱら一つの考えに頑なにとらわれている人間、あるいは頭のなかに何の考えももっていない人間についてまわるものだ。時折、そのぼんやりしたまなざしに、高尚な知性の神々しいきらめきに似たものが光ることもあったが、それとても愚かしい放蕩によってたちまち曇ってしまうのだった。大体が、彼を一目見てわかることといえば一つしかなかった。つまり、この人間は中心と平衡をすっかり失っているか、あるいは今なおそれを空しく追い求めているか、ということである。(G, I, 343)

中心と平衡を失い、何の考えもなく、ただぼんやりとした放心状態にある人間。アントーシャもまた性格喪失者の群れのなかにいる。ズヴァァニンツェフが自己崇拝の果ての空虚に落ち込んでいるとすれば、彼は自己卑下の果ての空虚に落ち込んでいるのである。

ズヴァァニンツェフが無造作に大金を賭けるのを目撃したアントーシャは、状況を打開すべく、一計を案じてズヴァァニンツェフのもとへ赴く。そして、あくまでも対等の立場から自発的な提供というかたちで金銭を与えてくれるように要求する。折からアントーシャに共鳴するものを感じていたズヴァァニンツェフは、彼の真意を察して金銭を与えたうえ、さらには共同生活を提案する。こうしてアントーシャは、過去の寄生生活をすべて清算し、はじめて主従関係ではない対等の関係を他者と結ぶことを得た。

ところが、ズヴァァニンツェフと外面的には対等の友情で結ばれながら、それでもなおアントーシャは自らを卑しめる自己意識から逃れることができない。「寄生者」という状態は、内面的にはまだ清算されていないのである。やがてアントーシャはズヴァァニンツェフに救われた瞬間を呪うようになる。一方が救済者である以上、すでにして二人の関係は対等でないからだ。「[…] しかしなんだってこんな定めなのか、人生で出会うのといったら自分より高い人か低い人ばかりで、対等な人にはめぐりあえない (G, I, 390)」。アントーシャの自問に示されているのは、対等な他者の存在を願う心の希求である。「寄生者」という自己意識を打ち砕いてくれるような他者。そうした存在をアントーシャは絶望的に求めている。だが、彼の希望はすでに失われてしまっていた。彼にとって人生は「第四幕で停滞している未完のドラマ (G, I, 389)」のようなもので、あとはただ幕切れの時を待つことしかできない。行きづまったアントーシャは、ズヴァァニンツェフに遺書を残して永久に姿を消すのである。

外的環境が変わったところで、アントーシャは自己規定から逃れることはできなかった。己のみに関わる自己意識は、その循環を自ら断ち切ることはできない。アントーシャの最期は、エゴイズムを超える契機をそのうちにもたないエゴイズムの末路を示している。

ズヴァニンツェフとアントーシャは、互いにとって「対等な他者」となり得る存在だった。他者に無関心なズヴァニンツェフも、アントーシャには例外的な共感をみせている。しかし、結果としてズヴァニンツェフは、リディヤが自分にしてくれたことをアントーシャにしてあげることができなかった。じつは、アントーシャはそれ以前にも一度ピストル自殺を試みている。その場に偶然居合わせたズヴァニンツェフは、自殺を引きとめはしたが、それ以上の働きかけはしようとしなかった。アントーシャの自己意識の袋小路を打開するどころか、ともに生きるか否かの判断をアントーシャにすべてゆだねてしまうのである。「しかし、君に言った通り――君の意志しだいさ！　つらいことだ、君にとっても僕にとっても独りで生きるのはつらいことだ、しかしそれでも嘘をつくよりは、奴隷のように辛い生活に耐えるほうがましじゃないか（G, I, 390）」。ともに生きるか別れるか、その選択をゆだねられたアントーシャは、ズヴァニンツェフのもとに留まることを選ぶが、これは自殺の瞬間を先送りしたというにすぎない。アントーシャはふたたび「寄生者」の状態に後戻りし、自己意識の循環のなかに追いやられるのだ。

性格喪失者にとって自己の意志ほど不確かなものはない。ズヴァニンツェフの心の謎を解いたのは、リディヤという他者だった。同様に、アントーシャの現況を決定的に変更できるのは、彼自身の意志ではなく、むしろ対等な他者の存在のはずだった。だが、ズヴァニンツェフはアントーシャの自己意識を突き破るような言葉をかけることができず、最終的な解答を彼の意志にゆだねてしまう。ここに両者の命運を分けた岐路があった。

ズヴァニンツェフとアントーシャの対照によって、グリゴーリエフは「対等な他者の愛」という可能性を描いてみせた。「わたし」の閉じた自己意識の圏外にあって、その圏を破って否応なく働きかけてくる「あなた」の力。グリゴーリエフが新たに夢見た「愛」とはそのようなものだった。

その観点の特異性は、ゲルツェンらのエゴイズム論と対比することで、より鮮明になる。ベリンスキー、ゲルツェン、サルトゥイコフ＝シチェドリンは、「エゴイズムは理性的に働かせることで他者への愛と合致し、かくして個人的利益は社会的利益と調和する」と考えることで、愛とエゴイズムの矛盾を調停した。彼らは自律的な主体を出発点とし、もっぱら自己から発し、自己が律する欲求を考察の対象としている。他者からの作用という要素はほとんど考慮されていない。また、個人対個人の関係がそれ自体で問われることはなく、愛はもっぱら社会という集合的な基盤のうちに位置づけられている。つまり、「わたし」を基点とする、「わたし」と「わたしたち」の調和が考察されているのである。

一方、グリゴーリエフが目を向けるのは、社会という全体的な基盤に拠らない、たんなる「わたし」と「あなた」の関係であり、「あなた」から「わたし」への作用である。自らを救うことのできない性格喪失者はいかにして救われるのか。グリゴーリエフの思索は、一八四〇年代ロシアの思想的状況に独自の観点を付け加えるものだ。そのアクチュアリティを、節を改めてさらに追究していくとしよう。

四　偶然・邂逅・対話

本節では、前節で確認した「対等な他者」というイデーの意義を、歴史的な系譜のなかで、および共時的な広がりのなかで、考察していきたい。

ズヴァニンツェフとリディヤが互いに愛を告白し合う場面に立ち返ってみよう。リディヤの応答はズヴァニンツェフがあらかじめ見越していなかった出来事としてあった。ズヴァニンツェフにとってそれは、独我的世界の停滞を打ち破る「驚き」としてあったはずだ。哲学者の九鬼周造は、「驚きの情」を論じた論文で次のように指摘している。

［…］驚きという情は、偶然的なものに対して起る情である。偶然的なものとは同一性から離れているものである。同一性の圏内に在るものに対しては、あたり前のものとして、驚きを感じない。同一性から離れているものに対して、それはあたり前でないから驚くのである。(35)

自我即世界の「同一性の圏内」にあったがゆえに、グリゴーリエフの主人公たちは「退屈」「倦怠」「無関心」にとらわれていた。同一性の圏外から届いたリディヤの声は、ズヴァニンツェフに「驚き」の情を呼び覚まし、無性格からの飛躍の可能性を示すのだ。

「偶然」という観点からなされた九鬼の「驚きの情」論は、本研究にとっても示唆に富む。九鬼の偶然論は他者論への広がりを有しているからである。九鬼によれば、偶然性とは必然性の否定であり、必然性とは「甲は甲である」ということ、すなわち、ある存在の根拠がそれ自身のうちにあるような、同一性の謂にほかならない。必然または同一の否定である偶然は、したがって、甲と甲ではない乙の二者がめぐりあうところに生じる。

［…］偶然は遭遇または邂逅として定義される。［…］偶然性の核心的意味は「甲は甲である」という同一律の必然性を否定する甲と乙との邂逅である。(36)

必然性が同一者の同一性の様相的言表であったに反して、偶然性とは一者に対する他者の二元性の様相的言表にほかならない。必然性は「我は我である」という主張に基いている。「我」に対して「汝」が措定されるところに偶然性があるのである(37)。

九鬼の言葉を借りるならば、リディヤの存在は、ズヴァニンツェフに対する「汝」としてあり、彼女との出会いは、循環する自己意識の同一的世界を否定する「偶然」＝「邂逅」としてあったのではないか。「驚き」「偶然」「邂逅」「我と汝」。これらの契機は、グリゴーリエフの立場をより広いコンテクストのもとに捉え直していくための可能性を示している。

以上を足がかりとして、以下、二つの方法でグリゴーリエフの思想的立場を探究していきたいと考えている。第一に、「偶然」「邂逅」という主題のもとに再度レールモントフ『現代の英雄』を取り上げ、補論というかたちで詳細に論じ、グリゴーリエフとの隠れた近縁性を探る。第二に、「対話的原理」という主題のもとにフォイエルバッハとの接点を探る。

四―一　〈補論〉隠された偶然――「運命論者」を中心とする『現代の英雄』試論

四―一―一　人生と台本

先述したように、グリゴーリエフの主人公たちは演技的な時代の演技的性格を体現していた。人生は、彼らにとって既知の台本のようなものだ。「退屈」にとらわれながらも、彼らは所与の役柄を惰性で演じつづける。同様の問題は、『現代の英雄』のうちにすでに表現されていた。

『現代の英雄』のうち、人生と台本の関係がとりわけ主題化されているのが「公爵令嬢メリー」の章だろう。カフカスの保養地を舞台に、バイロニズムの模倣者グルシニツキーと、彼のふるまいをバイロニズムに即して読解する公爵令嬢メリーが登場する。「グルシニツキーの目標は小説の主人公《ヒーロー》になることだ（L, VI, 277）」。グルシニツキーは、士官候補生という身分ながら、兵隊外套を誇らしげにまとい、あたかも決闘事件を起こして一兵卒に降格されたかのように自己を演出する。メリーはメリーで、グルシニツキーの演技を彼の望む通りに受容する。二人は西欧由来のロマン主義文学を「台本」として自らの「人生」を演じるのだが、演じていることには無自覚のままだ。一方のペチョーリンは台本の中身を知り抜いており、二人の恋愛遊戯を自在にあやつり、もてあそぶ。グルシニツキーの演技と模倣を喝破するペチョーリンにとって、彼の恋は「物語の発端（L, VI, 286）」であり、ペチョーリンはこの物語に自ら演出する展開と結末とを付与しようとするのである。(38)

一方で、ペチョーリン自身、所与の台本のうちにとらわれている。山路明日太は、演劇的人生の虚構性を自覚しながらも自ら演劇的人生を生きてしまうペチョーリンのアイロニーに着目する。ペチョーリンは、「前時代的な演劇性を認識し他者の演技を暴き出していながら、退屈を紛らわす筋書を敢行することによってまさに演劇的な人生をたどってしまう。［…］何かの模倣であってはならないと思いながら、模倣でしかありえない閉塞性が彼の行動全体から滲み出している(39)」。グルシニツキーのバイロニズムを暴露するペチョーリンだが、当人もバイロニズムを免れてはいない。ペチョーリンは、グルシニツキーのメタの次元で、いっそう先鋭に時代の模倣性を体現してしまうのである。

本書では、この問題をさらに主人公の自己意識のレヴェルで問うてみたい。ペチョーリンは、自身の置かれたアイロニカルな状況をいかに意識しているのか、あるいはしていないのか？　ペチョーリンは、自らもしばしば所与のモードに則ってふるまっていることをいかに意識しているのか、あるいはしていないのか？

たとえば、ペチョーリンはしばしば「退屈」をかこつ。「退屈」なのは人生が既知の台本であるからだ。ペチョーリンには、グルシニツキーやメリーの行動＝演技が手に取るように読めてしまうのである。「メリーは自分のことを不満に思っている。自分の冷淡さを責めている！　おお、これは最初の勝利、意義のある勝利だ。明日はこの埋め合わせをしたがるにちがいない。私には何もかも手に取るようにわかる、だから退屈なのだ！（L, VI, 314）」。だが、

「退屈」を訴えることも、これまた一つのモードである。「退屈」を嘆くペチョーリンは、グルシニツキーと同じ無自覚な役者に化けてしまう。その虚構性を暴露するのは、ペチョーリンではなく、全体の編集者たる紀行作家である。前章第一節で引用したように、「ベラ」の章で、紀行作家は次のように語っていた。「[…] 幻滅は、あらゆる流行と同じく、社会の上層からはじまって下層へと降りていき、そこで着古されつつある。だから今では、誰よりも退屈を感じ、そして実際に退屈している連中は、この不幸を悪習かなんぞのようにひた隠しにしようとする（L, VI, 244）」。このまなざしを自己意識のうちに取り込んでいるのがグリゴーリエフの主人公だった。一方、ペチョーリンの意識のなかで、この問題は十分に意識化されていない。「退屈」すらモードであることを意識した人間は、うかつに「退屈」を語らないだろうが、そうした匙加減の難しさはペチョーリンの意識の外にある。ペチョーリンの自己意識が意識しないところ。ペチョーリンの反省が素通りしてしまうところ。そのような空白の領域が、じつはテクストのうちに陰に仮構されているのではないだろうか。

現に、ペチョーリンが気づかないだけで、台本の外にある出来事はテクストのうちに起こっている。この点で着目すべきは、ペチョーリンの過去の恋人ヴェーラの存在である。

ヴェーラの出現は、ペチョーリンにとって不意の予想外の出来事だった。友人の医者ヴェルネルを通して「右頰にほくろのある女」の存在を知ったペチョーリンは、ヴェーラであることを確信して愕然とする（「「ほくろ！」私は歯のすき間からぶつぶつ言った。「まさか？」（L, VI, 287）」）。その後、ヴェーラと再会したペチョーリンは、ヴェーラが結婚したこと、夫とともに保養地に滞在していることを知る。さらに、ヴェーラがメリーの遠戚にあたり、メリー宅に足げく出入りしていることを知って、疑われずして逢瀬の機会を得るために、メリーに言い寄ることを約束する。ヴェーラとの偶然の再会によって、ペチョーリンの台本は書き換えを余儀なくされるが、ペチョーリンはそれすら織り込み済みであるかのようにふるまい、「退屈」しのぎの遊戯というポーズをくずさない。「私は、疑いの目を避けるためにも、一家と近づきになって令嬢に言い寄ることを約束した。そういうわけで、私の計画はいささかもじゃまされない。お楽しみはこれからだ！（L, VI, 294）」。

ここに、ペチョーリンの意識のありようが表れている。ペチョーリンは、台本の外にあるはずの出来事をそれとして意識することなく、台本のうちなるものとして処する。台本を超える出来事が確かにあるにもかかわらず、ペチョーリンはそれでも「退屈」を訴えるのであり、しかも、このことによっていっそう際立つ「退屈」の虚構性には気づかないままなのだ。

それが暴露されるのは、保養地を去ったヴェーラを追いかける場面である。グルシニツキーとの決闘から帰った後、不意の出立を告げるヴェーラの手紙を読んだペチョーリンは、一心不乱に馬を走らせる。疲弊した馬が息絶え、中途で万策尽きたとき、ペチョーリンは思いがけず号泣するのである。

ヴェーラの出立はペチョーリンにとって青天の霹靂であり、錯乱したように追いかけたことも、馬が中途で息絶えたことも、子どものように泣いたことも、すべては台本を超える出来事としてあった。ところが、ここでペチョーリンのうちに反省的自己意識が目覚める。

> 夜露と山風が、かっかしていた頭を冷やしてくれた。乱れた思考が普段の秩序を取り戻すと、私は滅び去った幸福を追いかけるのは無益であり愚行であると悟った。このうえ何が必要なのだ？――彼女に会うことか？――何のために？　私たち二人のあいだは何もかも終わってしまったのではないのか？　苦い別れの接吻一つで思い出が豊かになるわけでもあるまいし、むしろその後ではいっそう別れがたくなるだけのことだろう。（L, VI, 352）

ヴェーラの存在は「滅び去った幸福」として意味づけられ、彼女との関係がはらんでいた可能性は「普段の秩序」のうちなる判断に回収される。さらに、ペチョーリンは自らの涙を皮肉めかして唯物論的に解釈する。

もっとも、自分が泣けるということが快かった！　とはいえ、それもひょっとすると、調子の狂った神経や、昨夜まんじりともせず過ごしたことや、銃弾の前に立った二分間や、空っぽの胃のせいなのかもしれない。（L, VI, 352）

ペチョーリンは「台本の外の出来事」を所与の判断基準に照らして意識化し、意味づける。しかも、そうした意識の操作そのものに彼の自己意識が向かうことはない。ペチョーリンの意識は、思いがけない事態に感応することのないまま素通りしてしまうのである。

以上を踏まえれば、『現代の英雄』に対する一つの読み方が導かれる。すなわち、ペチョーリンの意識が素通りするものに着目してみるという読み方である。レールモントフは、ペチョーリンの意識が意識しない領域を陰に示しているのではないか。そして、その領域こそがひらく何らかの可能性があるのではないか。

四―一―二　「運命論者」へのアプローチ

上記の読み方に即して、次に「運命論者」の章を分析してみたい。「ペチョーリンの意識が素通りしているもの」は、この章にこそさらに突き詰められたかたちで表れている。

『現代の英雄』の最後に置かれた「運命論者」は、きわめて謎めいたテクストで、謎の在り処さえ容易には見定めがたい。この捉えどころのなさについては改めて問題にするとして、はじめに「運命論者」の主筋を確認しておこう。

「運命論者」は、「人間の運命は天に記されているとかいうイスラム教徒の言い伝え（L, VI, 356）」をめぐる議論で幕を開ける。人間の運命はあらかじめ定められているのかいないのか。議論の高まりを受けて、登場人物の一人ヴーリチが発言する。「みなさん、空理空論が何になります？　証拠がほしいと言うなら、ご自分で試してみたらいい。人間は自由意志で自分の人生を思うがままにできるのか、それともわれわれは誰しも運命の時があらかじめ定められているのか……。いかがです、どなたか？（L, VI, 358）」。これに対しペチョーリンは賭けを提案し、宿命が存在しないことに賭け金を置く。熱狂的な賭博者であるヴーリチは、ペチョーリンの提案に乗り、宿命の有無を明らかにすべくピストルを額につきつける。唖然とする一同をよそに、ヴーリチは引き金を引くが、ピストルは不発だった。しかも壁に向かって撃った二発目はちゃんと発射したのである。賭けはヴーリチの勝利とみなされ、事の展開に衝撃を受けたペチョーリンは、宿命が存在するという考えへと傾斜していく。

その同じ夜、ヴーリチは酔っ払ったコサックに斬殺される。犯人のコサックは、銃と軍刀を手にして小屋に立てこもる。取り囲む将兵たちは、攻めあぐねて射殺もやむなしという考えに傾くが、ペチョーリンは自分が生け捕りにしてみせると提案する。それは、ヴーリチに倣って、絶体絶命の状況で自らの運命を賭けようという意図から出たことだった。間一髪で相手の銃弾を免れたペチョーリンは、見事に犯人を生け捕りにしてみせる。

「運命論者」の主筋を構成するのは、以上の二つの賭けである。従来、このテクストは、デカブリストの運動が挫折した後の政治的・思想的文脈に位置づけられるのが一般的だった。その場合、運命論とはポストデカブリスト期の厭世観と表裏一体のものとして解釈される。たとえばベリンスキーは次のように述べている。

> （引用者注――運命論は）［…］人間的知性のとりわけ暗く忌まわしい錯誤の一つであり、盲目的な偶然から必然を作り出し、人間から精神的な自由を奪ってしまう。先入見は明らかにペチョーリンの置かれた状況に発するものだ。ペチョーリンは、何を信ずるべきなのか、何を拠りどころとすべきなのかを知らず、もっとも忌まわしい思

い込みに執着し、すがりつくのだ。それが、絶望に詩情を与え、己の姿を己の目に正当化してくれさえするならば。(B, IV, 261)

このベリンスキーの批評を嚆矢として、ある解釈の系譜が形成されていく。たとえばヴィクトル・ヴィノグラードフは「運命論者」について以下のように述べている。

[…] 運命と宿命のテーマは、観念論的世界観において、三〇年代四〇年代のロシア社会を代表する先駆者たちの思想圏において、とりわけ意義を有していた。彼らは、ニコライ一世の統治下にあって、出口なしの状況を意識し、自らの無用さを自覚していたのである(40)。

「運命論者」がなければ、ペチョーリンの形象は未完のままにとどまり、『現代の英雄』における「歴史的に運命づけられていること」のアイロニーが悲劇的な色彩を帯びることもなかったであろう(41)。

ここでも運命論は、ニコライ一世統治下の知識人の心的状況に関連づけられ、如何ともしがたい自らの無力を嘆く〈余計者〉の心情の表れとされる。ただし、ペチョーリンはこのような意味での運命論者にとどまるわけではない。ペチョーリンは確かに宿命論に傾斜していくが、一方で、宿命を無効化する考えを最後に表明するのだ。一連の事件を受けて、ペチョーリンは次のような気づきを得るのである。

こうしたことがあってみると、運命論者にならずにはいられないのではないか？　しかし、自分が果たして何か信じているのか否か、はっきりわかる者があるだろうか？……それに、感覚のめくらましだとか知恵のしくじりだとかを、人は何度となく信じきってしまうではないか！……
私は何ごとも疑ってかかるのが好きだ。知性のこうした傾向は、性格の果断さを損なわない――それどころか、自分について言うならば、何が待ち受けているかわからないようなときこそ、いっそう奮い立って前進するのがつねだ。死よりも悪いことは何も起こらないのだし――死は免れ得ないものなのだから！（L, VI, 365–366）

この点について、ボリス・エイヘンバウムは次のように述べている。

運命論はここで対極に転ずる。「宿命」［…］が実際に存在するならば、宿命を意識することは人間の行動をいっそう積極的かつ果敢なものにするのだ。これでもって「運命論」をめぐる問いが解決するわけではない。だが、こうした世界観のある局面――「現実との和解」ではなく「性格の果断さ」、すなわち行為へと導く――が、明るみに出るのである。(42)

エイヘンバウムはここに、運命に対するペチョーリンの果断な態度を読み取っている。それは、一時期ベリンスキーが陥っていた「現実との和解」とは対極にあり、能動的な行為を促すものなのだ。このような議論の流れを受けて、たとえば金子幸彦は次のような結論を引き出す。

そしてペチョーリンの思想からひき出される結論は、人間はあたえられた運命に、なすこともなく、服従すべきではなく、自分の運命を積極的に克服するために努力すべきだということである。［…］人間は環境、あるいはあたえられた条件のみによって規定される、受動的な存在であってはならず、社会的人間としての自己の行動における個人的責任の意識をもたなければならないということになるだろう[43]。

こうして、後の革命的民主主義者へと受け継がれていくような、積極的な行動原理が帰結されるのである。以上の先行研究を踏まえれば、ある解釈の系譜が抽出できるだろう。すなわち、「人間の運命は天に記されているとかいうイスラム教徒の言い伝え」をめぐる議論に、ポストデカブリスト期の停滞の反映を見出し、「何が待ち受けているかわからないようなときこそ、いっそう奮い立って前進する」というペチョーリンの言葉に状況打破の可能性を見出す、という解釈である。

一方で、このような読みの系譜を相対化する論も存在する。山路明日太は、『現代の英雄』を構成するテクストの配置と物語の時系列とのずれに着目する。作品の最後に置かれる「運命論者」は、時系列で見れば中途の出来事を描いている。物語内の時間は、「運命論者」から第一の章「ベラ」へと流れていくからだ。山路は、「運命論者」の前後でペチョーリンの行動に変化が見られない点を重視する。最後に置かれているがゆえに「一見最終的にみえる「運命に対する結論[44]」は、小説構成によって裏切られる。「そこに作者の主人公に対するアイロニーがある。レールモントフはペチョーリンを相対化した[45]」のである。つまり、ペチョーリンが表明する行動原理は、作品における最終的な結論ではないということになる。

山路の指摘は示唆に富むが、ここでは、「作品による主人公の相対化」という見方を山路から受け継ぎつつも、異なる観点から「運命論者」のテクストに接近する。すなわち、「ペチョーリンの意識が意識しないところ」に着目するというアプローチをとる。

「運命論者」というテクストの捉えがたさは、一つには「運命論」それ自体の多義性から生まれている。「人間の運命は天に記されているのか否か」という問題から出発しながら、その実、テクストのうちには「運命」をめぐるさまざまな見方・態度が無秩序に混在しているのである。以下にその数例をあげてみよう。

まず冒頭に示される「人間の運命は天に記されているとかいうイスラム教徒の言い伝え」とは、超越的な存在によって人間の運命がすべてあらかじめ定められているという、決定論的な考えである。

それに対し一人の将校が意見を述べる。「[…] 本当に宿命があるとしたら、なんだって人間には意志や分別が与えられているんだ？　どうして自分のふるまいを釈明しなきゃならないんだ？……（L, VI, 357)」。ここで問題とされているのは、決定論的な運命論と、個人の自由や責任との背反である。

ヴーリチとペチョーリンのあいだで行われる「運命を試す」賭けも、運命に対する一種の態度であり、ここにあげるべき例といえるだろう。

さらに興味深いのは、「宿命は存在しない」に賭けたペチョーリンが、その実、ヴーリチの顔に死の予兆を読み取っていることである。

だが、泰然自若とした態度とは裏腹に、蒼白の顔には死のしるしがあらわれているように見えた。私の観察するところでは――多くの古参の軍人たちがそれを裏づけてくれたのだが――数時間後に死すべき人間の顔には、逃れられない運命の奇妙な刻印のようなものがしばしばあらわれるもので、慣れた目には容易に見て取れるほどなのだ。（L, VI, 359)

これもまた運命論の変奏といえようが、ここで前面に出ているのは「前兆」というモチーフである。

また、ヴーリチとの賭けからの帰途、夜道で内省にふけるペチョーリンの独白も、「運命論」の観点から見て注目すべきものがある。

私がこの人生に踏み出したのは、人生を頭のなかで経験しつくしたあとのことで、だからすっかり退屈でやりきれなくなってしまった。とっくの昔に知っている本の、くそおもしろくもない模倣を読んでいる人間のように。

(L, VI, 362)

ペチョーリンはここで再び「退屈」を嘆いてみせる。人生とはすでに知りつくした本の模倣にすぎず、人生が既知の台本であるからこそ「退屈」なのだ、というおなじみの論理は、「運命論者」のなかに置かれることで、一種の決定論的宿命論として響く。

ペチョーリンが最後に表明する行動原理も、これまた運命や運命論に対する一つの新しい態度といってよい。「私は何ごとも疑ってかかるのが好きだ。知性のこうした傾向は、性格の果断さを損なわない――それどころか、自分について言うならば、何が待ち受けているかわからないようなときこそ、いっそう奮い立って前進するのがつねだ。死よりも悪いことは何も起こらないのだし――死は免れ得ないものなのだから!」。ペチョーリンは、運命の有無、運命論の是非については判断を保留したうえで、未来が不可知であるからこそ果断に行動できる、という考えを提起するのである。

以上にあげた例は、「運命論者」における「運命論」の主要な一部にすぎない。「運命論者」には「運命」をめぐる言説がさまざまに見られる。それらは無秩序に配され、しかも十分に展開されることはない。ここに「運命論者」を不可解なテクストとする一因がある。本研究では、「ペチョーリンの意識が素通りするものに着目する」という読みの原則をとる。「運命論者」に顕在あるいは潜在している、運命をめぐる諸契機のうち、とりわけ何をペチョーリンの意識が見過ごしてしまうのか。この観点からテクストを読み直さなければならない。

四―一―三　隠された偶然、その可能性

ここで改めて注目すべきは、ストーリーの中核に位置する二度の賭けである。ヴーリチとペチョーリンはそれぞれに「運命を試す」賭けを行う。ヴーリチの賭けの顚末を確認してみよう。ヴーリチは宿命が存在することに賭け、銃口を額に当てて引き金を引いた。不発に終わりはしたが、壁に向けた二度目の発射で証明されたように、弾丸は込められていた。山路の言葉を借りれば、このとき「ヴーリッチは自らを殺そうとしたにも拘らず、自分の死を自分の力で左右し得なかったということになり、宿命の力が証明されたと解釈される」(46)。かくして賭けはヴーリチの勝利に終わる。だが、ここで一つの疑問が湧く。そもそも運命をめぐる賭けは賭けとして成立し得るのだろうか？

この賭けを支える論理は、山路がまとめている通りのものだろう。それ以外にこの賭けを賭けとして成立させる論理はない。一方、いかなる結果が出たところで、ことごとく「そういう運命であった」と説明することが可能だ。当然発射されるべき銃弾が発射されなかったことも、当然発射されるべき銃弾が発射されたことも、いずれも運命の次元で説明し得る。とすれば、運命を賭けることはそもそもナンセンスなのである(47)。本来成立し得ないはずの賭けが当然のように成立してしまっている点に、「運命論者」というテクストの大きな謎がある。

ヴーリチの賭けをめぐって、興味深い見方を提示しているのが、ロバート・リードである。リードは、「この物語が運命よりもむしろ賭博をめぐるものだということも、それなりに正当な根拠をもって主張し得る」(48)と指摘する。ヴーリチは結局のところたんなる賭博者にすぎず、「運命を試す」というのは後付けの理由でしかない。ヴーリチが登場した際に、ペチョーリンは彼の異常な賭博熱を物語るエピソードを挿入するが、このエピソードはそのことを示す布石として機能している（布石として機能させるのは、ペチョーリンではなく、内在する作者である）。つまり、ヴーリチに

とってこの賭けは、生来の情熱を燃やすトランプゲームと同次元にあるのだ。実際、賭けの終わった後に、ヴーリチはペチョーリンと次のようなやり取りを交わしている。

「君は賭け運に恵まれていますね」私はヴーリチに言った。
「生まれてはじめてですよ」彼は得意げに微笑みながら答えた。「バンクやシュトス（引用者注――賭けトランプの一種）よりも面白いですね」（L, VI, 360）

ヴーリチがここで賭けたのは、「運命」というよりもむしろ「偶然」というべきものだろう。運命をめぐる議論に、ヴーリチは新手の賭けの可能性を見出したにすぎない。運命に対するその賭けは、じつはサイコロを振るのと同列のものだ。九鬼周造は「運命」と「偶然」の関係を次のようにまとめている。

あることもないこともできるようなもの、それがめったにないものならばなお目立ってくるわけでありますが、そういうものがヒョッコリ現実面へ廻り合わせると、それが偶然なのであります。［…］偶然な事柄であってそれが人間の生存にとって非常に大きい意味をもっている場合に運命というのであります。(49)

ヴーリチが賭けているのは、ピストルが発射されるか否かという偶然的事象である。生死に直結するゆえに、それは「運命」の様相を帯びるのだ。

以上をまとめよう。当然のごとくなされる運命に対する賭けは、じつは本来成立し得ないはずのものだ。「運命を試す」という様相を帯びているとはいえ、ヴーリチにとって、この賭けはたんなる賭博でしかない。「運命論者」の最大の謎は、これらの点をペチョーリンがことごとく見過ごしてしまうことにある。しかも、ペチョーリンはヴーリチの賭博熱を熟知しているのだから、それはなおさら奇妙に思われる。この仕掛けられた奇妙さを、多くの先行研究も、ペチョーリンと同じく見過ごしてきた。リードの指摘は炯眼だが、一方で、リードもペチョーリンが見過ごしているという点は見過ごしている。

つまるところ、ペチョーリンの意識が素通りするものは、「偶然」という契機といえるだろう。先行研究が指摘するように、「歴史的に運命づけられていること」をめぐる想念へと傾斜しがちな彼の意識のありようは、ポストデカブリスト期の厭世観を示すものでもある。一方で、かくも「偶然」が無視されることは、それ自体何事かを物語っている。

この点を確認するために、ペチョーリンが自ら実行する賭けの場面を見てみよう。ペチョーリンはヴーリチに倣って自らの運命を試すべく死地に飛び込んでいく。だが、ヴーリチの賭けとペチョーリンの賭けには決定的な違いがある。コサックが立てこもる小屋に突入する直前の箇所を引用しよう。

> 大尉には男と会話をつづけるように命じ、扉のところに三名のコサックを配置して、合図がありしだい蹴破って救援にくるよう手はずを整えておいてから、私は小屋を迂回して、運命の窓へと近づいた。心臓が激しく脈打っていた。(L, VI, 365)

ペチョーリンは大尉を使って陽動作戦をとり、さらにはコサックを援軍に配してから踏み込む。「運命を試す」はずのペチョーリンは、じつはそれなりに用意周到である。一方で、ヴーリチは完全に場当たり的にふるまっている。そもそも賭けに用いたピストル自体、「さまざまな口径のピストルのなかから、でたらめに一つ選んで鋲からはずした

(L, VI, 359)」ものなのだ。ヴーリチの賭けの中心には、彼の意図とは無関係な偶然的事象がある。それに対し、ペチョーリンは己の意図でもって事の偶然性を可能な限り最小にしようとする。ここに、ペチョーリンの意識が素通りするものとして、偶然という契機がいっそう際立ってくるのである。(50)

顧みれば、「公爵令嬢メリー」における決闘においても、偶然は無視されていた。自分に対する陰謀の裏をかいて、グルシニツキーを試そうとするペチョーリンは、ここでも自ら台本を仕掛け、万事グルシニツキーの有利になるよう決闘を演出する。グルシニツキーにあえて先攻をとらせることで、かえって彼を困難な立場に追い込むのである。ところが、先攻・後攻を決めるのはコイントスである。


ドクトルはポケットから銀貨を取り出し、放り投げた。

「裏！」グルシニツキーがせっかちに叫んだ。友人につつかれて急に眠りから起こされたみたいに。

「表！」私も言った。

銀貨は宙を舞ってからチャリンと落ちた。全員が駆け寄った。

「君は幸運ですね」私はグルシニツキーに言った。「一番手ですよ！　けれど、お忘れなく。打ち損じたら、私は必ず仕留めますから！　――神かけて」(L, VI, 345)

ペチョーリンは己の台本が偶然に左右されることに気づいていない。異なる展開もあり得たことに気づいていない。そのうえ、いざ決闘がはじまり、「必ず空に撃つ」という予想に反してグルシニツキーが自分に狙いを定めたとき、「言葉にならない激烈な怒り」(L, VI, 346) にとらわれるのである。

ペチョーリンは偶然に気づかないまま、自らの台本を仕掛ける。しかも、あれほど「退屈」を訴えておきながら、偶然による台本の破綻は許さない。ここにペチョーリンの問題がある。「運命論者」におけるペチョーリンの賭けは、実際にはそれ以前のペチョーリンの冒険と大差ない。「何が待ち受けているかわからないようなときこそ、いっそう奮い立って前進するのがつねだ。死よりも悪いことは何も起こらないのだし――死は免れ得ないものなのだから！」という行動原理の表明は、従来の彼の世界観に何ら変更を迫るものではない。むしろ、人生に仕掛ける台本の結末に不確定な要素を導入することで、「退屈」をまぎらす冒険性を高めているというにすぎない。「人生は台本であり、だから退屈である」という論理は崩されていないし、彼自身崩したくもないのである。だからこそ、山路が指摘するように、「運命論者」以降もペチョーリンの行動は何ら変化しないのだ。

では、見過ごされた偶然という契機は、ペチョーリンにとっていかなる可能性をもち得たのだろうか？

人生を所与の台本に即して理解するペチョーリンは、現在のいかなる出来事も既知のものとして意識する。現在は真の意味で現在ではなく、過去の反復であり、未来もまた然りである。ペチョーリンの見る世界は、彼の意識のなかにあるものですべてまかなわれている。さまざまな体験を経たところで、ペチョーリンは本質的に変化することなく、同一性を保つ。この自己意識の閉塞的状況を打破するものこそ「偶然」なのである。偶然とは「台本の外にある出来事」のもっとも純粋なあらわれにほかならない。それは、あらゆる出来事を同一性へと媒介する意識の圏外から降ってくる。だからこそ、偶然は「退屈」の対極にある「驚きの情」をもたらすのだ。ヴェーラとの再会と別れが、ペチョーリンにとって青天の霹靂であったように。さらには、偶然は、過去と現在と未来が等号で結ばれた時間的停滞を打ち破るものでもある。「一般に偶然は現在性において創造されるものである。また勝義の偶然は未来的なる可能性減少の極限として未来なき不可能性の無から、現在の非存在的一点をくぐって忽然としてほとばしり出るものである」(51)。それは、過去の反復としての現在ではない、未来の原因としての現在ではない、現在の現在性が「忽然としてほとばしり出る」瞬間なのである。

だが、『現代の英雄』において、偶然がひらくこれらの可能性は隠微なかたちで表されるにすぎない。「運命論者」のテクストが示すように、ペチョーリンの意識は偶然という契機を完全に素通りする。「公爵令嬢メリー」におけるヴェーラとの偶然的邂逅がそれとして意識されることはなく、ヴェーラの存在が「我」に対する「汝」として措定されることもない。

このように、『現代の英雄』は、「ペチョーリンの意識が意識しないもの」を否定的なかたちで浮かび上がらせることで、ペチョーリン的問題を乗り越える可能性を否定的なかたちで示したテクストといえるだろう。

以上を踏まえ、グリゴーリエフのテクストに立ち返ってみたい。グリゴーリエフの主人公たちも、ペチョーリンの論理を受け継いでいる。たとえば、ヴィターリンは次のように書いている。

僕には余すところなく見える。僕をがんじがらめにして、こんな状態になるまで引きずってきた網の目が。自分の欲することは、つまり自分が人生に求めることは、何もかもすべて空で覚えてしまっている。これは運命論ではない。なぜなら、運命論にはこんな分別はなく、あるはずもないのだから。それにこれは信仰でもない。

何かわかるかい？　たぶん、これは希望だよ……。(G, I, 266)

僕たちはたまらなく苦しんでいる。何の甲斐もなく苦しんでいる。言葉の生活と空想の生活にすがって、現実が与えるものすべてにたえている。僕らが現実にもちこむものは退屈と倦怠ばかり。現実が与えるものなど、こちらは何もかも空で知っているのだから。[…]でもこれは運命ではない、僕らの世紀にひそむ運命ではない。僕たちが「波風立てず痕もとどめず、世界の上を通り過ぎていく」のは、時代のせいではなく、僕たち自身が悪

いからだ。(G, I, 268)

ここに「運命論者」との関わりを読み取るべきかどうかは措くとして、「現実は既知のものであり、だからこそ退屈である」という論理は、まさしくペチョーリン譲りのものだ。興味深いことに、ヴィターリンはそれを「運命」や「運命論」から切り離す。ペチョーリン的な厭世観・宿命論を前提としつつも、それを「運命」の次元で捉えることは拒絶するのだ。ペチョーリンは「運命」「運命論」をめぐる論議を棚上げして果断な行動原理を表明した。一方のヴィターリンは、分別くさい諦念に希望さえ見出し、「退屈」にいっそう退嬰的におぼれながら、自己の問題を人格の次元でより意識的に問う姿勢を示す。

グリゴーリエフの主人公たちは、ペチョーリン的問題をより突き詰められたかたちで継承している。ペチョーリンは「退屈」を嘆くが、じつは「退屈」というモードは彼にとって最後のよりどころでもある。偶然に頑なに気づかないペチョーリンは、己の「退屈な台本」を守ろうとしているのだともいえる。「退屈」を意識の対象としないことで、ペチョーリンは倦怠のなかにもろい安定を見出し、ヴィターリン的な「無性格」を免れるのである。対して、「退屈」の虚構性さえ意識してしまうグリゴーリエフの主人公たちは、意識の相対化作用にとらわれて「無性格」の空虚へと落ち込んでいく。一方で、彼らのうちには、ペチョーリンにはない「対等な他者」の希求が芽生えている。グリゴーリエフの作品において、「わたし」に対する「あなた」の存在は、より意識的な希求の対象となっている。ズヴァニンツェフとリディヤの対話は、「あなた」との偶然的邂逅の可能性を表現したものにほかならない。このときリディヤは、ズヴァニンツェフの自己意識の同一性の圏外から訪れた「あなた」として、ズヴァニンツェフと邂逅するのである。

次項では、「わたし」に対する「あなた」の存在の意義を別の観点から闡明したい。

四―二　対話的原理――フォイエルバッハとの共時的な接点

グリゴーリエフの立場は同時代にあって特異ではあるが、決して孤立したものではない。「対等な他者の希求」という思索には、「対話的原理」の萌芽を見出すことができるだろう。「わたし」と「あなた」の相関関係に存在の根源的なありようをみる「対話の思想」は、二〇世紀になってから、とくにヘルマン・コーヘンを嚆矢とするドイツ・ユダヤ思想の系譜（マルティン・ブーバー、フランツ・ローゼンツヴァイクら）において花開いたものだ[52]。ブーバーによるならば、対話的原理の歴史のはじまりに位置するのはフォイエルバッハであり、その「将来の哲学の根本命題」（一八四三）に「対話の思想」の可能性が示されていた[53]。グリゴーリエフによる「対等な他者の希求」とほとんど時を同じくして、フォイエルバッハが「あなた」を発見していたという事実は注目に値する。両者のあいだに何らかの思想的な共通性があったとすれば、それを明らかにすることで、グリゴーリエフの探求をより開かれたコンテクストに位置づけることができるはずだ。ただし、ここで明らかにすべきはグリゴーリエフに対するフォイエルバッハの直接的な影響ではない[54]。両者が負って立つ思想史的背景の近縁性を探ることで、「対等な他者」というイデーの生まれ出た淵源を照らしたいというのが目的である。

フォイエルバッハとグリゴーリエフはともにポスト・ヘーゲル時代の思想的文脈に位置づけることが可能である。一般にフォイエルバッハはヘーゲル左派の哲学の嚆矢と目され、同時代における受容も基本的にはそうした文脈のもとでなされている。ベリンスキーやゲルツェンに影響を与えたのも、フォイエルバッハのこの側面である。しかし、フォイエルバッハの思想は、ブーバーやレーヴィットが強調するような、実存をめぐる思索という契機を有してもいた。フォイエルバッハとグリゴーリエフが呼応するのは、まさにこの相においてである。ヘーゲル哲学への実存主義的な応答という契機は、一八四〇年代のロシア思想史・文学史において盲点となってきた。フォイエルバッハとの隠れた親縁性は、ベリンスキーらに対するフォイエルバッハの顕わな影響に比したとき、グリゴーリエフが位置する特異な思想的位相を改めて浮き彫りにする手がかりともなるにちがいない。

　はじめに、フォイエルバッハによる「あなた」発見の思想史的な背景を確認しておこう。フォイエルバッハの思想は、ヘーゲルに対するカウンターとして形成されていった。ブーバーがその哲学史的著作で述べているように、ヘーゲルの体系は「自己実現する真理がその実現のなかで自分自身を認識してゆく道程[55]」である。ヘーゲル哲学において、人間は絶対精神の媒体としてこの道程のうちに取り込まれている。ヘーゲルの建設した「世界住居」は現実の人間が居住できるものではないという認識は、ヘーゲルの没後にたちまち顕在化した。その住居をいかに現実のものとするか、という問いに答えるかたちで、マルクスはヘーゲルの絶対者を「生産関係」に還元し、人間社会の必然的な発展過程を描いた。マルクスのこの「社会学的還元」に先行するのが、フォイエルバッハの「人間学的還元」である。フォイエルバッハは、抽象的な精神ではなく、現実の具体的な人間を思想の出発点とする。フォイエルバッハの「人間」は、「わたし」と「あなた」の相関関係において捉えられている。「フォイエルバッハは、彼が哲学の最高の対象と見なした人間を、個人としての人間とは考えず、人間と共存しつつある人間、我と汝との結合と考えていた[56]」。フォイエルバッハの人間観は、人間を「わたしたち」という集団において捉えるマルクスとは決定的に異なっている。「フォイエルバッハは、マルクスを越えて、彼の命題によって、[…]あの汝―発見を導入したのであった[57]」。ブーバーは、「わたし」と「あなた」という関係概念の導入者として、フォイエルバッハを評価するのである。

　フォイエルバッハ自身、自らの対話的立場をはっきりと宣明している。「真の弁証法はなんら孤独な思想家が自分自身と行なう独語ではない。真の弁証法は私と汝との間の対話である[58]」（「将来の哲学の根本命題」の命題六二）。フォイエルバッハから見れば、ヘーゲルは自己閉塞的な「孤独な思想家」であり、その哲学体系もまた自己閉塞的である。この閉塞を打開するために、フォイエルバッハは「あなた」の存在を呼び込む。フォイエルバッハの思索のプロセスを再構成した宇都宮芳明の論文を参照するならば、「ある思想の真実性・客観性は、ひとりの人間によってではなく、「私」と「汝」という複数の人間をもってはじめて保証される(59)」。「わたし」の思考は、「あなた」に理解してもらうことによってはじめて一般的となるのだ。しかし、「一般に「自我」を出発点とし基盤とする近世哲学は、「汝」の媒介を無視して「個」としての自我を直接「類」と同一視し、自我の思想を直接人類の思想として闡明する(60)」。ヘーゲルは、「あなた」による媒介なしに、自己の思考とその叙述を哲学一般と同一視してしまう。その論証は他者への伝達を前提としておらず、論証それ自体がたちまちにして思想の体系と化す。その自給自足的な思想は、まさしく「孤独な思想家が自分自身と行う独語」にほかならない。思想の客観性を真に保証するのは、「わたし」と「あなた」の対話による一致なのである。

また、ヘーゲル哲学においては、精神の絶対的同一性のもと、あらゆる区別が止揚される。しかし、「わたし」と「あなた」は感性的・身体的な事実として異なっている。「あらゆる事物について区別なしに、つまりそれらの個別性を無視して語られる存在は、実は存在ではなく、「抽象的思想」であり、「実在性のない思想」である。存在一般なるものは、存在しない(61)」。フォイエルバッハはヘーゲルに抗して、具体的な個別の存在を思想の出発点とする。さらに、フォイエルバッハの考えでは、「わたし」と「あなた」という個別者は、互いに孤立した存在ではなく、互いに作用し合う存在である。「私は――私にとっては――我であり、且つ同時に――他の人々にとっては――汝である。しかし私がこういうものであるのはもっぱら私が感性的存在者であることによってである。けれども抽象的悟性はこの独立存在（対自存在）を実体・アトム・自我・神として孤立させる(62)」。つまり、抽象的な思想は、もっぱら「私にとっての私」のみを孤立した自我として取り出し、「わたし」が他者にとっての「あなた」であるという事実を無視してきたわけである。だが、この感性的な現実において、「わたし」は「あなた」なくしては存在し得ない。こうしてフォイエルバッハは、孤立した自我、自律的な自我という幻想を打ち破る人間観を示すのである。

を切り開いた。独話から対話へという方向性は、グリゴーリエフの探求にもあてはまるものだろう。フォイエルバッハにとっての思弁哲学と、グリゴーリエフにとってのエゴイズムのあいだにはある種のアナロジーがある。グリゴーリエフの主人公は、自己意識によって成立する世界の乏しさを具現している。自我即世界の独話的閉塞の果てに、やがて「わたし」は「わたし」についての内容を汲みつくし、自我＝世界は、すべてがあらかじめ見通された空虚なものとなる。ズヴァニンツェフが対等な「あなた」の存在を希求するのは、自我の独話的世界を開くためにほかならない。ここにみられるのは、まぎれもなく独話から対話へという方向性である。

フォイエルバッハは、「わたし」と「あなた」の対話的関係を根本に据えることで、ヘーゲル哲学の独話的閉塞性

つまり、フォイエルバッハはヘーゲル哲学に照準を当て、グリゴーリエフはロマン主義的エゴイズムに照準を当て、それらに共通する独話性に抗すべく、各々に「あなた」の存在を希求したのである。この接点はグリゴーリエフの位置する場を照らす一つの手がかりとなる。ベリンスキーやゲルツェンやペトラシェフツィがフォイエルバッハに傾倒したのは、ヘーゲル哲学を転倒させたその革命性のゆえであり、対話性という契機は彼らの視野の外にあった。それに対し、グリゴーリエフは、直接的な影響関係を越え、この対話性においてフォイエルバッハと共振していたのである。そこには、単独化された立場から人間のありようを考察していこうとする、グリゴーリエフの態度が表れている。

フォイエルバッハは、「わたし」と「あなた」の相互的な関係を「愛」において捉えている。

他の人の愛はあなたに向かってあなたが何であるかを語る。ただ愛している人だけが愛されている人の本質を眼で認めまた手でにぎるのである(63)。

ただ真の愛の対象だけがまた初めて人間の真の本質を展開し且つあらわにするのである(64)。

「わたし」を愛する「あなた」が、「わたし」の本質を「わたし」に教える。また一方で、「あなた」を愛する「わたし」は、「あなた」を愛することで「わたし」の本質を知る。宇都宮はこれらの断片を引いて、次のようにまとめている。「愛は愛される者の存在を開示するだけではなく、愛する者がいかなる存在であるかをも開示する。この私が何であるかの窮極の解答は、私が他の人間を愛することによって、またそうした愛を通じて、はじめて私に与えられる」[65]。ただし、ここでフォイエルバッハがいうところの「本質」は、「わたし」や「あなた」それぞれの固有の本質という以上に、普遍的な「類」としての本質を指していると考えられる。フォイエルバッハが思い描いているのは、「わたし」と「あなた」の一致による普遍的な真理への到達というプロセスであるからだ（フォイエルバッハの「人間」もまたひとつの抽象概念であるというシュティルナーの批判も、ここに起因している）。とはいえ、フォイエルバッハの断片は、あたかもグリゴーリエフの小説に対するコメントのように読める。リディヤは、ズヴァニンツェフを愛することで、彼の秘密を彼のために開示してみせた。まさしく「他の人の愛はあなたに向かってあなたが何であるかを語る」のである[66]。

こうしてグリゴーリエフは一つの解答を見出したかのようにみえる。これまでのところを振り返ってみよう。ヴィターリン三部作以来の反省の諸問題を引き受けつつ、グリゴーリエフはエゴイズムという主題に照準を定めていった。己が己のみをひたすらに意識する独話的状況の諸問題、とくに性格喪失という事態の諸相を、グリゴーリエフは特異な観点から見つめていた。グリゴーリエフの主人公は、エゴイズムを克服する契機を自己のうちにもたないエゴイストであり、その救いの可能性は「対等な他者」の存在に求められた。ズヴァニンツェフを愛するリディヤは、「対等な他者」として、ズヴァニンツェフの秘密を彼自身のために開示する。リディヤを介することで、ズヴァニンツェフは「愛」という本質的情熱を己のうちに回復する。かくしてグリゴーリエフは、「わたし」と「あなた」の対話的関係のうちに、反省から跳躍するための踏切台をついに発見したかに見える。

しかし、事はそれで落着とはいかなかった。グリゴーリエフの探求には対話的原理の萌芽が確かに見られるが、グリゴーリエフはついに「あなた」と「わたし」の相互関係を豊かに思い描くことができなかった。『多数のなかの一人』は、「あなた」の存在が開示されるところで幕となるため、対話的関係が具体的に描かれることはない。「この人はわたしを愛している！」というリディヤの言葉を受けて、ズヴァニンツェフは次のように答えている。「[…] 僕の道は果てた、この瞬間は永遠なんだ、いま僕を満たしているこの誇らしい気持ちは、全世界なんだ、広大無辺な至福の世界なんだ（G, I, 419）」。ここでは、具体的な内実をともなうことなしに、一瞬の交感が「僕を満たしている誇らしい気持ち」として全世界と同一視されている。とすれば、それは、「あなた」を介することで「わたし」の世界がその一瞬円かになったというだけのことで、自我即世界というエゴイズムの構図はじつは真に乗り越えられていないのではないか。「この瞬間の永遠」は、はたして真に開かれた「広大無辺な至福の世界」なのか。この瞬間もやがて反省の対象となり、ふたたび主人公の独話的世界に取り込まれていくのではないか。実際、ズヴァニンツェフの過去を知るブラガは、ズヴァニンツェフが人妻と駆け落ちした一件をセーフスキーに物語っている（G, I, 404–405）。リディヤとの関係がその焼き直しでないという保証はどこにもない。

この結末に対するアイロニカルな視線は、テクスト中にすでに存在している。ズヴァニンツェフとリディヤの対話でもって物語は不意に断ち切られ、語り手がとってつけたような口上を述べて小説は終わる。

読者はきっと血にぬれた大団円を期待されていることだろう——ところが、語り手の義務として言わねばならない、決闘などつゆほどもなかったのだ。セーフスキーはママが説得した、これは全部あなたにとって幸いなのだと。

ズヴァニンツェフとリディヤについては何のうわさもない。二人はペテルブルクから去ってしまった。セーフスキーはいまやどこぞの課長だとか。（G, I, 419）

婚約者を奪われたセーフスキーがズヴァニンツェフに決闘を申し込むことは、当然に期待される展開だが、そのようなことは一切なかったと語り手はいう。このアンチクライマックスは直接的にはロマン主義の紋切り型に対するアイロニーといえよう。しかし、主人公たちの真率にして大仰な対話と、語り手の戯れ言めいた口上とのあいだの落差は、それ自体ひとつのアイロニカルな表現となっており、ハッピーエンドをどこか座りの悪いものにしている。

この結末のはぐらかしは、グリゴーリエフが主人公の探求を着地点に導けなかったことを意味しているのではないか。グリゴーリエフは主人公の高らかな叫びに唱和してはいない。「対等な他者」に対する反省は、おそらくグリゴーリエフのうちにすでに芽生えているのである。

五　転回——創作から批評へ

五—一　深淵のなか——『多数のなかのもう一人』の分析

こうして、グリゴーリエフの思索はふたたび反省のなかに引きずり込まれていった。ヴィターリン三部作、『二つのエゴイズム』、『多数のなかの一人』と書き継いではきたものの、「［…］スケプティシズムとエゴイズムの道程の果てに、ついには、押しとめがたい力でどんな究極の理性をも呑み込む深淵へと行き着いてしまう［…］」[67]という認識が深まるばかりだった。終わりなき懐疑によって自己を宙づり状態にとどめおくこと（スケプティシズム）、自己懐疑にとらわれることで結果として己のみを対象とする独話的世界に居座ること（エゴイズム）。その果てに、ついに人は深淵へと落ち込み、拠りどころとなるべき最後の理性さえ、底の見えない深みへと呑み込まれてしまう。グリゴーリエフが己を見出したのは、そのような奈落であった。

しかし、そこに突如として転機が訪れる。それは、ゴーゴリの著書『友人たちとの往復書簡選』（一八四七）との出会いであった。

ゴーゴリの『友人たちとの往復書簡選』は、宗教熱にとりつかれたゴーゴリが書簡や論文のかたちで自身の思想を披瀝したもので、その過激な道徳主義と、往々にして奇矯な記述は、同時代人たちのあいだに波紋を呼んだ。西欧派の面々にとってはきわめて反動的な書物であり、自分の作品を否定するゴーゴリのリゴリズムは、先導者と仰いでいただけに、いっそう許しがたい裏切りと見えた。ベリンスキーの名高い「ゴーゴリへの書簡」は、そうした悲憤のもとに書かれている。一方、現行の正教会と農奴制を否定するスラヴ派にとっても、それはやはり理解に苦しむものだった。

一方、例外的に肯定的な評価をくだしたのがグリゴーリエフである。彼は、批評活動の場としていた新聞「モスクワ都市新聞」に書評「ゴーゴリとその近著」（一八四七）を発表し、さらには、ベリンスキーの向こうを張るように、ゴーゴリ本人に宛てて三通の手紙を書き送っている。グリゴーリエフは、ゴーゴリの書に照らして、自己の病と時代の病をより客観的に見つめるまなざしを得た。彼はポゴージンに宛てた手紙にこう綴っている（一八四七年三月七日付の書簡）。

［…］ゴーゴリの本は、私にとって、自分の置かれている深淵をすっかり照らし出してくれるものでした。ぐらついた無信仰や、自己満足の理論や、堕落や、虚偽や不誠実やらの深淵を。ソフィストという名も不面目に思わ

れるようになり、自分の過去はすべて眺めることも恥ずかしくなりました……。[68]（傍線引用者）

ここに語られている「深淵」は、先に引用した「押しとめがたい力でどんな究極の理性をも呑み込む深淵」という表現に呼応していると考えられる。こちらの一節は、書評「ゴーゴリとその近著」から引いたものである。グリゴーリエフにとって、ゴーゴリの著書は、自己の置かれた「深淵」を批判的に捉え直すきっかけとなったのだった。

一連のゴーゴリ論については改めて論じるとして、はじめにグリゴーリエフの次なる小説『多数のなかのもう一人』の分析を行いたい。

『多数のなかのもう一人』は、この「深淵」の描出を試みたものである。『多数のなかの一人』を踏まえた題名が示唆しているように、主人公のヴァシーリー・イメレチノフは、ズヴァニンツェフと同じタイプに属している。だが、新しい主人公を待ち受けるのは、破滅である。仮初めであれズヴァニンツェフが見出した救いの瞬間は、イメレチノフには訪れない。スケプティシズムとエゴイズムの果ての深淵。そのありようを仮借なく暴くことに、『多数のなかのもう一人』の重心は置かれているのである。

『多数のなかのもう一人』は、複数の登場人物の書簡や日記から構成される小説で、ヴィターリン三部作以来の主題やモチーフが集成された作品である。その分、新しい契機が見られるとはいえないが、主人公とその伯父の関係に特異な要素が見られる。ポゴージン宛ての書簡にあった言葉を借りるならば、主人公は「ぐらついた無信仰」を具現する存在として、伯父は「自己満足の理論」を代弁する存在として構築されており、両者の関係を通じて「深淵」のありようが浮き彫りにされていくのである。本節では、主にこの点に焦点を絞ってテクストを分析していくこととしたい。

ズヴァニンツェフとイメレチノフの継承関係を明らかにするところから、分析にとりかかるとしよう。『多数のなかの一人』には、ズヴァニンツェフの生い立ちを略述した箇所がある。天涯孤独の彼は、幼なじみマリーの家で育てられた。マリーの父は、対ナポレオン戦争に従軍した退役軍人で、ナポレオン崇拝者でもあり、スパルタ式の厳格な教育をズヴァニンツェフにほどこす。一方、ズヴァニンツェフの養育者となったマリーの祖父は、神秘思想の信奉者で、古の文献を養い子に読んで聞かせる。主人公の生い立ちに関するこれらの設定は、それ自体興味深いものではあるが、ズヴァニンツェフの人物像に有機的に結びつけられているわけではない。主人公を構成する本質的な要素というよりは、たんなるディテールにとどまっている。しかし、ズヴァニンツェフの来歴は、新しい主人公へと継承され、しかも内面化されている。イメレチノフの場合、養い親である伯父との関係が、人格の本質的な構成要素となっているのである。

イメレチノフの伯父（以下、伯父と呼称する）もやはり神秘主義者であり、マリーの祖父との相似は明らかである。『多数のなかの一人』では、マリーの祖父と父がフリーメイソンの会員であることが明記されていた（G, I, 351）。『多数のなかのもう一人』には、フリーメイソンとの関わりに言及した箇所はないが、この設定もまた暗に継承されていると見てまちがいない。「フリーメイソン」というモチーフは、グリゴーリエフの実人生に典拠があると考えられる。グリゴーリエフは、一八四五年頃の一時期にフリーメイソンと密接な関わりをもっていた。一八世紀後半から一九世紀初頭にかけてロシアで隆盛したフリーメイソンは、一八二二年にアレクサンドル一世によってロッジが閉鎖され、一八二六年にニコライ一世による禁止令が出されて以降も、隠然たる影響力を有していた[69]。フリーメイソンとの関係はグリゴーリエフの伝記中もっとも謎めいた部分であり、その点をこれ以上追究することはしない。いずれにせよ、伯父はフリーメイソン流の秘儀的な思想の宣教者として描かれており、イメレチノフは伯父の思想に支配された人物として描かれている。『多数のなかのもう一人』の核にあるのは、イメレチノフと伯父の、思想を介した関係性である。

ローレン・レイトンによれば、フリーメイソンの主たる目標は「自己知」「自己完成」「自己犠牲あるいは自己放棄」であり、そのために体得すべき七つの徳目として「慎重あるいは忍耐」「従順」「道徳あるいは敬虔」「兄弟愛」「勇敢」「公平無私あるいは滅私」「死への愛」があったとされる。(70) 伯父が語る思想も、自己完成、克己、滅私、禁欲といった要素からなっている。

〔…〕真理の甘味を心で悟った者、恐れることなくその裸身を認めた者は、すでにして朽ちゆくものの縛りから、闇と苦の縛りから自由であるはずだ。その者にとってあらゆる事物は無となり、またその者自身が事物にとって無となるのだ。(G, I, 428)

人間の胸のうちには全宇宙がある。塵芥の枷が崩れ去れば、そなたの精神は精神になる――広大無辺の世界の創造者になる。(G, I, 449)

伯父の思想は厳格な現世否定を特徴としている。塵芥のごときこの世の事物から己を解放し、己のうちなる普遍的な真理との合一を目指すこと。それが伯父の思想の要諦である。

伯父の訓育を受けたイメレチノフは、伯父の思想の体現者となる。イメレチノフが繙く「往昔の師」の書には、こう記されている。(71)「何物をも欲の対象として認めなければ、あらゆる事物から自由になる――そして同時にあらゆる事物を統治するようになる（G, I, 493）」。あるものを欲するとき、人はその対象に影響されていることになるが、そもそも欲することがなければ、超然として身を持し、事物を支配することができる。この一節はズヴァニンツェフの告白を想起させる。ズヴァニンツェフは、「何も、そして誰も必要としないこと」「すべての情愛を切り捨てること」によって、「あらゆる人々に対する力」を手に入れたのだった。「往昔の師」の教えに忠実なイメレチノフも、他者に対する絶大な影響力を有している。一方で、ズヴァニンツェフの告白が自己への懐疑を滲ませていたように、彼のうちにも教えとの齟齬を自覚する意識がすでに萌している。

イメレチノフは自身の懐疑を伯父に打ち明けている。

ほかの人たちは何かを信じている……たとえそれがわざわざ信じるようなことではないとしても。それなのにぼくは……あなたのおかげで、頭のなかはすっかり混沌とし、信仰と無信仰が奇妙な具合に入りまじっていて、ぼくの心はひどく情熱的でもあればひどく冷淡でもある……。（G, I,429）

伯父の思想はイメレチノフを構成する支配的な要素だが、彼はその思想を心から信じてはいない。そうした分裂状態を、イメレチノフは情熱と冷淡、信仰と無信仰が入りまじった混沌として捉えている。

イメレチノフのうちにはヴィターリンと同じ希求が潜んでいる。

［…］そうして幼年時代のいきいきとした若々しい夢が浮かんだ。そうして過去のイメージが、明るい夢想が、空のように青く澄んだ瞳をした女性の姿をまとって脳裏に浮かび、ちらちらした。その瞳を無性にのぞきたくてならず、その瞳にみとれることは何とも悦ばしいことだった！……しかし、いったい何になるのだ、この苦く重い知恵という奴が？　いったい何になるのだ、逃れることもかなわないこの真理という奴が？……（G, I, 480）

イメレチノフは幼年時代の無垢を理想化し、原初的な直接性を媒介する存在として、女性への憧憬を表明している。

一方で、直接性を損なう知の真理に対して、懐疑の言葉を投げかけてもいる。悟性的な知を得たことによる原初的な愉悦の喪失。知識と本性の齟齬に発する心の混沌。それがイメレチノフの自己診断であるとまとめられるだろう。

イメレチノフは直接性への憧憬をイタリア音楽への愛というかたちで表現している。イメレチノフによれば、ドイツの音楽家は「観念論者」であり、想像の楽器のために作曲しているため、そのイデーが現実に演奏されることはあり得ない。一方でイタリアの音楽は、「生きた泉」から、「激しく熱狂する魂」から流れ出たものである（G, I, 502）。イメレチノフはイタリア音楽のうちに「昨日も明日もない存在（G, I, 502）」を見出す。これと似た表現は、ヴィターリン三部作のうちにも見られる。「ヴィターリンの手記」で、主人公はアントーニヤとの愛を夢想しながら、こう書き記していた。「[…] 気がかりもない、目的もない、明日もない、ほとんど意識もない人生、僕がこんなにも長く夢見てきた人生が、存在し得るように思えた……（G, I, 292）」。すべてが分離されることも分節されることもなく調和していた原初への憧憬。グリゴーリエフの詩「魅惑」の一節を借りるならば、「意識も客体もなかった生」への憧憬。イメレチノフの音楽論は、ヴィターリンの夢想と同じ源泉をもっている。

ヴィターリンと同じく、イメレチノフもまた原初的なものの媒介者として女性を希求する。ヴィターリンにとってのアントーニヤは、イメレチノフにとってはソフィヤである。イメレチノフはソフィヤを激しく愛そうとするが、反省的意識から逃れることはできない。「彼女の足元で狂ったようになりながら、それでも、ここはぼくの居場所じゃないとどこかで感じている（G, I, 507）」。彼は伯父への手紙でそう打ち明けている。

イメレチノフはヴィターリンのたどった道程をまったく同じようにたどるわけだが、しかし、ヴィターリンにはない要素が付与されてもいる。それは「思想による支配」という要素であり、そこにイメレチノフの特異性が鮮やかに表れている。この点に関して、ソフィヤに宛てた手紙の一節を見てみよう。

多くの人々が、これもまたたいそうな賢人たちですが、真理についてあなたに語り聞かせてきたのに、あなたはその類の真理にはどういうわけか満足できないのですね――なぜだかおわかりですか？　思うに、そうした真理には謙虚がないのです……。きっと奇妙に思われるでしょうね、この言葉がぼくの口から出るなんて。しかし、自分の傲慢さを弁護するわけでは毛頭ありませんが、これだけは言いたい。誇ることのできるものは、また誇るべきものは、自分自身の事柄でもなく、個人的な事柄でもなく、ひとえに真実の習得度なのです。(G, I, 503)

個人的な、現世的な事物を断念して、普遍的な真理の体得を目指すべし。イメレチノフの言葉は伯父の唱える「滅私」の思想をそのままに映し出している。イメレチノフは、悟性が生まれる以前の「昨日も明日もない存在」に憧れていたはずだ。そうした原初的な存在の媒介者として求めていた当のソフィヤに、伯父の教えをほどこすとは明らかな矛盾である。イメレチノフは己を支配する思想の呪縛から逃れることができず、伯父の言葉をもって他者に対するのである。

その顕著な例が、登場人物の一人チャブリンとの関係である。チャブリンはイメレチノフの同郷の知人であり、ソフィヤの恋人（のちに婚約者）でもある。実直な官吏にして理想家肌の作家でもあるチャブリンを、イメレチノフは放蕩無頼の生活に引きずり込む。チャブリンが生活のなかで築いてきた堅実なモラルは、容赦なく破壊される。チャブリンに対して、イメレチノフは一貫して厳格な教師としてふるまっている。俗界の現世的なモラルを断念させるための修行、いわばイニシエーションとして、彼を無頼の生活に投げ入れたのだと読める。

このように、伯父の思想は、イメレチノフの言葉と行動を規定する支配的な形式である。その自己完結的な思想、つまりは「自己満足の理論」は、一方的にイメレチノフを支配するのであって、両者のあいだに生きた関係は通っていない。思想との齟齬を自覚しているがゆえに、イメレチノフの信仰はすでにゆらいでいる。しかし、混沌のなかにあってもなお、彼はそれに服従するのである。

［…］あなたはどこでこの悪魔的な力――この権力を手に入れたんです？　一瞬たりともそこから身をもぎ離すことができない。まるで、あなたが語ったすべてのことが、ぼく自身のものとなったかのようです。いやむしろ、生まれたときからぼく自身のものであったかのようなのです。（G, I, 428–429）

思想の要求する形式から逃れられないイメレチノフは、恋人を相手にしてさえ、宣教者の役を演じてみせる。スケプティシズムにとりつかれた彼は、もはや出口のない深淵にはまりこんでおり、ついに死をもって己の混沌に終止符を打つのである。

死にいたる経緯を見てみよう。ソフィヤの愛を求め、ソフィヤの愛を得ながら、イメレチノフは反省に阻まれて愛を十全に享受することができない。イメレチノフはソフィヤにこぼす。「あの頃にあなたと出会えていたらなあ。あの至福の日々に、わずかなものから全き世界たちをつくり出すことのできたあの日々に（G, I, 504）」。その時期に出会っていたならば、愛の物語をともに生きることができただろう。そうイメレチノフは語る。

あらゆる可能な条件を、いやむしろ、常識ある人間にとっては不可能な条件さえ、ぼくら二人とも遂行してのけたにちがいないんだ、「無言の傲岸な苦しみのうちに別れる」ためになら。そして、運命やら何やらに命じられたのだといって、自分たちを納得させていたにちがいないんだ――まるで、そうしたことが有益で、好ましくて、効果的であるかのように。（G, I, 504）

グリゴーリエフが並々ならぬ関心を寄せていたレールモントフの詩の一節が、ここでも引用されている。イメレチノフは、詩の一節を引きながら人間の行為の演技性を皮肉っているわけだが、しかしそれ以上に、所与の物語を生ききる人間の情熱に憧れてもいる。たとえそれが効果的に演出された芝居であったとしても、無自覚に真摯に演じきったのなら、そこにはまぎれもない人生があるのではないか。「革命の時代」と「反省の時代」というキルケゴールの図式を、ここにも適用することができるだろう。心情と形式、内面と外面の一致した時代であれば、情熱と物語のあいだに齟齬はなく、演じられた物語は、生きられた人生そのものでもあったにちがいない。しかし、「反省の時代」に生きるイメレチノフは、所与の役柄がすでに形骸化していること、したがってそれを演じることが情熱なき演技でしかないことを、もとより自覚している。求める愛に見合う形式を知らないイメレチノフは、ソフィヤとの愛を生きることができず、スケプティシズムの深淵に居座りつづけるのである。

終局はあっけなくやってきた。婚約者を奪われたチャブリンは、イメレチノフに決闘を申し込む。「ぼくらが二人そろってこの世に生きることはできない……（G, I, 508）」。チャブリンのセリフは、『現代の英雄』でグルシニツキーが決闘の際にペチョーリンに突きつけるセリフと似通っている。「この地上にわれわれ二人分の席はない（L, VI, 348）」。チャブリンの言葉とともにロマン主義のお決まりの展開が幕をあけ、亜流の亜流というべき物語がほとんど自動的に進行していく。己の死を結末とするその物語を、イメレチノフは惰性で演じてみせる。

その死は、きわめてアイロニカルなものだ。死さえも空しい演技であり、イメレチノフは己自身の死を生きることすらできなかった。『多数のなかの一人』では、決闘という期待される結末に着地させないことで、アイロニーを生み出していた。『多数のなかのもう一人』では、あえて紋切型の結末を提示することで、主人公の死の空虚を強調している。救いの可能性は毫も示されない。『多数のなかのもう一人』は、グリゴーリエフの最後の小説作品となった。ヴィターリン三部作にはじまる主人公たちの彷徨は、深淵に行き着き、深淵のなかで終わったのである。

五―二　批評という方法の発見

『多数のなかのもう一人』の主人公は深淵から逃れる糸口を見出すことなく死にいたるが、グリゴーリエフ自身はゴーゴリの著書のうちに救済の可能性を見出していた。それはいかなるものであったのだろうか。

ゴーゴリの書との邂逅はグリゴーリエフの生涯において画期をなすものとなった。グリゴーリエフに関する先行研究のうち、一連のゴーゴリ論にとりわけ重要な意義を見出しているのが、ノーソフとダウラーである。

ノーソフは、批評家グリゴーリエフの最初の本格的な成果としてゴーゴリ論を捉えている(72)。ノーソフは、グリゴーリエフがこの時期スラヴ派に接近していたと考えており、ゴーゴリの著書は、社会に根源悪を見る西欧派に抗して、人格のうちに悪を見出し、正教的な理想を求める契機となったものと捉えている。

ダウラーもまた、ゴーゴリの著書との邂逅をグリゴーリエフの転回点と位置づけている。一方でその解釈はノーソフとは異なる。ダウラーによれば、グリゴーリエフは折から、西欧派の社会主義的な万人救済論およびスラヴ派の宗教的なナショナリズムに対して懐疑を抱いていたが、『友人たちとの往復書簡選』はその疑念を承認してくれるものだった。グリゴーリエフはそこに、社会的なものよりも倫理的なものを、抽象的なものよりも具体的なものを是とする同じ立場を見出したのである(73)。

ノーソフもダウラーも、西欧派とスラヴ派のあいだにグリゴーリエフの位置を探りながら、ゴーゴリとの邂逅に思想家グリゴーリエフの転機を見出している。しかし、この転回の、いわば実存的な意義については十分に捉えられていないように思われる。同時代人の眼に奇異と映った書物にほとんど孤立した賛辞を呈することも、また奇異なことであろう。そこに潜むグリゴーリエフの衝迫を見過ごすべきではない。それを把捉するためには、ヴィターリン三部作にはじまるグリゴーリエフの探求の歴史をふまえる必要がある。一連のゴーゴリ論には、明らかに彼自身の作品との呼応が見られるのだが、この点を先行研究は無視してしまっているのである。

そもそも、グリゴーリエフのテクストが西欧派対スラヴ派という構図に収まらない諸契機をはらんでいたことは、本研究によってすでに明らかである。両派に対する接近あるいは対抗という視点のみでは、グリゴーリエフの思索と表現は十分に理解することができない。グリゴーリエフの「漂泊」の歴史をふまえることで、この転回の意味を新たに把捉することができるはずだ。ノーソフやダウラーらの先行研究は、書評論文と三つの書簡を順に一つ一つパラフレーズするという論述のスタイルをとっているが、本節の主眼はグリゴーリエフの転回の意味を明らかにすることにあり、もっぱらこの視点のもとに、一連のゴーゴリ論を個々の別なく検討していきたい。

グリゴーリエフは『友人たちとの往復書簡選』に病んだゴーゴリの姿を見出す。しかし、それはゴーゴリに特有の病ではなく、現代に共通の病である。「ゴーゴリの考えは確かに偏っているかもしれない。だが、実際のところ、ゴーゴリが『遺言』の節で表明しているまぎれもなく個人的な考えは、それ以外ではあり得なかったのだ。なぜなら、それは病的な気分から生まれたものであり、おそらくは、ある意味で、われらの時代に共通のスケプティシズムによる絶望の最終段階から生まれたものであるからだ［…］」[74]。先に引用した一節「スケプティシズムとエゴイズムの道程の果てに、ついには、押しとめがたい力でどんな究極の理性をも呑み込む深淵へと行き着いてしまう」は、「われらの時代に共通のスケプティシズムによる絶望の最終段階」を言い換えたものと見てよい。グリゴーリエフはここで、ゴーゴリの病を同時代のコンテクストに開き、彼自身が罹患しているところの時代の病に重ね合わせている。

グリゴーリエフによれば、ゴーゴリはその病根を「傲慢（гордость）」に見ている。グリゴーリエフは、ゴーゴリの文章を参照しながら、自身の作品によって表現してきた問題を、より客観的に批評的に捉え直そうとする。「われらの時代の病が傲慢から生まれていることは、明々白々である。傲慢と否定は、バイロンの時代よりこの方、華美な詩的イメージのうちに絶えることなく具象化されてきた」[75]。その筆頭はレールモントフの「悪魔」である。ロマン主義的なエゴイズムまたはデモニズムに発する「傲慢」こそ、現代の病の原因にほかならない。「だが、この悪魔的な個我の傲慢は、ますます力をたくわえていく世間の諸観念、そのあらゆる観念の枷にとらわれてがんじがらめになっており、事実、当座の作法が示す意思に服従している[76]」。「傲慢」は、悪魔的な力を表すものであるにもかかわらず、世間的な観念と作法にのっとった一般的なモードに成り下がっているのだ。したがって、自己意識の発達した人間は、「傲慢」の様式に即して行動しながらも、それが自身の直接的な情熱に発するふるまいではなく、かたちばかりのよそおいであることを常に自覚させられることになる。それはまさに、グリゴーリエフの主人公たちの問題でもあった。

悪魔的な傲慢さえ一つのモードとして「水平化（уравнивать）」してしまう力こそ、「多数（множество）」の力である[77]。反省の時代における「水平化」現象を論じたキルケゴールのように、グリゴーリエフもまたすべてをひとしなみに水平化していく「多数」の力への危惧を示している。水平化された個々人のうちには、いまや致命的な病が巣食っている。

［…］個々の人格のうちにはそれぞれ、無意志というさらに悪しき恐るべき疾患が潜んでいる。あるいは、より正確には、人間のうちで中心、立脚点を喪失した諸力がちりぢりになってしまうという疾患である［…］[78]。

「中心（центр）」「立脚点（точка опоры）」を失った「ちりぢり（рассеяние）」の状態という「無意志（безволие）」の病は、グリゴーリエフの主人公たちが具現していた性格喪失の事態を指すものと見てよいだろう。ここで用いられている言葉は、本章第三節で引用したアントーシャの描写にも用いられていた。「概して、彼の容貌には何かうすぼんやりしたものが漂っており、彼のいかなる動作にも何やら常軌を逸した放心ぶり（рассеяние）があらわれ出ていた」、「この人間は中心と平衡をすっかり失っている」。

このように、グリゴーリエフは自己の課題に照らしてゴーゴリを読み解いており、結果として、同時代の支配的なゴーゴリ理解とはまったく異なる見方を示すことになった。ベリンスキーを筆頭に、自然派の作家たちは、いわゆる「小さな人間」の人格の擁護者としてゴーゴリを祀りあげてきた。だが、グリゴーリエフにいわせれば、それはまったくの見当違いということになる。ゴーゴリは人格を博愛主義的に擁護するのではなく、仮借なくメスを捌いてその俗悪さを抉り出してみせるのだ。ゴーゴリが描いたのは「卑小な人格」であり、「顕微鏡で見るような存在」である(79)。「ついに、アカーキイ・アカーキエヴィチの形象のうちに、詩人は、神の被造物が浅薄化していくそのどん詰まりを徹底的に描いてみせた。なんともつまらない代物が、人間の無際限の喜びともなり、身を滅ぼす悲しみともなるのだ。永遠なるものの似姿として創られた人間存在の生活にあって、一個の外套が悲劇的な運命《ファトゥム》となるのである(80)」。グリゴーリエフによれば、ゴーゴリの主眼は人間の人格を擁護することにではなく、それどころか、人格が分散し、浅薄化し、微細化している事態を暴き出すことにこそあった。

もちろん、自然派の作家たちがアカーキイ・アカーキエヴィチに共感を寄せる裏にも、現実に対する厳しい批判意識があるのだが、その批判的な視線は個人にではなく、もっぱら社会に向けられている。グリゴーリエフはその典型をゲルツェンの小説『誰の罪か』に見ている。『誰の罪か』の根幹にあるのは、「[…] 悪いのは私たちではない、網となって私たちを幼少のころからがんじがらめにしてきた虚偽こそが悪いのだ(81)」という考えである。この根本思想から、ある種の運命論が帰結される。「誰も何に対しても悪くない。すべては既存の所与のものに条件づけられている。これら所与のものは人間を束縛している。したがって、そこから逃れる出口はない。[…] 要するに、人間は奴隷であり、その隷属から逃れる出口はない(82)」。ここでグリゴーリエフは、自然派の決定論的な世界観を批判している。すべての悪を社会の責任に帰し、人間から罪を取り上げることは、結局のところ人間の自由を否定することなのではないか。それは、「人間の行動と自由、それにともなう責任という最良の動因を否定すること(83)」なのではないか。人間の悪が環境によって条件づけられているのならば、人間は環境による影響に隷属していることになってしまう。グリゴーリエフはここでもまた単独の人間の側に立ち、一人一人の人間に、時代の病を己自身の病として病む自由を残そうとするのである。

だが、ここでふたたびふりだしに戻ることになる。病んだ人間はいかにして恢復し得るのか。それが社会の病ではなく、個人の病であるとするならば、いかにして癒せばよいのか。中心を失い、立脚点を失い、意志と性格を失った個人は、いかにして救われるのか。

グリゴーリエフはゴーゴリの著書に救済の可能性を見出した。「[…]ゴーゴリの精神的発展の現在地たるこの著書の偉大な功績は、多くの者たちを、すべての人格に共通であり真であるものをめぐる思想へと導いたことにある。すなわち、集中について、自己のすべてを自己自身に集めることについての思想へと[…]」[84]。グリゴーリエフは、『友人たちとの往復書簡選』を、ゴーゴリの転向としてではなく、一貫した「精神的発展の現在地」として捉えている。仮借ない分析家ゴーゴリの背後には常に宗教家ゴーゴリが隠れていたのであって、いまや後者が前面に出て、己の思想を語るとともに、自ら実践しているのである。過去の作品を含めた自己の否定は、ゴーゴリにとっては「集中という困難な道程において必要不可欠な修練」[85]であり、ときとして奇矯に見えるにせよ、断じて滑稽ではない。グリゴーリエフは、ゴーゴリの著書のうちに、厳格すぎる情熱ゆえの破綻を見たのであり、その悲劇は、崇敬の対象でこそあれ、非難の対象ではなかった。

「集中（сосредоточение）」および「自己のすべてを自己自身に集める」という思想について、グリゴーリエフはゴーゴリ宛ての第三書簡でさらに敷衍している。

自己を自己に集めることは、神を認識することを意味します。神を認識することは生きとし生けるものを断念することであり、なべての被造物を断念することを意味します。被造物を断念することは禁欲者になることを意味するのではなく、たんに被造物の向こうに被造物を自覚すること、それを「光」の源へと高めていくこと、その栄光のためにこそ利用することを意味するのです［…］。(86)

ここでグリゴーリエフは、あらゆる此岸的なものを断念して神的なものへと自己を高めていくこと、それこそが肝要なのだという思想を説いている。神との合一に向けて自己を修練し滅却するという倫理に、彼は救済の可能性を見出したのだ。

これは「漂泊」の到達点としてはあまりにも乏しい内容に見える。苦悩にみちた彷徨の末に宗教に救いを求めるというのは、いかにもありふれた話だ。しかも、神との乖離は若き日のグリゴーリエフをさんざんに悩ませた問題だった。その記憶もまだ新しいうちに、信仰を回復することなどできるのだろうか。それだけではない。彼の語る思想は、イメレチノフの伯父が説く克己や現世否定といった徳目と、外見上はよく似ているのである。これは、批判の目を向けていた「自己満足の理論」に、じつはグリゴーリエフ自身がとらわれていたことを意味するのだろうか。

しかし、ここで注目すべきは、グリゴーリエフの言葉の秘儀的なよそおいではない。この文章の眼目は、反省が新たな観点から捉え直されているという点にこそある。「被造物の向こうに被造物を自覚すること、それを「光」の源へと高めていくこと」。自己という此岸的存在を問い返しつづけることで、自己は神的なものへと高められていく。反省的自己意識は、いわば果てしなく上昇するらせんを描く。反省は、停滞のなかで無限に循環する営為なのではなく、反復のうちに神の高みへと累乗されていく営為なのだ。それが可能であるのは、「自分よりも高い何か」への信仰が自己のうちに存在しているからにほかならない。

しかし私は思います。うわっ面だけではない、真摯に懐疑家である者は、いかなる深淵を前にしても疑うことをやめたりしないのです、すなわち何もかも疑うこと、当の疑いさえ疑うことを。ここから帰結されるのは、思うに、スケプティシズムのうちには信仰の萌芽があるということです。なぜなら、自分自身を疑うためには、自分よりも高い何かを信じている必要があるからです。(87)

自己を疑い、その疑いをもまた疑い、そうして反省的自己意識は連綿とくりかえされていくが、それほどまでに自己を疑いつづけることができるのは、「自分よりも高い何か」への信仰が自己の根底にあるからではないのか。自己よりも高いものを志向しているからこそ、自己を懐疑的に問い返すことができるのだ。反省的自己意識を駆動させるためには、信仰というより根本的な動因が存在していなければならない。反省は信仰を前提とする。この発見は、グリゴーリエフにとってはコペルニクス的転回であったにちがいない。先行研究はいずれもこの箇所に論及してはいないが、グリゴーリエフの転回の本質はこの点にあったのである。

反省の無限循環のうちに投げ込まれていた性格喪失者、エゴイズムを克服する契機を己のうちにもたなかったエゴイストは、いまや反省とエゴイズムを超える契機がじつは己のうちに先在していたことを悟る。こうして、「無意志」と「放心」の空虚のただなかに、「中心」と「立脚点」が見出されたのだ。ここにグリゴーリエフの転回の要があったわけだが、しかし、これを退歩とする見方もあり得るだろう。普遍と特殊、全体と個別の関係から切り離された単独の立場から、グリゴーリエフは出発したのではなかったか。「過去に作られた所与のものに圧迫された僕たちは、この所与のものの向こうに、自分自身を求め、自分自身の義務と道徳の観念を求め、自分自身の人生観を求め、終わりなき不毛な探索へと乗りだす定めにある」。だが、その不毛な探索の果てに、めぐりめぐって、グリゴーリエフは所与の構図のうちに戻ってきてしまった。自己のうちに「自分よりも高い何か」への信仰を発見することは、自己のうちに分有されてある普遍を発見することであり、全体のうちなる個としての自己を発見することであろう。とすれば、確かにグリゴーリエフは絶対者の一元的世界という所与の枠組みに帰順したことになる。

ストイックな宗教的倫理、および普遍への帰着という二つの特徴は、グリゴーリエフの転回の独自性について疑義を抱かせるに十分だが、しかし、思想の内容はグリゴーリエフにとっておそらくそれほど重要ではなかった。ここで問われるべきは、思想の思想としての内容ではなく、思想と彼自身との関係性である。この転回は、グリゴーリエフが創作から批評へと向かう契機になった。このときグリゴーリエフは、ついに直接性へと通ずる道を発見したのであり、それを理解するためには、この転回がいかに後期の批評へ接続されていくかを見なければならない。有機的批評へといたる道程をたどることは本研究の範囲を越えるが、その輪郭を仮説的に描くことをもって、第二部の結びとしたい。

グリゴーリエフにとって、ゴーゴリの著書の意義は主に二つあった。第一に、前述した通り、反省を超える契機が、じつは自己のうちに存在していたという気づきを得たことである。第二に、この気づきが、ゴーゴリの著書との出会いによってもたらされたということである。グリゴーリエフは、彼自身の孤独な探求によっては転回点にたどり着けなかった。自己発見は、彼自身の思索と創作によってではなく、他者との邂逅によってもたらされたのである。この点で、テクストと実人生が交差する。グリゴーリエフとゴーゴリの書の関係は、ズヴァニンツェフとリディヤの関係と相似をなしている。『多数のなかの一人』において束の間に垣間見られた「対等な他者」は、グリゴーリエフ自身の前にゴーゴリの書となって現れたのだ。ゴーゴリの書が彼にもたらしたのは、幻滅でも懐疑でもなく、いわば「驚き」である。それは、グリゴーリエフの独話的世界に侵入し、グリゴーリエフ自身の真実を彼に告げた。両者を結ぶのは、まぎれもない対話的関係である。そして、対話の相互作用において生ずるものこそ、「批評」にほかならなかった。

一連のゴーゴリ論において、「自分よりも高い何か」はもっぱら神を意味している。このときのグリゴーリエフは、ゴーゴリの実践的な宗教倫理の影響下にあった。しかし、宗教的観点から神として理解されていた絶対者は、有機的批評へといたる過程において、根源的な「生」として捉え直されていくことになる。この「生」の媒介者となるのが、「芸術」である。『貴族の巣』を論じた批評「トゥルゲーネフとその仕事」（一八五九）で、グリゴーリエフは次のように記している。

> だが、芸術作品とは私にとって魂と生の偉大なる秘密の開示であり、一般的・精神的諸問題の唯一無二の解決である。（G, II, 166）

> 芸術は、永遠に流れ、永遠に前へ前へと疾駆する生を把捉し、生の諸々の瞬間を、これまた神秘的な手順でもって人間の魂のイデーと結び合わせながら、恒久不滅の形式へと溶かし込んでいくのだ……。（G, II, 174）

根源的・永遠的な「生」と関係し、その関係のなかから芸術家の手によって生まれ出るものこそ、芸術にほかならない。

　後の批評において、グリゴーリエフは「作られたもの」と「生まれたもの」の差異をくりかえし強調している。たとえばトゥルゲーネフの作品は、「作られたものではなく、生きているもの、生きて生まれたもの（G, II, 126）」と評されている。「生きているもの、生まれ出たもの、血肉をそなえたもののみが、生きて作用しているのである（G, II, 34）」。有機的批評の核にあるのは、「生」から生まれ出た芸術に対する、このような信仰だった。

　では、グリゴーリエフは彼自身の作品をどちらのカテゴリーに分類していたのだろうか。グリゴーリエフは『多数のなかのもう一人』を最後に小説の創作から離れ、もっぱら批評へと重心を移していった（ただし、詩作をやめることはなかった）。この事実がおのずから答えとなっている。おそらくグリゴーリエフは、自身の作品を「作られたもの」とみなすようになったのだ。一八四〇年代における彼の諸作品は、まさしく反省的自己意識の所産であり、その意味で、「生」から切り離された独話的世界の産物であった。実際、グリゴーリエフに真実を告げたのは、ゴーゴリという「芸術家」だったのである。

『友人たちとの往復書簡選』は芸術作品というよりは思想書と呼ぶべきものだが、思想に対しても、グリゴーリエフは先のカテゴリーを適用している。一八五八年に発表された批評「現代の芸術批評の原理、意義、方法に関する批判的概観」の一節を引用しよう。

人が思想を信じるためには、思想は肉体をまとっていなければならない。一方で、思想が生まれたものではなく、人為的に作られたものであるならば、それは肉体をまとうことはできない。（G, II, 19）

思想の価値は、その理論的な内容にではなく、血肉をそなえた生きたものであるかどうかという点にかかっている。グリゴーリエフの「理論」嫌いは、彼の批評のいたるところに窺われるが、その批判の核心は「理論は自分だけを知り、自分だけを見ている（G, II, 31）」という点にあった。グリゴーリエフはまさしく理論のモノローグ性を突いている。グリゴーリエフが我慢ならないのは、すでに確立された形式に居座ってそのなかで自足している思想である（批判の矛先は具体的にはヘーゲル主義や、狂信的なスラヴ派や、西欧派左派の功利主義的芸術観に向けられている）。所与の意匠をまとった思想ではなく、本性のより深いところに根差した思想。グリゴーリエフが信じたのはそのような思想であり、ゴーゴリの著書に彼はそれを見出したのだ。グリゴーリエフにとって思想とは、知の対象ではなく、生と信仰の対象としてあった。したがって、思想の思想としての内容よりも、思想と人間の関係性が重視されるのである。

グリゴーリエフは自身を「芸術家」とはみなさなかった。「芸術家」ではない以上、独力で「生」とつながることはできない。独話的世界を脱して「生」とつながるためには、「生」から生まれ出た芸術を媒介とするほかない。「芸術の生に対する関係と、批評の芸術に対する関係は同じである（G, II, 21）」。芸術が生に関係するように、批評は芸術に関係し、そして芸術を介して生に関係する。芸術は「一者に対する他者」＝「汝」としてあり、芸術との邂逅によって、批評家は自己意識の一元的地平を超えて「生」へと飛躍することができる。この認識を得たとき、グリゴーリエフは「批評家」であることを選んだ。ゴーゴリの書との邂逅は、「批評家」グリゴーリエフの誕生を決定的に準備した出来事だったのである。

批評は批評家と芸術の相互関係のなかから生まれ出るものだ。芸術からの作用に応える＝書くことによって、自己のうちなる「自分よりも高い」ものの存在を確認し、それに肉薄しようとする。批評はそうした試みの所産であり、自己の空虚を埋め、「生」との生きたつながりを築く方法にほかならなかった。グリゴーリエフにとって直接性へと通ずる入り口があるとしたら、それは批評を措いてほかにない。創作の独話的世界から批評の対話的世界へと移行することで、グリゴーリエフは「生を花開かせることのできる国」を束の間に垣間見る地盤を得たのである。束の間に。なぜなら、ひとたび言語によって形式化された批評は、永遠に流れつづける生との生きた関係を失わざるを得ないからだ。グリゴーリエフにとっては、書くという営為の方が書かれたテクストよりも上位にある。芸術を介した生との関係を形骸化させないためには、自己の可変性を保ち、芸術と出会いつづけなければならない。読みつづけ、書きつづけなければならない。生とのつながりを築き、そしてそれを常に更新していくこと。批評という新しい方法を、このときグリゴーリエフは見出したのだった。

先に指摘したように、「単独化された立場」に立っていたはずのグリゴーリエフは、漂泊の果てに絶対者への信仰へと帰着した。だが、彼の場合、個と普遍の関係は、弁証法的な歴史の過程のなかに取り込まれているのではない。普遍的な「生」との関係は、芸術との相互作用を通じて、そのつど構築し、確認し、更新していくべきものであった。それは、四〇年代の探求を経て見出した、グリゴーリエフの独自の態度であったといえよう。

この新しい態度の発見と軌を一にして、グリゴーリエフの生活にも劇的な変化が訪れる。一八四〇年代末より、グリゴーリエフは劇作家オストロフスキーのサークルに出入りするようになった。そこには、詩人のメイや批評家のエデリソン、ロシア民謡の歌い手フィリッポフなど、新進の若手が集まっていた。彼らは五〇年代初頭より、ポゴージンの発行する雑誌『モスクワ人』を拠点に「若き編集者たち」として活躍していくことになる。劇場や酒場に集いながら、グリゴーリエフは遅れてきた青春を束の間に謳歌した。オストロフスキーの戯曲やロシア民謡やロマ歌謡への熱狂は、反省をしばし忘れさせるほどだった。グリゴーリエフはこの頃を回顧して、後にこう書いている。

それは五〇年代初めの頃だった。第二の、そしてまぎれもなく本物の青春の時期、土地や土壌や民衆への信仰が新たに、というよりも更新されて魂のうちで復活した時期、反省と学問によって根絶やしにされたかに見えた直接的なものがすべて、頭にも心にもよみがえった時期、あの懐かしい『モスクワ人』の表紙のような、若葉色をした希望の時期……。[…] 孤独によって私は生まれ変わったのだった。その前の何年間か、なんだか他人めいた生活を送っていた私、よその誰かの、どうであれ自分のではない情熱を生きていた私、その私が自分の魂の奥底で己自身を見出しつつあったのだ。（傍線引用者）[88]

これはドストエフスキー兄弟の雑誌『時代』に連載された自伝『私の文学的・精神的漂泊』（一八六二）の一節で、土壌主義の立場から再構成された回想であることは考慮する必要がある。しかし、そのことを差し引いても、五〇年代の初めが、グリゴーリエフにとって「希望」の時代であったことは疑うべくもない。それは、反省の分裂を超えて直接的なものに触れた時期、直接性への飛躍の足がかりを確かに見出した時期だった。このときを境に、グリゴーリエフの「漂泊」は四〇年代から画され、有機的批評へと結実していく新たな探求がはじまるのである。

（1）*Григорьев А.А.* Русская драма и русская сцена. Последний фазис любви – любовь в XIX веке // Репертуар и пантеон. 1846. Т. 16, кн. 12. С. 405.
（2）Там же. С. 406.
（3）『二つのエゴイズム』と『仮面舞踏会』の相似性については、ダウラーの記述が要を得ている。W. Dowler, *An Unnecessary Man: The Life of Apollon Grigor'ev*, pp. 41–43.
（4）R. Whittaker, *Russia's Last Romantic, Apollon Grigor'ev 1822–1864*, p. 68.
（5）*Ibid.*, p. 68.
（6）*Нольман М.Л.* От «Демона» Пушкина к «Демону» Некрасова // К истории русского романтизма / Под ред. Ю.В. Манна. М., 1973. С. 395–400.
（7）長縄光男『評伝ゲルツェン』、二二五頁。
（8）同上、二二二―二二四頁。
（9）*Анненков П.В.* Литературные воспоминания. М., 1983. С. 339.
（10）Там же. С. 341.
（11）ジョナサン・ビーチャー（福島知己訳）『シャルル・フーリエ伝――幻視者とその世界』作品社、二〇〇一年、二〇〇頁。
（12）同上、二〇〇頁。
（13）中村秀一「サン＝シモン教と普遍的アソシアシオン」『アソシアシオンの想像力――初期社会主義思想への新視角』『社会思想史の窓』刊行会編、平凡社、一九八九年、五六―六六頁。
（14）サン＝シモン（森博訳）「同時代人に宛てたジュネーヴの一住人の手紙」『サン＝シモン著作集　第一巻』森博編訳、恒星社厚生閣、一九八七年、六四頁。

(15) *Анненков П.В.* Литературные воспоминания. С. 342.

(16) Там же. С. 342.

(17) Там же. С. 343.

(18) R. Peace, "Nihilism," in W. Leatherbarrow and D. Offord, eds., *A History of Russian Thought* (Cambridge: Cambridge University Press, 2010), p. 119.

(19) *Ibid*., p. 119.

(20) R. Neuhäuser, "The Early Prose of Saltykov-Shchedrin and Dostoevskii: Parallels and Echoes," *Canadian Slavonic Papers* 22: 3 (1980), p.378.

(21) *Ibid*., p. 379.

(22) *Ibid*., p. 381.

(23) イヴァーノフ＝ラズームニク（佐野努・佐野洋子訳）『ロシア社会思想史（上）』成文社、二〇一三年、三四七頁。

(24) ヘーゲル哲学に対するベリンスキーの闘争については、とくにイヴァーノフ＝ラズームニクの記述が参考になった。イヴァーノフ＝ラズームニク『ロシア社会思想史（上）』、三四四―三四九頁。

(25) 尾崎恭一「シュティルナー哲学のプログレマティーク」『ヘーゲル左派　思想・運動・歴史』石塚正英編、法政大学出版局、一九九二年、八一頁。

(26) 勝田吉太郎『勝田吉太郎著作集第一巻　近代ロシヤ政治思想史（上）』、一六〇頁。傍点原文。

(27) フォイエルバッハ（船山信一訳）「将来の哲学の根本命題」『フォイエルバッハ全集　第二巻』福村出版、一九七四年、一一三頁。傍点原文。

(28) *Усакина Т.* Петрашевцы и литературно-общественное движение сороковых годов XIX века. С. 7–11. またセドンも同様の指摘をしている。J. Seddon, *The Petrashevtsy*, pp. 82–83.

(29) フォイエルバッハに対する「唯一者」の批判的意義については、とくに以下の文献を参照した。住吉雅美『哄笑するエゴイスト――マックス・シュティルナーの近代合理主義批判』風行社、一九九七年、七六―八二頁。滝口清栄『マックス・シュティルナーとヘーゲル左派』理想社、二〇〇九年、一一〇―一一四頁。

(30) カール・レーヴィット（村岡晋一・瀬嶋貞徳・平田裕之訳）「キルケゴールとニーチェ」『ヘーゲルからハイデガーへ』、五三頁。傍点原文。

(31) 住吉雅美『哄笑するエゴイスト』、九八頁。

(32) シュティルナーのエゴイストの意義に関しては、住吉雅美『哄笑するエゴイスト』第三章（七三―一〇八頁）を参照した。

(33) ルネ・ジラール（古田幸男訳）『欲望の現象学――ロマンティークの虚偽とロマネスクの真実』法政大学出版局、一九七一年、一七頁。

(34) 同上、一六頁。

(35) 九鬼周造「驚きの情と偶然性」『人間と実存』岩波文庫、二〇一六年、一六五頁。

(36) 九鬼周造『偶然性の問題』岩波文庫、二〇一二年、一三二―一三三頁。

(37) 九鬼周造「偶然の諸相」『人間と実存』、一三六頁。

(38) こうした登場人物同士の関係に、楯岡求美はメタシアター的構造を読み込んでいる。メタシアター的構造とは、「登場人物が他者との関係を「演出」する者と彼が割り振った役を演じる「役者」とに分かれていることが意識化されている関係性」にほかならない（楯岡求美「レールモントフ『現代の英雄』におけるメタシアター的構造」『ロシア語ロシア文学研究』第三九号、二〇〇七年、一〇〇頁）。この場合、グルシニツキーやメリーは無自覚な役者であり、彼らをあやつるペチョーリンは自覚的な演出家かつ役者である。ペチョーリンは、「綿密に相手の筋書きを読み、それに対して自分が有利になるようにさまざまな仕掛けを演出」する（同上、一〇三頁）。その結果として、相手が無批判に従うモードの欺瞞性が暴露されるのである。ペチョーリンは「社会の日常に埋没している問題（引用者注――因習や社会的制度など）を目に見える形に映し出し、先鋭化させる触媒の機能」を担っている（同上、一〇四頁）。

(39) 山路明日太「『現代の英雄』と模倣性の時代の象徴的人間像」『ロシア語ロシア文学研究』第四一号、二〇〇九年、五頁。

(40) *Виноградов В.В.* Стиль прозы Лермонтова. Ann Arbor, Michigan: Ardis, 1986. С. 108.

(41) Там же. С. 107.

(42) *Эйхенбаум Б.М.* «Герой нашего времени» // *Эйхенбаум Б.М.* О прозе. О поэзии. Л., 1986. С. 335.

(43) 金子幸彦「「運命論者」について」『一橋論叢』第五〇巻第一号、一九六三年、三二頁。

(44) 山路明日太「『現代の英雄』における「運命論者」の位置づけ」『ロシア語ロシア文学研究』第三八号、二〇〇六年、一〇三頁。

(45) 同上、一〇三頁。

(46) 同上、九七頁。

(47) ロバート・リードもこの賭けが宿命の有無に関するいかなる証明にもならないことを指摘している。Robert Reid, *Lermontov's* A Hero of Our Time（Bristol: Bristol Classical Press, 2001）, p.79.

(48) *Ibid.*, p. 78. また金子幸彦もこの賭けがヴーリチにとってはたんなる賭けでしかなかったことを指摘している。金子幸彦「「運命論者」について」、一一九頁。

(49) 九鬼周造「偶然と運命」菅野昭正編『九鬼周造随筆集』岩波文庫、一九九一年、七八頁。

(50) ヴラジーミル・ゴルシテインも両者の賭けのちがいに着目しているが、その主眼はペチョーリンの倫理的なヒロイズムを強調することにある。ゴルシテインによれば、現場にいた殺人犯の母の存在がペチョーリンの行動に大きな影響を与えているという。すなわち、母の前で子が射殺される事態を防ぐために、ペチョーリンは生け捕りにすることを試みた、というのである。ゴルシテインの論は一個の「運命論者」論として興味深いが、本研究の観点とは合致しない。Vladimir Golstein, *Lermontov's Narratives of Heroism*（Evanston, Illinois: Northwestern University Press, 1998）, pp. 121–122.

(51) 九鬼周造『偶然性の問題』岩波文庫、二〇一二年、二二九頁。

(52) この系譜については以下の文献に詳しく論じられている。村岡晋一『対話の哲学——ドイツ・ユダヤ思想の隠れた系譜』講談社選書メチエ、二〇〇八年。

(53) マルティン・ブーバー（佐藤吉昭・佐藤令子訳）「対話的原理の歴史」『ブーバー著作集2　対話的原理Ⅱ』みすず書房、一九六八年、一二二—一二三頁。

(54) 濫読家であったグリゴーリエフがフォイエルバッハを読んでいなかったとは考えにくいが、それを裏付ける証拠はない。作品や書簡に言及がないことから推して、決定的な影響は受けなかったと考えられる。

(55) マルティン・ブーバー（児島洋訳）『人間とは何か』理想社、一九六一年、五二頁。

(56) 同上、六七頁。

(57) 同上、六八頁。

(58) フォイエルバッハ「将来の哲学の根本命題」、一六〇頁。傍点原文。

(59) 宇都宮芳明「フォイエルバッハと人間の問題——「私」と「汝」の問題をめぐって」『北海道大学文学部紀要』第一九巻第二号、一九七一年、一三頁。
(60) 同上、一四頁。
(61) 同上、一七頁。傍点原文。
(62) フォイエルバッハ「将来の哲学の根本命題」、一三一頁。
(63) フォイエルバッハ（船山信一訳）「私の哲学的発展行程を特色づけるための諸断片」『フォイエルバッハ全集　第二巻』福村出版、一九七四年、二四一頁。
(64) 同上、二四一頁。
(65) 宇都宮芳明「フォイエルバッハと人間の問題」、二三頁。
(66) 「わたし」と「あなた」の「愛」における相互的関係という観点を共有している作家が、同時代のロシアに少なくとももう一人存在した。ドストエフスキーである。木下豊房は、ブーバーの対話の哲学を援用して『貧しき人々』や『白夜』を読み解いている。『貧しき人々』のジェーヴシキンとワルワーラ、『白夜』の夢想家とナースチェンカのあいだには、「わたし」と「あなた」の対話的関係が成立しているという。「強固な官僚機構のなかで、虫けらのように、ネジクギのようにモノとしてあつかわれるゴーゴリの『外套』の主人公が、ドストエフスキーの『貧しき人々』のジェーヴシキンの姿となって、自意識においてよみがえったとすれば、さらにその自意識を自己開示させたのは、対話の相手としてのワルワーラの存在であった」（木下豊房「二葉亭とドストエフスキー（二）——『其面影』、『平凡』・主観共同の夢と頽落」『近代日本文学とドストエフスキー』成文社、一九九三年、五八頁）。ジェーヴシキンにとってワルワーラは「社会的にモノとして対象化され、閉じ込められた自己の内部の人格を自覚させ、切り開いてくれる対話的存在（同上、五八頁）」であったのである。こうした読みはそれ自体として示唆に富むが、一方で同時代性という視点が抜け落ちてもいる。ドストエフスキーは時空を超えてブーバーと結びつくというよりは、ブーバーのいう対話的原理の歴史の端緒にフォイエルバッハやグリゴーリエフらとともに位置していたというべきだろう。
(67) *Григорьев А.А.* Гоголь и его последняя книга // Русская эстетика и критика 40–50-х годов XIX века. М., 1982. С. 110–111.
(68) *Григорьев А.А.* Письма. С. 20.
(69) この点に関しては、以下の二つの文献を参照した。Lauren G. Leighton, *The Esoteric Tradition in Russian Romantic Literature:*

Decembrism and Freemasonry (Pennsylvania: The Pennsylvania State University Press, 1994), pp. 25–33. 笠間啓治『一九世紀ロシア文学とフリーメーソン』近代文芸社、一九九七年、五一四〇頁。

(70) Lauren G. Leighton, *The Esoteric Tradition in Russian Romantic Literature*, p. 29.

(71) 「往昔の師」が何者なのかは明かされていないが、前後に二度言及があるサン＝マルタンのことではないかと考えられる。「イリュミニスム」を代表するフランスの神秘思想家であるサン＝マルタン（一七四三―一八〇三）は、ロシアのフリーメイソンに対して多大な影響を与えていた。この点に関しては以下の文献に詳しい。笠間啓治、前掲書、四二―六八頁。

(72) Там же. С. 65.

(73) W. Dowler, *An Unnecessary Man: The Life of Apollon Grigor'ev*, p. 51.

(74) *Григорьев А.А.* Гоголь и его последняя книга. С. 110.

(75) Там же. С. 116.

(76) Там же. С. 117.

(77) Там же. С. 117.

(78) Там же. С. 117.

(79) Там же. С. 114.

(80) Там же. С. 113–114.

(81) *Григорьев А.А.* Письма. С. 31. 一八四八年一一月一七日付ゴーゴリ宛ての第二書簡より。

(82) Там же. С. 31–32.

(83) Там же. С. 31.

(84) *Григорьев А.А.* Гоголь и его последняя книга. С. 118.

(85) Там же. С. 118.

(86) *Григорьев А.А.* Письма. С. 35.

(87) Там же. С. 30.

(88) *Григорьев А.А.* Воспоминания. С. 43.

結論

本書では、反省と直接性をめぐる二つの探求の軌跡を描いてきた。以上を踏まえ、一八四〇年代の文学史的・思想史的状況を改めて整理するならば、従来の構図をどのように更新し、または補完することができるのだろうか。そして、そこからさらに、どのような新しい課題を導き出すことができるのだろうか。五つの論点に即して考察していきたい。

第一に、ロマン主義からリアリズムへの転換という構図に関して、「直接性」という観点を導入することで、両者の希求の根源的な同質性を際立たせることができるだろう。直接性という、ルソー以後の時代に顕在化した理想への憧憬は、この時代にも一貫して通底している。先験的に失われていた故郷への郷愁は、リアリズムの主導者たちをして「黄金時代」というユートピアを夢想せしめた。そして、統一的な人格というロマン主義以来の理想も、四〇年代においてじつは一貫して掲げられていた。ベリンスキーやゲルツェンが夢見ていたのは、二元論の克服された統一的人格であったからだ。

ベリンスキーやゲルツェンが行ったのは、直接性という理想を彼岸から此岸へと移しかえることであり、その理想に関わる価値の秩序を再編することであった。ロマン主義の「絶対」にかえて「現実」が追求され、芸術的な想像や哲学的な思索によってではなく、「行為」によって「現実」へといたるプロセスが構想された。かくして、「行為」において理論と実践を統一し、「現実」の次元で学問と生活を統一するためのプロジェクトが提示されたのだった。

したがって、本書の観点に立てば、「ロマン主義からリアリズムへ」という転換の物語は相対化されることになる。この流れは、根本的な転換としてではなく、「直接性」という同じ理想のもとでの価値秩序の再編として捉えられるのである。従来の構図に照らせば、プレシチェーエフは時勢に遅れた素朴で曖昧な夢想家のように見えることだろう。しかし、「人格の直接性」という観点から見るならば、プレシチェーエフは、価値秩序の変化のなかで、いち早く新しい人格のタイプを実地に示した存在とみなせる。統一的人格という同じ究極の理想のもとにあっては、ロマン主義の主人公であろうが、〈小さな預言者〉であろうが、チェルヌイシェフスキーの「新しい人間」であろうが、じつは「空想性」という点で大きなちがいはない。プレシチェーエフは時代錯誤なのではなく、ロマン主義の高踏的な人格にかえて、「ふつうの人々」のための人格を新たに構築したのであり、それは来る時代を予告するものとなったのだ。

第二に、ヘーゲル哲学への応答という観点から、従来の文学史的構図を更新することができるだろう。反省から直接性へといたる道程は、ヘーゲル哲学の影響のもと、弁証法的な過程を付与されていた。ヘーゲル哲学の弁証法は、四〇年代におけるロシア思想を根本で支えるものであったといってよい。西欧派であるとスラヴ派であるとを問わず、ヘーゲル哲学の影響は歴然たるものがあった。「哲学を現実化する」という課題をヘーゲル左派と共有していた西欧派は、「現実」という観点からヘーゲル哲学の抽象性を批判したが、一方で、弁証法という構造は受け継いでいた。ベリンスキーやゲルツェンの〈プロジェクト〉は、直接性から反省を経て高次の直接性へいたるという、まぎれもない弁証法的構造を有している。一方のスラヴ派も、ヘーゲルに抗した後期シェリングの影響を強く受けているとはいえ、教養の基盤自体は西欧派とそれほど変わりなく、ヘーゲル哲学の影響はやはり顕著に認められる。個と普遍の高次の合一という希求は、両派にともに共通しているのである。

西欧派対スラヴ派という構図の周縁で、両派とは相異なる観点に立っていたのが、グリゴーリエフだった。グリゴーリエフはもはや弁証法を前提とせず、普遍から切り離された「単独」の人間を思索の出発点としている。ポスト・

ヘーゲル時代の思想的状況において、グリゴーリエフは、キルケゴールやシュティルナーらと「単独化された立場」を共有していたのである。したがって、反省から直接性へという同じ希求のありようも、〈プロジェクト〉とは異質なものとなった。グリゴーリエフにとって、直接性の回復されるところは、「普遍」や「絶対」ではなく、己自身の「生を花開かせることのできる国」という、より小さな場であった。それは、自己の本来的な基盤、自己の本性に根ざした生き生きとした立脚点にほかならない。普遍のたどる過程から切り離されたグリゴーリエフは、反省を超える契機を自己のうちに見出せなかった。無限に循環する反省のただなかで、反省によって反省に抗することこそが、グリゴーリエフの特異な立場だったのである。グリゴーリエフの探求はやがて、ゴーゴリとの邂逅という転回点を経て、「生」という普遍へと行き着くことになる。しかし、それは、弁証法という所与の過程に帰順したことを意味するのではない。普遍との関係は、「批評」という、芸術との対話的関係（それもまた一種の「反射《リフレクション》」的関係である）を通じて、一回一回更新していくべきものとしてあった。グリゴーリエフは、四〇年代をめぐる従来の研究において盲点となっていた思想的位相を開示しているのである。

第三に、本書の成果を踏まえ、ペチョーリンにはじまる二つの主人公の系譜を抽出することができるだろう。ロシアにおける反省の問題は、レールモントフの主人公ペチョーリンを解釈するところにはじまった。ペチョーリンの具現する自己意識の問題に、ベリンスキーがはじめて「反省」という用語を与えたのである。ベリンスキーはペチョーリンのうちに反省の諸問題を見出しつつ、同時に反省を超える契機をも見出していた。ペチョーリンは「現実」という高次の次元に照らして自己を批判的に見つめることができる。ベリンスキーの解釈によるならば、ペチョーリンは「現実」の探求という道程の端緒に位置づけられるのである。

ベリンスキーの世代の作家たちは、ペチョーリンの後に続くべき「肯定的主人公」をそれぞれに模索していた。トゥルゲーネフの描くアンドレイ・コロソフは、「美辞麗句のない人間」という消極的なかたちで新しい主人公の可能性を示唆している。あるいは、ゲルツェンの主人公ベリトフは、「肯定的主人公」たり得ないことの苦悩そのものを具現している。それはサルトゥイコフ＝シチェドリンの主人公も同様である。総じて、四〇年代に現れた主人公たちは、理論と実践、思想と生活のあいだで引き裂かれた〈ハムレット〉＝〈余計者〉のタイプに属していた。

そうした大勢のなかで、われとみずから「新しい人間」の可能性を示した詩人こそ、プレシチェーエフにほかならない。プレシチェーエフは〈預言者〉の復活を高らかに宣言し、時代遅れの〈ドン・キホーテ〉という批判をかわすべく、〈われら〉のための集団的な人格＝〈小さな預言者〉を構築した。それは、真理への信仰と献身をしるしとする明朗さでもって、〈小さな預言者〉を実演してみせた。それは、真理への信仰と献身をしるしとする〈ドン・キホーテ〉の萌芽、チェルヌイシェフスキーがモデル化した「新しい人間」の先駆というべき人格であった。〈小さな預言者〉と〈余計者〉は、同じ希求に発する、いわばポジとネガの関係にある。

「現実の領域」に到達しようとする試みは、「現実」という次元に照らして無限に相対化し得るものだ。そうしたアイロニーを、サルトゥイコフ＝シチェドリンの小説は仮借なく表現している。プレシチェーエフもまたそのアイロニーの餌食となったわけだが、しかし、言葉と行動、思想と生活の妥協点を実地に表現してみせた〈小さな預言者〉は、四〇年代においてはむしろ稀なる例であった。それは、ベリンスキーの解釈したペチョーリンと、六〇年代の「新しい人間」とをつなぐ結び目ともいうべき人格だったのである。

このように整理される系譜とは別に、同じくペチョーリンにはじまるもう一つの系譜を抽出することができる。それは、レールモントフからグリゴーリエフを経てドストエフスキーへといたる系譜である。グリゴーリエフはベリンスキーとは異なり、ペチョーリンのうちに無限に循環する自己意識を見出した。反省を超える契機を自己のうちにもたないロマン主義的エゴイストは、反省の自己相対化作用の果てに、「無性格」の状態へと陥っていく。ヴィターリン、ズヴァニンツェフ、イメレチノフという三人の主人公を通じてグリゴーリエフが表現したのは、「無性格」の問題の諸相にほかならなかった。グリゴーリエフ自身は、「無性格」の「深淵」から脱する可能性を、芸術との対話を介して「生」へと肉薄するという方法に見出した。それは創作から批評への転回点でもあり、グリゴーリエフは以後、イメレチノフに続く主人公を生み出してはいない。

ペチョーリン―ヴィターリンの系譜は、その後ドストエフスキーに受け継がれたと見てよいのではないか。『罪と罰』の主人公ラスコーリニコフは、小林秀雄が喝破したように「性格のない個性」(1)である。自己意識の果ての内的空虚に理論がとりつき、ラスコーリニコフは、何ものかに引きずられるように半ば自動的に殺人を犯す。「むごたらしい自己解剖が彼を目茶々々にしてゐる。[…]彼を馳つて殺人に赴かしめたものは、理論の情熱といふよりも寧ろ自ら抱懐する理論に対する退屈なのだ、理論を弄くりまはした末の疲労なのである」(2)。ラスコーリニコフもまた、反省的自己意識の果ての「無性格」の問題を体現している。すでに四〇年代の作品において、望月哲男が指摘するように、グリゴーリエフの主人公たちは、「その存在と意識のアイロニカルな関係において、ドストエフスキイの「主婦」「白夜」などの主人公に酷似している」(3)。『白夜』の夢想家が地下室の男やラスコーリニコフの前身として解釈されることを考え合わせれば、ヴィターリンとラスコーリニコフの相似も同じく指摘し得るはずである。それどころか、四〇年代にあって、ドストエフスキーの夢想家よりもなおいっそうラスコーリニコフに近しいところにいたのは、むしろグリゴーリエフの主人公であったのではないか。『白夜』の夢想家にはいまだ萌芽としてあったにすぎない「無性格」の空虚を、ヴィターリンやズヴァニンツェフは、すでにラスコーリニコフと共有していたからである。

反省の「深淵」にともに向き合っていたグリゴーリエフとドストエフスキーは、やがて土壌主義の旗印のもとに盟友関係を結ぶことになる。グリゴーリエフの「生」に対する信仰と、「カラマーゾフ万歳」の唱和へいたるドストエフスキーの「世界全体の調和」の夢。両者の同質性や異質性を論ずることは、本研究の範囲を超える。しかし、反省の「深淵」からの跳躍先として、両者がともに本源的な直接性の夢を希求していたことはまちがいない。そして、その夢は、ベリンスキーの〈プロジェクト〉が思い描いた「黄金時代」、時間軸の先にある「未来」とは、異なる位相に存在するものであったのだ。

反省と直接性のあいだにあって、四〇年代人たちが共有していた直接性の追求は、ペチョーリンを出発点とし、また分岐点とする二筋の軌道を描いている。従来の研究は、ベリンスキーからチェルヌイシェフスキーにいたる系譜を主筋とみなし、それにスラヴ派の系譜を対置してきた。だが、その陰には、もう一つの密かな系譜が確かに存在していたのである。以上のことは、四〇年代の文学史を説明するための構図として、従来の枠組みに新たな視点を付加するものといえよう。

第四に、この隠れた系譜に、「偶然」や「邂逅」という主題系を見出すことができるだろう。自己意識の同一的世界にとらわれたグリゴーリエフやドストエフスキーの主人公たちにとって、同一性の圏外から訪れる偶然＝邂逅は、「無性格」からの飛躍の可能性をひらくものだ。レールモントフの『現代の英雄』において隠微なかたちで示された「台本の外の出来事」＝偶然的邂逅は、グリゴーリエフやドストエフスキーの作品ではより意識的な希求の対象となっていく。

偶然性という契機は、「我」に対する「汝」の希求という実存に関わる問題であると同時に、弁証法的な発展史観に対するカウンターともなり得る。たとえばゲルツェンは、二月革命後の幻滅や家庭の悲劇を経て、かつて自らが奉じていた歴史的発展の必然性を否定し、偶然性の哲学へと傾斜していった。ゲルツェンによれば、歴史に「libretto（台本）はない」(4)。

自然は自分の意図をほんの少し、もっとも一般的な規範としてチラリと見せるだけで、細部はすべて人びとの意思や環境や気候や何千もの偶然的出会いに任せてきました。結果を予め知ることのできない自然の力と意思の力との闘いと相互作用こそが、歴史のあらゆる時代に尽きせぬ興味を与えているのです。もし人類が何らかの結末に向かってまっしぐらに進むものだとすれば、歴史は存在せず、あるのはただ論理だけということになり、人類は動物のように本能的な status quo（現状）において出来上がったままに、一歩も前に進まないでしょう。［…］歴史にあってはすべてが即興です。すべてが意思です。すべてが ex tempore（準備なし）です。(5)

ゲルツェンは、「結果を予め知ることのできない自然の力」を根底に据え、「何らかの結末に向かってまっしぐらに進む」歴史を否定し、歴史の徹底した偶然性を強調するのである。

ゲーリイ・モーソンは、ゲルツェンが批判している決定論的な歴史観をロシア思想史・文学史における「トラディション」とみなし、それに対する「カウンタートラディション」として、ドストエフスキー、トルストイ、チェーホフを位置づけた。モーソンの論が興味深いのは、カウンタートラディションの思想をナラティヴの問題として読み解いている点である。チェルヌイシェフスキーを筆頭とする「革命的民主主義者」たちは、ユートピアへといたる歴史の「大きな物語」を奉じている。だが、すべてがあらかじめ定められた「物語」の一部であるならば、個人の自由は失われ、現在は未来に従属するものとなってしまう。「ここにこそ、ドストエフスキーの思想と形式探求の根幹に位置する問いがある。いかにして人間を真に自由な人間として想像し表象するのか？」(6) しかし、小説家にとってこれはきわめて困難な課題である。結末へと向かう構築された時間をもつという点で、小説と理論には相通じるところがあるからだ。

モーソンは、出来事を物語ることにひそむ、ある逆説を指摘している。何事かを物語っているという事実が、何か語るに値する出来事が起こったことを前提としており、語りのなかで出来事はすでに完了している。(7) 出来事が起こった瞬間、出来事に逢着した瞬間、その時の現在の驚きは、物語において失われざるを得ない。物語の「閉じられた時間」は、人生の「開かれた時間」と対立し、事の帰結に向けて構成された物語は、人生の偶然性・現在の現在性と対立する。この逆説的問題にもっとも先鋭に応答したのが、ドストエフスキーとトルストイなのである。モーソンは、小説のなかで「現在の現在性」を守り、小説のなかで「開かれた時間」を実現しようとした彼らの手法を分析していく(8)。

循環する自己意識の空虚に風穴をあけ、「現在」にその現在性を回復させる契機としての「偶然性」。それに着目することで、新たな位相において新たな思想史的・文学史的連関を浮かび上がらせることが可能となるのではないだろうか。

最後に、ロシアで問われた反省概念の射程をより広いコンテクストのもとに捉え直すことも可能だろう。反省の問題は、ドイツ観念論や、ドイツ・ロマン派、キルケゴールの哲学、あるいはベンヤミンの影響を受けた現代思想など、様々な面で多義的に問われてきたが、四〇年代のロシアにおける反省概念も、哲学的な緻密さでは劣るとはいえ、それ自体としての普遍的な射程を有している。そこで本質的な契機となっていたのは、外発的な近代化による違和の感覚であった。ベリンスキーが、ピョートル一世の欧化政策に端を発する歴史的問題として反省を理解していたように、範とする西欧近代とロシアの現実との分裂、または西欧型モデルと自己との分裂を意識する意識こそ、反省の淵源にあるものだった。ベリンスキーの提起した反省概念は、四〇年代のロシアという時空間を超えた射程を有している。それは、「外発的」な西欧近代を己が運命として引き受けた諸地域においても同様に問題化され得るのであり、当然ながら日本も例外ではない。ここに、日露比較研究の一つの可能性がひらけてくる。

夏目漱石は日本の近代化を無理押しに押された外発的開化とみなし、「斯う云ふ開化の影響を受ける国民はどこかに空虚の感がなければなりません(9)」と述べた。近代日本における創造的な批評の先駆者である小林秀雄は、夏目漱石以来の問題意識を受け継ぎ、日本の近代文学を「故郷を失った文学」と規定した。小林は、ドストエフスキーの『未成年』を読んで、「ことに描かれた青年が、西洋の影響で頭が混乱して、知的な焦燥のうちに完全に故郷を見失つてゐるといふ点で、私たちに酷似してゐるのを見て、他人事ではない気がした」[10]と感想をもらしている。日露近代の親縁性は、二葉亭四迷以来、つとに自覚されていたところであった。

小林は、外発的な近代化の状況に、拠りどころが失われ、「様々なる意匠」が乱立する混乱をみた。彼のいう「意匠」とは、「思想の制度」「理論」「尺度」のことにほかならない。「尺度に従つて人を評する事も等しく苦もない業である。常に生き生きとした嗜好を有し、常に溌剌たる尺度を持つといふ事だけが容易ではないのである」[11]（「様々なる意匠」、一九二九）。小林は、世の批評家たちの拠って立つイデオロギーが、多くは外来の借り物にすぎないことを暴きつつ、人間が「各自の資質に従つて、各自の夢を築かんとする地盤」[12]への憧憬を語った。そうした地盤のうえに充足して立つ存在として、若き日の小林が称揚したのが、志賀直哉であった。「氏の印象はまことに直接だ。笛の音に鎌首を擡げる蛇の様に、冬の襲来と共に白変する雷鳥の翼の様に直接だ。この印象の直接性は、或る印象を表現するに如何なる言葉を選ばうとするかといふためらひを許さない」[13]（「志賀直哉」、一九二九。傍線引用者）。小林は、志賀のテクストに、言葉と対象の透明な関係を見出している。「見ようとはしないで見てゐる眼」[14]を介して、志賀は世界と直接に相対している。このような志賀解釈は、それ自体、小林の「直接性」への憧憬を明かすものだ。

己にとって「生き生きとした」「溌剌たる」地盤へと接近するために、小林が見出したのは、ほかならぬ「批評」という方法であった。

> 芸術家たちのどんなに純粋な仕事でも、科学者が純粋な水と呼ぶ意味で純粋なものはない。彼等の仕事は常に、種々の色彩、種々の陰翳を擁して豊富である。この豊富性の為に、私は、彼等の作品から思ふ処を抽象する事が出来る、と言ふ事は又何物を抽象しても何物かが残るといふ事だ。この豊富性の裡を彷徨して、私は、その作家

り始める、この時私は私の批評の可能を悟るのである。[15]

の思想を完全に了解したと信ずる、その途端、不思議な角度から、新しい思想の断片が私を見る。見られたが最後、断片はもはや断片ではない、忽ち拡大して、今了解した私の思想を呑んで了ふといふことが起る。この彷徨は恰も解析によつて己れの姿を捕へようとする彷徨に等しい。かうして私は、私の解析の眩暈の末、傑作の豊富性の底を流れる、作者の宿命の主調低音をきくのである。この時私の騒然たる夢はやみ、私の心が私の言葉を語り始める、この時私は私の批評の可能を悟るのである。[15]

芸術の豊富性を解析していく果てに、作者の「宿命の主調低音」が聞こえてくる。それに己の「宿命」が共鳴し、己の心が己の言葉を語り出す。ここで芸術の解析が自己解析に等しいとされていることに注意したい。小林にとって批評とは、芸術と自己のあいだでくりかえされる反射運動としてあった。芸術を見つめながら、芸術に反射させて自己を見つめ、自己を見つめながら、自己に反射させて芸術を見つめる。この対話的な運動の果てに、自己は自己の「宿命」へと肉薄するのである。

小林にとっての批評のありようは、グリゴーリエフにとってのそれと奇しくも似ている。この時点で小林は、己の「宿命」と作者の「宿命」に通底する普遍（グリゴーリエフの場合の「生」）を想定しているわけではない。だが、芸術との対話的関係を介して自己の根源へ肉薄していこうとする方法論を、両者は共有している。しかも、小林の歩みにも小説から批評への転回があり、その背後にはやはり自己意識の問題が潜んでいた。「様々なる意匠」に先立って、小林は「蛸の自殺」（一九二二）や「一ツの脳髄」（一九二四）といった自叙的な小説を書いており、それらは、後のラスコーリニコフ論を予感させるような自己意識の空虚を描いているのである。この点を考え合わせれば、グリゴーリエフと小林の親縁性はよりいっそう際立つ。

グリゴーリエフと小林の比較可能性は、すでに望月哲男が示唆しているところである。望月は、グリゴーリエフの歴史観を論じる際に、小林秀雄の「無常といふこと」（一九四二）に論及し、両者の親縁性を指摘している。[16] ここに示された比較の可能性は、さらなる広大な比較研究の領野へと通じている。先験的な故郷喪失の感覚。反省的自己意識とそれがもたらす内的空虚。自己の本源的な場として夢見られる直接性。そして、そこへの通路を「批評」という方法に見出していくこと。時空を超えて共有されるこれらの契機は、日露近代において有機的批評または創造的批評が生まれていく際の歴史的な諸条件の類縁を示しているのではないか。両者の根幹に通底しているのは、反省と直接性の問題である。それは、グリゴーリエフと小林の比較を超えて、日露近代文学を対比的に考察するための有力な視座となり得るはずだ。もとよりそれは、稿を改めて論ずるべき大きな問題であり、今後の課題としたい。

（1）小林秀雄「「罪と罰」について　I」『小林秀雄全集　第三巻』新潮社、二〇〇一年、四八頁。以下、本全集からの引用に際しては正字を新字に改めた。

（2）同上、四八頁。

（3）望月哲男「グリゴーリエフとドストエフスキイ」、二一一頁。

（4）ゲルツェン（長縄光男訳）『向こう岸から』、六四頁（H, VI, 36）。

（5）同上、六三―六四頁（H, VI, 35–36）。

（6）Gary Saul Morson, "Conclusion: reading Dostoevsky," in W. J. Leatherbarrow, ed., *The Cambridge Companion to Dostoevskii*（Cambridge: Cambridge University Press, 2002）, p. 217.

（7）Gary Saul Morson, "Conclusion: reading Dostoevsky," p. 214.

（8）この分析は、下記の著作で詳細になされている。Gary Saul Morson, *Narrative and Freedom: The Shadows of Time*（New Haven: Yale University Press, 1994）.「サイドシャドウイング」という概念を核とするその議論については、下記の拙文ですでに紹介している。高橋知之「解題　「四大長篇読みどころ」」『ポケットマスターピース10　ドストエフスキー』沼野充義編、高橋知之編集協力、集英社文庫ヘリテージシリーズ、二〇一六年、八一四―八一七頁。

（9）夏目漱石「現代日本の開化」『漱石全集　第十六巻』岩波書店、一九九五年、四三六頁。
（10）小林秀雄「故郷を失つた文学」『小林秀雄全集　第二巻』新潮社、二〇〇一年、三七一頁。
（11）小林秀雄「様々なる意匠」『小林秀雄全集　第一巻』新潮社、二〇〇二年、一三四頁。
（12）同上、一四五頁。
（13）小林秀雄「志賀直哉」『小林秀雄全集　第一巻』、一六二頁。
（14）同上、一六四頁。
（15）小林秀雄「様々なる意匠」、一三六―一三七頁。
（16）望月哲男「有機的批評の諸相――アポロン・グリゴーリエフの文学観」、二四頁。

プレシチェーエフ訳詩集

――『プレシチェーエフ詩集』（一八四六年）より

思い

子供か奴隷のように、しきたりに忠実な私たちは、
生活のなかで幾度となく無関心になる、
心を引き裂かずにはおかないことに対して、
眼から涙をあふれさせずにはおかないことに対して。
私たちは泣きたくないのだ、苦しみたくないのだ、
偏見に対する罰を懐疑のなかに探すのも嫌なのだ。
どんなことでも何も考えず偏見に付き従い、
災禍のなかで運命を静かにとがめる方がよいではないか！
犠牲者の傍らをざわめく群衆となって行き過ぎながら、
ため息をついてこう言う方がよいではないか、「運命がかく命じたのだ」と！
不意に良心がめざめ、私たちに語ったとしよう。
「自らの不幸の責めを負う者よ――お前もまた憐れな死すべき者ではないか……
お前は耳に蓋をして、銅像のように、私の声に応えなかった。

そして幻想を作り出し、幻想に付き従ったのだ！」
私たちは心の叫びをあわてて押し殺そうとする、
日々の平安を損なうことのないように！
時折、群衆のただ中に、
力強く、偉大な魂を持った預言者が
唇に神聖な真理の言葉を湛えて現れても、
ああ、彼は拒まれてしまう！　群衆がその言葉に
愛と真実の教えを見出すことはない……
預言者の語りに耳を傾けるのは恥とも思われ、
霊感に満たされた彼がいざ語りはじめても、
人皆は嘲笑とともに、見切りをつけて去っていく。

一八四五

友の呼びかけに

何のために呼ぶのか、友たちよ？　胸をさわがす憂鬱で、
何だって笑いさんざめく宴を台無しにしなければならないのか？

熱に浮かされた詩で、黄金の液体を祝して、
バッカスを讃えることなど、私にはとうからできない。

乱痴気騒ぎの陶酔は私を楽しませない、
かつての大胆さでもって私のうちに血が沸き立つこともない。
過ぎた日々の愚かな歓楽は消え失せて、
過ぎた日々の愚かな愛は干上がった！

だが、いつのことか、期待に胸をふくらませ、
しかと未来に目をこらしていたこともあった、
疑いも苦しみも私には無縁だった、
いい気なもので、幸せについて思いめぐらせていたのだ。

その頃は、祖国の災いが
私の前に無惨にさらされることもなく、
兄弟たちの苦しみが心を波立たせることもなかった。
だが今はもう、私の心は見開かれ、安らぎを知ることはない！

時折、逸楽の民《シュバリス》が享楽の暮らしを送る

黄金の広間に足を踏みいれると、
あるいは大時代の宮殿や神殿を見ると、
すべてが幾世紀もの苦しみを私に語る。

あるいは盛大な宴の席に、
ざわめく俗衆に囲まれていると――鎖の音が聞こえてくる。
そして私の前に、遠く、幻影のように、
磔刑に処された神聖なる平民《プレブス》の姿が現れる！……

いたたまれない、とてもとても……。歓楽の場所から、
波立つ胸を抱えて、つつましい我が屋根の下に逃れ去る。
だがそこでは、我が身のつまらなさが自覚され、私を押しつぶす。
そんなときは心の底まで涙でさらけ出すことも厭わない。

幸いなるかな、重い懐疑にとらわれることなく長い時を生きた者は、
希望をもって己がまなざしを天に注いだ者は。
だが私は、そんな幸福の不在を恨んだりはしない、
そんなものに私の苦しみを捧げたりもしない！

おお、私を呼ぶな――お願いだから――
陽気な友たちよ、君らの賑やかな悦楽へと。
もうとうから葡萄酒の神を讃えることなどない、
杯のかち合う響きに憂きを忘れることなどない！……

一八四五

大地は嘆き、涸れている。だが、緑はふたたび芽ぐむだろう。
悪が吐きちらす灼熱の息吹は永遠に地上を走りはしない。
――『一信徒の言葉』より

眠り――断片――

……
深い憂いに胸を裂かれ、疲労にあえぐ私は、
息を入れようと、鬱蒼としたカエデの木陰に身を横たえた。
三日月は、麦を刈る者が手にする弓なりの鎌のように、
私の頭上はるか、紺青の高みに照り輝いていた。

辺りは静まりかえっていた……。明るく澄んだ波浪が、
時折、岸壁に寄せては砕け散るのみだった。

物思いに沈みつつ、陰鬱な海のうなりに聞き入っていた、
だが、じきに眠りが疲れた眼を閉じさせた。

そして不意に、美しく輝かしい女神が現れて、
私を預言者として選んだ。
その額はミルテの青々しい葉に飾られ、
金色の絹の巻き毛が両の肩にこぼれていた。

まなざしは清らな愛の炎に熱せられ、
辺りを隈なく暖め、あまねく光を注いでいた。
私は畏敬の念に打たれ、身動きもままならず、
じっと息を殺し、聖なる言葉を待った。

するとその時、女神はこちらに身をかがめ、

私の病んだ胸にそっと手を触れた。
そしていよいよ唇が開かれて、
女神は私にこのように告げられた。

「苦しみと憂いにそなたの胸は塞がれている、
だがそなたの前にはさらにはるかな道がある。

故国でそなたを待ち受けていることを告げようか？
そなたの民はそなたに石をふりかざすだろう。

力強き言葉を以て断ずるがゆえに、
罪の奴隷、恥ずべき虚栄の奴隷を。

復讐の恐るべき時の到来を告げるがゆえに。
悪徳と無為の泥土に落ち込んだ者どもに！

迫害せらるる兄弟たちのうめきにも心乱さず、
父たちの掟を自らの掟とする者どもに！

だが、それらの者を恐れるな！　安んぜよ、わたしはともに在る、
石の礫は、そなたの気高い額をかすめもせずに飛びすぎる。

鎖につながれたとしても、心を確かに信ぜよ、
暗い獄舎の扉をわたしがこの手で開くことを。
そしてそなたはふたたび旅立つ、選ばれし我がレヴィよ、
そなたの声は世界に響き、人びとのもとへ届く。

愛の種子は人びとの心の深くに蒔かれ、
時がいたれば、豊かな実りをもたらす。

その時が到来するのは間もない、
人びとが悶え苦しむ日々も長く続きはしない。

世界は蘇る……。見よ！　はやくも真実の光が、
雲間を洩れて、叡智の炎で煌めいているのを。

行け、心から信じて……。我が胸に憩えば、

苦痛も悲嘆もたちまち晴れるのだから！」
女神は告げた……。そのまますっと掻き消えた、
私は胸を高鳴らせ、眠りから覚めた。
新しい力をみなぎらせ、聖なる真理に
仕えることを誓った、かつて仕えていたように。
甦れた心は起き上がった……。そしてふたたび、迫害される人々に
愛と自由を告げるべく、私は歩きはじめた……

一八四六

＊＊＊

進め！　恐れも疑いもなく
雄々しき功業をあげに、友よ！
神聖なる贖いの曙光が

東天にきざすのを見た！

奮い立て！　互いに腕を組み
共に前へ進もう。
科学の旗のもと
われらが同盟を堅固にしよう。

虚偽と悪行に仕える者どもに
真理の言葉の裁きを下そう。
眠れるものを揺り起こし、
いざ戦場へ、　われらに続け！

天にも地にも
偶像など建てるものか。
あらゆる恩恵と福利を約束されたとしても、
そんなものに骸を捧げるものか！

われらは愛の教えを告げるのだ、
貧者にも富者にも。

そのためには迫害をも耐え忍ぶ、
狂える刑吏さえ許してやる！

血に染まった戦場で、奮迅のはたらきのうちに、
命をけずった者こそ幸いだ。
あの抜け目ない、のらくら者の下男にならって、
一タラントを土に埋めたりしなかった者こそ！

神聖なる真理が
導きの星となって我らを照らさんことを。
そして信じよ、気高い声が
あまねく世界に響くことを！

さあ兄弟、この声を聞け、
若き力に満ちる今こそ。
いざ進め、進め、退くな！
行く手に何が待ち受けようとも。

一八四六

アポロン・グリゴーリエフ　ヴィターリン三部作より

未来の人間（抄）

始まりも終わりもない、とりわけ「教訓」のない物語

フェートに捧ぐ

訳注――「未来の人間」は七章からなるが、ここでは、一、三、四、七章を訳出した。

一　出会い

ときは正午。ネフスキー大通りでは、いつもの一行や面々はまだ姿を見せてはいなかった。通りを行く者はみな、何かしら目的をもって歩いている。そうした目的やら、あるいは身も凍る寒さやらが、行き交う者の足取りをとりわけ速めていた。

たった一人、この時間にあっても決まった目的をもたず、ネフスキーをただネフスキーを歩くがために歩いている者があった。この男はイズレルの菓子店を出て、鉄製の階段をのろくさと一段一段おりてくると、茶褐色をしたコートの海狸皮の襟を立てて、おそらくは寒さを感じたのだろう、毛皮で縁取られた帽子を目深にかぶって両手をポケッ

トに突っ込んだ。そして警察橋の方へと足が向いた。
「足が向いた」と私は書いた。実際、この男の足取りには意思の働きを感じさせないものがあった。意識も目的もなく男は歩いていた。何か外部の力に身をゆだねているかのようで、まるで重石でものっけているみたいに身をかがめ、仕事に出かける日雇いのようにのろくさとしているのだ。男はおそろしく痩せて青白く、帽子の下からそこだけわずかにのぞけている落ちくぼんだ黒い眼は、ぎらぎらしているばかりで、どこも見つめてはいなかった。とはいえ、ときには、銅版画のつるされた陳列窓のまえで足をとめると、ひとところにじっと長く立ちつくしていることもあった。どこといって急ぐあてもなく、止まろうが進もうが同じことだ、といった人間のように。だが、版画に目をやりながらも、その目は版画を見ているのではないらしかった。彼の表情には毛ほどの興味も関心もあらわれていなかったのだから。

何度目かに立ちどまったとき、彼が陳列窓の前に突っ立っていると、店の扉が開かれて、一人の女性が身も軽やかに飛び出してきた。その登場には、どんな人をも――この男ばかりは例外だったが――無感動から目覚めさせるだけの力があった。目鼻立ちはなんとも繊細で、肌は透けるような色合い、足取りも空気のように軽やかだった。だから、底抜けに明るい淡青色の瞳が、見つめられた者をぽおっとさせてしまうくらいに、はしっこくいきいきとしたまなざしをのぞかせていなかったならば、血肉をそなえた存在というよりも、光り輝く幻影か、繊細微妙な蒸気かとも見えたにちがいない。恰好はかなりの薄着で、薄着にすぎるといってもよく、着ているものはどれもこれもふわふわした毛皮製で、身を飾りこそすれ、決して暖めるものではなかった。その容貌は、横顔がふっとほの見えただけでもう忘れられなくなってしまうような、ごくまれなタイプに属していた。誰であれ――老人であれ大の大人であれ青年であれ――目をとめた者にとっては、それは、幼年時代の最初の夢想、人生の最初の夢想と溶け合ってしまうのだ。またその顔の面には、いとけない祈りの純粋さと、女性の胸をふくらませる初めての罪深い夢想と、ラファエルの天使たちのあどけない無邪気なほほえみと、女性の抜け目ないコケットリーの表情とが、奇妙に調和し合っているのだった。

彼女は軽やかに店から飛び出してきた。小鳥のように屈託なく愉しげに、玩具を買ってもらった幼い子どものように。しかし、この一瞬の運動は、劇的な変化をともなうことなしに、なんとも厳しく冷たい表情に交代した。同じ人物とも思えないほどだった。変化の瞬間はおよそ捉えられるものではなく、小鳥が飛び出してきたと思ったら、目の前の階段に立っているのは、美しいけれども厳格な様子をした女性で、睫毛が伏せられているのは慎みからではなく冷淡さゆえであり、色の薄い細い唇に浮かんでいるのはイライラを隠せないじれったげな表情なのだ。それは、さまざまな包みを抱えた恰好で、遅れて店の階段をおりてきた男が、すみやかに従ってくるどころか、のろくさと手間取っていたからにちがいない。

「ああもう、早くして！」彼女はいまいましげに言った。

「ただいま、奥様」召使は答えた。「おいこら、こっちによこせ」召使は美しい女主人のほとんど耳元で大音声に呼ばわった。

彼女はびくっと身震いした。

辻の箱馬車がゆっくりと向きを転じはじめた。

このとき彼女は何とはなしに右手に目をやった。

例の奇人は陳列窓の前に相も変わらず立ちつくしており、先刻と同じく両手をポケットに突っ込んでいた。

男に眼をとめた瞬間、彼女の瞳に浮かんだのは、何かを思い出そうとするときにわれわれを捉える、もやもやとした、形をなさない感覚のあらわれだった。しかし、その感覚は稲妻のように一瞬にして彼女を通り抜けていった。あっと思う間もなく彼女は男のそばに立っていた。

「ヴィターリン！」彼女は叫んだ。

男はびくっと身震いしたが、たちまち相手を認めたらしく、口をひらこうとするそぶりをみせた。「ヴィターリン」彼女は子どものように喜んでもう一度呼びかけると、男に口をひらく隙を与えず、左手をむんずとつかむと、そのまま馬車のほうへ引っ張っていった。

男は逆らうこともなく、この不意に差し伸べられた小さな青白い手を親しげに握りしめた。それどころか、先ほどまでの鈍くささは跡形もなくなり、彼女が馬車へ飛び乗るのにさっと頃よく手を貸すと、続いて自分も乗りこみ、扉を勢いよく閉めたのだった。

「うちへやって」彼女は窓から叫んだ。馬車は出立した。

「こっちにきてから長いのかい？」ヴィターリンは訊いた。彼女の傍らに腰をおろし、思いがけない邂逅にもまったく驚いていない様子だった。

「だいたい一年になるわね」彼女は答えた。「その間ほとんどペテルブルク中くまなくあなたを探していたのよ。あなたがここにいるってことは知ってたんだけど、でもどこにいるのかはわからなかったし、誰も知らなかった。いったいどうしていたの」相手をさびしそうに見やると、こう付け加えた。「みんな忘れちゃったんでしょうね、みんな……」

「いや、その点に関しちゃずいぶん非難されたけれど」ヴィターリンは言い返した。「でもね、いいかい、いったい誰に手紙を書けたっていうんだ？……きみには……ところで、そういえば亭主もこっちなのかい？」

「あの人は死んだわよ」彼女は答えた。慎み深い悲しみの調子を声音に添えようとつとめながら。

「もったいぶらなくていいよ、頼むから……そいつは、あの男の人生でいちばん気の利いた仕事じゃないか。奴さんにはずいぶん退屈させられたんだろう？」

彼女は伏し目がちに黙っていた。

「馬鹿の極みだったんだろう?」ヴィターリンは、まだ存命中の誰か、しかもそこらの無関係な人のことを話してでもいるように、平然と言いつづけた。

彼女は笑い出すまいと唇をかんだ。

「まあ、あの男のことはこの辺にしておこうか……きみはどうしてこっちに来たの?」

「じゃああなたはどうしてなのよ、数年間もずっと?」彼女は言い返したが、そう絡みながらも、子どものように笑いはじめた。

「どうしてって……こっちじゃおおっぴらに何でもできるからね。飲んだくれたりとか。そういえば、ぼくにまつわる数々の伝説は、もはや一篇の詩にでもなってしまったんじゃないか? あっちのうわさじゃ、ぼくはどれだけ飲みほうけているんだろう?……鯨みたいに飲んでいるとか? それじゃ賭博の方は? いかさまをやっているとか?」

そう言いながら、ヴィターリンは神経質に笑っていた。

彼女の淡青色の瞳は涙にかげった。彼女はヴィターリンの痩せた小さな指を両の手でぎゅっと握った。

「あなたったら」彼女はささやくように言った。「昔のことがいまでもまだ忘れられないのね?」

ヴィターリンは彼女の思いやりに心を動かされた。その手を握りしめると、唇へと近づけた。

「どうしてこっちに来たの?」ヴィターリンは深い悲しみをこめて相手を見つめながら、静かな優しい口調でふたたび訊ねた。

「それはそのうちわかるわよ」彼女はなぜかおずおずと気乗り薄に答えた。

「いま教えてくれたっていいじゃないか」

「どちらでも同じことじゃないの」

「きみもわかっているだろうけど、いま聞けることを丸一日待たされるなんて、ぼくはごめんなんだ」

「そんなこと言ったって」彼女は快活をよそおいながら言った。「いまか明日かでそんなにちがうのかしら？　ええとね、いい、驚かないでね、うるさいこと言わないでね……わたしは――女優なの」

やっとの思いでそう言うと、彼女は目を伏せた。

「きみが女優だって？」ヴィターリンは嬉しいのと驚いたのとでほとんど叫ばんばかりだった。

ヴィターリンの声音は彼女に不思議な作用をもたらした。体全体がぱっと活気づき、頰は赤々と燃え、そしてヴィターリンの胸元にさっと飛びこんだのだった。

「わたしを叱らないのね？」叱られると思っていたところに愛情深い言葉を耳にした子どもがするように、彼女はうれしげに問いただした。

「きみを叱る？　ねえいいかい」ヴィターリンは彼女のブロンドの巻き髪に口づけしながら言った。「ぼくがきみを叱るなんて、おつむがどうかしちゃったのかい？……ぼくは、きみがシェイクスピアのオフェーリヤをやるのをこの目で見たいと思っていたんだ、オフェーリヤの生きた再現であるきみがね……。で、ぼくの夢が実現したわけだろ？そういえば、ぼくの夢がかなったのは、たぶんこれがはじめてだな……。この呪うべき胸と損なわれた神経とにじゃまされなかったら、ぼくだってきっと俳優になっていただろうね。まさか、なんて言わないだろうな？」

「ばかね」彼女は髪を整えながら微笑んだ。「あいかわらずのばかね、あのときとおなじ（声をひそめながら）、自分のむちゃくちゃな教えでもってあやうく……」彼女はしまいまで言い切らなかった。

「で、なに？……きみはあの男を忘れちゃったのかい？……」ヴィターリンは半ば冗談めかして、半ば悲しみをこめて訊ねた。

「何もかも忘れつつあるわ、悲しいし辛いけれど」彼女は物思わしげに首を垂れた。

「ところがぼくは、あの頃きみを愛していた、あいつよりも強く愛していたんだ、あんなに発作的ではなかったにしても」

「それでいつもあの人のことばかり話して、あの人のために懇願したりしたわけ？」

「きみはあいつを愛していた？」

「ええ、あの人もあなたも、同じくらいに」

　ヴィターリンは物思わしげに彼女に目をやると、ほとんど独り言のようにぼそっと言った。「きっと、ぼくはあの頃あいつを、きみよりも、自分よりも愛していたのかもしれない。しかし、過ぎたことは過ぎたことさ」。そして大きな声で続けた。「もう昔のことじゃないか？」

　馬車はマーラヤ・モルスカヤ通りにある家の前で止まった。言いさしの会話は、しまいまでなされることはなかった。召使が扉をあけ、ステップを下ろした……美しい女はさっと飛び出すと、ヴィターリンが馬車の外に踏み出したときには、はやくも階段に足をかけていた。

「ついてきて」彼女は言った。「イワン、馬車は帰して、明日の朝また来るように言いつけておいて」

　ヴィターリンはついていった。ようやく足をとめたのは、彼女がカレリアシラカバの木目に似せて加工された扉の呼び鈴を引いたときで、そこは三階だった。

　扉をあけたのは、喪服に身を包み、頭巾をかぶった老女で、驚きの目を見張って客をねめまわした。

「アンナ・イグナチエヴナ、アンナ・イグナチエヴナ、コーヒーをはやく用意して、冷え切っちゃったわ」彼女は大きな声で言いつけると、玄関口の箪笥に豪奢なコートをさっと投げ入れ、ずんずん中に入っていった。ヴィターリンも続いた。

　アンナ・イグナチエヴナは何度も頭を振りつつも、丁寧にコートをたたみ、客人のコートをホックに掛けると、脇の扉から姿を消した。

われらが女優の住居はよく片付いていてこざっぱりとしていたが、配置に見られる女性らしい趣味と、どこか奇妙な乱雑さとが、そこに豪奢な部屋を現出させていた。住居は四部屋からなっていた。玄関の間に、アンナ・イグナチエヴナが入っていった台所、ティシュナー製のピアノが隅に置かれ、いくつかの家具が心地よく配された応接間、化粧室も兼ねた寝室。

ヴィターリンは壁際のソファーに腰を下ろした。女主人の方は寝室の姿見の前で帽子とボアを振り捨てた……。ソファーの前には書き物机があって、原稿らしきものがのっていた。それを目にした瞬間、ヴィターリンの青ざめた唇に皮肉な笑みがさっと走った。

「ねえねえ、わたしがいまやってる役ときたらひどいのよ！」彼女は応接間に入りしなに言った。すらりとした体軀を引き立てる服に着替えていた。

「どうして？」原稿のページをめくりながらヴィターリンは言った。「役は実際悪くないさ」

「悪くないって……でもあなたはこのお芝居のこと知らないでしょ！」

「なんだって？」ヴィターリンは心底おかしそうに笑いはじめた。「ぼくの芝居だぞ。もう飽き飽きしていて、のどにひっかかっているみたいな気がするよ」ヴィターリンはのどもとを指さしながら言った。「ありがたいけれど……」

しかし言い切ることはできなかった。

「それじゃこれはあなたのお芝居なの？」どこか子どもじみた喜びを爆発させて、両手を組み合わせながら、彼女は訊いた。

「ぼくのさ、これがきみの刺繡であるのと同じようにね」ヴィターリンは、ガラス玉の手芸品を手に取ると、そう答えた。

「だめ、触らないで、あなたは何もかもめちゃくちゃにしちゃうんだから……。ねえ聞いて」ヴィターリンのそばに腰かけ、その肩に手をやると、彼女は先を続けた。「あなたには名声が待っているわ、アルセーニイ、聞いてるの？……名声が待っているの、喝采が待っているのよ……」

「そんなのはきみにまかせるよ、本当に待っているとしたらね。ぼくに必要なのはきみの名声だろ、ね」ヴィターリンは彼女の巻き毛をいじりながら答えた。

「名声、喝采！」彼女は狂わんばかりに有頂天になって言い返した。「ちがうわよ、あなたは自分に嘘をついてるわ、あなたは名声が大好きだし、大好きじゃなきゃいけないのよ――あなたは天才なんだから」

「天才！　ナターリヤ、ナターリヤ、きみはこの言葉にもう昔から慣れ切っているんだろうけれど」ヴィターリンは悲しみにみちた笑みを浮かべて先を続けた。「でも、ぼくが天才かどうかなんて、ぼくには何の関係もありはしないんだ。天才の称号を獲得し、天才という称号への自負をもつにいたる人間なんて、自分のことばかり考えるためにこそたくさん生きてきた人間じゃないか。いやだね」彼はやおら立ち上がると、部屋を行ったり来たりし、さらにしゃべりつづけた。「いやだよ、きみのいう名声なんかほしくないし、天才の称号もいらないよ――いやしい猫かぶりの謙遜から言うんじゃないんだ。ぼくは謙遜なんかしないし、自分の価値を知っているからね」ヴィターリンは彼女の前で立ち止まると、原稿を手に取って、冷酷な調子で言い放った。「そんなのは醜悪の極みだ、醜悪すぎて赤面せずにはいられないくらいだ。けれど、自分が赤面できるということが、ぼくに悪魔的な傲慢を抱かせるときがある、自分のなかに巨大な力が自覚されるんだ……。けれど、巨大な力を自覚しているとはいっても、良心に誓って――ぼくは天才の称号なんていらない、名誉なぞごめんだね」

「それじゃあなたは何がほしいわけ？」彼女は目を丸くしてヴィターリンを見つめながら言った。

「あのね、いいかい」ヴィターリンは語りはじめた。「まともじゃない憎悪でもって憎んでいるものは山ほどあるし、とても正気じゃない愛情でもって愛しているものもたくさんある。さらし者にしてやりたいと思うものはわんさとあるし、力尽きるまで闘う運命なのだと思うようなことだって数えきれないくらいある。なぜって、そんなものへのまことしやかな畏敬の念から、とにかく長いあいだいたずらに苦しんできたんだし、それにごまんといる愚か者たちが苦しんでいるにちがいないんだ。そんなことのために名誉か恥辱かを授かる必要がどこにある？　わかってもらえれば、それでいいんだ。苦しんでいる兄弟のうち誰か一人でも、ぼくの作品を読んで、自分自身を是認してくれるものを、自分自身の闘いと苦しみを是認してくれるものを見出してくれれば、それでいいんだ……」

彼女は、狂人を見るような目つきで、悲しそうに彼を見つめた。

「ぼくの言葉は奇妙に聞こえるだろうね」ヴィターリンは悲しみにみちた笑みを浮かべて続けた。「けれど、この言葉にこそ、いいかい、ぼくは自分の人生のすべてを売り渡したんだ。人から狂っていると思われかねないぼくのふるまいはどれも、この言葉、この信仰への奉仕だったのさ……。以前ならね、他人の唇からこんな言葉を聞いたら、ぼくだって疑いと皮肉の目を向けただろうよ。あの頃は幸せだった、あの頃は若かった。あの頃は、神の世界にただ自分ばかりを見ていて、誰かがほかの誰かとどうこうしているなんて、そんなことはどうでもよかった。でも、自分のために生きるのはやめた。やめたんだ、それがあれば自分のために生きられる、そんなものが何もかもなくなってしまったときからね！……それからというもの、ぼくは過去への憎しみと未来への愛のみによって生きているのだ」

ヴィターリンの眼はぼおっと青白く光っていた。頰には病的な紅斑が浮かびあがった。

「預言者よ、預言者」またもや手を組み合わせながら、ナターリヤは声高に言った。

「そう、預言者さ、きみがそう思いたいのなら。ただ、頼むから天才は勘弁してくれ」彼女のとなりに腰を下ろし、額を手でぬぐいながら、彼は答えた。「まあこの辺にしておこう……。ぼくの芝居がかかるのはいつ？」

「年明けの水曜日」

「きみの役についてもっと話し合わないとな」

「いいわね……ねえでも聞いて、今日はここにずっといられるの？」

「たぶんね、それで構わないのなら」

「だめなわけないでしょ」

「qu'en dira-t-on（世間のうわさ）は？」

「まあ！　その「世間のうわさ」のせいで五年間も会っていなかったんじゃない」ナターリヤは答えた。「わたしはいまはもう自由なの、わたし女優なんだから」誇らしげな自信もたっぷりに、さらに言い足した。「それなのに、この人ったらまた「世間のうわさ」って」

「けれど、きみが女優であるというだけで、世の意見を軽蔑する権利が手に入るのかい？」

「権利？　わたしはこの手で得たのよ、世間とはうまくいってないし、こっちから縁を切ってやったのよ」

ヴィターリンは微笑を禁じることができなかった。女性一般を信じているとはいえ、一人一人それぞれを信じるのはじっくり観察してから、というのが彼の流儀だったのである。

三　アルセーニイ・ヴィターリン

さて、そろそろ読者のみなさんに私の物語の主人公を親しくご紹介すべきときだろう。

アルセーニイ・ヴィターリンは、不幸にしてというべきか、現代に生きる多くの青年たちに属すると一目でわかるような人物だった。彼ら青年たちは、あまりに早いうちから享楽に身を任せたせいで、あらゆるものへの感覚を失い、自分が生きている社会状況とはまったくの没交渉になり、絶えることない否定と、重苦しい無感動のうちに取り残されている。こうした現象は奇妙でもあり、お望みなら滑稽とさえいってもよいが、しかし何よりも悲しいことなのだ。無感動が彼らのうちに居座っているのは、現実生活と戦っているうちに力が枯渇してしまったからではない。そうではなくて、彼らの力は幻想との戦いのなかで滅びてしまったのだ。彼らもちゃんとわかっている。幻想によって自らを苛み、猛威をふるう夢想によって自らを衰弱させているということは。――そのくせ、生活の新鮮な外気に触れてもぶるぶると神経質に震えるばかりで、そそくさと自分の幻影じみた私へ逃げ帰ってしまうのだ。その私の外にいると悪寒が走るものだから（彼らはそれを寒さのせいにしているが）。このような人格には、消えることない幻滅の印が刻まれている。それなのに、多くの者は、それがまやかしなんかではないということを信じない。そろって忘れているのだ――弓の弦のごとく、的のあるなしにかかわらずピンと張りつめていた力は、どのみちゆるんでいくのであって、夢想の生活においては、現実生活の滋養に富んだ養液なぞ求めるべくもないのだから、現実生活よりもはるかに多くの力を消耗していくのだ――ということを。

とはいえ、「アルセーニイがこの種の現象であることは一目で見て取れる」というのには語弊がある。誰もが一人残らず多かれ少なかれ苦しんでいるとはいえ、われわれ一九世紀の人間はみな、常軌を逸した情熱や信念があり得るなどと信じることはできない。いやむしろ、ヴィターリンと近しくなった人は、最初、これは頭の切れる人間だと思われるのではないか。頭の良さは、この男について誰も否定しない唯一の特徴である。一方で、多くの紳士諸君と同じく、この男の生活も分裂していると思われることだろう。夕べにモスクワのどこかのサロンで、「社会の現代的状況における生活と活動の土台」を熱くなって論駁しているかと思えば、午前中に事務所の一つで驚くべき忍耐力を発揮して課長の任務を遂行している、そういった手合いと同じく。

ヴィターリン自身、この手の欺瞞に一役買っていた。ヴィターリンには実際的な人間に見られたいという欲求があった。しかし、欺瞞を押し通すには、あまりにも軽薄で、激しやすくさえあった。とはいえ、状況に強いられて、心中いまいましく思いながらも引き受けた役柄を巧妙に演じざるを得ない、そういう時代だったのだ――そして、これまでずっと、そういう時代が続いていた。ヴィターリンはどこかで教師をしていたこともあるが、多くの場合、学問への執心や、身につけた百科全書的な知識でもって、誰かれとなく欺くことを自分の義務とみなしていたのだった。というのも、実際、現代にあっては、そうした役柄を演じることなどたいして難しくもないからだ。ヴィターリンはやみくもに手当たり次第に読んだ、恐るべき量を読んだ。加えて、驚嘆すべき勘の鋭さでもって観察した。ちらっと耳にした一単語だけで、そこから全体系を導き出すのに十分だった。スピノザの二、三の文を一晩熟考しただけで、明くる日にはスピノザを研究中だなどとのたまい、そしてその翌日にはもう、内心では自分でも毒々しい笑いを浴びせているスピノザの教えを、皮肉に落ち着き払って、恥ずかしげもなく、布教しはじめるのだった。ほかの人だって似たり寄ったりだろう、ヴィターリンは心底そう思っていた。そのうえ、彼には自分の戦略があった。「漁師には遠くからでも漁師がわかる」。ヴィターリンが思うに、自分と同じく、俗流の学問なぞ信じない人々との会話は、互いに虚勢を張ることからはじまるのが常とはいえ、人生の生きた問題へと移行していくが、一面的な思想をせっせと勉強する人間、部分的にしか研究に取り組めない人間は、たいがい控えめすぎて、自分の対象以外をあえて知ろうとはしないし、知ろうとさえ思わない、とにかく善良なまでに視野が狭いので、知の冷笑的な嘘を疑うこともできない……。そんなわけで、ヴィターリンはかなり見込みのある人間と思われていた。社会的道徳のあらゆる約束事に対して、彼がいちいち激しく反抗してみせることさえ、好意的な微笑を誘うばかりで、そうした微笑には次のような考えが読み取れるのだった。「くたびれて回り道している若い知性も、ときが来れば私たちのようになる」……。ヴィターリンの冷笑的な無信仰の原因が彼自身にあるのかどうか、それはどうもわかりかねる。彼がまだ若くて、心にけがれを知らなかった時期もあった。言葉で説いていることが実際の行いと食い違っているような人物であっても、選ばれし者であり真理に仕える者であるとみなしかねず、その一言一句が、彼にとっては火薬に投げつけられた火の粉も同然だった。女性のように深く熱く恋着できるヴィターリンは、極端な尊敬と極端な愛情という枷で、選ばれし人々のなかの一人にわが身を縛りつけたこともあった。しかし、この男は汚泥にまみれた俗物の生活へと平然と鞍替えしてしまった。ヴィターリンは、彼の毒々しい激しやすさは独身男のエゴイズムの発露にすぎず、甘美な家庭の情景のうちにおのずと消えてしまったのだとやむなく信じるほかなくなった。おまけに、かつては傲慢で独立不羈の人間だったこの男は、満更でもなさそうに閣下の地位を夢想しはじめたのである。この現象、きわめて平凡で、きわめて理に適ったこの現象が、おそらくは、物事をその真の光のもとで見るようにヴィターリンを仕向けたのだ。

彼は長いこと喜劇を演じていた。とうとう喜劇にも耐えられなくなった。あらゆる偽りの状態が耐えがたいのと同じく。万事に極端な彼は、ゴルディオスの結び目を断ち切ったアレクサンドロス大王のごとく、この偽りの状態をばっさりと切り捨て、それまでの生活を何もかも後にして、何故なのか、何のためなのか、どこかへ出奔してしまったのである。

ほかでもない、そのような行動に出たのは、ひとえに、彼のうちに幻滅の影が居座っていたためらしかった。確かに彼は、不毛なソフィスト的暮らしのなかで、魂の力をむやみに消尽してきた。しかし、魂のうちには、生活や活動へ呼びまねく声が依然としてあまりに強く響いており、生に対する信仰と、私心ない精神の欲求とが依然としてあまりに深く根を下ろしていた。彼は悪徳も美徳も信じていなかった。その不信の念をわざわざ人に納得させるのが奇妙で滑稽に思われるほど、信じていなかった。ただ一つ、それぞれの本性のうちには、使命への予感や幸福の権利、生の権利が存在しているということ、それだけは熱烈に信じていた。彼は思った。何の必要があって、南の植物が北辺の地で苦しまなければならないのか！　生を花開かせることのできる国があるのだ。異郷の気候に病を得た植物でさえも健康になれる国が……。それぞれの本性は神的な真実であるという考え。病も患いもそれ自身に原因があるのではなく、外部の環境の影響に発しているのだという考え。ヴィターリンにとっては、それこそがゆるぎない確信であり、おそらくは生活の支えであった。いたるところで欺かれ、ひっきりなしに欺かれながら、それでも彼は未来への希望をすてなかった。

もちろん、ヴィターリンはいきなりこの信仰に達したわけではない。というのも、この信仰のためには、痛みにみちた長い苦悩を経て完全な自己放棄へといたる必要があるからだ。他者の苦悩を理解するには、自らが苦しまなければならない。他者の恢復を心から願うならば、自らが恢復を願い、恢復の見込みを信じなければならない。自己放棄という大いなる功業から、浅ましい、吐き気を催すようなエゴイズムのひずみまで、ことごとく理解するためには、秘められた、周到に隠された病を自ら自分のなかに探し出さなければならないのだ。

かくしてヴィターリンは、あらゆる信念にとって恐るべき地点にまで行き着いた。自分がろくでなしでないとしたら、それはたんに、周囲の状況がそう仕向けなかったからにすぎず、恐怖や嫌悪の念で己を棄て去ることをしなかったからにすぎない、というのだ。それどころか！　ヴィターリンはこの瞬間、自己をより高遠なものに感じていた。なぜなら、人と人とを分け隔てる最後の障害を越えてしまったからであり、それに、苦しんでいる兄弟のうち、軽蔑の念とともに関係を絶ってしまえるような人など、もはや一人として存在しなかったからである。

だがヴィターリンの生活は、私たちそれぞれの生活と同じく、二面的だった。どんなに困難なときであっても自分の信仰を裏切ることはなかったが、当の信仰が彼を満足させることもなかった。彼自身のうちに、性格そのもののうちに苦しみの種があった……。彼は軽薄で、無性格でさえあった。享楽の時間、いやむしろ忘却の時間、それはヴィターリンにとってあまりにも高くついた。だが、高い支払いも、呵責を覚えるようなものでは決してなかった。外面的には平穏無事な時期があったとしても、ヴィターリンは、生活の不如意な頃に眠りについて以来目を覚まさない内部の苦しみを、自己のうちに呼び覚ますのだった。内部の苦しみは、如何ともしがたい憂鬱、有罪を告げられた者をとらえる憂鬱でもって彼を切り裂き、憂鬱は、いずことも知れぬ場所へと彼を追い立て、やみくもに忘却を求めてしまうよう仕向けるのだった。

まるまる五年間というもの、ヴィターリンは漂泊暮らしを送ってきた。実直な人々がふつう備えるような日用品は何一つ持たなかった。部屋はほとんど物がなかった。質に入れられるものは何もかも、とっくに質に入れていたからである。それに、手元にお金があるときでさえ、品物を受け戻そうという考えはまったくなかった。部屋を変えるのは規則正しくほとんど二か月おきで、その理由というのも、ひと月目の部屋代はだいたい先払いで支払うけれども、二回目の支払いは家主が見張り番を連れてやってくるまで先延ばしにするのが、彼の流儀だったからにほかならない。家主の来訪は、よその住居をまわる遊牧暮らしのはじまりであり、それは、そのせいで神経性の熱がちょくちょく出るような、ぞっとするほどみじめな境遇だった。ヴィターリンは仕事にとりかかり、金を稼いで、家主にはたいてい二倍の額を返金する。それでも結局は別の部屋に越していく。何か面白くないことが書いてあると思しき手紙をどうしても読むことができず、読まないまま火に投じてしまうように、人生の不快な一時期を思い起こさせる人間とは、とても顔を合わせられなかったのだ。

この乱脈な生活に終止符を打とうと考える瞬間が訪れることもときにはあったが、そんな殊勝な心がけを行いに移すというのは、正気の沙汰ではなかった。その頃、ヴィターリンはナルヴァ地区あたりに居を構えるのがつねだったが、一度など、ペテルブルクの方にひと月一〇ルーブル銀貨で、家具つき、机つき、召使つきの部屋を借りたこともあった。どんな部屋、どんな机だったかは、ご想像におまかせしよう。部屋を移ったときは、たいてい、寝床から起き上がることもなく、まるまる一週間ごろりと寝転んで、好きなだけくさくさできる自由と便宜とを満喫し、その後で、気鬱に追い立てられるように部屋を出て、何日間も姿をくらますのだった。

ヴィターリンは書きまくっていたし、たくさんの雑誌で仕事もしていたが、書くのも働くのも途切れ途切れであった。残りの時間は、寝ているか、ぶらぶらしているかで、そんなときには、何か書いたところで、書いたものはどれもこれも、吐き気を催すくらい忌々しく思えるのだった。新しい時期が来るまではそんな具合だった。彼はふたたび元気になり、依然として自分の才能は信じてはいなかったが――彼に言わせれば、これは韜晦ではなく、実際どうでもよいのである――、自分の信念を宣伝する必要性は信じていたのだった。

四　ソフィストの手記

私たちは読者に、ヴィターリンの性格のうちおのずと見て取れるものについて述べてきた。だが、彼の精神的な肖像を思い描くには、これだけでは足りない。足りなすぎるくらいだ。彼の本性は豊かにすぎるくらいであったのか、それともそこに固有のものは何もなかったのか、いずれにしても――肝心なのは、今日のヴィターリンが昨日のヴィターリンとは似ても似つかず、この人物を知れば知るほど、見落としていた新たな屈折が明らかになるということだ。

ヴィターリンはほぼ中断することなく日記をつけてきた。とはいえ、自分の人生に何らかの意味を与えるためでは決してなく、たんに習慣から昔通りにつけているだけだった。それは、日記というよりも、一人の女性との往復書簡というべきものだった。ついでながら、一言さしはさむならば、ヴィターリンに友人があったとすれば、それは女たちをおいてほかになかった。彼自身のうちに女性的な特徴が多くあったからなのか、私たちのあいだでは女性の方が一般に男性よりも賢明だからなのか。

日記のいくつかの断片を、私はある人から譲り受けたのだが、その人のおかげで私はヴィターリンの生活の詳細を知っているのである。その人との出会いについては、しかるべきときにしかるべきところでお話しするとしよう。ヴィターリンは日記を「ソフィストの手記」と名付けていた。だから、その断片も、同じ題名をつけて読者にお見せすることにしたい。

ソフィストの手記からの抜粋

悪徳と美徳！　人はこれらの言葉をあまりにも無駄遣いしている——惜しいことに、君もそうだね。もちろん、人とはちがう眼で悪徳と美徳を見つめなさい、と要求しているのではない。それは、君が女性だからというわけでは決してなくて、ときとして空恐ろしくなるような干からびた美徳にも、またときとして悲しみを、深い悲しみを誘うような悪徳にも、君がまだ面と向かって出会ったことがないから。けれど僕は——僕は、顔をそむけたって構わないような、顔をそむける権利が自分にあるような、そんな人間には、いまだかつてお目にかかったことはないのだ。

経験の知恵なのか、それとも堕落の極みなのか、「美徳とは金である」という考えは、どういうわけか以前ほどにはもう僕を驚かさなくなった。ポケットに一銭もないときに、人間としての尊厳を保てるものかどうか、どうだろうね？……人間の尊厳というのは、いったいどこにあるのだろう？　ちっぽけな生活の必要よりも高みにいることだろうか。蔑むことができること——犠牲にするとは言うまい、それは人間を貶めることになるだろうから——、つまり、存在の高尚なる条件に照らして、こまごまとした必要を平然と蔑むことができることだろうか。君もうなずいてくれるだろうけれど、所有していないものを蔑むのは、これはただ、心の面で詩人であることを意味する。だから、心のなかでナポレオンになるのと同じくらい、あるいはひょっとすると、心のなかで靴屋になるのと同じくらい、滑稽なことだよ。

以上のことは全部、君に話してしまいたかったことの前置きにすぎない。君は手紙にこう書いている。「あなたの額がいつまでも明るくけがれなくありますように」。その通り！　僕の額は明るくけがれなく、僕は自由で、昂然と額を空に向けている。けれども、それは、自分の人生に汚点を認めないからでは断じてない。

生きて考えている人には誰しもあるように、僕にも自分自身を軽蔑していた時期があった。不可能なことを欲し、その不可能な要求の重荷につぶれかけていたがゆえに、自分を軽蔑していたのだ。それは――人格を自覚した最初の瞬間だった。自己と全体が乖離していることを自覚し、無限の全体の前に自分が斃れ伏していることを自覚した最初の瞬間だった。魂は己のためにおびただしい数の暗い仏塔を造りだす。その暗闇のなかで無限の声に耳をすませ、無限を前にして己のつまらなさを悟り、塵芥のうちで祈りをささげるのだ。

また別の時期もあった……。自分に備わる力はすでにあらかた試してしまい、どんなに格闘したところで、己の力の限られた領域からは抜け出られないと知りながら、一方で、自分には生活と幸福の権利があるということもわかっている。愛することをやめ、信じることをやめ、愛さなくなったもの、信じなくなったものを惜しみながら、それでも自分を咎めたりはしない。ほかに生きようがなかったということはわかっているし、ふたたび生き直したところでまた同じように生きるのだろうということもわかっている。

それが現在の僕の状態なのだ。僕には余すところなく見える。僕をがんじがらめにして、こんな状態になるまで引きずってきた網の目が。自分の欲することは、つまり自分が人生に求めることは、何もかもすべて空で覚えてしまっている。これは運命論ではない。なぜなら、運命論にはこんな分別はなく、あるはずもないのだから。それにこれは信仰でもない。

何かわかるかい？　たぶん、これは希望だよ……。

今日、僕が部屋に入ると、彼女はドアに背を向けて座っていた、いや正確には、肘掛け椅子に横たわっていた。普段なら夫が座っている椅子だ。それで、彼女の巻き毛が溢れて椅子の背に垂れていた。激しい頭痛のせいとでもいうように、右手は額を押さえていて、左手は椅子の腕にだらりとのっかっていた。実際に、彼女の手は異常なほどに白く透明だった。

そっと入ったから、彼女は僕に気づかなかった。彼女の背後に立つと、その胸が激しく、そして重たげに上下しているのがわかった。しまいに、そんなふうに観察しているのが退屈に思えてきた。彼女の腕をとったところ、びくっと身震いして、さっと僕の方を向いた。

両の頬は病的な紅みがさして燃えあがり、両の眼は泣きはらしていた。だが、彼女は一言もしゃべらなかった。おそらく、月並みなことを口にするには、知性が優っていたのだ。

「ふん、今日は僕ら機嫌がよくないね」僕は口をひらいた。指先で彼女の右腕を爪弾きながら。僕は彼女の腕にこうするのがなぜだか好きなのだ。

彼女は咎めるような眼で僕を見やると、視線を床に落とした。何か恥ずかしがっているかのようだった。もちろん、僕にはそのことがわかったが、わかっているというそぶりは見せたくなかった。彼女が何とか振り放そうとしている指先を彼女の腕から離さないまま、最大限の無関心をよそおって、僕はもう一度訊ねた。「どうしたの？」

どういうわけだか、彼女は僕の首っ玉にすがりつき、頬をこちらの顔に押しつけてきた。このときの表情が何だか病みついているみたいだったのは、どういうわけだろう？　ぎゅっと僕にしがみつき、まるで自分に付きまとっていた何かから守ってくれるものを探し求めているかのようで……。怯える子どもを抱くように、僕は彼女をかたく抱きしめた。

「離して」彼女は言った。僕から身をもぎ離すと、ふたたび肘掛椅子に倒れこみ、両の手で顔を覆った。かわいそうに、熱病にかかったみたいにふるえていた！

こうしたことにはすべて、最良の日々であったなら、そのために何でも捧げてしまいかねないようなことがいくらでもあったが、ところが今じゃただ同然で手に入るのだった。何もかもが青春の夢を僕に吹きかけてくる、夢だけなのは残念だが！

こんな態度だからといって僕を責めないでほしい。第一に、僕は彼女の愛を求めたわけではないし、それに、僕の道徳的な確信からすれば、愛の方が自分からやってきたぶんにはわざわざ拒絶する義務は一切ないのだ。さあいらっしゃい、というわけで。

僕が愛することができないからって何だというのだ？　この女には、僕の愛だろうが憎しみだろうが暖かくも寒くもないのだ。それにこれは僕自身にとっても疑問なのだ。いったい僕は彼女を愛しているのかいないのか？　正直なところ、この謎は自分でもまだ解きあぐねている。けれど、肝心なのはそこじゃない。僕は彼女に狂ったような忘我の時間をいくらか与えてやった――それで十分さ！　たぶん、いっそう結構でさえあるのだ。僕自身は忘我の境を彼女とともにしなかったということも、彼女の子どもじみた身のまかせようや、病的な激しやすさが、僕のうちに神経の甘いこそばゆさ程度しか引き起こさなかったということも。

僕はエゴイストだ――子どもの頃からそう言われてきたし、そんなことは僕自身とっくの昔にわかっている。だが、僕のエゴイズムの数限りない枝分かれのなかにいると、ただ茫然とすることしかできない。心から思うのは一つのことだけ、ほかの人たちが僕に対して、僕と同じようなエゴイストであったとしたら、この僕だってたいそううれしいにちがいないということだ。激しやすさの極致にまで達するほどに感じやすい僕は、他者の激しやすさも心から信じている。少なくとも、苦しんでいる兄弟を、精神的な苦悩に対する野蛮な不信の念でもって侮辱したことなど、一度たりともないし、誰に対してもない。

ところが、他人に対する僕の辛抱強さと同じだけの辛抱強さでもって僕に接してくれる人間など、一人としていなかった。とはいえ、それも詮ないことで、かつて僕が腹を打ち割って話せたためしなどあっただろうか？　僕が打ち明けることといったら、何やら馬鹿げた無意味な代物ととられるのが落ちで、信じることなどできないし、僕自身信じていなかったほどだ。

僕たちはたまらなく苦しんでいる。何の甲斐もなく苦しんでいる。言葉の生活と空想の生活にすがって、現実が与えるものすべてにたえている。僕らが現実にもちこむものは退屈と倦怠ばかり。現実が与えるものなど、こちらは何もかも空で知っているのだから。しかもその上、僕たちは現実に罪をなすりつける。まるで、狂った夢想と精神の堕落によって生命の養液を涸らしてしまったのは、現実のせいだぞと言わんばかり。僕たちは意志の無力をかこっている。お望みなら、そんな泣き言にもれっきとした理由があるのだと、肩をもってやらなくもない。知り合いの医者の見立てによれば、現代のあらゆる病は、ほとんどの場合、神経の混乱が引き金になっているのだそうだ……。でもこれは運命ではない、僕らの世紀にひそむ運命ではない。僕たちが「波風立てず痕もとどめず、世界の上を通り過ぎていく」のは、時代のせいではなく、僕たち自身が悪いからだ。僕らにも意志はある――ところが、弓をかたく引き絞るのは、虚空に矢を放つためときている。

一方で、それこそが現代の社会の状況であり、そうあるのはなおさら結構なことなのだ。我らが広大無辺な祖国のどこか遠い片隅に、鬱々とした深い悲しみが隠れていると耳にしたら、僕は心から嬉しい。なぜなら、そのような悲しみこそ、僕にとっては意志のしるしであるのだから。

だが、肝心な点は、僕らが苦しんでいるのは自分で自分を欺いているからだ、ということにある。世界が悪のうちにあった時代もあった。ところが現在では世界は嘘のうちにある。というのはつまり、嘘は悪ではないからだ。断じて悪ではない。それどころか、嘘は善の意識であり、真理の意識である。意識された真理について苦しむことであり、真理が意識されるばかりで実行されないゆえに苦しむことである。ただ意識されるだけで実行されないのなら、真理とはたんに旧来の偏見の打破でしかないのだから。嘘の精神は破壊の精神なのだ。われとみずから、未来を前もって味わいつつ現実に足を踏み入れてみれば、僕らが現在という時間に持ち込むものはただ苦しみと退屈ばかり……。この退屈を本来の名で呼ぶことを恐れて、僕らは意志の無力と呼んでいる。それもわからなくもない。大多数の人にとってはまだ少しも色あせてはいないらしいのに、「これこそ僕が嘗めつくしたものだ、これこそ僕にはもう古びたものだ」などとあえて言ってのけるだけの人間は、多くはあるまい。しかし一方で、自分を圧迫する諸々の観念が老化していることに、多かれ少なかれ苦しまない人間などあるのだろうか……。あえて言おう、一人としてあるまい……。それでも、物事を固有の名前で呼ぶのは何だか怖いのだ……。たとえば「青春」を取り上げてみよう。父や祖父たちが青春と呼んだものは、――僕たちの場合、一八、一九歳の頃に過ぎていった。二〇歳になって、夫として人として然るべく振舞うなどというのは――それは僕たちからすれば規定外の時間なのだ……。力はある。つまり、力を傾けようという欲求はある……。まるで、やはり規定外の時間のせいで、一五歳にして青年らしい生活を送ることを禁じられ、人生をただ夢見ることによってのみ生きながらえてきたかのようだ。そうだとも！　僕たちは嘘をついている。自分を手ひどく欺いている。自分で自分の苦しみを作り上げている。過去に作られた所与のものに圧迫された僕たちは、この所与のものの向こうに、自分自身を求め、自分自身の義務と道徳の観念を求め、自分自身の人生観を求め、終わりなき不毛な探索へと乗り出す定めにあるのだ。僕たちはみんな――既知の役柄を演じながら、それが自ら引き受けた役柄であることを片時も忘れられない俳優なのだ。みんな自分をだましている。忘我のさなかにあってさえ自分をだましている。忘我の訪れをあらかじめ見通し、生活よりも忘我と夢想を求めたという点で、自分をだましている。

けれど、夢想と生活のちがいは何なのだろう？　夢想とは、心身が緊張し神経が混乱した人にあっては特に——自らによって作り出された生活である。そこでは、生活の現象は彼自身の思惟の法則に即して起こるのだから、彼からすれば晴れやかで広々としているのである。

この生活は他者にとっては欺瞞にすぎないけれど、それがどうしたというのだろう。欺瞞、欺瞞！　万人にとっての真理は——往々にして一人の人間にとって欺瞞なのだ。誰か一人がすでに欺瞞と受け取っているなら、その欺瞞性がいずれ多くの人に暴露されるときがくるにちがいない……。欺瞞！　しかし、満月のかがやきの下で、僕たちの前に据えられる遠近法は——和解と祈りの時間を与え、魂を晴れやかにも自由にもしてくれる遠近法は、どれもこれも欺瞞ではないのか……。そこでは真理はひとえに全一のうちにあり、諸対象を比較する均整と分別のうちにある。近くに寄ってみるがいい。別個に取り上げられた対象は、幻滅をもたらすことだろう。

僕はもう長いこと真理を求めてはいない。幸福を求めているのだ、それが何にあるにせよ。

一つだけ残念なのは——何のためにこの長い欺瞞擁護論を書いたのか——ほかの人たちは僕に同意したがらないということ。じつを言うと——あの女は僕を悩ませるようになってきた。涙、ひたすら涙——何ゆえの涙なのか、僕にはまったくわからない、いやむしろわかりたくない。ただ彼女が僕を嫉妬で苦しめることだけは、我慢ならないのだ。きっと、愛は嫉妬をともなうというところに帰結するのだろう。原因がない——それがどうした？　原因は作り出さなければならない、でなければ、どうやって嫉妬なしでやっていける？　しかし、あれはいったい誰に嫉妬しているのだろう、たいそう気になる。

さまざまな演劇的状況が、とうとう僕を怒り狂わせている。「願わくは情熱なしで生きたいものだ」、ある尊敬すべき御仁からしばしば耳にしたものだが、しかし、その言葉もやはり情熱をともなっている。「惚れたり、惚れ直したり――もう勘弁！」その御仁は必ずそう付け加えたものだ、たいがいは両手を振り上げながら。何しろ、この世に存在しない幻でもって自分をいじめる楽しみもあるのだ。

昨日は、彼女の夫と、もう一人官吏らしき男――とはいえ、額に書いてあるわけじゃなし、知ったこっちゃないが――と、プレフェランス（訳注――トランプゲームの一種）をした。彼女は夫のそばに腰を下ろし、夫のカードを眺めながら、どれを出すべきか指示していた。僕は例によって負けた……。一度、彼は上手くやって、僕にハートの3が渡らないようにした。そのとき彼はしたり顔で銀の煙草入れを開き、嬉しそうに横からぱちんと閉じてみせたものだから、こちらも見ていて欣快の至りだった。

「なんて僕は幸運なんでしょう、アルセーニイ・フョードルイチ」彼は言った。肘掛け椅子の背に身を投げ出すと、妻の方に向けて左目をウィンクしてみせた。

「その通りですね、あなたはついている」彼がほのめかしていることを理解したと気取られないように、僕は答えた。

「しかしいつもでしょうかね？」

「いやほら――いつもでしょうが？」自信たっぷりな笑みを浮かべて、彼は異を唱えた。何の気なしにというように、自分の椅子の肘掛けに置かれていた妻の手をとった。

「どうでしょうかね」僕はかなりの間を置いて答えた。「ハートの8！」

彼女はさっと出て行った。

「わたしを笑っているのね」半時間後、僕が彼女の書き物机のところに行くと、彼女は神経質に震えながらささやいた。

「そんなわけあるかい?……」最大限の無関心をよそおって、ランプの上で煙草に火をつけると、僕はその場を退いてふたたびカード卓に戻った。

実際、彼女の夫の性質は、驚くほど愚かで、しかし驚くほど善良だった。彼女といるときの彼は、いまだに式を挙げた明くる日のような様子だった。しかしそうは言っても、それが可笑しくてならないときに、どうしたらいいというのだ。あんまり可笑しいものだから、この男ののろけを聞く快楽のためには、この女さえ容赦しないほどなのだ……。この男が、目をつむりながら、これで百度目かに、自分の求婚の話をしはじめ、いちばん盛り上がるところにさしかかると、つまり、文書の綴じ込みができていないとして上司が彼を叱ったとき、お前は熊よりもひどい、お前のところにわざわざお嫁に来るような阿呆をどこで見つけたのか、と言ったというくだりにさしかかると――おまけに、邪気のない間の抜けた笑いを浮かべて、「オリガ・ペトローヴナは阿呆でしょうかね?」と訊ねてくると、僕は氷のように冷淡にこの男の話を聞いてやるのだ……彼女は……。しかし、僕に何の関係がある?……彼女はずっといい女になる、百倍いい女になる、とにかく苦しんでいるときの彼女は。そんなときには、彼女が官吏の妻であることも、マルリンスキーの小説『フリゲート艦「希望」』に夢中であることも、忘れてしまう――苦しんでいるときの彼女が僕は好きなのだ。苦しみは女性の神化である、もちろん、神化にも段階があることはいうまでもないけれど。苦しみといえば、余談ながら、僕は一人の女を知っている、その女にとって苦しみはなくてはならないものだった。今もありありと覚えている。背は高く、すらりとしており、じっと長く注がれる病的なまなざしをして、薄い青白い唇には神経質な、しかしずっと張りついたままの笑みを浮かべ、誰かにくすぐられてでもいるみたいに奇妙に笑っている。僕は彼女に惚れなかった。そのことは今となってもなお不思議で、彼女と話すことは僕には必須の要求であったし、彼女ともう一度話ができるのなら、多くを犠牲にすることも厭わないくらいだ。彼女は家父長制的な家庭で育つことを運命づけられ、自分の夫を愛することを運命づけられていた。夫は実際きちんとした人間だった。しかし、こうした運命に対し、根深い、意識的な傲慢な苦しみでもって埋め合わせをしていたので、冷静な観察者の目には、不誠実とも映りかねないくらいだった。実際、崇拝にも等しいくらい夫の家族に愛され、忠実な妻でもあり、模範的な母でもあったこの女には――ただの一言、口にするだけで足りたにちがいないのだ。発作的なふるえを起こさせる家父長制的なしきたりを一挙に根絶やしにするにも、一言あればそれでよく、彼女を目に見えて腑抜けのようにさせていた単調で愚昧で、誠実で単調な生活情景を、その長きにわたる拷問を、一挙に葬り去るにも一言あればよかったのだ。それでも彼女はこの一言をたえて口にしなかったし、口にしなかったことを誇りながら死んだのだった。あまりにも優しくできている性格がある。彼らにとっては、理解されないことが人生に一度でもあれば、それは長く疼く苦しみよりも千倍も恐ろしい……。こうした性格は変わり種で、その変てこ具合は自分でも奇妙に思われるほどで、生活に求めることが物事の通常の秩序とは相容れないらしいということは自分でもわかっている……。あまりにも繊細にできているものだから、ほかの人にとっては何でもないようなことにも激したりするし、そのことだって自分でよくわかっているのだ。こうした性格の人間が、おそらくは頬打ちでしか侮辱することができないような人たち――なぜなら頬打ちは事実、歴然たる事実だから――と、何の話ができるというのだろう？

もちろん、オリガの苦しみはそういった類のものではない……。この女性は決して例外などではなく、むしろ私たちの日常生活の一般法則であり、私たちのばかげた教育の犠牲であり、紋切り型からなる理想主義の犠牲であり、夢想の犠牲である。彼女が一頃思い描いていたのは、人生の目的は愛であり、結婚とは愛の結実であるということだった。一六の時分から理想を夢見ていたが、不幸なことに、この理想は天才画家の姿をまとって現れてしまった。彼は、われらが自家製の天才たちにつきものの属性を見事にそなえていた。すなわち、人びとへの呪詛と、ご存知、広大な魂にとっては欠くべからざる放蕩暮らしである。彼女は、この理想の測りがたい空虚をできるかぎり測ったあとで、この類の理想は夫たることにさえ適さないと悟った——そして極端に走ってしまったのである。彼女に必要なのは人間だった、ところが不幸なことに、生活の途次にでくわしたのは、いわゆる「天才」であり、それから極端に善良ではあるけれど際限なく愚かな動物であったのだ。

七　公演の後で

……拍手の音がとどろくなかで幕は下りた……。首尾よく幕が下りたと思いきや、たちまちあたりは歓声に包まれた。「スクロンスカヤ、スクロンスカヤ！……」幕はふたたび上がり、女優が登場した。しかしその顔に浮かんでいたのは、満足というよりもむしろけだるさだった。フットライトのそばに立って、有頂天になって我を忘れて叫びつづけている崇拝者の骨折りなどまったく気にもとめていないらしかった。「作家はどこだ！」新手の叫び声が響きわたった。

支配人の桟敷にヴィターリンが現れた。その姿にはいささかの変化も見られなかった。相変わらず落ち着き澄ました、微動だにしない表情を浮かべ、体を少し動かすにも相変わらずけだるそうだった。

実際、観衆の呼び声が一体何だというのだろう？　公演のはじまる前からもうわかりきったことではなかったのか。自分の名が呼ばれるのは、自分が芝居のなかで意味を付与した事柄によるのでは決してないということも、にもかかわらず必ずや呼び出されるにちがいない、なぜならそれが習慣だから、ということも。彼は泰然とそして傲然と自分の運命を甘受した。脚本中のセリフに対する拍手も、その演技も、彼を痛めつけはしなかった。演技のことは、俳優に関しては、こう言ってよかった。「言葉は素朴に発せられることはなく、常に気取った渋面とともに発せられる」。

一人スクロンスカヤのみが彼の指示に忠実だった。幾度か彼女の声の響きに我を忘れることもあった……。支配人の桟敷を出ると、ヴィターリンは喫茶室に向かった。そこに行くのは退屈で、とにかく忌々しくてならなかったのだが、約束があったし、破るわけにもいかなかったのだ。

そこで待ち受けていたのは、編集者とその他大勢で、そのなかには例のフォルスタッフもいれば、魁偉な面相の御仁もいたし、何人かの若手作家たちもいた。みな早くも出来上がっていた。しゃがれ声、赤ら顔、意味不明の叫喚、これらが合わさって、ワルプルギスの夜を思わせた……。そしてすべてが一斉に、逃れることもかなわない熱い抱擁や汁っぽい接吻とともにヴィターリンめがけて押し寄せてきたのだった。魔女の狂宴のなかにあって彼一人はよそ者であったけれど、魅惑の輪に落ち込んでしまって、いつ抜け出せるともしれなかった。ところが、彼のもとに案内係がやってきて告げた。「スクロンスカヤさまが馬車でお待ちです」。彼は仲間たちに別れを告げると、係のあとにしたがった。背後ではしゃがれた囃し声が響きわたった。

スクロンスカヤは実際、馬車で待っていた。一緒に仮面舞踏会に行くと約束していたからだ。今宵の彼女はおそらくはかつてないほどに美しかった。疲れもけだるさも何となく似つかわしかった——彼女の存在にあまねく魅惑の愛撫を注いでいたのだ。肩と首の白さは黒いビロードの服のせいでいよいよ澄んでみえた。胸は甘く上下し、きつく締めあげたコルセットから逃れ出たいと懇願しているかのようだった。両の瞳は潤いにきらめき、呼吸は熱く、途切れがちにあえいでいた……。

ヴィターリンは傍らに座った——馬車が出発した。

長いこと二人は黙っていた。

馬車の窓には右手から一月の満月がのぞいていた。夜は寒々としていたが——すばらしく澄みわたっていた……。

アルセーニイは己のうちに没入していた。何を考えていたのだろう——現在のことか、それとも過去のことか？

きっと後者にちがいない。過去と月のあいだには奇妙な親和力がはたらいているのだから。おそらく、過去の一時期の記憶がよみがえっていたのかもしれない。今宵とは別の月夜、けれどもそれは、あたたかい、うっとりするような夏の月夜。そのときも馬車の窓には月がのぞいていた、ただしそのときは左手からであったのだが。月が左手からのぞいているということが、彼には悲しくもあり恐ろしくもあった。悲しいのも恐ろしいのも、自分のためではなかった……ちがうのだ！……

「アルセーニイ！」傍らで途切れがちの甘いささやきが聞こえた。続いて、自分の頬に髪が触れるのを感じた。かぐわしく、灼けるような感触。そして熱い息吹の気配がすぐそばにあった……。

おお！　この息吹は彼を南の燃えるような空の下へ運んだ――彼は何もかも忘れ去った、この南の空よりほかのものは……。さらに一分が過ぎ、息吹はいっそう唇へ近づいてきた。熱病のようなふるえ、悩ましく陶酔を誘うふるえが背筋を走った。さらに一分が過ぎ、彼の唇はもうひとつの唇をとらえ、いつ果てるともしれず、息つくことさえできない、長い口づけでおおった。

口づけの激しく荒々しい力に焼きつくされたかのように、スクロンスカヤは彼の唇から無理やり身をもぎはなすと、ほとんど正体を失ったように、ぐったりとその胸に顔をうずめた。

そして彼はというと！　彼はまたもや我を取りもどした。またもや銀色の月光が彼の心をくすぐり、またもや耐えがたい、病的な憂愁が胸をみたした……。

だが、またしても止むことない熱い口づけが浴びせられ、またしても激しいふるえとともに生の感覚が目覚めた。彼は悟った。「過去は俺に対して無力だ。俺の本性のうちにはまだたくさんの力が眠っている。新しい、いつまでも新しいものが、未来にはまだたくさん待ち受けているんだ」と。

馬車は静かに駆けていった。密やかなささやきが、途切れてはまた起こり、途切れてはまた起こりしながら、馬車からもれ聞こえていた……………………………………………………

………………………………

文献

［初出について］

以下の学術論文がもとになっている。いずれも、大幅に加筆修正されている。

「プレシチェーエフの青春――ペトラシェフスキー・サークルの「預言者」」『ロシア語ロシア文学研究』第四五号、二〇一三年、一―一八頁。

「小さな預言者――若きプレシチェーエフと人格の構築」『スラヴ研究』第六三号、二〇一六年、七九―一〇九頁。

「反省と漂泊――アポロン・グリゴーリエフの初期散文作品について」『ロシア語ロシア文学研究』第四八号、二〇一六年、八九―一一〇頁。

「隠された偶然――「運命論者」を中心とするレールモントフ『現代の英雄』論」『れにくさ』第九号、二〇一九年、九五―一一二頁。

また、以下の研究ノートも本書の記述に加筆修正のうえ織り込まれている。

「研究ノート　一八四〇年代における〈夢想家〉の諸相」『れにくさ』第六号、二〇一六年、一五六―一六八頁。

一次文献

［テクスト］

Аксаков К.С. Воспоминания студентства 1832–1835 годов // В.Г. Белинский в воспоминаниях современников / Под ред. А.А. Козловского и К.И. Тюнькина. М., 1977. С. 118–135.

Анненков П.В. Литературные воспоминания. М., 1983.

Белинский В.Г. Полное собрание сочинений в 13 томах. Т. 4, 9, 10, 11, 12. М., 1954–1956.

Герцен А.И. Собрание сочинений в 30 томах. Т. 3, 4, 6. М., 1954–1955.

Гончаров. И.А. Полное собрание сочинений и писем в двадцати томах. Т. 1. СПб., 1997.

Григорьев А.А. Русская драма и русская сцена. Последний фазис любви – любовь в XIX веке // Репертуар и пантеон. 1846. Т. 16, кн. 12. С. 404–409.

Григорьев А.А. Воспоминания. М.; Л., 1930.

Григорьев А.А. Избранные произведения. Л., 1959.

Григорьев А.А. Литературная критика. М., 1967.

Григорьев А.А. Эстетика и критика. М., 1980.

Григорьев А.А. Гоголь и его последняя книга // Русская эстетика и критика 40–50-х годов XIX века / Под ред. В.К. Кантора и А.Л. Ословата. М., 1982. С. 106–125.

Григорьев А.А. Театральная критика. Л., 1985.

Григорьев А.А. Искусство и нравственность. М., 1986.

Григорьев А.А. Воспоминания. М., 1988.

Григорьев А.А. Одиссея последнего романтика: Поэмы. Стихотворения. Драма. Проза. Письма. Воспоминания об Аполлоне Григорьеве. М., 1988.

Григорьев А.А. Сочинения в 2 томах. М., 1990.

Григорьев А.А. Письма. М., 1999.

Григорьев А.А. Стихотворения. Поэмы. Драмы. СПб., 2001.

Григорьев А.А. Апология Почвенничества. М., 2008.

Декабристы. Избранные сочинения в 2 томах. М., 1987.
Достоевский Ф.М. Полное собрание сочинений в 30 томах. Т. 2. Л., 1972.
Лермонтов М.Ю. Полное собрание сочинений в 10 томах. Т. 2, 6. М., 2000.
Майков В.Н. Литературная критика. Л., 1985.
Плещеев А.Н. Стихотворения А. Плещеева. 1845–1846. СПб., 1846.
Плещеев А.Н. Повести и рассказы. Т. 1. СПб., 1896.
Плещеев А.Н. Полное собрание стихотворений. М.; Л., 1964.
Плещеев А.Н. Стихотворения. М., 1975.
Плещеев А.Н. Житейские сцены. М., 1986.
Поэты кружка Н.В. Станкевича. М.; Л., 1964.
Поэты-петрашевцы. Л., 1957.
Пушкин А.С. Полное собрание сочинений в 16 томах. Т. 2:1, 3:1. М., 1948.
Салтыков-Щедрин М.Е. Собрание сочинений в 20 томах. Т. 1, 14. М., 1965.
Толстой Л.Н. Собрание сочинений в 22 томах. Т. 1. М., 1978.
Тургенев И.С. Полное собрание сочинений и писем в 28 томах. Сочинения в 15 томах. Т. 1, 4, 5, 8. М.; Л., 1961–1963.
Чернышевский Н.Г. Полное собрание сочинений в 15 томах. Т. 11. М., 1939.
Языков Н.М. Стихотворения и поэмы. Л., 1988.

［資料］

Бельчиков Н.Ф. Достоевский в процессе петрашевцев. М., 1971.（邦訳：ベリチコフ編　『ドストエフスキー裁判』　中村健之介編訳、北海道大学図書刊行会、一九九三年。）
Бестужев-Рюмин К.Н. Воспоминания К.Н. Бестужева-Рюмина. СПб., 1900.
Дело петрашевцев. Т. 1–3. М., 1937–1951.
Кашкин П.А. ［Казнь Петрашевцев］// Первые русские социалисты. Воспоминания участников кружков петрашевцев в Петербурге / Под ред. Б.Ф. Егорова. Л., 1984. С. 319–324.
Милюков А.П. Федор Михайлович Достоевский // Первые русские социалисты. Воспоминания участников кружков петрашевцев в

Петербурге / Под ред. Б.Ф. Егорова. Л., 1984. С. 131–143.

Письма А.Н. Плешеева к Н.А. Добролюбову // Русская мысль. 1913. № 1.

Семенов-Тян-Шанский П.П. Мемуары // Первые русские социалисты. Воспоминания участников кружков петрашевцев в Петербурге / Под ред. Б.Ф. Егорова. Л., 1984. С. 77–96.

Феоктистов Е.М. Воспоминания Е.М. Феоктистова. За кулисами политики и литературы 1848–1896. Л., 1929（republished by Oriental Research Partners, 1975）.

Философские и общественно-политические произведения петрашевцев / Под ред. В.Е. Евграфова. М., 1953.

原卓也・小泉猛編訳　『ドストエフスキーとペトラシェフスキー事件』　集英社、一九七一年。

二次文献

［ロシア語文献］

Ахмедова М.А. Плещеев и писатели-петрашевцы（40-е годы）// Ученые записки Азербайджанского педагогического института языков им. М.Ф. Ахундова. Серия 12. Язык и литература. 1967. № 4. С. 63–73.

Белякова Е.Н. Образ героя-мечтателя в повести Ф.М. Достоевского «Белые ночи» и в повести А.Н. Плещеева «Дружеские советы» // А.Н. Плещеев и русская литература / Под ред. А.К. Котлова. Кострома, 2006. С. 87–95.

Бухмейер К.К. Н.М. Языков // Н.М. Языков. Стихотворения и поэмы. Л., 1988. С. 5–46.

Бухштаб Б.Я. «Гимны» А. Григорьева // *Бухштаб Б.Я.* Библиографические разыскания по русской литературе XIX века. М., 1966. С. 27–49.

Бухштаб Б.Я. Русская поэзия 1840–1850-х годов // Поэты 1840–1850-х годов. Л., 1972. С. 5–60.

Бушканец Е. Неизвестное стихотворение Плещеева // Вопросы литературы. 1957. № 7. С. 190–195.

Виноградов В.В. Стиль прозы Лермонтова. Ann Arbor, Michigan: Ardis, 1986.

Виноградов В.В. История слов. М., 1994.

Власова З.В. Писатель-петрашевец С.Ф.Дуров // Вестник ЛГУ. Серия истории, языка и литературы, вып. 2. 1958. № 8. С. 90–103.

Волгин И.Л. Пропавший заговор. Достоевский и политический процесс 1849 года. М., 2000.

Гаспаров Б.М. Поэтический язык Пушкина как факт истории русского литературного языка. СПб., 1999.

Гинзбург Л. «Былое и думы» Герцена. Л., 1957.

Гинзбург Л. О лирике. Л., 1974.

Гинзбург Л. О психологической прозе. Л., 1977.

Гинзбург Л. Проблема личности в поэзии декабристов // *Гинзбург Л.* О старом и новом. Л., 1982. С. 153–193.

Глебов В.Д. Аполлон Григорьев. М., 1996.

Головко Н.В. Русская критика в борьбе за реализм（А.Н. Плещеев, М.Л. Михайлов）. Минск, 1980.

Гродская Е.Е. Автобиографический герой Аполлона Григорьева（поэзия, проза, критика, письма）: Дис. ...канд. филол. наук. М., 2006.

Гроссман Л. Три современника // *Гроссман Л.* Литературные биографии. М., 2013. С. 99–122.

Деркач С.С. О литературно-эстетических взглядах петрашевцев // Вестник ЛГУ. 1957. № 14. С. 77–93.

Долинин А.С. Плещеев и Достоевский // Ф.М. Достоевский: материалы и исследования / Под ред. А.С. Долинина. Л., 1935. С. 431–435.

Егоров Б.Ф. Художественная проза Ап. Григорьева // *Григорьев А.А.* Воспоминания. М., 1988. С. 337–367.

Егоров Б.Ф. Петрашевцы. Л., 1988.

Егоров Б.Ф. Аполлон Григорьев. М., 2000.

Елогин А.М. Некрасов и поэты-демократы. М., 1960.

Жданов В.В. Поэзия в кружке петрашевцев // Поэты-петрашевцы. Л., 1957. С. 5–52.

Журавлева А.И. Органическая критика Аполлона Григорьева // *Журавлева А.И.* Кое-что из былого и дум. О русской литературе XIX века. М., 2013. С. 11–53.

Зельдович М.Г. К характеристике литературно-эстетических взглядов М.В. Петрашевского // Труды филологического факультета ХГУ. Т. 70. 1956. № 3. С. 235–259.

Иванов-Разумник Р.И. Аполлон Григорьев //*Григорьев А.А.* Воспоминания. М.; Л., 1930. С. 591–672.

Кантор В.К. Русский европеец как явление культуры. М., 2001.

Кафанова О.Б. Жорж Санд и начало разрушения патриархального сознания в русской литературе XIX века // Вестник Томского Государственного Педагогического Университета. 2006. № 8. С. 31–37.

Киперман А. Неизвестное стихотворение А.Н. Плещеева // Русская литература. 1965. № 4. С. 155–156.

Ковалев О.А. Проза Аполлона Григорьева в контексте русской литературы 30–60-х годов XIX века: Дис. ...канд. филол. наук. Томск, 1995.

Комарович В.Л. Юность Достоевского // *O Dostoevckom*. Providence, Rhode Island: Brown University Press, 1966, pp. 73–115.（邦訳：コマローヴィチ「ドストエフスキーの青春」『ドストエフスキーの青春』中村健之介訳、みすず書房、一九七八年。）

Котов, П.Л. Становление общественно-философских взглядов А.А. Григорьева: Дис. ...канд. ист. наук. М., 2003.

Кудасова В.В. Проза Ап. Григорьева 40-х годов XIX века // XXIX Герценовские чтения. Литературоведение. Научные доклады. Л., 1977. С. 29–33.

Кузин Н.Г. А.Н. Плещеев и его проза // *Плещеев А.Н.* Житейские сцены. М., 1986. С. 3–16.

Кузин Н.Г. Плещеев. М., 1988.

Лебедев Ю.В. Духовная драма А.Н. Плещеева // А.Н. Плещеев и русская литература / Под ред. А.К. Котлова. Кострома, 2006. С. 11–23.

Лотман Ю.М. «Человек, каких много» и «исключительная личность»（К типологии русского реализма первой половины XIX в.）// О русской литературе. СПб., 2012. С. 743–747.

Лотман Ю.М. Беседы о русской культуре. Быт и традиции русского дворянства. СПб., 1994.（邦訳：ユーリー・ロートマン『ロシア貴族』桑野隆・望月哲男・渡辺雅司訳、筑摩書房、一九九七年。）

Лотман Ю.М. Александр Сергеевич Пушкин. Биография писателя // *Лотман Ю.М.* Пушкин. СПб., 2005. С. 21–184.

Машинский С.И. Кружок Н.В. Станкевича и его поэты // Поэты кружка Н.В. Станкевича. М.; Л., 1964. С. 5–70.

Никитина Ф.Г. Петрашевцы и Ламенне // Достоевский: материалы и исследования. Т. 3. Л., 1976. С. 256–258.

Нольман М.Л. От «Демона» Пушкина к «Демону» Некрасова // К истории русского романтизма / Под ред. Ю.В. Манна. М., 1973. С. 386–418.

Носов С.Н. Аполлон Григорьев. Судьба и творчество. М., 1990.

Проскурина Ю.М. Повествователь-рассказчик в романе Ф.М. Достоевского «Белые ночи» // Научные доклады высшей школы. Филологические науки. 1966. № 2. С. 123–135.

Пустильник Л.С. Жизнь и творчество А.Н. Плещеева. М., 2008.

Раков В.П. Григорьев - литературный критик. Иваново, 1980.

Сараскина Л.И. Достоевский. М., 2011.

Смиренский Б.В. Поэт-петрашевец С.Ф.Дуров в Сибири // Сибирские огни. 1958. № 1. С. 162–164.

Усакина Т. Петрашевцы и литературно-общественное движение сороковых годов XIX века. Саратов, 1965.

Фридман Н.В. Образ поэта-пророка в лирике Пушкина // Ученые записки МГУ, вып. 118. Труды кафедры русской литературы. Кн. 2. М., 1947. С. 83–107.

Фризман Л. Декабристы и русская литература. М., 1988.

Щуров И.А. А.Н. Плещеев о революционных демократах // Русская литература. 1961. № 2. С. 126–134.

Щуров И.А. Лирика А.Н. Плещеева // Писатель и жизнь. Вып. 3. М., 1966. С. 123–152.

Эйхенбаум Б.М. «Герой нашего времени» // *Эйхенбаум Б.М.* О прозе. О поэзии. Л., 1986. С. 269–309.

[英語文献]

Balfour, Ian. *The Rhetoric of Romantic Prophecy*. Stanford, California: Stanford University Press, 2002.

Bartholomew, F. M. "Saltykov, Miliutin, and Maikov: A Forgotten Circle." *Canadian Slavonic Papers* 26: 4（1984）, pp. 283–295.

Berlin, I. "A Remarkable Decade." In *Russian Thinkers*, edited by Henry Hardy and Aileen Kelly. London: Penguin Books, 2008.

Cruysberghs, Paul. "Must Reflection Be Stopped? Can It Be Stopped?" In *Immediacy and Reflection in Kierkegaard's Thought*, edited by P. Cruysberghs, J. Tales, K. Verstrynge. Leuven: Leuven University Press, 2003, pp. 11–24.

Davidson, Pamela. "The Moral Dimension of the Prophetic Ideal: Pushkin and His Readers." *Slavic Review* 61: 3（2002）, pp. 490–518.

Dowler, Wayne. *Dostoevsky, Grigor'ev, and Native Soil Conservatism*. Toronto: University of Toronto Press, 1982.

—— *An Unnecessary Man: The Life of Apollon Grigor'ev*. Toronto: University of Toronto Press, 1995.

Ferguson, Harvey. "Modulation: A Typology of the Present Age." In *Immediacy and Reflection in Kierkegaard's Thought*, edited by P. Cruysberghs, J. Tales, K. Verstrynge. Leuven: Leuven University Press, 2003, pp. 121–142.

Frank, J. *Dostoevsky: The Seeds of Revolt 1821–1849*. Princeton: Princeton University Press, 1976.

Freeborn, Richard. *The Russian Revolutionary Novel: Turgenev to Pasternak*. Cambridge: Cambridge University Press, 1982.

Friedman, Rebecca. *Masculinity, Autocracy, and the Russian University, 1804–1863*. New York: Palgrave Macmillan, 2005.

Golstein, Vladimir. *Lermontov's Narratives of Heroism*. Evanston, Illinois: Northwestern University Press, 1998.

Leatherbarrow, William J. "Dostoevsky's Treatment of the Theme of Romantic Dreaming in 'Khozyayka' and 'Belyye nochi.'" *The Modern Language Review* 69: 3（1974）, pp. 584–595.

Leighton, Lauren G. *The Esoteric Tradition in Russian Romantic Literature: Decembrism and Freemasonry*. Pennsylvania: The Pennsylvania

State University Press, 1994.

Mathewson, Rufus W. *The Positive Hero in Russian Literature*. New York: Columbia University Press, 1958.

Morson, Gary. *Narrative and Freedom: The Shadows of Time*. New Haven: Yale University Press, 1994.

——"Conclusion: reading Dostoevsky." In *The Cambridge Companion to Dostoevskii*, edited by W. J. Leatherbarrow. Cambridge: Cambridge University Press, 2002, pp. 212–234.

——"Tradition and Counter-tradition: The Radical Intelligentsia and Classical Russian Literature." In *A History of Russian Thought*, edited by W. Leatherbarrow and D. Offord. Cambridge: Cambridge University Press, 2010, pp. 141–168.

Neuhäuser, Rudolf. "The Early Prose of Saltykov-Shchedrin and Dostoevskii: Parallels and Echoes." *Canadian Slavonic Papers* 22: 3（1980）, pp. 372–387.

Offord, Derek. *Portraits of Early Russian Liberals: A Study of T. N. Granovsky, V. P. Botkin, P. V. Annenkov, A. V. Druzhinin, and K. D. Kavelin*. Cambridge: Cambridge University Press, 1985.

Orwin, D. T. *Consequences of Consciousness: Turgenev, Dostoevsky, and Tolstoy*. Stanford, California: Stanford University Press, 2007.

Peace, R. "Nihilism." In *A History of Russian Thought*, edited by W. Leatherbarrow and D. Offord. Cambridge: Cambridge University Press, 2010, pp. 116–140.

Reid, Robert. *Lermontov's* A Hero of Our Time. Bristol: Bristol Classical Press, 2001.

Rosenshield, Gary. "Point of View and the Imagination in Dostoevskij's 'White Nights.'" *The Slavic and East European Journal* 21: 2（1977）, pp. 191–203.

Seddon, J. *The Petrashevtsy: A Study of the Russian Revolutionaries of 1848*. Manchester: Manchester University Press, 1985.

Steiner, Lisa. *For Humanity's Sake: The Bildungsroman in Russian Culture*. Toronto: University of Toronto Press, 2011.

Todd III, W. M. *Fiction and Society in the Age of Pushkin: Ideology, Institutions, and Narrative*. Cambridge, Massachusetts and London: Harvard University Press, 1986.

Walicki, A. *A History of Russian Thought: From the Enlightenment to Marxism*. Translated by H. Andrews-Rusiecka. Stanford, California: Stanford University Press, 1979.

Westphal, Merold. "Kierkegaard and the Role of Reflection in Second Immediacy." In *Immediacy and Reflection in Kierkegaard's Thought*, edited by P. Cruysberghs, J. Tales, K. Verstrynge. Leuven: Leuven University Press, 2003, pp. 159–180.

Whittaker, R. *Russia's Last Romantic, Apollon Grigor'ev 1822–1864*. Lewiston, New York: The Edwin Mellen Press, 1999.

［日本語文献］

安達大輔「痕跡を生き直す――ゴーゴリの記号システムにおける反省の諸問題」東京大学、二〇一三年、博士論文。

イヴァーノフ＝ラズームニク『ロシア社会思想史（上）』佐野努・佐野洋子訳、成文社、二〇一三年。

同上『ロシア社会思想史（下）』佐野努・佐野洋子訳、成文社、二〇一三年。

池田和彦「一八六〇年代のドストエフスキイと「リアリズム」――Ап. グリゴーリエフの「リアリズム」論を中心に」『SLAVISTIKA』第一一号、一九九五年、一七九―一九六頁。

石田敏治「Ап. グリゴーリエフとドストエフスキイ――「ヴレーミャ」「エポーハ」における誤解をめぐって」『ヨーロッパ文学研究』第二三号、一九七五年、二六―四三頁。

ヴェーバー、マックス『古代ユダヤ教（下）』内田芳明訳、岩波文庫、一九九六年。

宇都宮芳明「フォイエルバッハと人間の問題――「私」と「汝」の問題をめぐって」『北海道大学文学部紀要』第一九巻第二号、一九七一年、一―四三頁。

エイブラムス、メイヤー『自然と超自然――ロマン主義理念の形成』吉村正和訳、平凡社、一九九三年。

尾崎恭一「シュティルナー哲学のプログレマティーク」『ヘーゲル左派　思想・運動・歴史』石塚正英編、法政大学出版局、一九九二年、七三―九九頁。

笠間啓治『一九世紀ロシア文学とフリーメーソン』近代文芸社、一九九七年。

勝田吉太郎『近代ロシヤ政治思想史（上）』（『勝田吉太郎著作集第一巻』）ミネルヴァ書房、一九九三年。

同上『近代ロシヤ政治思想史（下）』（『勝田吉太郎著作集第二巻』）ミネルヴァ書房、一九九三年。

金子幸彦「「運命論者」について」『一橋論叢』第五〇巻第一号、一九六三年、一八―三四頁。

木下豊房「二葉亭とドストエフスキー（二）――『其面影』、『平凡』・主観共同の夢と頽落」『近代日本文学とドストエフスキー』成文社、一九九三年、四九―九二頁。

ギユー、ルイ・ル『ラムネーの思想と生涯』伊藤晃訳、春秋社、一九八九年。

キルケゴール『現代の批判』桝田啓三郎訳、岩波文庫、一九八一年。

同上『誘惑者の日記』桝田啓三郎訳、ちくま学芸文庫、一九九八年。

九鬼周造「偶然と運命」『九鬼周造随筆集』菅野昭正編、岩波文庫、一九九一年、六九―八一頁。

同上『偶然性の問題』岩波文庫、二〇一二年。

同上「偶然の諸相」『人間と実存』岩波文庫、二〇一六年、一三三―一五四頁。

同上「驚きの情と偶然性」『人間と実存』岩波文庫、二〇一六年、一五五―一九二頁。

クンデラ、ミラン『〈新版〉生は彼方に』西永良成訳、早川書房、一九九五年。

ゲルツェン「学問における仏教」『ゲルツェン著作選集Ⅰ』森宏一訳、同時代社、一九八五年、一二〇―一四七頁。

同上『過去と思索2』金子幸彦・長縄光男訳、筑摩書房、一九九九年。

同上『向こう岸から』長縄光男訳、平凡社ライブラリー、二〇一三年。

コールシュミット、ヴェルナー「ロマン派におけるニヒリズム」深見茂訳『ドイツ・ロマン派全集第一〇巻 ドイツ・ロマン派論考』前川道介責任編集、国書刊行会、一九八四年、一九九―二二九頁。

小林秀雄「様々なる意匠」『小林秀雄全集 第一巻』新潮社、二〇〇二年、一三三―一五一頁。

同上「志賀直哉」『小林秀雄全集 第一巻』新潮社、二〇〇二年、一五二―一六七頁。

同上「故郷を失つた文学」『小林秀雄全集 第二巻』新潮社、二〇〇一年、三六六―三七五頁。

同上「『罪と罰』について Ⅰ」『小林秀雄全集 第三巻』新潮社、二〇〇一年、三〇―六九頁。

坂庭淳史「キレーエフスキーとシェリング、プラトン――全一性をめぐって」『「スラブ・ユーラシア学の構築」研究報告集』第二五号、二〇〇八年、六〇―八〇頁。

ザフランスキー、リュディガー『ロマン主義 あるドイツ的な事件』津山拓也訳、法政大学出版局、二〇一〇年。

サン＝シモン「同時代人に宛てたジュネーヴの一住人の手紙」『サン＝シモン著作集 第一巻』森博編訳、恒星社厚生閣、一九八七年、三九―七四頁。

シェンク、H・G『ロマン主義の精神』生松敬三・塚本明子訳、みすず書房、一九七五年（原著：Schenk, H. G. *The Mind of the European Romantics: An Essay in Cultural History*. London: Constable, 1966）。

シャトーブリアン『ルネ』辻昶訳『世界文学大系25 シャトーブリアン ヴィニー ユゴー』筑摩書房、一九六一年、五〇―六八頁。

シュティルナー、マックス『唯一者とその所有（上）』片岡啓治訳、現代思想社、一九六七年。

同上『唯一者とその所有（下）』片岡啓治訳、現代思想社、一九六八年。

シュレーゲル、フリードリヒ『ロマン派文学論』山本定祐編訳、冨山房百科文庫、一九七八年。

シラー『美学芸術論集』石原達二訳、冨山房百科文庫、一九七七年。

ジラール、ルネ『欲望の現象学――ロマンティークの虚偽とロマネスクの真実』古田幸男訳、法政大学出版局、一九七一年。

ジンメル、ゲオルグ『社会学の根本問題――個人と社会』清水幾多郎訳、岩波文庫、一九七九年。

スタロバンスキー、ジャン『ルソー　透明と障害』山路昭訳、みすず書房、一九九三年新装版（原著：Jean Starobinski. *Jean-Jacques Rousseau: la transparence et l'obstacle.* Paris, Gallimard, 1971）。

ストッパード、トム『コースト・オブ・ユートピア――ユートピアの岸へ』広田敦郎訳、ハヤカワ演劇文庫、二〇一〇年。

住吉雅美『哄笑するエゴイスト――マックス・シュティルナーの近代合理主義批判』風行社、一九九七年。

高橋知之「解題「四大長篇読みどころ」」『ポケットマスターピース10　ドストエフスキー』沼野充義編、高橋知之編集協力、集英社文庫ヘリテージシリーズ、二〇一六年、八一四―八一七頁。

滝口清栄『マックス・シュティルナーとヘーゲル左派』理想社、二〇〇九年。

楯岡求美「レールモントフ『現代の英雄』におけるメタシアター的構造」『ロシア語ロシア文学研究』第三九号、二〇〇七年、一〇〇―一〇七頁。

チェルヌイシェフスキー『何をなすべきか（下）』金子幸彦訳、岩波文庫、一九八〇年。

長縄光男『評伝ゲルツェン』成文社、二〇一二年。

仲正昌樹『危機の詩学――ヘルダリン、存在と言語』作品社、二〇一二年。

中村秀一「サン＝シモン教と普遍的アソシアシオン」『アソシアシオンの想像力――初期社会主義思想への新視角』『社会思想史の窓』刊行会編、平凡社、一九八九年、三一―七九頁。

夏目漱石「現代日本の開化」『漱石全集　第十六巻』岩波書店、一九九五年、四一五―四四〇頁。

西永良成『ミラン・クンデラの思想』平凡社、一九九八年。

ノヴァーリス『ノヴァーリス全集　第二巻』青木誠之・池田信雄・大友進・藤田総平訳、沖積舎、二〇〇一年。

乗松亨平『リアリズムの条件――ロシア近代文学の成立と植民地表象』水声社、二〇〇九年。

林田遼右『ベランジェという詩人がいた』新潮社、一九九四年。

ビーチャー、ジョナサン『シャルル・フーリエ伝――幻視者とその世界』福島知己訳、作品社、二〇〇一年。

フォイエルバッハ「将来の哲学の根本命題」『フォイエルバッハ全集　第二巻』船山信一訳、福村出版、一九七四年、六三―一六一頁。

同上「私の哲学的発展行程を特色づけるための諸断片」『フォイエルバッハ全集　第二巻』船山信一訳、福村出版、一九七四年、二一七―二七二頁。

ブーバー、マルティン『人間とは何か』児島洋訳、理想社、一九六一年。

同上「対話的原理の歴史」『ブーバー著作集2 対話的原理II』佐藤吉昭・佐藤令子訳、みすず書房、一九六八年、一一九—一四二頁。

ヘーゲル『キリスト教の精神とその運命』伴博訳、平凡社ライブラリー、一九九七年。

同上『精神現象学』長谷川宏訳、作品社、一九九八年。

ベニシュー、ポール『作家の聖別——フランス・ロマン主義1』片岡大右・原大地・辻川慶子・古城毅訳、水声社、二〇一五年。

ベリンスキイ、ヴィッサリオン「現代のヒーロー論」『レールモントフ論』岩上順一訳、日本評論社世界古典文庫、一九五〇年、七—二〇七頁。

ベンヤミン、ヴァルター『ドイツ・ロマン主義における芸術批評の概念』浅井健二郎訳、ちくま学芸文庫、二〇〇一年。

ホフマン「分身」『ホフマン全集 第九巻』深田甫訳、創土社、一九七四年、四六二—五五七頁。

村岡晋一『対話の哲学——ドイツ・ユダヤ思想の隠れた系譜』講談社選書メチエ、二〇〇八年。

望月哲男「グリゴーリエフとドストエフスキイ」『文集「ドストエフスキイ」』第二号、一九八一年、二〇—四六頁。

同上「有機的批評の諸相——アポロン・グリゴーリエフの文学観」『スラヴ研究』第三七号、一九九〇年、一—四一頁。

同上「一九世紀ロシア文学のヴォルガ表象——アポロン・グリゴーリエフ『ヴォルガをさかのぼって』を中心に」『境界研究』第二号、二〇一一年、六五—八三頁。

山口祐弘『ドイツ観念論における反省理論』勁草書房、一九九一年。

山路明日太「『現代の英雄』における「運命論者」の位置づけ」『ロシア語ロシア文学研究』第三八号、二〇〇六年、九七—一〇四頁。

同上「『現代の英雄』と模倣性の時代の象徴的人間像」『ロシア語ロシア文学研究』第四一号、二〇〇九年、一—一七頁。

寄川条路『新版 体系への道——初期ヘーゲル研究』創土社、二〇一〇年。

ルカーチ『小説の理論』原田義人・佐々木基一訳、ちくま文庫、一九九四年。

ルソー、ジャン=ジャック『人間不平等起源論』本田喜代治・平岡昇訳、岩波文庫、一九七二年。

レーヴィット、カール「キルケゴールとニーチェ」『ヘーゲルからハイデガーへ』村岡晋一・瀬嶋貞徳・平田裕之訳、作品社、二〇〇一年、四六—七四頁。

同上『ヘーゲルからニーチェへ——一九世紀思想における革命的断絶(上)』三島憲一訳、岩波文庫、二〇一五年。

渡辺徹「アポロン・グリゴーリエフの有機的批評」『ヨーロッパ文学研究』第二九号、一九八一年、五三—六五頁。

あとがき

もしこの本を、八年前の、博士課程に進学したばかりの自分に見せたとしたら、思いがけない内容にきっと驚くにちがいない。その頃私は、自分がプレシチェーエフやグリゴーリエフを研究することになるとは想像もしていなかったし、一八四〇年代のロシア文学史・思想史を再検討するという課題もまったく念頭になかった。本書は、私自身の長きに及んだ思索の所産であると同時に、それこそさまざまな「偶然的邂逅」の産物でもあり、そして、研究の内在的な発展の結果でもある。研究はそれ自体の論理で展開していく。自分はむしろ、研究からの呼びかけに必死で応えただけ、という気がしてならない。

本書は、私の博士論文「反省と直接性のあいだ――ベリンスキーの構想、プレシチェーエフの実践、グリゴーリエフの漂泊」（二〇一七年一一月、東京大学大学院人文社会系研究科に提出）に加筆修正を施したものである。事前審査、本審査と二度にわたる審査の労をとってくださった、沼野充義、楯岡求美、阿部賢一、望月哲男、坂庭淳史の各先生に、あらためて御礼申し上げたい。審査の際にいただいた数々のご指摘・ご批判は宝の山で、それらなくして本書の成立はありえなかった。本書には、博士論文には含まれないレールモントフ論が加筆されているが、それも「レールモントフへの論及はあるが、レールモントフ論がない」というご指摘に応えるべく、思い切って新たに書いたものだ。なお、出版に際しては、「東京大学学術成果刊行助成制度」の支援を受けた。

文学研究を志して以来、所属先の現代文芸論研究室の方々、隣のスラヴ文学研究室の方々、学会発表の際に司会を引き受けてくださった先生方、論文を査読してくださった匿名の先生方など、数多くの先生方、先輩方、友人たちの学恩を受けてきた。心より感謝申し上げたい。一人一人名前を挙げることはとてもかなわないが、そもそも文学研究を志すにいたった過程で、多大なご恩を蒙った先生方のお名前をここに記すことをお許しいただきたい。

私が東京大学文学部に進学した際、最初の進学先に選んだのは日本史学研究室だった。最初の、というのはつまり、一年後に所属先を変更したからである。私も人並みに「反省」にとらわれた青年で、それはまさに過剰な自己意識ゆえの曲折であったのだが、この鬱屈とした日々はしかし、学問を実践することの厳しさと面白さをおぼろに感じとった一年でもあった。日本史学研究室での勉学は、研究者としての自分の核にある。転専修に際して快く背中を押してくださった野島（加藤）陽子先生、鈴木淳先生の学恩にあらためて御礼申し上げるとともに、畏友・前田亮介くんをはじめ、現在も交流の続いている友人たちに感謝したい。

専門を変更するという、それなりに重い決断を下すにあたっては、柴田元幸先生、安藤宏先生の影響が大きかった。柴田先生の翻訳演習は教室が学生でごった返すほどの人気ぶりで、実際、名翻訳家の仕事場に立ち会っているかのような臨場感にあふれていた。それ以来、私は先生を勝手に翻訳の師と仰いでいる。日本近代文学を専門とされる安藤先生の講義は、表現に内在する言葉や思想の歴史をさまざまな観点からあざやかに再構成するもので、文学研究にできること、その凄みと面白さとを存分に教えていただいた。かくして文学研究への情熱をかきたてられた私は、発足したばかりの現代文芸論研究室にあらためて進学することを決心したのだった（柴田先生、安藤先生は、教員、協力教員として携わっておられた）。

現代文芸論研究室では、指導教員の沼野充義先生から決定的な影響を受けた。じつは、先生との最初の出会いはこの三年前にさかのぼる。大学に入学して最初に買った本のなかに、『亡命文学論』（作品社、二〇〇二年）と『ユートピア文学論』（作品社、二〇〇三年）が含まれていたのだが、当の作者ご本人が駒場キャンパスに出講されていることを知り、おおっと思って授業に出席したのだった。これがすべてのはじまりだったのだと今にして思う。授業を媒介として、「文学」に対する私の射程はぐっと広がった。ちなみに、先生を通して知った最初の作家はチェーザレ・パヴェーゼである。以来、私が新しい作家と出会う先々に、先生がいた。明晰な知性と作品への巨大な愛が同居している、スタニスワフ・レム『ソラリス』（国書刊行会、二〇〇四年、ハヤカワ文庫、二〇一八年）の解説や、『エリアーデ幻想小説全集第一巻』（作品社、二〇〇三年）に寄せた文章は、一文学ファンとして現在も愛読している。

東京大学出版会の山本徹さんには、ご多忙を極めるなかで本書をご担当いただいた。七年ほど前、本書の萌芽というべき報告をした学会の会場で山本さんに会ったことを今でも覚えている。あの日の幼い研究がこうして本となって世に出るときに、山本さんに携わっていただいたことは、喜ばしいめぐりあわせだった。

そして、思えばこれまでの人生の三分の一をこえる年月を過ごしてきた現代文芸論研究室に、あらためて感謝したい。この間、私にも人生につきもののささやかな「漂泊」があったが、研究室はつねに温かい居場所だった。同期の坪野圭介くんをはじめ、友人たちとの文学談義は研究の源泉だった。同人誌まで作った私たちは、一八四〇年代のサークル文化を生きたロシアの青年たちと、どことなく似ていたのかもしれない。

最後に、日頃から応援してくれている家族のみんなに、ありがとう。

二〇一九年五月

高橋知之

索　引

プレシチェーエフとグリゴーリエフについては，作品名のみを立項した．ただし，グリゴーリエフの作品のうち，ヴィターリン三部作，『多数のなかの一人』『多数のなかのもう一人』は立項していない．

著者紹介
高橋知之（たかはしともゆき）
1985年千葉県生まれ．東京大学文学部卒業，東京大学大学院人文社会系研究科博士課程修了．博士（文学）．現在，東京大学大学院人文社会系研究科助教．本書第二部第一章の元になった論文「反省と漂泊――アポロン・グリゴーリエフの初期散文作品について」（『ロシア語ロシア文学研究』第48号）で2017年度日本ロシア文学会賞を受賞．翻訳書に，『ポケットマスターピース10　ドストエフスキー』（共訳，集英社文庫ヘリテージシリーズ，2016年），フランコ・モレッティ『遠読』（共訳，みすず書房，2016年）．

ロシア近代文学の青春
――反省と直接性のあいだで

2019年6月21日　初　版

［検印廃止］

著　者　高橋知之《たかはしともゆき》

発行所　一般財団法人　東京大学出版会
代表者　吉見俊哉
153-0041 東京都目黒区駒場4-5-29
http://www.utp.or.jp/
電話　03-6407-1069　Fax 03-6407-1991
振替　00160-6-59964

印刷所　株式会社理想社
製本所　誠製本株式会社

ISBN 978-4-13-086057-4　Printed in Japan

巽由樹子著
ツァーリと大衆
——近代ロシアの読書の社会史
A5　四八〇〇円

東郷和彦
A・N・パノフ編
ロシアと日本
——自己意識の歴史を比較する
A5　四四〇〇円

油本真理著
現代ロシアの政治変容と地方
——「与党の不在」から圧倒的一党優位へ
A5　七二〇〇円

塩川伸明
小松久男
沼野充義編
ユーラシア世界［全5巻］
A5　各四五〇〇円

本田晃子著
天体建築論
——レオニドフとソ連邦の紙上建築時代
A5　五八〇〇円

塩川伸明
池田嘉郎編
東大塾　社会人のための現代ロシア講義
A5　三〇〇〇円

鶴見太郎著
ロシア・シオニズムの想像力
——ユダヤ人・帝国・パレスチナ
A5　五二〇〇円